LA REVANCHE DU PETIT JUGE

Mimmo Gangemi

LA REVANCHE DU PETIT JUGE

TRADUCTION DE L'ITALIEN
PAR CHRISTOPHE MILESCHI

ÉDITIONS DU SEUIL
25, bd Romain-Rolland, Paris XIVe

COLLECTION DIRIGÉE
PAR MARIE-CAROLINE AUBERT

Titre original : *Il giudice meschino*
Editeur original : Einaudi Stile libero Big

ISBN original : 978-88-06-20042-8
ISBN : 978-2-02-117762-6

www.seuil.com

1

Don Mico Rota logeait en prison depuis plus de quatorze ans, condamné plusieurs fois à perpétuité en sa qualité de commanditaire d'une longue série d'homicides, à son avis tous tellement inévitables et mérités qu'il se sentait prêt à affronter en conscience et l'esprit en paix le jugement divin.

Lorsqu'il s'était rendu compte que la vieillesse était venue et que son temps s'amenuisait trop vite, il avait été pris d'une impérieuse envie de sortir de là et de finir ses jours dans son lit, non sans s'être d'abord repu tout son soûl de l'air libre du Boschetto, la campagne où il avait grandi et qu'il avait fait grandir, jusqu'à posséder tout ce que le regard pouvait embrasser à 360 degrés à la ronde, rien que des orangeraies et des oliveraies, juste quelques hectares à son nom et les dizaines d'autres au nom d'amis à qui jamais au grand jamais il ne passerait par la tête de faire valoir leur droit de propriété.

En prison, don Mico était *l'homme*. Personne n'était davantage considéré et craint que lui. Car il tenait le plus haut grade dans l'*onorata società*. On n'avait jamais vu personne d'un rang supérieur ni même équivalent. Tout simplement parce qu'il n'y en avait pas parmi les troupes de la 'Ndrangheta. Au sein de Cosa Nostra, oui, un ou deux, pas davantage. Mais ils n'allaient certainement pas arriver jusqu'ici, la justice se gardait bien de commettre une bévue comme celle qu'elle avait faite sous le fascisme, quand on avait relégué les divers opposants sur l'île de l'Asinara. En mettant dans le même poulailler des coqs appartenant à l'une et l'autre organisation, on risquait de susciter de nouvelles alliances, de quoi s'en mordre ensuite les doigts jusqu'au sang.

Au long de ces quatorze années, don Mico avait donc été une autorité sans partage. On prêtait foi à sa parole davantage qu'aux Évangiles et il ne se passait rien qu'il n'ait décidé en personne ou dont il n'ait été informé en temps et en heure. Même quand quelqu'un allait poser ses fesses sur le trône, on lui en rendait compte.

On distinguait le rang des nouveaux venus aux attitudes qu'il adoptait à leur égard, à travers une sorte de code que ceux qui devaient le comprendre comprenaient : mains croisées et baiser sur les lèvres pour un *chef-de-société* ; mains croisées et accolade pour un *homme de caractère et d'importance* ; une poignée de main énergique pour un *camorriste de soie* ; la permission de baiser sa bague pour un simple homme de main ; un sourire amical pour un étranger à leur monde mais digne tout de même de respect, ne serait-ce qu'en vertu de l'acte qui l'avait amené là ; et ainsi de suite, jusqu'à descendre au degré de l'indifférence ou, pire, du mépris, si le crime était de ceux qu'il convient de mépriser, ou pire encore du crachat, si le nouveau venu était d'une indignité telle qu'il ne méritait pas de vivre plus longtemps.

Il commandait dedans parce qu'il commandait dehors, don Mico, le *chef en tête*. Toujours, il avait commandé. Plus que ses frères. Ils étaient cinq en tout. Trois, morts dans leur lit, après d'honnêtes maladies. Il ne restait que lui et un autre plus âgé, un peu gâteux et frappé de paralysie : depuis vingt ans, il en avait après le Père éternel qui l'avait châtié, et après le monde entier, au point de pouvoir décréter la mort d'un quidam distrait ayant négligé de lever la tête pour lui donner le bonjour en passant sous sa fenêtre.

Il avait commandé même à l'époque où les *chefs de bâton* tombaient comme les feuilles du hêtre au vent d'automne, parce qu'ils n'avaient pas compris que les temps avaient changé, que les nouvelles générations ne pensaient qu'à s'enrichir, que l'honneur ne décidait plus de rien. Une hécatombe, voilà ce que ça avait donné. La faute à l'argent facile, d'abord les enlèvements de personnes, puis la drogue, les armes.

Les enlèvements, don Mico n'avait pas voulu en entendre parler, il avait posé son veto dans tous les pays placés sous son aile et il avait mis un point d'honneur à ce que les siens ne se mêlent pas à ça. Il avait pu se le permettre parce qu'il était fort d'une famille, et qu'il disposait de soldats si nombreux et fidèles qu'il aurait été impossible d'en venir à bout. Mais il s'était bien gardé de faire ingérence dans les territoires d'autrui, si ce n'est pour recommander qu'au moins l'otage soit bien traité.

En ces temps assassins, il s'était montré plus circonspect et suspicieux que jamais. Dès lors qu'à l'horizon il lui avait paru entrevoir la vague lueur d'un danger, dans le doute et à toutes fins utiles il avait préféré la prévention à la guérison, ordonnant qu'on supprime à la source la possibilité de l'événement.

Sur la drogue, en revanche, il s'était jeté bille en tête, enrichissant sa famille et ceux qui gravitaient autour. Et il n'en éprouvait pas le moindre scrupule : il se voyait comme un simple maillon de la chaîne commerciale, au sommet des transferts entre producteur et consommateur, sans contact du reste avec ce dernier, vu qu'il ne s'occupait que de stocks en gros. Si eux-mêmes ne l'avaient pas fait, se disait-il les rares fois où le doute le prenait, ça aurait été quelqu'un d'autre. Et quand bien même son organisation se serait retirée du marché, les drogués n'auraient pas renoncé à leur vice pour autant. Ses mains, du coup, il les sentait aussi propres que la première neige de la saison. Même raisonnement quant aux armes : les guerres et les zigouillages n'allaient pas cesser pour peu qu'il n'en fasse pas commerce. C'étaient des affaires comme tant d'autres.

Il n'y avait que l'herbe à laquelle il n'avait pas voulu toucher. Il y voyait un retour mortifiant à la terre. Pas question de revenir au temps où son père, attelé à sa pioche de journalier, avait redressé l'échine pour essayer d'expliquer au patron qui le réprimandait vertement de n'être pas sur la même ligne que les autres, ceux aux côtés desquels il trimait, que lui, il était tombé sur la partie la plus vacharde, comme le prouvaient les pierres qui saillaient de partout et le fil émoussé de sa pioche ; mais le patron, qui faisait toujours sa sale bête, n'avait rien voulu entendre, et il s'était mis à lui brailler dessus, et il l'avait offensé ; et alors son père, la pioche, il l'avait abattue de taille sur le crâne du patron, le crâne s'était ouvert comme une pastèque bien mûre, et le destin de la famille avait changé de cours.

Ça faisait quatorze ans qu'il payait pour ce changement de cap. Il ne regrettait rien : la voie que son père avait tracée et que lui-même avait suivie était la meilleure. Mais, enfermé ici-dedans, il n'y tenait plus. Heureusement qu'il avait trouvé une issue : depuis plus d'un an, on l'avait reconnu malade en phase terminale. Une tumeur non opérable, vu qu'elle était accrochée à une artère. C'est le médecin de la prison qui avait fait le diagnostic, confirmé ensuite par le directeur de l'hôpital de la ville, puis gravé dans le marbre de la certitude par un ponte de renommée mondiale.

De sorte que don Mico s'était mis à goûter un peu de liberté, quand on l'envoyait à la clinique pour les visites et les examens médicaux, ou qu'il devait se soumettre au traitement. Une chimio appliquée par un médecin de confiance et dont *l'homme* sortait dans une souffrance qu'il était incapable de dissimuler, mais qui s'évanouissait dès qu'il était hors de portée du regard de la Loi. Cette pincée de liberté était cependant douloureuse, car elle rendait plus amer le retour en cellule et plus aiguë son envie de promener les yeux sur le libre horizon, et non sur les murs de sa geôle, d'avoir au-dessus de la tête un ciel dans son entier plutôt qu'un pauvre quartier d'azur juste bon à lui faire un peu bouger les cervicales, de voir le soleil pénétrer les frondaisons ou s'enfoncer doucement au cœur de la terre, d'entendre craquer ses pas sur les feuilles sèches des oliviers. Son avocat en faisait régulièrement les frais, infoutu qu'il était d'obtenir pour un moribond, qui plus est de soixante-quinze ans, la détention à domicile.

Depuis qu'il avait été reconnu malade en phase terminale – et tant pis si cette phase ne se terminait jamais –, il sautait souvent l'heure de plein air. Les fois où il descendait dans la cour, on avait pour lui mille égards, chacun prenait des nouvelles de sa santé, contrit et solidaire, on lui prodiguait de délicates attentions, des mots pleins d'empressement.

Il faisait lentement osciller sa main, comme pour une bénédiction, affichait un sourire dolent juste ce qu'il fallait, et il reprenait sa promenade en long et en large, les mains solidement agrippées dans ses poches à ses parties pendantes, grommelant dans sa barbe des « crève, charogne » ou « à ta sœur » ou « que la peste t'emporte », s'imaginant que ses interlocuteurs, au vu de sa mine ou de sa santé qui ne paraissaient pas si mauvaises, lui avaient *jeté l'œil* et qu'il risquait maintenant de tomber malade pour de bon. Avec les siens à ses flancs, prêts à intervenir à la moindre nécessité, il marchait en dessinant sur son visage des rides de souffrance – si souvent qu'elles avaient fini par s'accrocher à lui et par faire partie intégrante de ses traits – tandis qu'il se débattait entre son rôle de malade terminal et sa volonté d'afficher toute sa dignité d'homme.

L'exhibition de sa souffrance lui était plus utile que le pain. Il n'y avait qu'elle pour convaincre le juge que les médecins ne s'étaient pas montrés complaisants, que les traitements n'étaient pas fictifs, que son mal était réellement en train de le manger tout cru.

Teigneux et inabordable, le juge ne se laissait pas convaincre. Et don Mico, même s'il lui adressait ses malédictions les plus abominables, lui reconnaissait le courage propre aux hommes, de quelque côté de la barricade qu'ils se trouvent. À la place de ce juge, d'autres se le seraient tenu pour dit, pour avoir la paix, et ils auraient accordé sans prendre aucun risque ce que don Mico demandait, plutôt que de s'apercevoir que cela faisait maintenant treize mois qu'on lui avait prédit qu'il ne lui en restait que quatre à vivre, et qu'il aurait déjà dû servir de repas aux asticots au lieu de continuer à se promener dans la cour, encore que d'un pas mal assuré.

Au juge, ça ne lui aurait rien coûté de se convaincre que cette survie contraire à toute logique était due à la forte trempe du malade et qu'on pouvait s'attendre à ce qu'il s'effondre d'un coup d'un jour à l'autre. Mais lui ne s'en convainquait pas.

Ce que don Mico ignorait, c'est que ce juge, outre qu'il avait pleinement conscience de ce que voulait dire être en phase terminale, ayant déjà vu ça chez son père, ne pouvait digérer l'existence d'un pouvoir capable de mettre à mal celui de l'État, en agissant sur des leviers propres à lui assurer la complicité de médecins importants. S'il n'avait pas donné l'ordre qu'on recommence toute la batterie d'examens médicaux auprès d'autres experts, c'était pour faire tourner le prisonnier en bourrique – vu que, tout en affectant de ne pas douter du diagnostic, il le gardait en prison – et pour ne pas risquer d'assister à une autre défaite de l'État, conscient qu'il était de la difficulté de trouver un médecin prêt à poser un diagnostic différent.

Si les quatre mois qui restaient à don Mico paraissaient ne jamais devoir s'achever et si, sur son visage, les signes de la vie qui s'étiole tardaient à apparaître, qu'au moins, cette vie, il la passe là où il méritait d'être.

C'est ainsi que don Mico, bien que moribond sur le papier, restait en prison. D'où il continuait à être le juge et l'arbitre de ce qui se passait dedans et à gouverner son monde dehors.

2

Des bêtes féroces aux babines baveuses. Leur place était en cage, jetés aux fers.

C'est ce que pensait rageusement Giorgio Maremmi tout en effleurant du regard l'accusé derrière ses barreaux. Dans le procès, le ministère public, c'était lui. *Endrapé* dans sa toge, il se tenait là-haut sur son siège, apparemment concentré sur les plaidoiries des avocats de la défense. Trois déjà s'étaient succédé. Le quatrième et dernier était en train de gagner sa croûte, et c'est à lui que revenait le bouquet final, en raison du prestige accumulé au cours de plus de trente années de carrière, parce qu'il barbotait à son aise dans les affaires les plus immondes, et en vertu d'une langue capable de vous convaincre que Dieu n'est pas Dieu.

Un vrai gâchis de mots, au bénéfice de Francesco Manto, dit Ciccio, un assassin qu'on reconnaissait comme tel rien qu'en reniflant la puanteur de l'air autour de lui. Magie de l'argent. Pour certains, les sous sentent bon même s'ils sont imbibés de sang. Pour les pénalistes, en tout cas, rien de plus sûr. C'est pour ça qu'il ne les aimait pas. Personnages d'ordinaire sans scrupules, moins honteux qu'une tapineuse au bout de dix mille heures de vol. Capables de s'entre-tuer pour s'accaparer un *bon* client, de ceux qui ont davantage besoin d'un avocat qu'une bigote de l'hostie consacrée, prêts à chasser sans égards la sage-femme qui a assisté leur propre épouse à domicile lors de son premier accouchement mais qui paient leur avocat grassement, rubis sur l'ongle, avec du fric dont, aussi bien, d'autres pleurent la disparition.

Giorgio Maremmi en venait à les considérer comme des bêtes pareilles aux bêtes qu'ils défendaient. Il était pris de haut-le-cœur à les entendre plaider, controuver des arguties en tout genre du moment que cela pouvait faire apparaître les accusés sous une lumière différente, réduire leur peine, les faire libérer. Chaque fois il sortait de là avec des douleurs d'estomac qui duraient des heures et dont il ne parvenait à se soulager ni aux chiottes ni ailleurs. Il n'était disposé à en sauver aucun, aussi courtoises et amicales que pussent être leurs manières, aussi affligés qu'ils pussent se prétendre d'être obligés de tremper dans de sales affaires pour nourrir leur famille. Lui, pour nourrir sa famille, il aurait préféré aller manier la pioche à la journée, son diplôme de juriste en poche.

L'avocat faisait durer le plaisir. Et il y mettait tout son art, ce qui indiquait que la veille au soir on avait posé sur son bureau la somme convenue. Pour construire sa vérité, il haussait le ton, jusqu'à atteindre des sommets où il s'interrompait tout soudain. Pendant la courte pause, il rejetait un pan de sa toge dans son dos avant de redémarrer en douceur, persuasif. Puis, peu à peu, il s'échauffait, jusqu'à la prochaine saillie.

Giorgio Maremmi n'y prêtait pas l'oreille. Peu lui importait de suivre le raisonnement et les subtils distinguos par lesquels l'autre cherchait à brouiller des faits plus limpides que le ciel du matin lavé par une nuit de pluie. Il savait que Manto était coupable sans rémission de ses péchés. C'est exprès qu'il s'était lancé dans un réquisitoire sévère, par moments féroce.

Au lieu d'écouter l'avocat, il passait en revue les six jurés populaires. Fragiles. C'était toujours le cas. Il les voyait déjà vidés des certitudes avec lesquelles ils étaient arrivés. Ils étaient maintenant mal à l'aise sur leurs chaises. L'un se grattait en permanence la tête, au risque de s'user le crâne, un autre suivait le fil d'un raisonnement bien à lui en bougeant les lèvres en silence, un autre encore haletait puissamment comme après une longue course. Les parents qui se pressaient dans la salle d'audience s'adressaient des regards admiratifs, plusieurs appréciaient en agitant une main ou en hochant la tête. Il obtenait toujours cet effet-là, l'avocat. Et maintenant, c'était à lui, Giorgio Maremmi, qu'il appartenait de renforcer la conviction des jurés grâce à un second réquisitoire. Ils n'étaient pas seulement fragiles et trop aisément enclins au doute, ils étaient aussi faciles à atteindre : amis communs, habitants du même village, personnes ayant bien du mal à dire non. Concernant en revanche l'assesseur et le président, pas de souci : ils étaient aussi sûrs que lui de la culpabilité de Manto.

Dès que Maremmi demanda la parole, l'avocat de la défense eut un sursaut involontaire, son bras s'abaissa et sa main se referma en crochet. Puis il hocha la tête, théâtral, et bougonna contre un second réquisitoire qu'on ne pouvait interpréter que comme acharnement contre la partie défenderesse. Du groupe des parents se leva un bourdonnement de dépit et jaillirent deux ou trois injures à fleur de lèvres. Depuis sa cage, Ciccio Manto explosa – « Mais alors, t'es malade. Je t'ai fait cocu, ou quoi ? » – et se lança dans de fougueuses invectives.

Oui, jetés aux fers, en cage, telle était leur place, et une muselière n'aurait pas été de trop, confirma mentalement Maremmi. Il le fixa impassiblement du regard le temps qu'il se calme puis démarra. Passionné, tranchant.

Au premier rang du public une femme en noir, âgée, déformée, le visage couvert d'un duvet qui aurait eu besoin d'un bon coup de peigne : « Misérable, tu détruis la vie d'un père de famille ! » cria-t-elle hystérique avant de s'asséner de vraies gifles.

« Toi, reste tranquille », lui intima sèchement l'assassin.

Elle s'arrêta aussitôt, comme s'il suffisait d'appuyer sur un bouton.

Maremmi regarda le prévenu, qu'il découvrait père de famille et, en tant que tel, innocent. Le coupable, c'était donc le pauvre bougre qu'on avait trucidé, et d'autant plus qu'une famille, lui, il n'en avait pas encore fondé. Logiques perverses. Jamais il ne s'y résignerait. Et il ne pouvait se faire une raison qu'on prodigue autant d'attentions à un assassin épinglé par des circonstances irréfutables : deux repentis, le croisement des indices, tout concordait à la perfection, on avait trouvé le cadavre à l'endroit indiqué, on avait trouvé l'arme du crime, on avait trouvé l'argent.

Son visage même le condamnait, un visage qu'on ne pouvait qu'espérer ne pas rencontrer la nuit, flasque, bouffi et vérolé, les yeux cernés, l'iris rayé de fines lignes sanguines, les sourcils en broussaille. Il émanait de lui quelque chose de sauvage, d'incontrôlable, on avait du mal à soutenir son regard. Il inspirait la peur. Des homicides, il en avait commis bon nombre – on le considérait comme la plus sanguinaire des gâchettes de la famille Fusco –, encore qu'il n'ait été condamné qu'une seule fois, mais à perpétuité, après avoir épuisé toutes les possibilités d'appel, pour un double meurtre perpétré sept ans plus tôt.

En réponse aux regards de haine que l'autre lui lançait, Maremmi chargea la dose plus qu'il n'aurait voulu.

« Infâme et fils d'infâme, t'en as marre de vivre ? lui cria Manto accroché comme une guenon à ses barreaux. T'es mort, tu piges ? T'es mort. »

Pendant que trois carabiniers le faisaient sortir de force de la salle d'audience : « Je t'ai dit que t'étais mort ? Alors t'es mort », hurla-t-il encore, en se retournant pour planter ses yeux furibonds dans ceux du procureur. « Tu crois peut-être que parce qu'on est en prison... ? Y aura quelqu'un pour s'occuper de ça. T'es mort, t'es mort, mort, mort », continua-t-il en se démenant comme un diable.

À vrai dire, une menace de Ciccio Manto n'était pas à prendre particulièrement au sérieux. Non qu'il n'ait pas le courage de passer à l'acte, bien au contraire, vu qu'il *ne mettait pas de sel* s'il s'agissait d'ouvrir le feu et que tuer était pour lui un métier comme un autre afin de nourrir sa famille. Mais parce qu'il faisait partie de la main-d'œuvre, c'était juste une queue de lézard, un homme sans tête, sans poids et sans considération au sein de la *cosca*, aucun membre du clan n'était disposé à le suivre. Il savait juste tuer sur commande. Bien, en vérité. Il y gagnait son pain et sa journée, en s'appliquant diligemment à la tâche. Depuis qu'il avait écopé de la perpétuité sans retour, il n'y avait pas eu un seul procès au cours duquel il n'ait pas fait des siennes. Il avait déjà plusieurs fois promis explicitement la mort à tel ou tel. Mais ses menaces n'avaient jamais été suivies d'effet. Et quand bien même il aurait voulu les honorer, il n'en avait ni les moyens ni la capacité, lui et rien c'était la même chose, dehors il ne connaissait pas même un chien à qui demander de lui rendre un service, alors l'homicide d'un juge, pensez donc. À part, peut-être, son seul frère, assassin tout comme lui, en cavale depuis plus de trois ans – depuis qu'on l'avait épinglé pour les deux mêmes meurtres à cause desquels Ciccio purgeait sa peine –, et qui buvait chacune de ses paroles parce que son cerveau était doté de moins de neurones qu'une figue de Barbarie.

Tout cela, Giorgio Maremmi le savait. Au point de répondre par un haussement d'épaules et des sourires apparemment sereins à ses collègues et aux avocats venus lui adresser un mot de réconfort, de solidarité. Sauf qu'il n'était pas serein pour deux sous en pensant au frère de Manto, dont un meurtre de plus ou de moins ne changerait certes pas l'existence. Et il sentait croître la haine pour cette terre où il se voyait contraint de travailler. Parce qu'il ne pouvait pas avaler que des choses de ce genre s'y produisent si souvent que ça en devenait une habitude. Et qu'il n'aimait pas l'air qu'il respirait. Et qu'il ne supportait pas la puanteur qu'exhalaient les dossiers quotidiens. Et qu'à cause de cette puanteur il n'en pouvait plus de ce métier. Et qu'à cause de ce métier lui venaient des pensées qu'un fils ne devrait pas avoir à l'égard de son père. C'était sa faute s'il avait suivi cette voie. C'était sa faute s'il avait laissé tomber depuis deux ans sa toge de procureur en Toscane, mais juste au tribunal, parce que, chez lui, elle continuait de peser sur ses épaules. C'était la faute aux regards d'excommunication que son père lui avait réservés à chaque fois qu'il s'était risqué à imaginer un avenir différent.

La faute à ses silences sévères. La faute à ses mots convaincants comme des ordres. Après, il avait aussi été sur son dos, pour définir ses objectifs. Au point d'étouffer les rares élans d'enthousiasme qu'il avait éprouvés en chemin. Comme quand son père, du temps que Giorgio était ministère public près le Parquet de La Spezia, avait pesé de tout son poids pour qu'il laisse tomber l'enquête sur les déchets radioactifs, un pétard mouillé, prétendument, mais qui s'était bientôt révélé des plus explosifs. Ça oui, c'était une affaire dont il aurait voulu s'occuper. Au lieu de quoi, après avoir résisté à son père, de crainte que les personnalités impliquées dans l'enquête ne brisent sa carrière, il n'avait rien pu faire contre le procureur, qui l'avait dessaisi du dossier pour le confier à un pool d'experts. Lesquels s'étaient révélés experts en classements sans suite, vu qu'en l'espace de quelques mois on avait perdu tout souvenir de l'affaire, pour la plus grande tranquillité de tous.

C'était encore le père qui lui avait suggéré de demander une mutation pour la Calabre, après trois ans de grisaille au Parquet de La Spezia et deux autres encore plus anonymes à L'Aquila. Et il s'était laissé convaincre de candidater à un poste inconfortable mais bon pour la carrière. Pas moyen de refuser de lui obéir, même à trente-huit ans. Si ce poste est du genre que les autres évitent pire que la gale, c'est qu'il y a quelque désagrément, s'était-il dit en espérant trouver ainsi la force de s'opposer. Dans des métiers comme le leur, les désagréments ont vite fait de se transformer en un trou de plus à la boutonnière. Pour dédramatiser la chose, son père en avait ri, lui qui n'était jamais descendu plus bas que le Tibre et n'avait jamais mis le nez dans un dossier troué par des balles de fusils à canon scié. Facile, quand il s'agit des fesses d'autrui. Facile de se montrer intrépide tandis qu'on avance dans la carrière en s'occupant du vol des aumônes à l'église ou du chien qui mord un passant. Tout cela, Giorgio Maremmi se l'était dit et redit à en avoir la nausée. Il s'était laissé piéger quand même, obéissant comme toujours.

Et les *désagréments* étaient arrivés comme prévu. Il faut dire qu'il n'avait pas écarté les affaires par-dessus lesquelles ses collègues passaient en sifflotant comme si ça ne les concernait pas. Ironie du sort, moins d'un an après son arrivée en Calabre, il s'était retrouvé plongé dans l'histoire des déchets radioactifs, confirmée par les révélations d'un repenti de la 'Ndrangheta, mais sans indices concrets. Au bout d'un mois on l'avait dessaisi ici encore, avant même qu'on lui réponde de La Spezia qu'on ne trouvait plus aucune trace du dossier qu'il y avait laissé. Il l'avait ensuite déniché dans les archives, encore tout chaud, coincé sous une pile d'autres dossiers qu'on aurait eu du mal à déplacer à la pelleteuse.

Et maintenant, pour couronner son exaspération face à cette région et à ce métier qui ne lui plaisait pas, voilà que Manto proférait des menaces de mort. Fanfaronnades, soit. Mais ailleurs, on ne voyait jamais ça.

Il se mit à maudire le jour où il avait choisi un poste perdu en Calabre. Il avait écarté la Sicile, car en Sicile on n'avait pas de scrupules à buter les magistrats. Ici, par contre, ça n'arrivait pas, mais rien à voir avec la bonté d'âme, les criminels n'étaient pas si bravaches, et les meurtres de juges étaient mauvais pour les affaires. Et voilà que maintenant… Mais non, juste un bluff de Manto. Même si… son frère en cavale… n'ayant plus rien à perdre… On ne pouvait jamais savoir, mieux valait prendre ses précautions. En tout cas, bluff ou pas, le moment était venu de se rapprocher de sa famille. Elle y laissait elle aussi des plumes, à suivre la carrière à laquelle son père tenait tant. Sa femme avait maugréé tout son soûl et résisté deux mois avant de ramasser vite fait bien fait bagages et enfants pour s'en retourner à L'Aquila. L'éloignement avait affaibli leur lien, chaque jour il la sentait plus froide et plus distante. Au téléphone, ses deux enfants avaient cette même voix fatiguée et impatiente de retourner à leurs dessins animés.

Oui, le moment était venu de demander une mutation vers des endroits où il tombe de la grêle plutôt que du plomb.

3

Il avait beau se répéter que les menaces de Manto n'avaient été que des bravades et que son frangin en cavale, vu les ennuis qu'il avait déjà, n'allait pas se mettre sur le dos l'homicide d'un magistrat, au risque qu'on lâche l'armée à ses trousses, Maremmi opta pour une vie plus retirée que d'habitude, pour ne pas prêter le flanc. Ce ne serait pas un grand sacrifice, car il avait tendance à passer l'hiver à couvert, ne s'accordant que les quelques sorties qu'il ne pouvait refuser à Lucio et à Alberto Lenzi, magistrat lui aussi, installé dans le petit appartement en face du sien.

Lenzi se planta sur le pas de sa porte le soir même, en se gondolant d'un air de se foutre du monde. Il contracta les doigts en un point central unique, comme la pince d'une grue. « T'as un peu les chocottes, hein ? » glosa-t-il. Et il éclata d'un grand rire. C'était sa façon à lui de minimiser. Puis il lui rappela qu'ils sortaient dîner.

Giorgio répondit non.

« Moi, vu que je ne sais ni lire ni écrire, je ne bouge pas d'ici même sur ordre du Pape. Et si on m'attend dehors avec une *lupara* ? Je te vois mal me servir de bouclier si on me tire dessus, plaisanta-t-il à son tour, mais mentalement il n'excluait pas cette hypothèse.

– Tu peux te faire attribuer une escorte, dit Lenzi, redevenu sérieux.

– Une escorte, tu parles », esquiva Maremmi. Mais il prit l'idée en considération. Pas question de courir de risques au prétexte qu'il ne voulait pas avoir l'air d'avoir peur.

« Pour te sentir plus tranquille, quelques jours… »

Il lui sourit avec gratitude. Un ami, Alberto. Même s'ils étaient radicalement différents. Alberto pétillait, faisait la ribouldingue, les quatre cents coups, toujours en quête de sensations fortes, de nouveautés, de moments qui mettent de l'effervescence dans la vie de tous les jours. Presque tous les matins il arrivait au tribunal les yeux gonflés pire qu'un crapaud des marécages, sa tête manquant de s'écrouler brusquement de sommeil. Et des bâillements à n'en plus finir.

« Moi, toi et Lucio. C'est mardi », le tenta Lenzi.

Maremmi eut un rire.

Qu'on soit mardi signifiait deux choses. La première, qu'ils allaient se taper un gueuleton qui mériterait ensuite d'être commémoré, car c'était le seul jour de la semaine où le diététicien de Lucio l'autorisait à manger sans compter, l'exception qui confirmait la règle d'un régime le reste du temps indigent, supposé le faire passer en quelques mois des super-lourds aux mi-lourds. La deuxième, que c'était Lucio qui payait, car leur compagnie devait être considérée comme un sacrifice par solidarité, pour lui éviter de devoir se gaver dans une déprimante solitude.

Il se laissa convaincre. Ils choisirent le restaurant habituel, sur le front de mer.

Giorgio fut aussitôt content d'être venu, car ses peurs s'évanouirent. Disparus Ciccio Manto, ses menaces de mort et son frère en cavale. Disparue la haine de cette terre.

Au cours du repas, ses pensées se mêlaient d'une pointe d'envie. Il aurait aimé être comme eux, laisser les peines glisser sur lui, savoir dilater sa jeunesse, ne pas avoir le souci du lendemain. Il les observait tandis qu'ils mangeaient et riaient joyeusement.

Alberto Lenzi était né et avait grandi à une trentaine de kilomètres de là, dans un petit village de montagne. La quarantaine, grand, bel homme, la langue bien pendue, tire-au-flanc – au Parquet, sa réputation frôlait le seuil d'alerte – et amateur de putains. Son mariage avait fait naufrage alors qu'on trouvait encore des dragées de la cérémonie nuptiale dans la maison. Et son gosse vivait maintenant avec sa mère à Reggio. Elle, Giorgio ne l'avait rencontrée qu'une seule fois. Ça lui avait suffi. De quoi se demander comment Alberto avait pu tenir ne serait-ce que le peu de temps que leur histoire avait duré.

Lucio Cianci Faraone était l'ami d'Alberto depuis les bancs du collège. Il était aussi devenu celui de Giorgio. Il avait son diplôme de droit. Jamais utilisé. Jamais eu ne serait-ce que l'idée de l'utiliser. Impossible pour lui, noble et riche, de se souiller avec les querelles de ce même peuple qui, des siècles durant, s'était servilement incliné devant les siens. Du reste, il n'avait pas besoin de ça pour vivre. L'héritage familial lui suffisait amplement, près de deux cents hectares d'orangeraies et d'oliveraies dont s'occupaient trois hommes de confiance qui, aux yeux prolétaires d'Alberto et à ceux parcimonieux et inquisiteurs de Giorgio, ne semblaient pas autant « de confiance » que Lucio le disait, étant donné leur aisance ostensible, leurs maisons de maître, leurs grosses voitures et leurs enfants passant leur temps à ne rien faire, sinon s'adonner à des vices coûteux. Mais Lucio, gaspilleur, princier et arrangeant, était content d'eux comme ça – « ils en profitent juste ce qu'il faut », avait-il coutume de dire. Amateur d'amours vénales plus encore qu'Alberto, Lucio préservait la tradition de la famille, en donnant du lustre au blason de sa maison, sur lequel était figurée une masse d'armes à deux boules. Il était célibataire, d'une naturelle distinction – en pull à col roulé aussi bien qu'en costume assorti de l'immanquable pochette en soie –, de grande taille, puissant, d'une allure à susciter regards rêveurs et soupirs dès le premier impact, d'autant qu'il avait les manières d'un gentilhomme d'antan, à commencer par une esquisse de baisemain d'une perfection rare.

Ce fut un dîner à inscrire à jamais parmi les meilleurs souvenirs. Avec traitements de faveur, parce qu'ils étaient des habitués, qu'on savait qu'ils étaient magistrats et que Lucio était Lucio, l'aristocrate à la vie un peu dissipée sur lequel on continuait de poser un regard de bienveillante absolution.

De temps en temps : « Comment ça va, tes chocottes ? » lui demandaient-ils goguenards.

Giorgio jouait le jeu. En se disant que, des années qu'il avait passées là, il ne lui resterait que ces deux amis. Ils allaient lui manquer. Leurs dîners, leurs rires joyeux et insouciants, leur vie pétillante qui contaminait la sienne, déjà lasse.

Ils étaient ensuite sortis sur la véranda, devant la plage et la mer. Emmitouflés dans leurs manteaux, car c'était une froide soirée d'un mois de janvier coriace. Pour dissiper les vapeurs du vin, fumer et déguster sans hâte un bon verre de grappa.

Des entrailles de l'obscurité remontait le ressac de la mer, rythmé et froufroutant. Dans le lointain vint s'ajouter le bruit de ferraille d'un train, des dards de lumière déchirèrent la nuit. Qui cessèrent tout soudain à son entrée dans le tunnel.

Ils gardaient le silence. Leur amitié n'avait pas besoin de mots.

« Ça va mieux, ta chiasse ? se remit à railler Alberto.

– Ah, non. Si toutes les bonnes choses que tu viens d'engloutir doivent tourner en courante, après tout ce que j'ai payé, c'est la dernière fois que je t'invite », plaisanta Lucio. Puis, reprenant son sérieux : « Tu peux dormir d'un sommeil serein, il ne va rien se passer, ajouta-t-il.

– Il ne va rien se passer, confirma Alberto. Manto est un chien qui aboie. Ici, les actes, ce sont ceux qui ne parlent pas beaucoup qui les font, et même ceux qui ne parlent pas du tout. C'est d'eux qu'il faut avoir peur.

– Et le frère en cavale ? demanda Giorgio. Avec sa condamnation à perpétuité, il n'a plus rien à perdre.

– Le frère ? À mon avis il bouffe déjà les pissenlits par la racine. Ça fait combien de temps qu'on n'entend plus parler de lui ? Ou alors, va savoir dans quelle région du monde il se planque », fit Lucio.

Giorgio le regarda. Il parlait sérieusement, peut-être savait-il quelque chose. Il avait toujours eu l'impression que Lucio trempait un peu dans des affaires de 'Ndrangheta. À coup sûr il était sous protection, il payait l'écot des trois hommes de confiance. Lesquels étaient en odeur de 'Ndrangheta, forcément, sinon comment auraient-ils pu gérer sans encombre un pareil patrimoine. Une fois, il lui avait même posé la question. Lucio s'était contenté de hausser les épaules et de pousser un soupir. Une réponse somme toute satisfaisante, une façon de confirmer qu'il payait le prix de la tranquillité en même temps que le tracas de devoir s'y soumettre. Trop riche, du reste, pour passer à travers dans une zone où même les maîtres d'école risquaient de devoir verser des pots-de-vin sur leur salaire. Et, qui plus est, riche de terres, un bien pour lequel il faut conclure un accord si on veut éviter que d'autres s'en octroient la jouissance et en barrent l'accès au propriétaire. Hypothèse crédible, donc. Et, en tant que telle, capable de rasséréner Giorgio. Il ne demanda aucune explication.

Quand ils se quittèrent il était près de deux heures du matin.

Dès qu'il eut refermé la porte de chez lui, Giorgio repensa à sa mutation. Son idée était déjà moins ferme. Un dîner avec ses amis avait suffi pour qu'il voie ce monde d'un autre point de vue, maintenant acceptable. Mais, au cours des quelques heures agitées qu'il passa au lit, ne cessant de se lever pour aller boire, avec en bouche une amertume à assommer un bœuf, il s'y accrocha de nouveau. Quand les premières lueurs du jour filtrèrent à travers les persiennes, les fanfaronnades de Ciccio Manto s'étaient bel et bien estompées jusqu'à ne plus représenter un danger réel, mais en même temps elles l'avaient conforté dans son intention de quitter ce Parquet. Encore deux ou trois mois ici, le temps qu'on ne puisse plus penser qu'il fuyait par peur des menaces et d'aller jusqu'au bout d'une question qu'il gardait pour lui seul, et il ferait sa demande de retour à L'Aquila, même si on y vivait aussi bien que dans une chambre froide, quoi que puisse en dire son père. Quand il parvint à stabiliser cette pensée, il s'endormit.

Quand il se réveilla, il n'était pas repu de sommeil, il avait mal au crâne et à la gorge, il avait certainement pris froid sur la véranda. Tout en se rendant au tribunal, il se promit de changer d'air. Ici, ce n'était pas une vie. Il y pensa pendant toute la matinée. Et pendant les deux jours suivants.

Il mena une vie plus retirée que d'habitude. Boulot, dodo, en somme. Le dodo se situant en face du boulot, puisqu'il avait fait sien le conseil du procureur, qui voulait avoir ses collaborateurs tout près de lui, vu qu'il n'avait pas les moyens d'attribuer une escorte à tout le monde. De fait, il habitait en face du tribunal, dans un deux-pièces meublé en location, au deuxième étage d'un immeuble que la concurrence du paraître, ayant inévitablement dégénéré en envie qui ronge le bide, avait voulu imposant et majestueux, quand les petits seigneurs locaux, fût-ce au prix d'un endettement à vie, s'étaient lancés tous ensemble, après le tremblement de terre de 1908, dans les reconstructions. C'est cet immeuble qui avait remporté la course, mieux réussi que les autres.

La façade valait le coup d'œil, elle donnait de l'élégance à la place, avec toutes ses frises, ses niches, ses fines colonnes à chapiteaux à feuilles d'acanthe, ses barbacanes à tête de lion, ses balustrades romanes ventrues délimitant les balcons, ses saillies décorées de grappes de raisin et d'hippocampes en relief, son toit à plusieurs versants et poutres apparentes, l'arc gothique en roche de grès martelée encadrant les fenêtres et la massive porte d'entrée, ses persiennes à la vénitienne.

À l'intérieur, du luxe en veux-tu en voilà. Les escaliers, en roche de grès eux aussi, étaient majestueux. Ils se développaient en courbes amples et légères le long de deux rampes en voûte créant entre elles un ovale rempli de forêts de cycas dans de gros pots. Au rez-de-chaussée scintillaient les meilleures boutiques de la ville. Aux trois niveaux supérieurs, les appartements, où vivaient autrefois des familles aisées, maintenant redécoupés en studios, en deux-pièces, en trois-pièces, et tous loués à des magistrats, à du personnel ou à des militaires rattachés au tribunal.

Le vendredi matin, Maremmi remplit sa demande de mutation. Pourtant rien ne pressait, il n'avait pas l'intention de la rendre officielle avant deux mois. Mais, d'ici là, le fait de la savoir prête était bon pour son moral, cela rendait l'idée concrète. Et l'angoisse dans sa poitrine s'atténuait. Il fixait toutefois le téléphone sans parvenir à se décider à appeler sa femme pour lui faire part de sa décision.

Il était malade, avec tous les symptômes de la grippe, hormis la fièvre. Comme d'habitude. La dernière fois qu'il l'avait eue, une fièvre pour de vrai, c'était du temps de ses études. Une semaine entière claquemuré dans la chambrette de sa résidence universitaire à se faire choyer par ses amis. Et depuis, rien. À part des douleurs à vous déchiqueter la poitrine, des yeux et un nez qui coulent, un mal de tête incitant aux pires blasphèmes et un horrible *petit point* qui se clouait dans sa gorge et provoquait une envie de tousser qu'il devait réprimer à tout prix, car le moindre petit accès lui plantait sans crier gare un couteau entre les côtes. Voilà justement où il en était. Et ça durait depuis trois jours. Et ça allait encore durer longtemps, car le mucus n'était pas mûr, et que ça dépendait du soleil qu'il avait pris pendant l'été, et que l'été dernier, la mer, il ne l'avait vue que depuis son balcon.

Allongé sur le canapé devant la télévision, il faisait tout son possible pour empêcher ce picotement de se transformer en toux. Il déglutissait et le repoussait. Mais, à la fin, ça explosait.

Il se sentait comme une loque. Il mesura sa température. Un dixième en dessous de trente-sept. Le thermomètre était foutu, ou alors c'était lui. La deuxième hypothèse était la plus probable. Ce qu'il y avait de moche c'est que, même dans ce sale état, il irait au tribunal le lendemain, samedi. Il était d'astreinte et n'avait pas le cœur de se faire remplacer : il n'y avait que la fièvre pour rendre la maladie officielle. Il n'y pouvait rien, les scrupules se plantaient dans son crâne et ne voulaient plus bouger, héritages anciens qui s'accrochent et ne s'en vont plus jamais, encore la faute à son père qui l'envoyait à l'école tant qu'il n'avait pas le front brûlant. Mais ça n'avait pas d'importance. Et même, mieux valait aller au travail que de rester seul chez soi. Jouer les malades pour lui-même, avec moins de trente-sept, ne lui paraissait pas très digne. Si encore il avait eu sa famille et d'aimantes épaules sur lesquelles se plaindre… Non, ça aurait été pire encore, avec sa femme toujours *endrapée* dans une toge plus lourde que celle qui pesait sur les épaules de son père, et toujours prête à le taxer d'exagération.

Si au moins il pouvait adoucir cette toux, éliminer ce picotement dans sa gorge. Un bonbon. C'est ça, il aurait suffi d'un bonbon à la menthe. Sauf qu'il n'en avait pas.

Il frappa à la porte d'Alberto Lenzi. Personne. Bien sûr, vendredi : après-midi poker, comme d'habitude. Il n'y avait plus qu'une solution, aller en acheter à la pharmacie, en même temps que des médicaments. La pharmacie était à une centaine de mètres. Aucun danger. Parce qu'il n'y avait aucun danger – juste les sorties d'un assassin vantard qui se posait en chef de clan sans l'être – et parce que les rues encore noires de monde du centre-ville ne se prêtaient pas à un guet-apens.

Il jeta un œil à sa montre. Dix-huit heures dix. Puis par la fenêtre. Déjà sombre. Il s'habilla chaudement et sortit.

Il pleuviotait, cette bruine toute fine qui pénètre les os. Une bise mordante de tramontane crachait l'eau sur son visage, le faisant frissonner de froid. Dans la rue, quelques personnes pressées et une lente file de voitures. Un groupe de jeunes filles et de jeunes garçons bavardaient joyeusement à l'abri d'un balcon. Il marcha d'un bon pas jusqu'à la pharmacie. Il acheta les médicaments que lui suggéra le pharmacien.

Une fois dehors, il constata que la pluie était devenue plus forte et décida d'attendre que ça se calme un peu. Puis il se dit que c'était pire d'attendre, à l'abri, certes, mais dans le froid, et rentra au pas de course en passant sous les balcons.

Au moment où il glissait la clef dans la porte de son immeuble, du coin de l'œil il vit un homme qui s'abritait de la pluie avec sa main traverser rapidement la rue. Il ouvrit, s'avança à l'intérieur de l'immeuble, lâcha le battant, alluma la lumière des escaliers. Une main blanche surgit devant lui, exagérément blanche, qui tenait quelque chose de sombre. Il entendit le claquement de la porte qui se refermait. Il essaya de crier quand il comprit que l'homme portait un gant de chirurgien et que ce quelque chose était un pistolet à canon long. Il n'eut pas le temps. Il sentit un souffle ouaté. Et aussitôt comme une piqûre d'insecte. Aucune douleur. Il se sentit glisser au sol, tandis qu'il arrêtait des scènes d'un instant, des moments déjà vécus : lui enfant tenant la main de sa mère, la famille autour de la table pour le dîner, ses deux gamines qui se disputent sa jambe à dada sur mon bidet. Et le père. Sévère, en toge. C'est sur lui que son regard s'éteignit.

L'homme lui tira un deuxième coup à bout portant dans la tête, remit le pistolet quelque part dans son dos et disparut.

Vingt minutes plus tard un inspecteur de police qui rentrait chez lui trouva Maremmi.

L'ambulance trouva la mort et s'en retourna à vide à l'hôpital. La ville fut prise de frénésie, des policiers accoururent de toutes parts, des journalistes et des visages connus de la télévision locale vinrent fixer la scène, une grande foule de curieux se pressa devant la porte, des sirènes déchirèrent la nuit.

4

Alberto Lenzi vérifia l'heure à sa montre : vingt heures vingt-quatre, plus de vingt minutes de retard pour sa sortie à la pizzeria avec Giorgio. « Ce qui est dit est dit », se répétait-il, tout en constatant qu'il n'avait plus envie, que son esprit était ensuqué par la partie qu'il venait de perdre. C'était toujours comme ça, les rares fois où il perdait.

Pour lui, perdre au poker, c'était perdre deux fois : la première à cause de ses sous qui changeaient de poche, la seconde à cause des sous des autres qui pour une fois ne finissaient pas dans la sienne. C'était toujours une rentrée d'argent en plus, le poker, une véritable rente viagère, à échéance hebdomadaire, que lui versaient les trois camarades habituels de blasphèmes et de vices avec lesquels il s'écharpait juste ce qu'il faut, ni trop peu que ça en gâche le plaisir et le frisson du jeu, ni au point que l'un d'eux finisse un canon de pistolet dans la bouche.

Risi se faisait déplumer avec une régularité déconcertante. Pourtant il ne négligeait rien pour conjurer le mauvais sort et mettre les cartes de son côté, du genre, avant de commencer à jouer, se pisser sur l'index et le pouce de la main droite, les deux doigts qui servent à déployer les cartes, en les laissant sécher tout seuls, tout au plus en secouant les mains en l'air. Et il revenait à la charge à chaque fois, avec généralement pour résultat de rouvrir la blessure qui venait juste de se refermer. Il n'était pas prêt à admettre qu'Alberto relevait d'une autre catégorie, qu'il sentait le jeu, savait attendre, ne défiait pas les cartes, ne perdait jamais la tête, exploitait à fond les derniers tours de mise, et qu'il avait appris à reconnaître les signes révélateurs d'un abattage imminent ou d'un bluff. Ce « fils des cartes », comme Risi le lui reprochait à chaque fois, devenait, dès que Lenzi avait le dos tourné, un « mec qu'a un cul comme une hotte à mulet ».

Mais ce soir-là, c'est pour Alberto que les choses avaient mal tourné. S'il ajoutait les huit cents euros qu'il avait laissés sur la table aux mille qu'un connard de collègue avait décrété qu'il devait verser à sa femme, déjà riche de son côté, au titre de pension alimentaire pour son fils, il allait avoir du mal à arriver au bout du mois.

Tout en regagnant son studio, il repensait au dernier tableau de leur poker à cartes communes. Au tournant, il avait un full de reines. Le docteur Spina n'avait plus qu'une seule chance, aller à la couleur grâce à la Rivière, mais à la condition que le calcul des probabilités aille se faire mettre dans les grandes largeurs et que ce soit la dernière carte de trèfle qui sorte. Et c'est la carte qui était sortie. Résultat, une soirée qui aurait pu se conclure sur une petite perte avait viré au désastre à huit cents euros.

Il était si profondément plongé dans ces pensées qu'il s'engagea distraitement dans la foule massée devant la porte de son immeuble. Il ne prit conscience de cet étrange attroupement qu'une fois dedans, quand les nombreux policiers présents lui ouvrirent le passage. Il se mit à courir vers le hall d'entrée. Et vit une silhouette sous un drap, une flaque rouge. Il pâlit. Entendit le silence. Tendit la main pour soulever le drap, dans le pressentiment de savoir qui était là-dessous.

Son geste fut stoppé par Michele Brighi, un inspecteur de police qui habitait un studio dans ce même immeuble et qui jouissait d'une grande considération du fait de son efficacité d'enquêteur, un peu moins quant à la longueur de ses cheveux. Il se campa devant lui et tenta de le repousser de force. « Ne le regardez pas, ne le regardez pas », lui disait-il.

Il le lut sur le visage de Brighi, que le mort était Giorgio Maremmi. « Laissez-moi », ordonna-t-il, et il souleva le drap. Il laissa échapper un hurlement rauque. Une frénésie s'empara de lui, un poids lui broya la poitrine, il devenait fou. Il balaya la foule du regard, vit les yeux se baisser, jura d'une voix forte, balança un coup de pied dans un pot de cycas. Puis, pour ne pas laisser voir ses larmes, il monta les escaliers quatre à quatre, entra chez lui, et, là, il se mit à pleurer. Il se maudissait, lui et sa partie de poker, et le point d'honneur qu'ils mettaient tous à garder leur portable éteint pendant les deux heures et demie que durait le jeu. S'il avait été chez lui, peut-être qu'il aurait pu dévier le cours des événements, orienter autrement les gestes de Giorgio, peut-être qu'ils seraient allés boire une grappa ensemble, peut-être... Peut-être que rien du tout, il était mort désormais.

La rage monta en lui, il se rappela Manto et ses menaces, il s'en prit au procureur qui n'avait rien fait pour le protéger, à lui-même qui avait minimisé la chose. Et il ne pouvait s'ôter de l'esprit l'image des deux enfants en bas âge qui grandiraient sans leur père, juste parce qu'un repris de justice s'était senti obligé d'honorer une menace lancée publiquement. Il déblatéra longuement contre le destin. Puis il se rinça le visage et redescendit dans l'entrée, où tout le monde le traita comme s'il était le plus proche parent du défunt.

Brighi se rangea de côté, sans broncher. De temps en temps, il inspirait très fort par le nez et plantait un regard fixe et sanguin au plafond. Peut-être pour apaiser sa colère, peut-être pour endiguer un soupçon de larmes qui aurait détonné chez quelqu'un de sa trempe.

Alberto lui donna une tape sur l'épaule. Il savait qu'ils éprouvaient les mêmes émotions. Brighi avait souvent collaboré avec Maremmi, et il y avait eu entre eux de la confiance et de l'estime.

Il s'aperçut de la présence de Marina. Elle se tenait à l'écart. Elle regardait la scène à travers les branches d'un cycas. Elle était parcourue de frémissements, de frissons. Secouée de hoquets. Elle reniflait. Les larmes qu'elle retenait à grand-peine jaillirent quand elle croisa son regard.

Un capitaine des carabiniers lui adressa un signe de tête impérieux. Comme elle continuait de pleurer : « Allez-vous-en », lui intima-t-il, appuyant ses mots d'un geste de la main.

Marina, en tant que subalterne – elle était adjudant des carabiniers au Parquet –, obéit sur-le-champ et se dirigea vers les escaliers. En passant devant Alberto, elle fondit à nouveau en sanglots.

Alberto s'attendrit. Il se dit qu'elle était bien mieux qu'il ne l'avait cru. Elle était encore plus belle avec ses yeux délavés par les larmes. Il éprouva l'envie soudaine de poser un bras sur ses épaules et de la laisser s'abandonner à son chagrin contre son torse. Il se retint. C'est elle qui vint poser sa tête contre lui pour y pleurer sa douleur.

Il la garda contre lui, caressa ses cheveux, fit signe au capitaine que ça n'avait pas d'importance. Puis il la prit par les épaules, l'écarta de lui juste assez pour la regarder dans les yeux et : « Calmez-vous. Montez donc vous passer le visage à l'eau froide, dit-il compréhensif. Accompagnez-la », demanda-t-il à Serena, la collègue avec laquelle Marina partageait un appartement dans l'immeuble.

Les deux femmes s'engagèrent ensemble dans les escaliers.

Alberto vit Lucio se détacher de la foule entassée sur le pas de la porte. Il donna l'ordre qu'on le laisse passer.

Une fois dans le hall, il se planta tête baissée devant le drap qui voilait la mort. Il sortit le carré de soie qui dépassait de la pochette de sa veste et en trempa un coin dans le sang. Il le replia avec un soin exagéré et le remit dans sa poche.

Il vint se placer à côté d'Alberto et resta là, sans parler.

Les gars de la police scientifique terminaient leurs relevés.

Encore une demi-heure et on put déplacer le corps.

Lucio se signa et effleura d'une main la main ballante de Giorgio. Alberto fit arrêter les porteurs, écarta le drap, fit une caresse sur la moitié intacte de son visage et se pencha pour déposer un baiser sur son front déjà froid.

Plus tard, au cours de la réunion dans le grand bureau du procureur, il demeura muet dans un coin, à écouter la furie des autres, à méditer sur cette mort qui les avait tous frôlés avant de s'abattre sur Giorgio. Il s'en alla un peu avant trois heures, en marmonnant un au revoir et en repoussant rageusement deux carabiniers qui voulaient l'escorter sur les quelques mètres qui le séparaient de chez lui. Devant son immeuble, on faisait encore le planton. Il prit les escaliers sans un regard pour l'endroit où Giorgio était tombé. Et il se mit aussitôt au lit. Mais pas moyen de trouver le sommeil. Les souvenirs l'assaillaient de tous côtés, souvenirs de Giorgio, si différent de lui, mais son ami. Il était meilleur que lui, Giorgio. Mais pas comme le deviennent les morts en tant que morts. Il était meilleur pour de vrai, bon, disponible, sérieux et professionnel, paisible, réfléchi.

Au matin, sa première pensée fut de passer à la morgue. On avait déjà autopsié et recousu le cadavre. Sa femme veillait auprès de lui, elle venait d'arriver, les yeux gonflés de larmes ravalées, de scrupules peut-être.

Alberto sortit pour se rendre chez le procureur.

Ils ne s'aimaient pas. Ou plus exactement, le procureur ne l'aimait pas – et, par voie de conséquence, il n'aimait pas le procureur. Il s'était aperçu que son supérieur éprouvait pour lui une antipathie, à la limite du mépris, qu'il n'essayait même pas de dissimuler. Et il avait appris qu'il lui donnait un rôle important dans le jeu consistant à répartir les magistrats en trois catégories : ceux qui avaient ça dans le sang, ceux qui avaient choisi la voie du compromis et ceux, comme Alberto Lenzi, qui donnaient le parfait exemple du tire-au-flanc vivant aux crochets de l'État. Au point qu'il s'était juré plus d'une fois qu'il allait lui faire ravaler ses insultes, procureur ou pas. Il avait renoncé, il sentait bien qu'il ne le ferait jamais changer d'avis, même en lui démolissant le portrait.

Face à sa propre conscience, il admettait que c'était sa faute : c'est vrai qu'il ne se donnait guère de mal, qu'il évitait les affaires compliquées, qu'il s'abaissait à ne s'occuper que de dossiers à quatre sous – constructions abusives, escroqueries, irrégularités administratives, accidents de la route – alors que partout alentour ça puait la 'Ndrangheta, le sang, la drogue. Depuis onze ans qu'il faisait ce métier, son enthousiasme s'était envolé. S'il s'obstinait à représenter le Parquet plutôt que de passer au civil, c'était uniquement parce que ça aurait été encore plus humiliant : on n'était pas un vrai juge, à s'occuper de droit civil.

Pourtant, quand il avait commencé, ses intentions étaient tout autres. Il avait de la passion, en ce temps-là. Le choix de rester là, à quelques kilomètres de chez lui, il l'avait fait pour porter secours à sa terre. Mais il s'était vite rendu compte que ça n'en valait pas la peine, qu'il était inutile de se mettre en quatre : les pires criminels s'en sortaient toujours, grâce à des témoins qui perdaient soudainement la mémoire, à d'autres qui surgissaient du néant comme des champignons, grâce à la prescription, aux arguties des avocats, aux manquements à la procédure, par calcul ou par ignorance, à mille autres choses encore. Et il s'était laissé aller. Ou alors il s'était juste mis à suivre sa pente naturelle de flemmard. Il se posait la question : était-ce son désir d'une vie luxurieuse et frivole qui avait brisé sa passion pour son métier ou ses déceptions professionnelles qui l'avaient poussé vers les vices ? Le fait est qu'à quarante ans, et après onze années comme magistrat, son bureau croulait sous des dossiers sur lesquels ses collègues plus diligents que lui renâclaient écœurés ; et que, s'il ne risquait aucunement de se retrouver nez à nez avec un canon scié, c'était au détriment de sa carrière et de son prestige.

Quand il annonça qu'il voulait s'occuper de l'affaire Maremmi au procureur, celui-ci le gratifia du genre de regard qu'on pose sur quelqu'un qui s'accroupit pour satisfaire ses besoins corporels au beau milieu d'une place noire de monde.

Il y avait beau temps qu'il l'avait rangé dans la catégorie des cossards, de ceux sur qui on ne peut pas compter. Et la vie scélérate et jouisseuse qu'il menait lui restait en travers du gosier comme une grosse arête. C'est qu'il fricotait avec tout ce qui passait, tout spécialement les jeunes avocates. Sans se soucier le moins du monde de sa famille, de son propre fils.

« Oh, Lenzi... lui dit-il, en ouvrant les bras l'air désolé. Ça relève de la compétence du Parquet de Catanzaro. L'enquête ne peut pas nous être confiée, vous ne savez pas ça ?

– Bien sûr que je le sais », agacé et troublé que le procureur puisse le croire ignorant au point de ne pas savoir que, s'agissant du meurtre d'un magistrat, la compétence passait à un autre Parquet. Il se corrigea aussitôt : il ne pouvait pas le penser vraiment, il avait juste saisi l'occasion pour l'attaquer une fois de plus. « Je vous demandais l'autorisation de participer de manière informelle. Je suis du coin, ces choses-là, ça me connaît. Je peux être utile.

– Si vous avez des idées, faites-en part au substitut Fiesole. C'est lui qui instruit l'enquête », conclut le procureur d'un air las, le nez déjà plongé dans ses papiers.

Lenzi tressaillit. N'importe qui sauf Fiesole. Il le connaissait bien : jusqu'à deux ans plus tôt, Fiesole avait travaillé ici. Ils s'estimaient autant qu'un maquisard rouge sang et un milicien noir corbeau.

Il insista tout de même.

« Lenzi, Lenzi... » Le procureur agitait ses mains ouvertes comme pour s'éventer, pour faire comprendre que non, qu'il ne le jugeait pas à la hauteur, que c'était une affaire bien au-dessus de ses capacités.

Alberto en fut mortifié. Mais ce n'était pas le moment de se froisser ou de protester. « Qu'est-ce que ça vous coûte ? Mettez-moi dedans. »

Le procureur soupira bruyamment. Plusieurs fois. Indécis. Ses doigts tambourinaient sur son bureau et de temps en temps il levait les yeux sur lui un instant. Une nouveauté à fêter au champagne, tiens, qu'il lui demande de participer à une enquête. Il faisait ça par amitié pour Maremmi, c'était évident. Il aurait dû lui balancer un non clair et net, pour lui faire mal – son indolence ne méritait pas autre chose –, car il allait être inutile à l'enquête, un poids mort qu'il serait, trop impliqué personnellement, en plus. Au lieu de ça, il baissa la tête, résigné.

« J'en toucherai un mot au substitut Fiesole », concéda-t-il. Pour le punir. Certain que d'ici quelques jours, dès que l'émotion commencerait à s'estomper, il s'en repentirait plus que de ses propres péchés, que l'instinct qui l'avait amené jusqu'ici s'évanouirait plus sûrement que le brouillard balayé par un coup de sirocco. Pour s'absoudre de sa méchanceté, il se dit que Lenzi pourrait peut-être se rendre utile quand même, vu qu'il était de la région, et donc qu'il connaissait la mentalité et le milieu, qualités à ne pas négliger dès lors que l'implication de la 'Ndrangheta ne faisait aucun doute.

Mais avant même qu'Alberto ne soit sorti de la pièce, il voyait déjà les choses autrement : il n'y avait pas vraiment d'enquête à mener, c'était cet autre Manto en cavale qui avait fait le coup. Il s'agissait juste de le livrer à la justice le plus vite possible. Et de faire montre ainsi d'une efficacité qui l'aiderait à sauver sa carrière – journaux et télévisions, dans leurs « premières éditions » du matin et lors des débats de la veille au soir, avaient aboyé en bavant sur l'absence de protection alors qu'un tueur de métier avait lancé des menaces. C'est pour ça qu'il était content qu'on ait choisi Fiesole. Ils avaient de bons rapports.

Il veillerait à le protéger de ceux qui déjà demandaient sa tête de procureur.

5

On orienta d'emblée les recherches vers le frère de Manto. Les carabiniers firent irruption au domicile familial avant l'aube. Ils n'y trouvèrent que son épouse, un hibou noir et enflé dont les malédictions exigeaient qu'on les conjure au plus vite.

Elle se frappa violemment la poitrine en invoquant les saints et les âmes du Purgatoire pour les convaincre qu'elle n'avait eu nul contact avec son mari depuis qu'il était en cavale. Versant même un tantinet de larmes, elle déclara d'une voix brisée qu'il pouvait aussi bien être mort, depuis Dieu sait quand. Aussi crédible que la virginité d'une asphalteuse.

Dans la matinée, Alberto Lenzi fut invité à la première réunion du pool. Il avala sa bile en voyant le substitut Fiesole, cinquante-cinq ans mal portés, un tour de taille qui faisait soupçonner la présence d'une chambre à air de camion sous sa chemise, une tête en œuf de Pâques, des joues grasses et molles, deux petites moustaches insipides qui lui crottaient le museau, une haleine putride, à croire qu'il logeait un rat crevé dans sa bouche. Le tout enrobé d'un air d'importance que ne peuvent se permettre que ceux qui décident des destins et connaissent les vérités secrètes. C'était cet air qui le faisait enfler tant et plus.

Ces derniers temps, depuis qu'on lui avait octroyé une escorte pour le protéger de la 'Ndrangheta, il en avait pompé tellement, de cet air, qu'il risquait d'éclater et de faire un massacre : sauf que la 'Ndrangheta, bien que capable d'échafauder n'importe quel plan bizarre, ne s'en prendrait jamais à un type aussi insignifiant, qui s'acharnait à voir un complot international jusque dans le moindre vol de poules et qui se poudrait le nez chaque matin au cas où la télévision viendrait l'interviewer à propos de ses formidables enquêtes.

Sa présence était compensée par celle de l'autre juge, Chiara Allegri. Elle et lui étaient dans un rapport de proportion inverse : autant Fiesole gâchait la journée d'Alberto, autant Allegri la lui remettait d'aplomb. Bénis soient ses parents, sanctifiée soit la nuit où ils l'avaient conçue, des femmes comme ça, il en naissait une tous les vingt ans. Florentine – et en tant que telle d'autant plus bandante, à cause de sa manière d'aspirer les *c* –, trente-deux ans, célibataire, une beauté dépassant nettement celle permise à un magistrat. Depuis qu'elle était arrivée au Parquet, l'année précédente, elle troublait les rêves de pas mal de monde – il n'était pas rare qu'elle se glisse dans ceux d'Alberto – et n'occupait encore le lit de personne. Alberto ne savait pas si elle était efficace dans son travail, mais ce qu'il savait, c'est que, vu tous les laiderons difformes qui avaient décidé d'exercer la magistrature dans son bled, on avait davantage besoin d'une femme comme elle que de pain. Elle aussi participait à l'enquête de manière informelle, certainement parce que telle était la volonté de Fiesole, peut-être pour compenser le fait de devoir subir la présence de Lenzi.

Il y avait aussi deux inspecteurs de police arrivés dans la matinée, qui s'occuperaient du travail de terrain – Fiesole les déclara dignes de confiance et des plus compétents, les meilleurs en service auprès du Parquet. Et il y avait Brighi, à sa demande expresse.

Ils firent ensemble le point de la situation. Michele Brighi avait déjà bien avancé son enquête et établi l'heure du traquenard : entre dix-huit heures vingt et une et dix-huit heures vingt-trois. C'est ce que révélait le ticket de caisse de la pharmacie qu'on avait retrouvé avec les médicaments à côté du cadavre. Émis à dix-huit heures dix-neuf. Le pharmacien se souvenait que Maremmi était resté une minute, pas plus, à attendre qu'il cesse de pleuvoir. Deux autres minutes pour arriver d'un bon pas à l'entrée de l'immeuble. Et on était à dix-huit heures vingt-deux, à une minute près.

Un peu après midi, les carabiniers de la brigade scientifique de Parme débarquèrent. Ils avaient apporté une tripotée de bidules sophistiqués. À leur tête, un type qui présentait bien, grand et distingué, quarante-cinq ans, physique sec et musculeux, visage marqué de ses premières rides, fines et serrées comme les lignes d'un cahier d'écolier. Alberto découvrit qu'il était capitaine et parfaitement antipathique : il allait devoir se blinder l'estomac s'il ne voulait pas se péter un ulcère devant son air prétentieux et détaché, ses gestes de dur à cuire, les regards froids et insistants qu'il posait sur tout le monde, et toute une série de poses empruntées à des séries américaines. Il ne lui manquait que les Ray-Ban, les bottines à éperons et le mégot de cigare au bec. Ses hommes n'étaient pas en reste, à croire qu'ils l'avaient pris pour modèle. Ils passèrent la scène de crime au peigne fin, avec une méticulosité maniaque.

Debout derrière eux, Alberto n'en perdait pas une miette. Tout en pesant l'inutilité d'une telle application et d'un tel déploiement d'énergie. L'affaire était entendue : Ciccio Manto, mandant, son frère Antonio, exécutant ; gens sans scrupules, déjà sous le coup de plusieurs condamnations à perpète. Pour eux, cramer une vie, c'était de la gnognotte.

À deux heures, Alberto s'éclipsa pour aller déjeuner dans son restau habituel, près du tribunal. Inviter le capitaine, pas question, même s'il réglait l'addition : manger était pour lui une jouissance et il n'avait pas l'intention de la gâter en se coltinant sa compagnie. Sauf qu'il ne prit goût à rien, tout occupé par la pensée de Giorgio. Et de ses jeunes enfants. Par association d'idées, il se mit à penser au sien, Enrico, deux ans à peine au moment de la séparation, sept aujourd'hui. Enrico qu'il ne voyait que rarement, à cause de son maudit métier et de sa maudite mère qui le montait contre lui. Enrico qui ne voulait pas lui parler au téléphone. Enrico qui piaffait à chaque fois que son père l'emmenait faire un tour et qui n'avait qu'une hâte, rentrer chez lui. Enrico dont le visage s'illuminait d'un sourire de délivrance quand il se jetait dans les bras de Marta. Marta, tiens. La plus grosse erreur de sa vie. De toutes celles qu'il avait connues, il avait choisi la pire, un châtiment du ciel, une avec qui le mariage avait été un chemin de croix. Il en était resté de la rancœur, le souvenir amer de leurs journées de tempête. Et Enrico.

Il chassa ces pensées. Il revint à Giorgio Maremmi. Au café, idée soudaine. Quel con de ne pas y avoir pensé plus tôt. Quels cons, ces grands enquêteurs venus du pays du brouillard, de ne pas y avoir pensé aussitôt. Il y avait trois caméras de surveillance aux abords de la porte principale de l'immeuble : l'une pointait les vitrines de la bijouterie adjacente ; une autre, à une trentaine de mètres de là, l'entrée de la banque ; la troisième visait le tribunal. Elles avaient peut-être encadré le tueur. Probabilités plus faibles pour celle du tribunal, vu qu'elle était de l'autre côté de la rue. Mais elle était placée en hauteur, et cadrait plus large, et donc… La plus utile était certainement celle de la bijouterie. Dans son souvenir, elle était juste à côté de la porte de l'immeuble, elle l'englobait sans doute dans son rayon d'action. Il n'y avait qu'à jeter un coup d'œil sur les enregistrements pour découvrir le visage de l'assassin. Si les images n'arrivaient pas jusqu'à l'entrée, on y verrait en tout cas défiler toutes les personnes qui étaient passées par là à l'heure des faits. Si Manto en faisait partie, la messe était dite. Et il y serait forcément, il était forcément arrivé d'un côté ou de l'autre, et en repartant il avait pris une des deux directions. Sa seule échappatoire, c'était s'il avait longé le trottoir opposé et traversé juste en face de l'immeuble. Mais, dans ce cas, la caméra du tribunal pouvait l'avoir pris sur le fait.

Il sortit du restaurant et alla vérifier. Les caméras étaient bien là où il le pensait. Celle de la bijouterie tellement près de l'entrée de l'immeuble qu'elle filmait entrées et sorties. Il partit à la recherche du capitaine.

Il le trouva dans le département carabiniers du Parquet. Assis devant un ordinateur. Avec d'un côté Fiesole qui dégoulinait de graisse depuis sa chaise, de l'autre la Florentine, plus appétissante que jamais. Ils ne lui prêtèrent aucune attention. Mais tout changea quand il se mit à parler des caméras. Alberto veillait à rester impassible et professionnel, à ne pas laisser transparaître sa satisfaction. Mais son estomac gargouillait, et pas à cause des rougets qu'il venait de manger, dont la patronne du restau lui avait assuré qu'ils étaient encore vivants.

Le capitaine, qui, depuis trois heures qu'ils se connaissaient, avait déjà réglé son attitude sur le degré d'antipathie d'un usurier de longue date, franchit un nouveau cap, dont même une intervention directe du Père éternel ne pourrait plus le racheter : « Regardez », lui dit-il en tournant l'écran vers lui.

En voyant que c'étaient les images filmées par la caméra de la bijouterie, Alberto tressaillit. Sans décrocher un mot.

Le substitut Fiesole posa sur lui un bref regard de dégoût.

« Lenzi… je vous en prie, ne me faites pas regretter d'avoir consenti à votre présence parmi nous », balança-t-il avec son acidité coutumière, en laissant tomber ses bras et en lâchant un petit rire.

Il l'avait vouvoyé. Du temps où il avait travaillé là, il avait toujours tenu à mettre des distances avec tous ses collègues. Spécialement avec Lenzi.

« L'affaire est déjà résolue, monsieur le conseiller ? Encore un coup de la CIA, c'est ça ? » répliqua Alberto. Mais il l'avait mauvaise, ses joues étaient en feu, et la sueur coulait dans son cou pire qu'en plein soleil à la mi-août.

Fiesole le foudroya du regard.

La Florentine se retint de rire derrière sa main.

Alberto lui lança un clin d'œil et s'assit derrière elle.

La caméra cadrait l'espace devant les vitrines. Mais elle n'arrivait pas à la porte de l'immeuble. Dans l'enregistrement, il pleuvait. Ils regardèrent les images jusqu'à ce que le compteur indique dix-huit heures trente. On avait vu passer cinq hommes pressés, une femme sous un parapluie qui cachait son visage, un groupe de jeunes gens au pas de course et un gamin. Trois autres solitaires s'étaient abrités de la pluie en collant le dos aux vitrines. Pas d'Antonio Manto. Et pas de Giorgio Maremmi non plus, parce que pour aller à la pharmacie il fallait partir dans l'autre sens.

« Par chance, la pluie est tombée sans prévenir, les gens étaient sortis sans parapluie. Sinon, on n'aurait reconnu personne, expliqua, surtout à lui-même, le capitaine. Il faut vérifier l'identité de chacune des personnes qui sont passées. En tout cas, il n'y avait pas le frère de Manto », compléta-t-il en tendant deux photos d'Antonio Manto.

Puis il éjecta le CD, en introduisit un autre, fit défiler en accéléré, jusqu'à ce que le compteur marque dix-huit heures quinze. On vit les images prises par la caméra de la banque, à trente mètres de distance, dans l'autre direction. « Je me les suis fait remettre tout à l'heure », précisa-t-il en montrant les CD d'un geste de la tête. Mais sans en rajouter, et en se tournant pour regarder Alberto.

Alberto se dit qu'il était plus humain qu'il ne l'avait pensé de prime abord. Mais il continuait à se sentir comme quelqu'un qui a surpris sa mère dans l'intimité.

Le champ de la caméra montrait l'entrée de la banque et le trottoir adjacent, jusqu'à la rue. Ils visionnèrent l'enregistrement. Puis ils se regardèrent, décontenancés : Manto n'était pas passé par là. Par contre, le juge Maremmi, oui, deux fois. D'un bon pas à l'aller, en rasant le mur pour se protéger de la pluie, à dix-huit heures treize, en courant au retour, à dix-huit heures vingt et une.

Les yeux d'Alberto s'emplirent de larmes au spectacle des dernières minutes de vie de son ami. Sans qu'il s'en aperçoive, son souffle se fit pesant, proche du râle. Tout le monde se tourna vers lui. Paraissant compatir, Fiesole hocha la tête, le capitaine ne laissa rien paraître et Chiara lui effleura la main.

« Ça colle question horaires, mais à part ça… dit Fiesole.

– À part ça, on peut exclure les passants filmés par les deux caméras, dans un sens ou dans l'autre, et mettre un nom sur ceux qui n'apparaissent qu'une seule fois », le corrigea le capitaine tandis qu'il insérait le CD du tribunal.

Au cours des quinze minutes fatidiques, deux personnes qui courent, deux jeunes gens, un gars une fille, se serrant l'un contre l'autre sous un imperméable qu'ils tiennent au-dessus de leur tête. Un couple de vieux qui s'arrête sous l'auvent. À dix-huit heures vingt et une, des jambes qui traversent le champ un instant, pour disparaître aussi vite. Elles arrivaient du trottoir d'en face, direction l'entrée de l'immeuble. Mais on ne voyait qu'une paire de grosses chaussures, modèle courant et rustique, avec un lacet zigzaguant entre deux rangées d'anneaux, et un pantalon genre toile de jute, de paysan. Paysan, c'est ce qu'Antonio Manto avait été avant de se transformer en tueur. Ils firent un arrêt sur image. Sans le dire, chacun pensa que c'était le pas de la mort.

Le capitaine appela l'adjudant qui était arrivé de Parme avec lui.

« Prends quatre gars avec toi, ordonna-t-il. Tu vas te placer devant la caméra du tribunal, un autre se met devant celle de la bijouterie et tu dis aux trois autres de traverser la rue en face de l'immeuble, plein de fois de suite. Il faut qu'ils partent à chaque fois d'un point différent, à un mètre de distance maximum. Je veux comprendre quelle possibilité avait notre homme d'échapper aux deux caméras. Vous, Brighi, allez vérifier s'il y a un décalage entre l'heure de la caisse de la pharmacie et celle de la caméra de la banque. »

Ils partirent à toute berzingue.

Alberto apprécia son efficacité. Il le trouvait toujours antipathique, mais un tantinet moins indigeste. Même, s'il n'avait pas eu cet accent romain, il l'aurait fait passer dans la catégorie des ni bons ni mauvais. Pour apporter lui aussi sa contribution, il dit : « Le juge Maremmi est passé devant la banque à dix-huit heures vingt et une. On a dû le tuer une minute plus tard, dès qu'il est arrivé dans le hall. Le tueur a dû entrer derrière lui.

– Attendons de voir si les heures correspondent », le glaça le capitaine, redevenant derechef aussi antipathique qu'au début.

Il aurait dû adopter une attitude de subalterne, pensa Lenzi, celle d'un capitaine devant des magistrats, plutôt que de jouer les premiers de la classe. Il ne dit rien.

L'autre se concentrait sur les jambes saisies par la caméra. Il agrandit l'image et l'observa en se lissant le menton.

« Chiqué », pensa Alberto, qui ne comprenait pas ce qu'il pouvait espérer y trouver d'autre. C'étaient le falzar et les godasses d'un type mal attifé, peut-être un gars de la campagne. Ça pouvait appartenir à Manto. Point barre.

Dix minutes plus tard, retour de Brighi : les horloges de la caisse de la pharmacie et de la caméra avaient une minute de décalage, ce qui n'affectait pour ainsi dire pas l'heure du crime.

Retour de l'adjudant de la Scientifique : quiconque aurait traversé la rue ne se serait trouvé dans le champ de la caméra qu'en face de l'entrée du tribunal, sur une largeur d'un mètre et demi au plus.

« On a affaire à un gros malin qui a fait gaffe aux caméras ou il a eu un coup de cul énorme ? demanda le capitaine.

– Coup de cul énorme », répondit Alberto sûr de lui en plantant son index sur la photo d'Antonio Manto, pour montrer qu'un type pareil, avec ses petits yeux et son air de corniaud, devait avoir le crâne aussi plein qu'un tambour.

« C'est ça, un coup de cul… ironisa le substitut. Moi je dis qu'il faut creuser un peu plus dans la vie de Maremmi. On ne tue pas un juge comme ça. L'affaire est plus grave que nous ne le pensons… Pas vrai, chère collègue ? », en s'adressant à Chiara.

Elle haussa les épaules, mal à l'aise. Trop jeune et trop fraîche émoulue pour contredire un substitut, mais futée quand même, vu qu'elle rechignait à donner raison à quelqu'un qui voyait les services secrets et la maçonnerie partout, pensa Alberto. Elle ne serait pas très utile à l'enquête. Mais elle la rendrait plus belle, pour sûr.

« Ben, oui, il faut jeter un coup d'œil sur les affaires dont s'occupait Maremmi », admit le capitaine.

Alberto n'y croyait guère, mais se dit qu'il valait mieux ne pas braquer le plus haut gradé. On devait l'avoir informé que Lenzi était un juge spécialisé dans les dossiers de peu, de ceux qu'on range à portée de main, parce que, de toute façon, même si quelqu'un les pique…

« Mais en attendant, tâchons d'identifier ceux qui sont passés par là. Et voyons ce qu'on peut tirer de ces chaussures et de ce pantalon, reprit le capitaine. Il faut refaire une perquisition chez Manto. Peut-être qu'on les trouvera là-bas.

– Manto a juste eu la chance de choisir un parcours en dehors du champ des caméras, s'obstina Alberto. La position la plus logique pour attendre que Maremmi rentre chez lui, c'était la rue transversale en face de l'immeuble. Peut-être qu'il l'attendait assis dans sa voiture. Dès qu'il l'a vu, il est sorti, il est arrivé sur le trottoir, il a traversé la rue à un endroit qui n'est pas cadré… L'adjudant vient de vérifier qu'il était possible, et même plus probable qu'il n'ait pas été filmé… Il a bondi dans le hall et… et… »

Sa voix s'était brisée d'émotion.

« Aller et retour ? objecta âprement le substitut.

– Aller et retour.

– Mais comment est-il entré ? demanda Chiara.

– Il était juste derrière lui et il a rouvert le battant avant qu'il ne claque, il a tiré un premier coup de feu, puis un deuxième à la tête, pour être sûr, et il est ressorti sous son paletot, ou avec sa casquette rabattue sur le nez et une main devant le visage comme pour se protéger de la pluie, il a retraversé vers le tribunal et il s'est volatilisé », lui expliqua le capitaine. Avec une délicatesse… et un large sourire.

« Comme c'est mignon », pensa Alberto. Sous son écorce de dur à cuire, c'était un tendre. Chiara Allegri avait frappé une fois de plus.

« Un type qui a cette tête-là ? objecta le substitut. Il aurait été capable de penser à tout ça ?

– Il l'a fait sans y penser. Il a traversé là où c'était le plus simple. Et puis, même s'il risquait d'être reconnu… Il est déjà condamné à perpétuité… rétorqua Alberto.

– Et si on se fourvoyait ? Si l'assassin était quelqu'un d'autre, qui a profité des menaces que le frère de ce Manto a lancées depuis sa cage ? glissa le capitaine.

– Ah voilà, là ça commence à ressembler à quelque chose, jubila le substitut.

– Bof », fit Alberto.

La Florentine se contenta de changer de position sur sa chaise. Et elle croisa les jambes, déplaçant autour d'elle une fragrance à en perdre les sens et concédant aux regards un peu plus de cette tendre chair où plus d'un rêvait de poser les mains.

« Et sur la scène de crime ? demanda le substitut.

– On n'a pas grand-chose, les médicaments et les empreintes sur la rampe, on est en train de les vérifier.

– Comment avez-vous l'intention de procéder ? (Chiara Allegri, pour dire quelque chose.)

– On interroge les gens des boutiques. Quelqu'un pourrait avoir remarqué le tueur en embuscade. On arrête ceux qui ont un casier et qui ont eu affaire avec la victime. On suit la piste des chaussures et du pantalon. Et on essaie d'attraper cet Antonio Manto.

– Et on élargit. (Fiesole, qui ne renonçait jamais à avoir le dernier mot.)

– On élargit. » (Le capitaine, mollement.) Puis, s'adressant à Alberto : « Vous êtes du coin… Vous avez une idée ? La 'Ndrangheta qui bute un magistrat… »

Alberto expliqua que la 'Ndrangheta ne tuait pas les magistrats, à moins que sa survie ne soit en jeu. Que les Manto, bien que tueurs à la solde de la 'Ndrangheta, n'en faisaient pas vraiment partie. Qu'il pensait qu'ils étaient coupables, c'est vrai, mais par stupidité, et parce qu'ils étaient malades d'honneur et de 'Ndrangheta, et parce que Maremmi n'avait pas d'autres ennemis, ni de dossiers brûlants sous le coude, ni d'affaires particulières, et qu'il ne lui avait fait part d'aucune inquiétude, juste de son amertume à cause des menaces qu'il avait reçues.

Tout en parlant, il voyait bien que tout le monde ici lui accordait autant de valeur qu'à un sept à la belote, hors atout. Il leur était utile parce qu'il était de la région et qu'il connaissait le milieu et la mentalité. Il avala une salive aussi amère qu'un lendemain de cuite et se reprocha ses années de flemmardise.

L'après-midi même, en repensant aux enfants de Maremmi, il éprouva le besoin pressant de voir le sien. Il se rendit à Reggio en compagnie de Lucio.

Ce ne fut pas une bonne idée. Dans son salon, l'attitude de Marta fit chuter la température. Mais elle se montra gentille avec Lucio. La noblesse lui avait toujours fait de l'effet, elle s'y sentait à son aise, en phase ; pourtant elle ne pouvait même pas prétendre à la noblesse morale.

Enrico demeura distant, détaché. Ses sourires forcés, les regards inquiets qu'il lançait en quête d'aide et de réconfort à sa mère, ses réponses lapidaires et sans enthousiasme trahissaient son impatience. Cet homme n'était pas son père. Pas de jeux, pas de complicité, par de souvenirs communs. En lui, il ne voyait même pas quelqu'un dont se contenter en l'absence de sa mère.

Mais il lui ressemblait, et comment. Plus il grandissait, plus ça devenait flagrant. Marta pouvait le modeler autant qu'elle le voudrait, elle pouvait le monter contre lui, la marque de fabrique était là. Ses traits, sa manière de bouger, ses grands yeux marron... c'était son portrait craché. Parfois, c'était comme s'il se revoyait, dans les rares souvenirs qu'il gardait de lui-même à cet âge-là.

Il ne résista pas bien longtemps. Un long baiser à Enrico, un signe de tête à Marta et, hop, changement de décor, histoire de digérer ce rejet.

Le voyage de retour fut plus silencieux que l'aller. À la détresse causée par le trépas de Maremmi s'ajoutait maintenant le désarroi lié à la froideur de son fils. Il admettait ses erreurs. Il n'avait pas tenu son rôle de père, il n'avait pas vu son fils grandir, il ne lui avait pas accordé les attentions qui éveillent les sentiments, il n'avait rien fait pour gagner son affection, pour empêcher que la distance se creuse. Il aurait suffi qu'il soit un peu plus présent, qu'il se fasse entendre au téléphone, qu'il aille de temps en temps le chercher à la sortie de l'école, qu'il l'emmène avec lui en vacances, qu'il demande à l'avoir le week-end. Au lieu de ça, il s'était éloigné, caché derrière les manœuvres de Marta, en renvoyant tout ça à l'époque où son fils serait adulte et en mesure de comprendre. Raté. Et maintenant, c'était peut-être le nouveau mari de Marta qu'Enrico voyait comme son père. Il y avait gros à parier qu'il l'appelait papa. C'est lui qu'il avait sous la main, c'est avec lui qu'il jouait, c'est lui qui le bordait le soir et séchait ses larmes.

Sa gorge se serra.

Lucio devait penser les mêmes choses, car : « Il faut le conquérir, il faut lui consacrer du temps », dit-il.

Un « oui » d'une voix rauque, c'est tout ce qu'Alberto réussit à sortir.

Pour se changer les idées, il se mit à raconter ce que les enquêtes avaient donné jusque-là. Sans rien cacher. Lucio, il pouvait lui faire confiance.

6

Ciccio Manto fut placé en isolement et mis sous pression. Il nia jusqu'au lait qu'il avait tété au sein de sa mère et afficha en permanence une expression dédaigneuse qui aurait mérité qu'on la prive de ses dents de devant. L'interrogatoire fut confié à un adjudant qui, bien qu'habillé en civil, donnait l'impression d'être en uniforme SS. Pendant des heures et des heures, toujours les mêmes questions, et les mêmes réponses. Non, non et non. Innocent, qu'il était. Et innocent son frère, qui se trouvait va savoir dans quel coin du monde, s'il était encore de ce monde.

Pour épauler l'adjudant, un carabinier géant, aux mains comme des raquettes de figuier de Barbarie, si terrible d'aspect qu'on pissait dans son froc rien qu'à poser les yeux sur lui. La ligne de partage entre criminels et membres des forces de l'ordre est ténue, c'est bien connu : si on avait assis le géant sur la chaise à la place de Manto, un observateur extérieur n'aurait rien trouvé à redire.

Alberto Lenzi assista à l'interrogatoire sans intervenir. Il espérait que l'autre avoue. Car on n'avait trouvé aucune preuve, alors qu'on avait envoyé la moitié de l'armée montrer la photo d'Antonio Manto *urbi et orbi*. Personne ne l'avait remarqué aux alentours du lieu du crime, on n'avait noté aucune présence suspecte, la piste de ceux qui apparaissaient sur les enregistrements n'avait rien donné, on les avait tous identifiés, aucun n'avait à voir avec cette sale histoire. On n'avait même pas reçu de dénonciations anonymes, comme ça arrivait à tous les coups. Bref, obscurité totale. Un cas classique, d'accord, mais destiné à tenir compagnie aux nombreuses autres affaires jamais résolues.

Alberto n'assista pas à la deuxième journée d'interrogatoire. On enterrait Giorgio. Il fallait se farcir tout le cirque et tout supporter, l'État qui pointe le bout de son nez les jours de deuil mais qu'on ne voit jamais le reste du temps, le drapeau tricolore, les discours, les applaudissements pour le fidèle serviteur tombé au champ d'honneur, le cercueil posé par terre. Et deux gamins au regard apeuré qui, au milieu de tant d'attentions, n'arrivaient pas encore à comprendre qu'ils ne reverraient jamais leur père.

Il se tint à l'écart, un parmi la foule. Lucio, en revanche, demanda à faire partie de ceux qui porteraient à l'épaule le cercueil enveloppé d'un drapeau. Ça fit grosse impression. Mais ça sema le trouble, car, parmi les magistrats, il n'y en avait aucun de dimensions équivalentes avec qui l'apparier pour ne pas déséquilibrer le transport. Et puis c'était une nouveauté absolue, un Cianci Faraone qui *se mettait en dessous.*

Le lendemain, Alberto revint assister à l'interrogatoire avec toute la rage accumulée pendant les funérailles. Il grogna comme une bête en voyant que Manto continuait à nier et arborait le reste de morgue qui avait survécu à la veille. Et quand : « Ah, moi, si je pouvais aller me boire un café… » sembla se plaindre l'adjudant, il comprit et opta effectivement pour le café. Il y passa une heure. À son retour, il constata immédiatement que le visage de Manto avait bronzé mieux qu'après une matinée passée au soleil en août. L'adjudant lui fit signe qu'il s'obstinait à nier.

Les deux jours suivants, Alberto alla boire d'autres cafés, pour constater à tous les coups que le « bronzage » de Manto mûrissait à vue d'œil. Mais il n'avait pas reconnu quoi que ce soit et il continuait à innocenter son frère.

Ils durent laisser tomber.

On le remit dans la même prison, sur une idée du substitut Fiesole, qui pensait qu'on le coincerait peut-être grâce à ce qu'il raconterait à ses codétenus.

Une fois sorti de l'isolement, pendant la promenade Ciccio Manto se contenta d'afficher une certaine assurance, un air un peu suffisant, rien de plus. Il avait décidé qu'il ne fallait pas en faire plus, que c'était bien comme ça. Dès qu'il se mit à aller et venir le long de ces quarante mètres de cour avec ses deux camarades habituels, il jubila de constater qu'ils tenaient à le placer au milieu, chose qu'ils ne faisaient pas jusque-là, vu qu'il aurait dû se tenir sur le côté, compte tenu de la hiérarchie de leurs titres respectifs. La chose le fit travailler sérieusement du chapeau. Au point que, dès le lendemain, il dessina sur son visage un rictus de vrai dur, sa lèvre inférieure couvrant celle du dessus, et prit soin, à chaque demi-tour, de respecter les règles de la *société*, en tournant le dos tantôt à l'un, tantôt à l'autre. Le lendemain, il soigna davantage encore son attitude, nuançant son expression d'une touche moqueuse, penchant sa tête vers l'arrière et promenant sur tout le monde des regards sévères. Et pire encore les jours suivants. Il était incapable de contenir la satisfaction qui clapotait en lui. Il exigeait de la considération. Le respect qu'on lui accordait lui était plus précieux qu'une médaille de la bravoure.

Cette lente promenade finit en somme par se transformer en tour d'honneur, qu'il accomplissait sans rien dire, se délectant de la gloire qu'il pensait avoir méritée. À ceux qui lui adressaient un mot gentil, inclinaient la tête devant lui, lui lançaient un clin d'œil ou lui donnaient une petite tape sur l'épaule, en guise de compliment, il octroyait la grimace d'un sourire glacial au-dessus duquel brillaient deux dents en or. Mais pas un mot – les hommes, moins ça cause, mieux c'est –, hormis une sorte de marmonnement en aparté, un râle quasiment, dont on comprenait tant bien que mal qu'il voulait dire : « Maintenant, ils ont compris que moi, faut pas me casser les burnes. »

Don Mico Rota n'avait pas du tout apprécié les menaces de Ciccio Manto à l'encontre du ministère public pendant le procès. Mais il avait laissé courir. Sans imaginer une seule seconde qu'elles puissent être suivies d'effet. Il avait apprécié moins encore d'apprendre que ledit magistrat avait trouvé la mort. Et il n'était aucunement disposé à tolérer l'attitude bravache de Ciccio Manto dans *sa* prison. Ça gâchait sa promenade.

Il ne l'aimait pas, ce Manto. Il n'aimait personne de ceux qui tuent pour de l'argent – il s'était toujours servi de types comme ça, mais rien ne l'obligeait à les aimer. Et il méprisait ceux qui se vantaient d'avoir donné la mort. La mort était nécessaire parfois, lui-même, dans sa jeunesse, l'avait infligée en personne, et en tant que *chef-de-société* il l'avait ordonnée bien des fois, mais ça ne devait pas devenir un motif de fierté.

Au lieu de quoi Ciccio Manto affichait sa satisfaction et tenait à revendiquer par son attitude la paternité de l'homicide, s'attendant à ce qu'on applaudisse une action – en admettant qu'elle soit vraiment venue de lui : don Mico en doutait et s'en assurerait au plus vite – pour laquelle il méritait plutôt d'être plongé vivant dans l'eau bouillante, comme on cuit les langoustes, en vérifiant toutes les cinq minutes si c'est assez salé.

On ne tuait pas un magistrat sans raisons sérieuses, terribles, et sans en avoir reçu l'ordre d'un *chef en tête*. On ne tuait pas un magistrat en commanditant son meurtre depuis une prison où Manto n'était qu'un bout de papier sans rien d'écrit dessus quand lui-même était *l'homme*, celui à qui il fallait rendre compte même d'une gifle à donner dans la cour. On ne tuait pas un magistrat père de famille juste parce qu'il avait dit et fait ce qu'il lui appartenait de dire et de faire en tant que ministère public, et qui de toute façon ne changerait rien au sort du prévenu, déjà condamné à perpétuité. On ne tuait pas un magistrat alors qu'une foule de bons amis attendaient leur procès ou leur verdict. On ne tuait pas un magistrat tandis que, dans le même Parquet, un de ses collègues examinait *sa* demande *à lui* de mise en détention à domicile.

Et donc, au sourire dont le gratifia Manto, don Mico répondit par un de ces regards froids de requin dont on sentait d'instinct qu'ils enjoignaient au malheureux de faire le signe de croix.

Et donc, lorsque Manto lui fit dire qu'il souhaitait s'expliquer, il ne daigna même pas répondre, se limitant pour dire non à hausser les sourcils.

Et donc, la fois où Manto s'arma de courage et s'approcha pour lui parler, il le foudroya d'un œil terrifiant, cracha par terre et détourna la tête.

Et donc, Manto ne trouva plus personne avec qui se trimbaler de long en large d'un pas lent à l'heure de la promenade.

Et donc, Manto se mit à s'étioler de jour en jour, à prendre un teint pire que la cire des bougies, à demander un entretien urgent avec le directeur et son transfert dans une autre prison et, en attendant de l'obtenir, à éviter la promenade.

Et donc, Manto se mit à maudire son frère. Maudit soit-il et maudit soit celui qui lui avait rapporté les menaces lancées pendant le procès.

Il ne lui avait pas donné l'ordre de tuer, il ne l'avait informé de rien. Toujours aussi con, son frère, toujours pareil, il prenait au sérieux tout ce qu'il disait. Il s'était mis lui-même encore plus dans le bousin, parce que, maintenant, on allait lui donner une chasse beaucoup plus acharnée. Et il l'avait mis dans le bousin lui aussi, jusque dans sa prison.

Un ruisselet rouge sur le ciment nu : un mince filet qui avait avancé lentement pour s'arrêter à une irrégularité du sol. Là, il s'était élargi en une tache qui avait commencé à sécher. Déjà des fourmis à tête rouge y avaient installé leur bivouac.

Ils s'en aperçurent en revenant de la cour. Le ruisselet passait sous la porte de la cellule où Ciccio Manto attendait seul la fin de la promenade mais où il ne dormait plus la nuit, de peur que ses quatre codétenus – naguère ses compères, ses ennemis depuis le crachat de don Mico – ne l'étranglent dans son sommeil.

Les coups de sifflet des matons déchirèrent le silence, des pas précipités résonnèrent. Un grommellement, comme d'une gorge unique, monta du chœur des détenus lèvres closes.

Ils trouvèrent la porte de la cellule ouverte, tirée pour sembler fermée. À l'intérieur, Ciccio Manto était assis sur son lit, le dos appuyé contre le mur, la tête penchée sur la poitrine, une *coppola*, le béret méridional traditionnel, enfoncée jusqu'aux yeux. À son cou, un collier rouge d'où avait jailli le ruisselet qui s'était ensuite faufilé jusqu'au couloir extérieur.

Dès que la nouvelle de la mort de Manto commença à retentir entre les murs du tribunal, « bien fait pour ta gueule, sale porc », laissa échapper mentalement Alberto Lenzi. Mais la joie rageuse céda aussitôt la place au regret gêné de l'avoir éprouvée : il n'aimait pas se sentir débiteur de la 'Ndrangheta d'une justice qui n'aurait pu être rendue sans elle.

« Don Mico Rota », déclara, sûr de son fait, Michele Brighi, à son retour de la prison où il avait pris part aux relevés. Voilà deux jours qu'il trottinait derrière Alberto, impatient d'entrer en action.

Lenzi fit comprendre que c'était pour lui une évidence en haussant les épaules. Il allait vite en besogne, Rota, pour tous les degrés de juridiction : pour prononcer une condamnation, il n'avait besoin ni de preuves ni de confrontations de témoins, il lui suffisait d'être personnellement convaincu de la culpabilité.

« Il ne pouvait pas avaler une insubordination pareille, poursuivit Brighi. Ça lui aurait fait perdre la face. Un ordre lancé depuis la prison où lui-même… En plus, tuer un magistrat… Il doit avoir pensé que c'était la fin de la tranquillité pour tout le monde et qu'il fallait montrer sa désapprobation. En tout cas, il a fait ça bien. Personne n'ouvre la bouche. Même les balances habituelles se taisent. »

« Tôt ou tard, on finira par savoir quelque chose », pensa Lenzi. Il savait comment ça marchait entre les murs de la prison : bouches cousues au début, puis une confidence, une autre, jusqu'à ce que ça arrive aux bonnes oreilles et que ça explose.

« Ils ont dû acheter un gardien.

– C'est comme ça qu'ils arrondissent leurs fins de mois. (Amèrement, Lenzi.)

– Il faut qu'on trouve le frère avant la 'Ndrangheta. La tombe est prête pour lui aussi, il peut faire une croix sur les protections qui lui ont permis de rester en cavale jusqu'ici.

– S'il n'est pas trop idiot, il a déjà changé d'air.

– En supposant qu'il en respire encore, de l'air. Ils pourraient l'avoir déjà chopé et enfoui en guise d'engrais au pied d'un olivier. En matière de cérémonies, la 'Ndrangheta aime bien faire court, d'abord on l'enterre vivant et ensuite, peut-être, on se demande s'il était coupable... Ah, si seulement je pouvais mettre la main sur lui... Et je vais essayer, Dieu m'est témoin, même si c'est la dernière chose que je dois faire. Je vais lui faire passer le goût du pain. » (En serrant les dents.)

Lenzi vit ses yeux s'injecter de sang. Bon comme il l'était, si ça se trouve il réussirait à le dénicher. Et à le punir à sa façon. Il en avait fait une question personnelle : il était lié à Maremmi.

Ils se rendirent ensemble à la réunion du pool.

Fiesole joua les disques rayés – il insista encore pour qu'on ne délaisse pas l'hypothèse d'implications à un niveau supérieur. Chiara ne pipa mot. Le capitaine fut fort dépité de devoir admettre que la 'Ndrangheta s'était chargée de l'exécution d'une telle sentence. Alberto précisa qu'il s'était agi de remettre de l'ordre, de rétablir les hiérarchies et de prévenir dorénavant ce genre d'initiatives, vu que même à un *chef-de-société* il n'était pas permis de s'en prendre à un magistrat sans obtenir d'abord le consentement des plus hauts sommets.

« Mais comment est-il possible qu'il n'y ait pas de témoins ? » demanda le capitaine incrédule. Il avait été impressionné par une force capable de corrompre au moins un gardien pour qu'il ouvre la cellule – voire tue directement –, de coudre toutes les bouches, de dissimuler la vérité aux détenus eux-mêmes.

« Bien sûr qu'il y en a. Mais aucun ne se fera connaître. Pas pour le moment », dit Alberto. Lui, ce qui le troublait plus que tout, c'était le message laissé pour expliquer cette mort ; car telle était la signification du béret enfoncé sur la tête, couvrant le front jusqu'aux yeux. Il en fit part aux autres.

« Qu'est-ce que le béret vient faire là-dedans ? demanda surpris le capitaine.

– La 'Ndrangheta, celle d'autrefois en tout cas, avait coutume d'expliciter la raison de ses meurtres par certains symboles. Don Mico Rota est d'un autre âge, il connaît les usages de l'ancien temps, il aime bien ce genre de mises en scène. Le béret jusque sur les yeux, ça veut dire que le mort a… avait des cornes cachées là-dessous.

– Des cornes ? Il était cocu ? Avec une femme pareille ? » s'émerveilla le capitaine. La veille, il l'avait soumise à un interrogatoire en bonne et due forme. Et il n'arrivait pas à croire qu'il y ait dans le monde des hommes ainsi faits qu'ils puissent s'envisquer avec une telle abjection. Elle était répugnante : de la graisse qui dansait sur elle au moindre mouvement, un visage que même le miracle d'un saint du paradis n'aurait pu rendre agréable, deux yeux globuleux, de crapaud, et avec ça édentée, luisante, inepte. Dès la fin de l'interrogatoire, le capitaine avait aéré la pièce et couru se débarbouiller.

« Il n'était pas cocu dans ce sens-là, expliqua Alberto. Signifier qu'il avait des cornes sert à expliciter que c'était une carte sans valeur, un homme de rien, comme l'est un cocu… Il ne pouvait pas décider de faire tuer un juge.

– Ah, bon. Et quel besoin ils ont de faire ça ?

– Allez donc les convaincre qu'ils n'ont pas exercé la justice ! Pour eux, c'est pareil qu'un jugement au tribunal. C'est un acte public et il faut que ça se sache… Mais de nos jours, ça ne se fait plus, les nouvelles générations s'en tapent. Don Mico Rota appartient à la vieille garde, il y a des choses auxquelles il ne veut pas renoncer.

– Et si ça se trouve il attend qu'on lui envoie un cadeau à Noël.

– Non, il n'attend rien. Il ne l'a pas fait pour nous. L'ordre qui a été donné depuis la prison est une offense qu'on lui a faite, à lui personnellement, ça entame son autorité à l'intérieur et à l'extérieur de la prison. Il sait bien qu'en le faisant exécuter, il s'est barré la route de la détention à domicile. Mais il ne pouvait pas agir autrement. C'est lui qui a donné l'ordre qu'on lui mette ce béret sur la tête. Et notez bien que ce béret, cette *coppola*, ils l'ont fait venir de l'extérieur, en prison on n'a pas le droit d'en avoir. »

Le capitaine le regarda déconcerté. Il n'apprendrait jamais à comprendre ce monde, lui qui venait de la campagne romaine.

« Et le frère ? demanda-t-il.

– S'il n'est pas déjà mort, ça ne saurait tarder.

– À moins qu'on ne le trouve les premiers.

– C'est toujours eux qui les trouvent avant nous, leurs enquêteurs sont meilleurs et leurs méthodes plus convaincantes que les nôtres. »

Alberto s'aperçut alors que le capitaine posait sur lui un regard différent. On commençait à y discerner un soupçon de respect. Il n'en éprouva nulle fierté. Il n'avait guère de mérite, il venait juste d'expliquer un monde qu'il connaissait, parce qu'il y vivait depuis toujours, et les autres, non.

Le lendemain, les journaux et les télévisions firent une large place à la nouvelle. En l'associant à la mort de Maremmi, assassiné par Antonio Manto, frère de la victime et déjà en cavale à cause de crimes de la même eau.

7

Au cours des journées qui suivirent l'exécution de Manto, don Mico Rota décida de se montrer tous les après-midi dans la cour. En évitant de faire mine d'éprouver ses crises habituelles de douleur. On le gratifiait de révérences plus chaleureuses et de davantage d'œillades furtives d'approbation que d'habitude. C'était toujours comme ça, quand il se passait quelque chose de spectaculaire. Mais personne n'osait lui poser de questions. On se contentait de participer par gestes à un événement qui, dès lors qu'il ne pouvait avoir eu lieu qu'en vertu d'un ordre de lui, devenait automatiquement légitime et inéluctable. D'aucuns, d'un grade plus élevé dans l'*onorata società*, prenaient la liberté, en croisant le regard de don Mico, de lui adresser un clin d'œil. Il demeurait imperturbable. Aucun homicide, pas même celui qu'on lui attribuait maintenant, ne méritait d'être fêté. Il en avait toujours usé avec modération. Avant de se décider à en commanditer un, il avait chaque fois essayé d'arranger les choses, de pactiser encore et encore. N'étaient tombés que ceux qui avaient tout fait pour mourir, qui avaient manqué de prudence et de respect la première, la deuxième et la troisième fois.

Il pointait des yeux insistants sur certains de ces visages obséquieux et serviles. Il arrivait qu'ils ne puissent soutenir son regard : ils craignaient d'avoir manqué à quelque devoir, ou, les infâmes, avaient peut-être *armé charrette à leurs propres dépens*, monté une embrouille qui se retournerait contre eux ;

à moins qu'il n'y ait là quelque raison plus sérieuse encore, que don Mico se réservait de comprendre.

Tout au long de sa lente promenade, il était flanqué de ses trois hommes dévoués, ses colocataires de cellule. Ils durcissaient leurs traits autant qu'il le faisait lui-même. Ils dévisageaient les mêmes prisonniers que lui. Ils les battaient froid dès qu'il se mettait à le faire. Sans savoir pourquoi. Mais conscients qu'il y avait une logique là-dessous, que la promenade et les regards posés sur l'un ou sur l'autre servaient à quelque chose qui était dans la tête de don Mico, et qu'ils le découvriraient si et quand celui-ci déciderait de le leur expliquer.

Des trois, c'était Cutra le plus impatient de savoir.

Don Mico sentait son regard sur sa nuque. Il se retournait sans prévenir et le prenait sur le fait. L'autre lui décochait dare-dare un sourire – et un sourire de Cutra, ce n'était pas ce qu'il y avait de mieux, ses gencives pourries et les dents manquant çà et là le rendaient encore plus laid qu'il ne l'était déjà. Don Mico savait ce qui lui agitait la caboche, mais il n'avait pas l'intention de parler. Pas encore.

Mais à la fin, il en eut assez : « Allez, vas-y, Cutra, dis-moi ce qui te tarabuste, comme ça tu arrêteras de me regarder tout le temps, on a l'air de deux *promis*.

– Je peux me permettre ?

– Tu peux, allez, parle.

– *C'est nous qui fîmes ?* »

Don Mico interrompit sa promenade, le fixa d'un œil dur.

« C'est toi qui *fis* ? Ou Peppe ? Ou Mimí ? » demanda-t-il.

Mimí tendit l'oreille.

Peppe Caruso, qui venait d'allumer une cigarette au mégot de la précédente fumée jusqu'à l'os, s'alarma : « Moi ? Moi non, don Mico. Comment ça me serait venu à l'idée sans un ordre de vous ?

– Je sais bien, je sais bien, Peppe. » (Don Mico, la paume ouverte pour le tranquilliser.)

Caruso lui était plus dévoué qu'aucun autre. Rota lui aurait confié sa vie et celle de sa famille.

Il était passé sans se mouiller à travers une palanquée d'homicides, exécutés en personne et avec talent, et d'innombrables procès, pour à la fin se faire serrer à cause d'une connerie de fusillade inutile contre la police, alors qu'il tentait d'échapper à un barrage. Au procès, il avait récolté cinq ans. Et dix autres pendant sa détention. Parce que, manque de pot, il avait atterri dans une prison en Ombrie où sa renommée n'était pas arrivée et où il n'y avait à ce moment-là personne pour témoigner de son rang. De sorte qu'il avait dû gagner le respect sur le terrain, à coups de couteau. Il avait encore huit ans à tirer. S'il ne commettait pas d'autres bêtises, il sortirait d'ici quatre ou cinq ans. Mais sans la main de don Mico posée sur sa tête, il les aurait commises. Et à don Mico, dans le monde libre, un type comme Caruso était plus utile que le pain.

Mimí ne dit rien. Les meurtres n'étaient pas de son ressort, et il n'avait pas à se justifier. Il était le petit-fils de don Mico, le fils d'une de ses filles. Petit-fils en droite ligne et scélérat, vu que, plutôt que d'obéir à son grand-père et de ne pas tremper là-dedans, pour jouir des fruits de leurs scélératesses à eux, il avait choisi d'obéir au sang qui bouillonnait dans ses veines et s'était fait coincer trois ans plus tôt avec un stock d'héroïne. Comme il avait fait un peu d'études – sans avoir cependant assez de cervelle pour décrocher son bac scientifique –, il ajoutait au respect dont il jouissait grâce à son grand-père celui de la culture. « Ingénieur », c'est ainsi qu'on s'adressait à lui, en pensant qu'il en était fier.

« Alors, Cutra ? insista don Mico.

– Vous savez que ce n'est pas moi.

– Donc, *ce n'est pas nous qui fîmes*. Mais comme ça s'est passé ici, *c'est nous qui fîmes*.

– C'est ce que je voulais vous dire, don Mico. Tout le monde pense que c'est nous qui l'avons fait.

– Et toi, laisse-les donc penser ce qu'ils veulent… T'en as quelque chose à foutre de cette *coucourde* de Manto ? Celui qui a fait ça, qui que ce soit, a fait une œuvre sainte.

– Mais les règles de la société, ils les ont respectées ? Ils ont passé le mot ? (Cutra.)

– *Fouti-t'en* (Don Mico, en agitant la main en éventail pour signifier que la question était close.)

– Vous ne le pensez pas vraiment. » (Mimí.)

Don Mico eut un sourire. Il pensait bien, son petit-fils. Il grandissait. Sous sa direction, il s'améliorait.

« Tout le monde pense à nous. » (Cutra, de nouveau, comme parlant tout seul.)

Don Mico posa sur lui un regard nébuleux. Il prit la cigarette allumée que Caruso lui tendait, l'approcha de ses lèvres de sa main un peu tremblante, aspira une longue bouffée, rejeta la fumée par les narines, puis le fixa de nouveau du regard. « *Fouti-t'en*, je t'ai dit. Souris à tout un chacun. Et si quelqu'un te demande ou fait une allusion, motus. »

Cutra cessa d'insister. Mais il était insatisfait. Un tantinet froissé qu'il ne lui fasse pas assez confiance pour lui révéler une bricole de plus. Et incertain : l'ordre pouvait aussi bien être parti de don Mico. Il avait pu utiliser des gens qui ne permettaient pas de remonter directement à lui – on se serait battu pour gagner ses bonnes grâces. Il avait pu vouloir se couvrir. Pour ne pas compromettre sa demande de détention à domicile. Et pour ne pas les exposer, eux. Par contre, s'il n'était au courant de rien, c'était le bordel : d'abord, faire semblant de rien, et ensuite… *à la fraîche*, faire payer l'affront à qui de droit.

On aurait cru que don Mico lisait dans ses pensées : « Tu raisonnes comme s'il n'y avait que vous trois ici-dedans, ajouta-t-il alors que Cutra avait renoncé à en entendre davantage. Pour le moment, vous n'avez pas à vous demander comment et pourquoi ça s'est passé. Dès que le moment viendra, s'il vient un jour, notre Seigneur veille et pourvoit.

– Don Mico… je… pour tout vous dire… Quand Nandino m'a demandé ce que vous pensiez du meurtre du juge, j'ai lâché que c'était une action indigne, qu'il ne fallait pas faire ça, glissa Peppe. Nandino… vous savez comment il est Nandino… il a lancé que Ciccio Manto méritait de manger sa propre merde. Aussi bien, lui ou d'autres comme lui ont pris l'initiative en sachant qu'ils faisaient quelque chose qui vous serait agréable, vous ne croyez pas ?

– Tu vois bien qu'ils nous tiennent en considération.

– Mais on vous en a informé ? (Cutra, ragaillardi à l'idée que la main sacrée de don Mico y était pour quelque chose et qu'il n'y avait donc eu aucun manque de respect.)

– Ça suffit, Cutra. Considère que c'est nous qui l'avons fait, comme ça tu retrouveras la paix bénie de l'âme. »

Ils restèrent avec les mêmes doutes qu'au début.

Avant qu'ils ne regagnent leur cellule, Mimí prit le vieux à part : « Pourquoi vous n'avez pas parlé clair avec Cutra et avec Peppe ? Si on peut pas leur faire confiance à eux…

– Que cela te serve de leçon : ne fais connaître ta pensée à personne avant que les temps soient mûrs. Même à des gens aussi fiables qu'eux. Toi, tu sais tout parce que tu es mon petit-fils. Il n'y a que le sang qui ne trahit jamais. »

Mimí comprit, et apprécia.

8

Elles pouvaient toujours se brosser, si elles espéraient qu'il allait le vendre, son pressoir. Ou le fermer définitivement. Pour ainsi dire, il y était né, don Peppino Salemi, dans cette bâtisse non loin du village. Sa mère l'y emmenait qu'il était encore au *bressou*. C'est là qu'il avait passé ses plus belles journées. S'il avait pu, il y serait même mort, et aussi bien, dans son testament, il demanderait qu'on y installe sa chambre funéraire. Sa femme et ses filles gâchaient leur salive.

Ses filles, tiens... Le Père éternel lui en avait envoyé cinq. Plus deux fausses couches, qui auraient donné deux autres filles, il en était sûr. Et s'il avait continué d'insister pour avoir un garçon, au lieu de se l'encapuchonner comme il avait eu la prudence de le faire, il en serait né encore et encore, toujours des filles, il était prêt à parier ce *don* qu'il avait eu tant de mal à pouvoir mettre devant son nom.

Et avec ça, à la maison, c'était une litanie incessante pour le convaincre d'aller à la messe. Mais pour remercier de quoi ? De son sang qui avait viré à la bile ? Des moqueries qu'il avait dû avaler à chaque naissance ? Des jeunes bellâtres qui leur faisaient la cour à tout-va, passant et repassant sous ses fenêtres au risque de se prendre un coup de pétoire le jour où il en aurait plein les castagnettes ?

Ah, s'il avait eu un garçon, rien qu'un... Ils en auraient fait des choses, tous les deux. Mais bon, le destin. Inutile de se mettre l'âme en peine. En attendant, la culotte, c'est lui qui la portait, c'est lui qui décidait. Et le pressoir continuait à travailler. Plus pour le compte de tiers, soit, mais les olives de ses terres seraient pressées par ces meules-ci.

Le pressoir était devenu l'idée fixe de don Peppino Salemi. Il n'était pas indispensable pour ses propriétés – près de vingt-cinq hectares d'oliveraies. Ni même pour éviter de se faire pigeonner sur le rendu par un autre presseur qu'il aurait dû avoir à l'œil pendant toute la trituration. Ça, c'étaient des excuses bonnes pour faire taire les femmes. Ou plutôt non, il y avait du vrai, qu'on n'aille pas raconter qu'un presseur né de la dernière pluie baisait don Peppino Salemi, parce que, dans ce domaine, s'il y en avait un qui avait bien baisé les autres... Ils ne s'étaient jamais aperçus de rien, rien que des remerciements et le bouche-à-oreille comme quoi, avec lui, rien à craindre, pauvres cloches. Non, le pressoir, c'était plutôt sa manière à lui de se proclamer chef de famille et de garder le couteau du côté du manche parmi un régiment de femelles qui, à la maison, avaient réussi à prendre le dessus. Et c'était surtout parce que, désormais, il n'y avait plus que dans son pressoir qu'il se sentait utile et vivant.

Il continuerait à les moudre lui-même, ses olives, au prix de sa sueur, jour et nuit, jusqu'à la dernière, comme au bon vieux temps. Quoi qu'en disent sa femme et ces cinq châtiments du ciel. Quoi qu'en dise le village. Quoi que puisse *marmouler* le chevalier Scordino, prêt à nier un passage des Évangiles – lui qui ne ratait pas une messe – pour le seul plaisir de le contredire.

Comme il aimait les nuits passées au pressoir à moudre les olives ! Un délice, le clapotis de la pâte sous les deux grosses roues en pierre de la meule, le bruit sourd du moteur, les scourtins à remplir de pâte et à insérer dans la maie entre les disques des presses, l'huile qui coulait, l'odeur qui imprégnait les lieux. Un pressoir à l'ancienne, qu'il avait, avec une claie et des roues. S'il avait pu, il les aurait encore fait tourner avec une mule attachée au pilier. Les autres, par contre, s'étaient modernisés. Quelle connerie de se saigner aux quatre veines pour acheter des engins qui travaillaient la pâte à chaud, avec pour seul résultat de gâter l'huile, qui tournait à l'acide en moins d'un an. Une connerie pire encore, ensuite, de les remplacer par d'autres engins qui pressaient à froid. « Ça passe à travers ces diableries mécaniques, comment voulez-vous qu'il en sorte une huile *baptisée* ? » avait-il coutume de leur opposer. Pas moyen de les convaincre. Mais eux non plus n'arrivaient pas à le convaincre. Et il continuait comme il l'avait toujours fait, sans renoncer au *cuisiné* mangé dans la gamelle avec les ouvriers, pour l'essentiel des patates et des poivrons, ou de la morue rôtie, ou juste du pain assaisonné d'huile fraîchement pressée, toutes choses qui appelaient le vin, un *cerasuolo* ambré qui descendait dans la gorge mieux que l'eau et dont ils se régalaient au verre doseur, un verre à peine plus grand que celui pour le rossolis, juste la quantité voulue pour la boire d'un trait.

C'était aussi que, là, avec les travailleurs, leurs jurons, leur joie, il avait passé les moments les plus satisfaisants de ses soixante-sept ans ; il avait commencé à y travailler tout gamin, entraîné par son père qui lui avait appris le métier.

C'était aussi que, là, il redevenait le patron.

Alors que chez lui, il était obligé de se battre. Elles ne comprenaient rien. Des femmes. Tous les jours que Dieu faisait, la même litanie : qu'il n'avait pas à travailler comme le dernier des péquenauds, qu'il se ridiculisait de faire montre d'une telle familiarité avec les ouvriers, que toute la famille y perdait du prestige, que son attitude les humiliait. Bref, ses cinq filles avaient honte qu'il se dégueulasse d'huile alors qu'elles, elles vivaient en toute liberté dans la ville universitaire – et va savoir quel bazar elles y faisaient – et embrassaient la modernité. Elles pouvaient faire une croix dessus. Il ne céderait jamais ! Sauf le jour où on dirait la messe des morts en son honneur, et encore. Il avait déjà baissé les bras trop souvent. En acceptant de leur faire faire des études, par exemple.

L'aînée s'était diplômée en droit et exerçait le métier de juriste – et peut-être un autre métier en sus, vu qu'elle travaillait dans le cabinet d'un avocat célibataire et grand amateur de putains. La deuxième était en dernière année de médecine. Un désastre encore plus amer, celle-là. Il n'y avait pas eu moyen de la convaincre que ce n'était pas un métier pour une femme, se souiller avec les cochonneries des hommes, quand il y pensait sa tension montait à cent. La quatrième aussi faisait médecine, celle qui aurait dû s'appeler Domenico par respect pour son frère mort dans sa jeunesse et à cause d'un vœu à son saint patron, et qu'il avait appelée Francesca pour se venger – tout le monde savait que saint Dominique et saint François se bouffaient la gueule comme des loups –, parce que le saint n'avait pas tenu sa parole, alors que, lui, il avait foutu en l'air des litres et des litres d'huile pour la lampe de dévotion, des bougies de deux mètres de haut et grosses comme le tronc d'un peuplier mûr pour la coupe et, au passage de la statue en procession, des billets de cent mille qu'il aurait mieux fait de claquer en saucisses et en vin.

Il avait trop écouté sa femme. Elle savait y faire, sa madame, pour le contrarier. Il disait blanc et elle répondait noir, même si elle avait toujours été pour le blanc. Le nerf de bœuf, c'est ça qu'il aurait fallu – on appelait ça « la paix du foyer », mais chez eux, ça n'avait pas marché ; au lieu de le garder accroché au mur juste pour faire joli, il aurait dû les battre comme plâtre, quand ses filles étaient devenues demoiselles, elles avaient voulu continuer les études, s'étaient mises à se poudrer même les fesses, à mener une vie moderne que, si ses sœurs se l'étaient permise quarante ans plus tôt, ils les auraient enterrées vivantes pour engraisser un olivier *ottobratico*. Mais il y avait une limite à tout.

Concernant le pressoir, si sa moitié n'affalait pas vite fait son grelot, elle ramasserait en une seule fois la récompense qu'elle n'avait pas eue pour ne lui avoir donné que des filles, un bon paquet d'atouts, genre qui vous cloue des jours à la baraque histoire de ne pas montrer aux voisins qu'on a fait belote, rebelote et dix de der.

Même cet hiver il avait moulu, alors que la récolte avait été mauvaise. Pas grand-chose, les olives des terres autour du cimetière – d'ailleurs c'est comme ça que tout le monde les appelait, « fonds du Cimetière » –, trois hectares qui donnaient toujours beaucoup, avec des fruits gros comme des noisettes dès le mois de décembre, grâce aux morts, au terrain engraissé par la décomposition des corps. Mais pas question de l'admettre devant les gens du village. Avec eux, il invoquait la théorie saugrenue – en prétendant qu'elle avait été attestée par les analyses d'un géologue de Rome – du mélange parfait entre le sable et l'argile, la combinaison idéale pour que le *gran d'oulivo* donne le plus beau fruit possible. Bien entendu, ça ne convainquait personne. Et en lui achetant son huile, les gens exigeaient qu'il jure sur les âmes de sa mère et de son père – certains que dans ce cas il ne mentirait pas – qu'elle ne venait pas des olives récoltées à cet endroit-là. Pour ne pas commettre de sacrilège : qu'on n'aille pas dire qu'ils consommaient quelque chose ayant appartenu aux morts de la famille, qui pouvait contenir leur propre chair.

Don Peppino, ça le faisait bien rire : superstitions dictées par l'ignorance. N'empêche que l'huile de ces terres-là, il ne la mélangeait pas à celle des autres champs. Il ne la gardait pas non plus pour sa famille. S'il n'arrivait pas à la refiler à des clients de passage, il la vendait en gros.

Tandis que, de bon matin, il allait rendre visite à ses meules, il entendit au loin le bruit d'un pressoir en action. Ce ne pouvait être que celui de Fantino, non loin du sien. Ça lui parut quand même bizarre qu'il ait encore des olives à moudre en février : les rares qui ravivaient encore les frondaisons avaient été arrachées, début janvier, par un méchant levant qui paraissait vouloir souffler les maisons. Et elles s'étaient révélées tellement peu charnues, à cause de cette chute anticipée, que la récolte n'en valait pas la peine, elles auraient donné un rendement en huile qui ne couvrirait pas la dépense.

Il pressa le pas pour aller voir.

Il sentit la colère monter quand il comprit que le bruit venait de son pressoir à lui. Il se mit à courir, déjà en rogne contre Antoni, son factotum, et à dire vrai son parent, même pas très éloigné. Il n'y avait que lui qui pouvait avoir mis le pressoir en marche. Il avait la clef et il était du genre à prendre ses aises. Don Peppino allait lui passer un savon dont il se souviendrait jusqu'à son extrême-onction. Moudre des olives sans même lui en toucher un mot… D'accord, c'était lui qui dirigeait le travail ; d'accord, on peut chasser quelqu'un loin de son assiette mais pas de sa parenté ; d'accord, il était honnête et de toute confiance… Mais de là à se comporter comme si tout ça lui appartenait, il y avait un estuaire, la mer tout entière, même. Il n'avait pas à se permettre.

Dès qu'il ouvrit la porte, le fracas rythmique des engrenages frappa ses tympans, mêlé à un cognement inusuel, comme si les roues tournaient à vide, pierre contre pierre. Il ne percevait ni le clapotement de la pâte broyée ni la senteur de l'huile, à part les miasmes du *moust* qui désormais imprégnaient les murs. Le fait est que les meules ne moulaient rien. La rage le saisit, il courut éteindre et, comme les roues s'arrêtaient dans un dernier râle de métal, il chercha Antoni du regard. Il ne le vit nulle part. Il craignit qu'il ait eu un malaise et inspecta la pièce : rien, aucune trace de sa présence ni de personne d'autre. Il s'arrêta décontenancé, un poids sur la poitrine, une sueur glacée dans le dos. Il comprit que c'était un avertissement, il eut peur. Inhabituel, mais c'était un avertissement, un geste qui annonçait des représailles s'il refusait de s'aligner. Mais s'aligner à quoi ? Il n'avait pas subi de pressions, n'avait pas refusé de faveurs, n'avait dérangé les intérêts, heurté la susceptibilité de personne. Il ne comprenait pas qui pouvait lui en vouloir au point de se déranger la nuit pour lui causer tracas. Il essaya de se convaincre qu'il ne s'agissait que d'envie et d'animosité.

Tourmenté par ces pensées, il alla constater les dégâts que les meules avaient sans doute causés en tournant à sec sur la pierre du fond. Il resta pétrifié : les roues avaient broyé quelque chose, dans la vasque il y avait une pâte, rougeâtre, veinée de blanc, mais pas une pâte d'olives, et une longue tache, écrabouillée et étalée sur le fond, couverte de chiffons déchiquetés. Tout autour, sur le pourtour de la vasque, les flancs des roues, par terre et sur les murs, des projections solides, rougeâtres elles aussi, et des grumeaux denses qui faisaient penser à de la confiture. Il tendit la main, trempa un doigt et pâlit.

Les roues avaient broyé un homme, elles devaient lui être passées dessus toute la nuit, il n'en restait plus guère qu'une empreinte sous des guenilles, comme sur l'asphalte la carcasse d'un chien écrasée par le passage incessant des voitures.

Il regarda autour de lui horrifié, épouvanté. Quand il comprit que ces chiffons, c'étaient les vêtements du mort – on pouvait reconnaître une veste foncée et un pantalon en toile de jute –, il en eut le souffle coupé. Il y avait aussi une chaussure, qui ne chaussait plus rien. Maltraitée par les roues, elle aussi, elle avait fini tout près de l'axe de rotation. Il reconnut le modèle rustique en usage chez les gens de la campagne, avec les lacets passant sur des anneaux.

Ensuite, il vit la main. Elle était tranchée à la hauteur du poignet et plantée sur une raquette de figuier de Barbarie arrimée au sommet du pivot central. Il se demanda qui était le malheureux qui avait connu une fin si horrible. Il sua à grosses gouttes à l'idée que c'était peut-être Antoni. Pire, quand, après Antoni, il passa à Vincenzo, son frère unique. Il eut la lucidité de les écarter tous les deux : si ça avait été quelqu'un de la famille, on aurait couru chez lui cette nuit pour se plaindre de son absence. Il fut à deux doigts de s'évanouir. Il dut prendre appui contre la presse. Il ne pouvait fixer aucune pensée, sinon celle qui lui disait de se tirer de là le plus vite possible : des gens dangereux et affreusement *cruènts* en avaient lourdement après lui, il ne s'expliquait pas autrement un message si terrible. Il devait se prémunir au plus vite. Mais d'abord, comprendre quelles fautes on lui reprochait.

D'un coup, il cessa de respirer, envahi de terreur. Il venait de penser que quelqu'un pourrait jaillir pour les lui expliquer ici même, ses fautes, avec l'aide d'un fusil à canon scié, histoire de bien se faire comprendre. Cherchant l'air, les yeux voilés, il sortit en courant.

Il arriva à bout de souffle non loin du centre du village. Les rues étaient déjà noires de monde. Il essaya de reprendre une attitude normale. Comme il n'y arrivait pas, il emprunta une route moins fréquentée pour rentrer chez lui. Une fois à la maison, ne voulant pas se montrer dans cet état à sa famille, il se réfugia dans le cabanon dont il avait fait son bureau.

Il téléphona à son frère, puis à Antoni. Ils étaient chez eux. Bon, au moins ça… Il leur demanda de venir le rejoindre.

En les attendant, il se mit à réfléchir. Qui pouvait le haïr à ce point ? Il n'avait pas d'ennemis. Vu qu'il ne pouvait certainement pas considérer Curma comme son ennemi au seul motif que, l'année précédente, il lui avait repris un fonds de propriété en échange de l'annulation de ses dettes ; ni Titaro juste pour lui avoir barré le seul passage carrossable vers ses champs au moyen d'une chaîne plus grosse que celle qui tient l'ancre des navires ; ni Alfonso, qu'il avait dénoncé quelques mois plus tôt aux autorités pour construction abusive ; ni Concetto, qui le soupçonnait d'une lettre anonyme et avait même osé la lui reprocher en face – d'accord, c'était bien lui qui l'avait envoyée, mais l'autre ne pouvait pas le savoir et, puisqu'il ne pouvait pas le savoir, il n'avait pas à se permettre de l'accuser ; ni Cenzino, qui prétendait se fiancer avec sa troisième fille, il ferait beau voir qu'il la donne, juste parce qu'ils se voulaient, à un bon à rien pareil, à un fils de pouilleux.

Maintenant certain de son innocence, il ne s'en faisait pourtant pas une raison. Il pensa qu'une mort pareille échoit à ceux qui se sont souillés de terribles infamies. Et que c'était aussi une manière de faire peur, et un message de mise en garde pour la suite. La main tranchée et la raquette de figuier le confirmaient. Il savait ce que ça voulait dire.

La main révélait le péché : c'est avec cette main que le défunt avait commis une action interdite, si grave que la mort seule n'avait pas suffi. La raquette de figuier de Barbarie signifiait que la victime avait eu elle aussi des épines avant de n'être plus qu'une empreinte au fond d'une vasque – et les épines le cataloguaient parmi les hommes de rien. Cette mort, il se l'était donc gagnée tout seul, à cause d'un manquement quelconque. On n'aurait jamais tué un innocent juste pour lui faire du tort à lui, don Peppino Salemi. Ça avait plutôt dû se passer comme ça : ils avaient un cadavre sous la main, et ils avaient eu l'idée de s'en servir pour menacer sa tranquillité. Mais il ne voyait pas pourquoi. À moins que…

Non, ce n'était pas possible. Si ça avait été à cause de cette vieille histoire, ils l'auraient approché, avec courtoisie d'abord, puis en glissant des menaces voilées sous leurs sourires, enfin en parlant explicitement. Ils n'auraient eu recours à certains expédients qu'en réponse à sa résistance. Mais rien de tel n'avait eu lieu. Et des années s'étaient écoulées depuis. Et, pour sa part, il avait été plus muet que le muet de Sainte-Anne. Il n'avait pas lâché un mot, même avec ce juge Maremmi qui avait tellement insisté, jusqu'au mois précédent, avant de finir sous les coups de la 'Ndrangheta.

Au fait, le juge Maremmi… Et si on l'avait descendu à cause de cette histoire ?

Mais non, c'étaient des chemins différents, aucun lien entre eux.

En plus, avec Maremmi, ils s'étaient rencontrés en secret. Dans tous les cas, on ne pouvait lui imputer aucune faute dans cette affaire. Il y était entré par la bande. Spectateur ignorant et victime, voilà le rôle qu'il avait joué.

Si quelqu'un pouvait se plaindre, c'était lui, qui avait vu étouffer dans l'œuf l'activité d'éleveur qu'il avait entreprise sur le tard grâce à des aides de la région.

Douze vaches suisses, une étable et deux hectares de terre cultivable à flanc de montagne, que ça lui avait coûté, cette grande idée. Il n'y avait pas laissé d'argent, soit, mais sa santé, ça oui, il était passé à deux doigts de l'infarctus. De toute façon, l'affaire était morte et enterrée. Et quand une affaire est morte et enterrée, personne n'a intérêt à s'armer d'une pelle et d'une pioche pour la déterrer. Non, en toute logique, ce n'était pas de là que venait la menace. Mais y avait pas de bon Jésus qui tienne : il s'agissait d'une menace.

Sauf qu'une menace, faut que celui qu'elle vise la comprenne, sinon, elle ne corrige rien. Et lui, il ne la comprenait pas.

Ce qu'il comprenait en revanche, c'est que la nausée qui l'avait pris tout soudain n'était due ni aux brocolis à l'étouffée de la veille au soir, ni aux poivrons noyés d'huile bouillante jusqu'à faire une croûte noire, ni à la morue frite, mais à cette scène écœurante et aux pensées qu'elle lui avait fait venir.

Il eut à peine le temps de gagner les toilettes, où il laissa la tranche de morue, les poivrons frits à croûte noire et les brocolis à l'étouffée, dans l'ordre inverse où il les avait avalés.

Vincenzo et Antoni arrivèrent ensemble. Il leur raconta tout.

Antoni alla vérifier. Il revint un quart d'heure plus tard, l'estomac aussi retourné que celui de son cousin. Son dîner avait été plus modeste : sur le chemin du retour, il rendit au monde un plat de pâtes et haricots, avec quelques noyaux d'olives çà et là, qu'il avalait depuis qu'il s'était rendu compte que ça l'aidait contre la constipation.

Ils alertèrent les carabiniers.

9

L'empreinte au fond de la vasque prit l'identité d'Antonio Manto quand sa famille reconnut sur la main tranchée son poireau noir et ses ongles, longs et farcis d'une crasse si épaisse qu'on aurait pu y faire pousser un pied de persil.

Ses sœurs et sa femme le pleurèrent en se giflant les joues, en s'arrachant les cheveux, en hurlant comme un porc quand on lui plante le saignoir dans la gorge.

Le gros bonhomme qu'il avait été tenait maintenant dans un sac à provisions : un peu de tissu et les restes de matière qui y étaient accrochés. L'ensemble flotta à l'aise dans le cercueil, malgré tout somptueux, où, deux jours plus tard, après que les examens ADN eurent confirmé son identité, on put le déposer.

Il fut immédiatement évident que le cercle s'était refermé, et que la 'Ndrangheta avait servi de compas. L'ordre ne pouvait être venu que de don Mico Rota, qui n'était pas du genre à passer l'éponge sur une scélératesse aussi grave que le meurtre d'un magistrat. Un crime qui mettait en péril l'avenir de tout le monde, particulièrement le sien, qui pouvait faire une croix définitive sur sa détention à domicile, en dépit de ses soixante-quinze ans et du fait que d'après son dossier médical il en était au dernier souffle.

Les interrogatoires des femmes de la famille Manto ne donnèrent rien : elles maintinrent qu'il n'avait pas donné de nouvelles depuis que la Loi l'avait condamné – injustement :

il était innocent comme un nouveau-né – et qu'il avait dû prendre le maquis.

D'après l'analyse des restes, le médecin légiste déduisit qu'on l'avait tué moins de douze heures plus tôt. Ce qui amenait à penser que ses bourreaux avaient mis un certain temps à le dénicher avant d'en extraire de l'huile. Mais pas moyen de savoir s'ils l'avaient tué avant la mouture, ou si c'étaient les roues qui avaient mis fin à ses jours. Par contre, il était certain qu'ils étaient restés là pendant que la meule lui passait dessus. Car aucun morceau du corps ne subsistait, signe qu'ils avaient pris soin de remettre sous les roues tout ce qui se détachait, un peu comme on fait avec les bouts de bois que le feu coupe et éloigne de la flamme de l'âtre. Méticuleux et scrupuleux, donc.

Au capitaine qui avait du mal à se convaincre d'une bestialité pareille : « L'assassinat de Maremmi… d'un magistrat… pour eux, c'était un événement d'une gravité intolérable. Ça appelait une réponse exemplaire. Ce meurtre menaçait leur autorité, dérangeait leurs affaires et attirait sur eux la colère de la Loi. Pour décourager ce genre d'insubordinations, rien de plus convaincant qu'une punition brutale et spectaculaire », précisa Alberto.

Le capitaine lâcha un « Bah », en cherchant l'air comme un poisson hors de l'eau.

Ils étaient dans le bureau qu'on avait attribué au substitut Fiesole. Lequel, vautré dans un grand fauteuil, suivait les raisonnements du capitaine sans mot dire, mais en déléguant l'expression de son désaccord à ses grimaces de dégoût. Au beau milieu de la discussion, il se leva, entrebâilla la fenêtre, montra qu'il appréciait l'air glacial d'un hiver qui, ces jours-ci, s'était fait plus cruel – trois doigts de graisse sous la peau valent mieux que n'importe quel manteau – et ne prêta pas la moindre attention aux autres, qui se mirent à grelotter. « Pourquoi dans le pressoir de ce Salemi ? Qu'a-t-il fait pour mériter ça ? » demanda-t-il enfin. Il savait que Giuseppe Salemi était un homme aisé sans casier.

« Un endroit comme un autre. Du moment qu'ils avaient décidé qu'il devait finir comme ça, ils avaient besoin d'un pressoir. Celui de Salemi est bien pratique, il est en dehors du village, il ne travaille pas en ce moment. Et lui, ce n'est pas une de ces canailles qui pourraient vouloir demander des comptes, expliqua Lenzi.

– Nous sommes certains que c'est Antonio Manto qui a tué ce pauvre Maremmi, vraiment ? (Fiesole, encore lui, acide.)

– Il y a les chaussures et le pantalon en toile de jute. Nous avons vérifié. Ça correspond aux images de la vidéo, glissa du bout de la langue, en subalterne, Michele Brighi.

– Il a eu un sacré coup de cul de passer devant les caméras sans se faire voir, il en a eu moins avec ses bourreaux, vint l'épauler Lenzi. À vrai dire, il n'en était pas si sûr. Mais du moment qu'il s'agissait de contredire Fiesole, il avait tendance à ravaler ses doutes sans mâcher.

– Il est tout aussi sûr que c'est ce Rota le mandant, s'associa le capitaine. Reste à identifier les exécutants.

– Ceux-là, on ne mettra la main dessus que si on a un repenti… dit Fiesole. Même pas, d'ailleurs. Rota en a fait les frais personnellement, il est en prison à cause d'un repenti. Cette fois, il doit avoir pris toutes ses précautions, un mot à un homme de confiance, qui à son tour parle à un autre… avant de remonter jusqu'à lui, il faudrait en avoir dix qui se repentent à la queue leu leu. Ou peut-être que non. Après tout, il n'en a rien à faire, non ? Il a déjà écopé de la perpétuité, alors une condamnation de plus ou de moins…

– Si, il en a quelque chose à faire, le corrigea Lenzi. Il paraît qu'il est gravement malade. Il a déposé une demande de détention à domicile.

– S'il passe par la tête de quelqu'un de la lui accorder, il aura affaire à moi, s'emporta Fiesole, en posant sur sa propre poitrine un index menaçant, qui s'enfonça dans la chair molle presque à s'y engloutir.

– Je pense aussi, concernant les assassins, qu'on n'arrivera à rien, déplora le capitaine.

– Et donc ? Affaire classée ? (Sur un ton de vague reproche, Fiesole.)

– Non, l'affaire reste ouverte, on a deux meurtres, et les journalistes et l'opinion sur le dos. Montrons-leur qu'on se donne encore un peu de mal, sinon ils vont nous démolir », objecta Lenzi.

Fiesole murmura quelque chose entre ses dents, avant de se mettre à parloter avec le capitaine.

Alberto alla à la fenêtre. La place s'étendit devant lui. Au centre, il y avait une fontaine monumentale, avec ses statues moussues d'antiquité. Des palmiers au tronc élancé et immense, au toupet déplumé, se détachaient sur le ciel. Autour, quatre rues sur lesquelles donnaient de jolis palaces du début du vingtième siècle. Et d'autres, plus récents, dont la linéarité brutale jurait avec le reste. En arrière-plan, la mer. Un vent froid soufflant de l'intérieur des terres la ridait de mille vaguelettes. Un porte-conteneurs faisait cap vers le port.

Il vit qu'elle était belle, sa terre. On lui avait accordé le meilleur : des paysages enchanteurs, avec ces rochers escarpés adossés à la montagne et tombant à pic dans la mer, cet horizon qu'anticipaient les îles Éoliennes et, plus au sud, la Sicile, qui par beau temps laissait voir le scintillement d'un lac emprisonné entre ses deux rives. Ailleurs qu'ici, des endroits pareils se seraient transformés en mines d'or, grouillant de touristes. Au lieu de ça, une dégradation sans fin.

La ville, après les gracieuses géométries du début du vingtième siècle, était devenue une misère. De grosses bâtisses jetaient leur ombre sur les palais antiques, partout, de la tôle et du ciment, le chaos. Le bien-être soudain et inattendu avait tout gâché. Là encore, ça avait tourné à la défaite. Ils étaient restés à la traîne, quand partout ailleurs on progressait et on s'enrichissait à partir de rien. Et ce n'était pas seulement à cause de la 'Ndrangheta. C'était la faute de tout le monde.

Y compris la sienne. Qui s'était laissé aller mollement à la vie insouciante, à ses vices. Qui ne sortait que tardivement de sa léthargie. Maintenant qu'on l'avait touché dans ses sentiments, en tuant son ami.

Les autres continuaient à causer. Chiara Allegri n'était pas là, dommage. Qu'au moins il puisse se rincer les yeux et jouir de tout ce qu'elle offrait généreusement en spectacle.

« Toujours à vous plaindre qu'il n'y a pas de gibier cette année. Vous voilà satisfaits. Graissez donc vos pétoires, la saison est ouverte », commença le pharmacien devant un public nombreux cet après-midi-là, comme à chaque fois qu'il se passait quelque chose de nouveau d'une certaine importance.

Beaucoup hochèrent lentement la tête les yeux mi-clos. Ils savaient qu'il ne faisait pas allusion aux grives, arrivées en petit nombre cet automne à cause du manque d'olives et de *faînes* sur les hêtres en montagne, et décimées dès les tirs de novembre.

« Viande hachée. Paraît qu'il n'en est pas resté plus d'un kilo, même pas de quoi faire un ragoût », dit Giasone en ricanant. Il était premier directeur du bureau des recettes et, en matière de sensibilité, il en aurait remontré au docteur Mengele.

« Mais qui a fait entrer ce type au cercle ? » se plaignit le notaire Criniti – qui était plutôt délicat – uniquement à l'oreille du docteur Scuto. Mieux valait que l'intéressé n'entende pas, si on ne voulait pas se retrouver criblé d'amendes au point de devoir vendre sa maison, un ou deux malheureux à la langue bien pendue en avaient déjà fait les frais.

Ils se trouvaient au cercle des officiers. Qui avait rouvert ses portes cinq ans plus tôt, après vingt ans de fermeture, au même endroit, sur la place. Quatre pièces où, en d'autres temps, on avait rivalisé en grades, étoiles et décorations de guerre, et où des fortunes entières avaient changé de main au poker. Grades, étoiles et décorations de guerre, c'était fini – la plupart des sociétaires avaient échappé au service militaire, et ceux qui l'avaient fait s'étaient hissés au mieux au rang de caporal – mais les joueurs de poker tenaient bon, et les fortunes continuaient de changer de propriétaire.

En réalité, l'acte notarial le désignait comme « cercle culturel Vincenzo Spatò ». Il n'avait pas été difficile de s'entendre sur « culturel ». Se mettre d'accord sur le nom auquel le consacrer avait été plus compliqué. Il avait fallu deux bons mois et une trentaine de fumées noires, correspondant à autant de défunts recalés plus ou moins illustres – parents, compères et amis des divers sociétaires –, et plusieurs répliques sismiques, gifles comprises, à cause desquelles le cercle avait failli fermer avant de couper le ruban.

Au bout du compte, l'honneur était échu à un certain Vincenzo Spatò, mort depuis des décennies et inconnu de la plupart, mais qui réunissait sur son nom de multiples mérites : du point de vue militaire, car il avait été lieutenant pendant la dernière guerre et décoré d'une médaille de la bravoure, que jamais personne cependant n'avait vue ; du point de vue des vices, car sa grande maestria au poker avait changé du tout au tout le destin de sa maison ; du point de vue culturel, car il avait fait éditer un opuscule, dont il importait peu que les professeurs du lycée local fussent d'avis qu'on aurait pu l'écrire en état de mort cérébrale ; du point de vue de la parenté, car il n'y avait plus en ville aucun membre de sa famille susceptible d'en tirer gloire et orgueil pour soi-même, et maux de ventre pour les autres.

Le nom de « cercle culturel Vincenzo Spatò » n'avait pas pris – du reste, les seuls papiers qu'on y lisait, c'étaient les cartes à jouer – et tout le monde continuait à l'appeler cercle des officiers, au mieux précédé d'un « ex ». En tout cas, le statut de membre était signe de distinction, comme au bon vieux temps. C'est de là, et de la superbe qu'affichaient les sociétaires, que venaient la malignité et les invectives des gens qui n'en faisaient pas partie, et la haine de ceux qui n'y avaient pas été admis.

« Moi, l'huile de don Peppino Salemi, même pas s'il me l'offrait », dit le professeur Grasso, dont tout le monde savait qu'il n'en achetait jamais, mais qu'il en vendait – alors même qu'il ne possédait pas le moindre lopin de terre –, vu qu'il en avait encore d'avance en juin, à l'approche des conseils de classe.

« Déjà qu'il nous refile l'huile des morts, il ne manquait plus que ça », s'associa don Gregorio, qui ne nourrissait pas de raisons sérieuses d'en avoir après don Peppino, mais qui en trouvait chemin faisant, depuis que sa fille se traînait à l'université, comparée à la troisième née de Salemi, dont elle était camarade de classe et de chambre.

« Il y a forcément une raison s'ils sont allés le concasser dans son pressoir à lui », intervint maître Priscopio, avocat, noble de seconde zone – au sang bleu clair tout au plus, mais suffisamment bleu pour qu'il ne digère pas que ce Salemi, auquel jadis il donnait à presser ses olives, fût sociétaire de son cercle – et amateur sur le retour de putains, refusant de raccrocher, toujours prêt à sortir les pilules de Viagra lui permettant de consacrer la chair fraîche qui passait entre ses mains, et dont il se vantait un jour sur deux, et le jour d'après aussi.

« S'ils ont décidé de le tuer chez lui, c'est le signe que, d'estoc ou de taille, ça le concerne », en convint le commandeur Brizzi, chargé d'ans et de maux, mais jeune de langue dès qu'il s'agissait d'offenser sans réserve et de faire peser sa fortune pour compenser la noblesse qu'il rageait de ne pas posséder. « Masino, allume-toi un demi-toscan », ajouta-t-il en s'adressant à l'ordonnance fidèle qui ne le quittait pas d'une semelle – debout et sans droit à la parole – et dont personne n'osait lui reprocher la présence.

Masino prit un cigare, le coupa en deux avec sa serpette d'élagage, l'humidifia en se l'enfournant dans la bouche pour l'y faire tourner longuement, l'alluma et tira de grosses bouffées, qu'il poussa vers le commandeur d'un souffle d'une respectueuse légèreté.

Il n'avait jamais fumé que des cigarettes, les nationales de base, jusqu'à deux ans plus tôt, quand le médecin avait rigoureusement proscrit le tabac à son patron, à cause de son cœur qui avait plus de ratés que *mastro* Ginetto ne loupait de grives dans son obstination à les tirer au vol. Il s'était alors vu confier la tâche d'au moins lui garantir l'arôme. Il avait toutefois fini par apprécier – le patron, faut dire, lui fournissait des cigares de derrière les fagots – même si, en fieffé salopiot qu'il était, il continuait à le faire passer pour un sacrifice.

« Encore avec ce cigare ! Masino, tu nous empestes, tu comprends ça, oui ou non ? » (Fâché, le marquis Rovere.) Il ajusta, *en remougnant*, le nœud de sa cravate. Il venait là toujours élégant, en veston foncé, à la poche un mouchoir de soie laissant voir le coin où était brodé le blason de sa maison. C'était sa manière de montrer que son rang et sa distinction étaient intacts, vu qu'il n'avait plus rien d'autre à montrer, ayant dilapidé tout son patrimoine à courir après ses vices. Il allait sur ses quatre-vingt-deux ans.

« Monsieur Rovere… » (Le commandeur, en écartant les mains d'agacement.)

C'était toujours comme ça entre ces deux-là, depuis que, dans les tréfonds du siècle précédent, le marquis père s'était opposé au mariage du commandeur et de sa fille, ensuite impossible à marier à cause de certains ragots dont beaucoup disaient qu'ils portaient la griffe du commandeur lui-même.

Les yeux du marquis lancèrent des éclairs. Ce « monsieur Rovere », que l'autre plaçait à la moindre occasion, c'était la pire offense qu'il pût lui faire. Circonstance aggravante, il était obligé d'encaisser sans rien dire. Parce que c'était un traquenard. S'il avait rétorqué d'un « monsieur le marquis, je vous prie », la réponse aurait été plus douloureuse encore : car le marquis, le seul, l'unique, c'était son frère aîné, disparu dans les environs de Rome avec le titre de noblesse. C'était la vérité, la vérité que racontaient papiers et droit d'aînesse. Mais, dans les faits, ça ne marchait pas comme ça : depuis que le monde existe, un titre reste attaché à la présence des ancêtres dans la terre, autrefois fief de la maison, et au palais familial, dont c'était lui qui avait hérité.

« Il y a une raison, ça oui. Et plutôt deux fois qu'une », dit M. Chillè pour ramener le sujet sur la table. En sa qualité de journaliste écrivant dans les pages les moins visibles d'un quotidien dont on aurait pu compter les lecteurs sur un boulier, il ne pouvait se permettre de paraître chichement informé. Comme toujours, il y avait ajouté ce petit sourire rusé de ceux qui sont au cœur des combines mais tenus au secret professionnel.

« Vous venez ici pour nous bourrer le mou. Vous savez que dalle, parce qu'il y a que dalle à savoir », s'insurgea l'ingénieur Baúllo, jusque-là silencieux.

M. Chillè ne réagit pas à cette inconvenance. Ce qui était salutaire s'agissant de l'ingénieur. Les rares qui avaient osé s'étaient retrouvés cloués au pilori au Parquet, sur papier timbré et par des lettres anonymes où l'on inventait tout et n'importe quoi, après quoi la femme de l'ingénieur – une bombe, pas du tout physiquement, mais en termes de dangerosité – veillait personnellement à répandre les médisances de maison en maison.

« C'est la première fois que ça lui arrive, peut-être ? Vous ne vous rappelez pas, il y a deux ans de ça, quand il a trouvé toutes ses vaches mortes ? » osa pourtant lui opposer don Gregorio. Bien que convaincu que M. Chillè en savait là-dessus moins que sa jument, jamais il n'aurait fait cause commune avec l'ingénieur : il était le seul qui avait le courage, ou l'inconscience, de le contredire, vu qu'il n'y avait nul ragot ou délation que les conjoints Baúllo puissent ajouter à ses dépens.

« Tu parles ! C'est lui qui les a tuées, pour l'assurance, objecta le pharmacien.

– Non, elles sont mortes de froid et de faim, le contredit le professeur Grasso. On ne peut pas s'improviser éleveur juste parce qu'on a obtenu une subvention de la région pour installer une étable.

– Le froid ? Ne dites donc pas de bêtises. Elles étaient suisses, le froid, elles connaissaient. La faim, à la rigueur, rétorqua le pharmacien.

– C'est vrai, l'étable était en altitude, le froid a joué, admit, avec le professeur Grasso, l'ingénieur.

– Mais quel froid, ingénieur ! Le froid, à l'intérieur d'une étable ? On est en Sibérie, ou quoi ? s'opposa don Gregorio.

– Il n'a pas voulu payer les dessous-de-table à qui nous savons. Donc on lui a tué ses vaches », lâcha le docteur Scuto qui, peu enclin aux ronds de jambe et toujours prompt à jouer de la langue, était du genre à les chercher à la lanterne, les ennuis : il en avait déjà trouvé, sous forme de plastic.

Comme il se doit, le silence se fit. Il était prudent de ne pas commenter son inconscience.

« Elles sont mortes à cause de ce qu'elles mangeaient, affirma, sûr de lui, don Gregorio.

– De l'herbe, qu'elles mangeaient. C'est ce que mangent les vaches. Est-ce que l'herbe peut faire du mal à une vache ? À moins que les vaches suisses n'aient l'estomac délicat et ne doivent manger plus léger ? dit l'ingénieur.

– L'herbe, exactement. On a empoisonné leur herbe parce qu'il ne voulait pas lâcher le fric, insista le docteur Scuto en hochant la tête.

– Sans parler de dessous-de-table, c'est évident quand même. Un type déjà aisé qui, du jour au lendemain, s'invente éleveur et ôte ainsi le pain de la bouche à d'autres qui vivent de ça depuis toujours… Qui pouvait pardonner une chose pareille ? Les bouviers ? Don Peppino l'a bien cherché, lança don Gregorio.

– Bof, fit le pharmacien. En tout cas, ces jours-ci, il a la *jaunige*…

– Il a la *jaunige* à cause du pétrin où il s'est fourré, renchérit Giasone.

– Ah, ah, vous ne nous dites pas tout, Giasone. Vous, vous en savez long, lui répondit M. Chillè sur le ton de la plaisanterie.

– C'est votre sœur qui en sait long, répliqua sur le même ton Giasone. Il pouvait se le permettre, du moment que Chillè n'avait pas de sœur.

– Mais qu'est-ce que c'est que ces manières ? Vous êtes pire que la cheminée d'un four », pesta le marquis, s'adressant à Masino, qui fumait comme une locomotive à vapeur. L'odeur du cigare lui était agréable. Il aurait bien aimé l'avoir eue le premier, une idée pareille. À défaut, sans parler du fait qu'il n'aurait eu ni une ordonnance à sa disposition ni les sous pour lui acheter des cigares, il rageait que les autres supportent sans protester, faisant dès lors preuve d'une forme de sujétion envers le commandeur.

Gêné et ne sachant que faire, Masino avala une bouffée par erreur et se mit à tousser.

« Vous êtes content, monsieur Rovere ? lui lança le commandeur. Vous voulez qu'il soit malade ? Vous devriez apprendre à tenir votre langue… »

Ce fut trop pour le marquis. Il s'appuya de ses deux mains sur sa canne pour se lever et l'affronter. Une fois debout, il lui fallut déployer maints efforts, au ralenti et sur fond de doux gémissements, pour redresser le dos.

Le commandeur ne fut pas en reste : il allongea entièrement sa jambe prise par l'arthrite, déplaça son poids sur l'autre et, s'aidant d'un coin de table, parvint à se lever à son tour.

« Repos ! » ordonna impérieusement le pharmacien, qui n'avait pas fait l'armée, mais des stages paramilitaires pour nostalgiques, et qui s'estimait de ce fait plus titré que quiconque pour imposer l'autorité dans un cercle des officiers.

« Revenons à nos moutons, incita don Gregorio, qui goûtait grandement l'affaire Salemi, sait-on jamais qu'il en sorte quelque chose susceptible de racheter l'échec des études de sa fille. Vous comprenez comme c'est grave, oui ou non ? Ils ont broyé un homme sous les roues d'un pressoir. Broyé ! C'en est fini de la tranquillité, par ici. Surtout si ceux qui tiennent le bout de l'écheveau font partie de la famille à laquelle nous pensons. » Il se référait aux Rota, dont les nom et prénoms étaient rarement cités.

« Tant que ça reste à une paume de mes fesses… » s'en lava les mains le pharmacien.

Beaucoup, compte tenu de la longueur de sa paume, même étirée au maximum, décidèrent que ça ne suffisait pas : il était de notoriété publique que don Mico Rota était équipé d'une demi-trompe d'éléphant.

La discussion reprit de plus belle. Mais pas pour longtemps : sur le seuil de la porte, parut Peppino Salemi. Sans *jaunige*, car il s'était frotté les joues avant de se présenter au cercle, et son sourire des meilleurs jours aux lèvres.

10

Sous la douce chaleur de la couette, Alberto observait Marina en train de rincer les assiettes d'un dîner avalé vite fait à cause de l'appel frénétique du lit. Un dîner ? Des spaghettis fièrement annoncés *à la tarantina* – sautés à la poêle dans une petite sauce aux fruits de mer – qui s'étaient révélés parfaits pour accrocher des affiches au mur ; suivis de ce qui aurait dû être une salade de poulpe mais s'apparentait clairement à de l'élastique de slip. Question cuisine, Marina…

Par contre, elle était belle, avec sa chemisette d'où débordait une poitrine qu'un seul bouton retenait d'exploser, ses jambes nues jusqu'au ras des fesses, qui auraient pu sans honte participer à un défilé de mode, ses longs cheveux noirs en bataille qui donnaient à son visage quelque chose de sauvage, ses yeux sombres et profonds, et pour lors scintillants comme à chaque fois après la passion. Une sacrée belle femme. Bien plus qu'on ne le soupçonnait quand elle portait son uniforme de carabinier. Qui, en dépit de sa jolie coupe – la coquette petite casquette, surtout –, la faisait paraître plus âgée qu'elle n'était, vingt-neuf ans selon l'état civil, vingt-cinq selon elle, et lui conférait un air sévère, raide.

Ils étaient ensemble depuis un peu plus de quatre mois. Ils s'étaient plu, l'occasion s'était présentée et ils s'étaient mis à partager leurs draps, sans engagement, sans coups de fil inutiles, sans chichis, sans se priver l'un l'autre de liberté. Et ils se comportaient en amis, en camarades occasionnels, en amants d'un soir, sans jamais tracer d'avenir ensemble. Ils se chercheraient tant que durerait leur passion charnelle, jusqu'à ce que l'un d'eux rencontre l'amour de sa vie. Bref, une relation dont on pouvait sortir de manière indolore et en gardant de bons rapports et, pourquoi pas, dans le cadre de ces bons rapports, retomber deçà delà au fil des ans.

Elle était arrivée de Latina l'été précédent. Diplômée en droit, elle avait raté le concours de la magistrature et était entrée chez les carabiniers. Adjudant auprès du Parquet. Il était donc normal de se rencontrer au tribunal. Et dans les escaliers, vu qu'elle partageait avec une collègue un petit appartement dans le même immeuble qu'Alberto. Elle ne lui avait pas fait tellement d'effet, un petit salut formel et *ciao*. Lui à elle, davantage, peut-être. Il lui avait semblé qu'elle gardait les yeux sur lui un peu plus longtemps qu'il n'aurait fallu. Il n'y avait pas prêté attention, il considérait que ce succès était dû à son rôle, pas à lui en tant qu'homme.

C'est plus tard qu'elle lui avait plu, un après-midi de septembre. Cette fois-là, il l'avait vue différente. Habillée comme s'habillent les jeunes : un polo au col relevé, un petit pull bleu ciel jeté sur les épaules et une jupette écossaise. Elle avait lâché ses cheveux. Elle captait les regards des passants. Dans cette tenue, sans son uniforme, c'était une autre femme. Belle, surtout son visage. « Quand même ! » laissa mentalement échapper Alberto. Et il nota cette fois encore qu'elle regardait dans sa direction, en souriant. Il n'en avait pas fait un motif de fierté. Ça lui arrivait trop souvent depuis qu'il avait entrepris cette carrière. Bien plus qu'avant. Il n'était pourtant pas devenu beau et charmant de but en blanc. Il n'était pas vilain : visage sympathique, sur les tempes juste ce qu'il fallait de gris à l'approche de ses quarante ans, grand et bien proportionné – à part un brin de bedaine – mais il n'avait jamais retourné personne au premier impact. En tant que magistrat, en revanche, il récoltait facilement sans avoir rien semé. Surtout les jeunes avocates, bien foutues mais sans beaucoup de jugeote, celles qui, pour exceller, ont besoin d'un magistrat complaisant auquel elles rendent la pareille en nature. Une nature qui, parfois, lui avait bien plu. Rien de plus. Elles lui faisaient la gueule et descendaient le rideau dès qu'elles s'apercevaient que ça ne changeait rien dans le prétoire.

De Marina aussi il avait pensé que, si elle s'intéressait à lui, c'était par carriérisme, selon l'idée très répandue qu'un magistrat détient les clefs de saint Pierre. Mais, dans la rue, il avait vu que c'était un canon. Il avait décidé de s'en remettre au dicton « ce que femme veut, Dieu le veut », même s'il valait mieux ne pas s'embarquer dans une histoire avec une collègue. Et donc, juste un coup en passant et stop. Il se mit donc à répondre à ses regards, à échanger quelques mots avec elle quand il la croisait, à l'inviter au bar à la pause-café, tout en se promettant de la goûter un jour : mais une seule fois, fille unique d'une mère veuve, sans engagement.

Il l'avait goûtée, finalement, au cours d'un après-midi orageux, début octobre, tandis que de puissants coups de tonnerre retentissaient presque aussitôt après l'éclair et qu'elle s'était agrippée à lui tremblante de peur sur le canapé où ils s'étaient assis tout près l'un de l'autre pour déguster une grappa à petites lampées.

Le rodage dura tout l'après-midi et toute la nuit.

Alberto s'était immédiatement rendu compte que Marina n'était pas le genre de femmes qu'on s'envoie pour passer aussitôt à autre chose. Marina, si on la goûtait une fois, avait un goût de reviens-y dix fois, cent fois, mille fois. L'accord entre eux était parfait.

Elle était délicieuse, et pas collante pour un sou. Bientôt, il cessa de la soupçonner de compter sur lui pour faciliter sa carrière, d'espérer qu'il l'aide à devenir officier. Du reste, elle ne lui avait même pas dit qu'elle préparait le concours, c'est par d'autres qu'il avait su qu'elle avait déjà passé les écrits et qu'elle passerait les oraux en juin. Une fois ses réticences et ses doutes envolés, il avait compris qu'il était tombé sur l'amante parfaite, qui n'exigeait rien, ne nourrissait pas d'arrière-pensées et tenait autant que lui à ne pas abdiquer sa liberté. Même si, depuis quelques jours, certaines de ses attitudes et attentions semblaient révéler un intérêt d'un autre genre : elle s'attachait trop à lui. Il espérait se tromper ; sinon, il la larguerait avant qu'elle souffre pour de bon.

Ils avaient fait tout ce qu'il fallait pour cacher leur relation. Mais ça avait filtré quand même. À vrai dire, juste quelques soupçons, à cause de ce qu'un regard averti parvient à entrevoir derrière les formalités. Mais sans preuves : Lucio n'aurait rien dit, même sous la torture ; Serena était de toute confiance, de même que Giorgio Maremmi qui, de toute façon, le pauvre, n'aurait plus l'occasion de décevoir.

Giorgio. Il pensait souvent à lui, ces jours-ci. À s'en faire venir les larmes aux yeux.

Tandis que Marina rangeait la cuisine, il mit une copie du CD enregistré par la caméra du tribunal dans son ordinateur et se concentra sur la jambe qui traversait le champ un court instant.

Cela éveilla la curiosité de Marina, qui se mit à regarder elle aussi.

Il lui expliqua.

« Je ne comprends pas pourquoi vous vous êtes tous convaincus que c'était la 'Ndrangheta qui avait tué les deux autres. Que Rota ne fête pas la mort d'un magistrat, d'accord, mais de là à le venger… commenta-t-elle.

– Il n'a pas vengé le magistrat. C'est lui-même qu'il a vengé. Il a rappelé que c'est lui qui commande et décide et que personne ne peut oser une action aussi grave sans d'abord lui en rendre compte. La 'Ndrangheta ne provoque pas l'État. C'est dans l'ombre et sans faire scandale qu'elle prospère le mieux, comme elle a toujours prospéré.

– Si tu le dis… En tout cas, ils sont vraiment puissants. Ils l'ont égorgé dans sa cellule et l'enquête n'a rien donné. Comment ont-ils fait ça ? Il était enfermé à l'intérieur.

– Des gardiens qui se vendent… par peur et pour de l'argent.

– Et maintenant ?

– Maintenant, on fait encore un peu de vagues, et dès que l'affaire passe au second plan, on envoie le dossier prendre la poussière.

– Bref, ça va tourner en eau de boudin. Ma mère a raison quand elle dit que ceux qui meurent ont toujours tort. Pauvre Giorgio. C'est quand même bizarre, tout ça… En tout cas, ces deux-là, ils sont mieux sous terre qu'en prison. Tu en penses ce que tu veux, mais moi, ça me va qu'ils aient fini comme ça… C'est la 'Ndrangheta ? Eh bien pour une fois, vive la 'Ndrangheta.

– Va dire ça au procureur. Il t'envoie directement à la frontière avec la Slovénie. Et tu aurais de la chance, n'importe où, c'est mieux qu'ici.

– Ce qui est sûr, c'est que je ne vous comprendrai jamais. Vous êtes des barbares. On enfonce un béret sur le front de l'un pour dire que c'est un homme qui ne vaut rien, on broie son frère sous la meule d'un pressoir après lui avoir tranché la main… qu'on accroche sur une… comment dit-on… branche… de figuier de Barbarie. C'est compliqué pour mon cerveau, ces histoires de bérets, de meules, de mains tranchées, de figuiers de Barbarie. Vous, les descendants des Grecs ? Mon œil. C'est des Huns que vous avez hérité. »

Alberto, foudroyé, la fixa sans ciller. Il fit oui de la tête, tout à ses pensées.

Marina avait mis en plein dans le mille : trop de symboles. Et trop, c'est trop.

D'accord, celui qui était derrière tout ça, c'était don Mico Rota, un homme à l'ancienne, du genre qui ne renoncerait jamais à certaines mises en scène. D'accord, un peu d'exagération, pourquoi pas, s'agissant d'un événement comme le meurtre d'un magistrat, une exagération sans précédent. Mais là, on avait exagéré dans l'exagération. Il n'imaginait pas la 'Ndrangheta faisant autant de chiqué.

« À quoi tu penses ? demanda Marina.

– Qu'il y a trop de symbolisme. La 'Ndrangheta ne fait plus ce genre de choses, elle a laissé tomber certains rituels. Même Rota. Il est de la vieille école, mais il s'est adapté à son époque. Sinon, il y a beau temps qu'on lui aurait dit une messe. Comme c'est arrivé à ceux de sa génération, tous morts les pieds dans leurs chaussures.

– Les pieds dans leurs chaussures ?

– C'est une façon de parler… Tués dans la rue, pendant qu'ils se promenaient, ou dans leur voiture, bref, qui ne sont pas morts de maladie dans leur lit.

– Ah, d'accord… Peut-être que cette fois Rota tenait à s'en attribuer le mérite, à ne laisser aucun doute sur la paternité des meurtres, pour s'attirer les bonnes grâces de la Loi.

– Non. Pas un homme comme don Mico Rota. Il ne ferait jamais rien pour s'attirer les bonnes grâces de la Loi. Ce serait une faiblesse qui ne colle pas avec le personnage. Rota se laisserait crever plutôt que de baisser la tête.

– Et alors quoi ?

– Et alors, il pourrait s'agir de fumée dans les yeux pour nous éloigner de la vérité », répondit Alberto. En même temps qu'il notait, avec un certain dépit, qu'il était en train de prendre le même pli que le substitut Fiesole, toujours prêt à imaginer des scénarios assez durs à avaler.

« La vérité n'est jamais aussi tordue.

– Mais oui, c'est sûrement toi qui as raison, capitula Alberto. Don Mico Rota a été offensé et il a voulu exhiber sa force et sa désapprobation.

– Et Salemi ?

– Salemi, Salemi… C'est vrai que c'est dans son pressoir qu'Antonio Manto a été tué… Peut-être que Salemi a un rôle dans le film. Peut-être que, dans ce meurtre, il y a aussi un message pour lui », répondit-il, mais sans y croire vraiment. Salemi n'avait jamais eu maille à partir avec la justice, on n'avait jamais entendu son nom dans aucune histoire louche. Même si, dans le coin, les innocents ayant trempé dans les affaires les plus odieuses poussaient comme des champignons après la pluie.

« Tu te rappelles la fois où Giorgio, on dînait ici, a parlé de dépôts de scories radioactives ? s'illumina Marina. Et si c'était à cause de cette enquête ?

– C'est de l'histoire ancienne. Il avait laissé tomber depuis des lustres. Il n'avait même plus le dossier. J'ai vérifié. »

Marina se mit alors à compter les poils sur le torse d'Alberto, à souffler dessus, à effleurer sa peau du bout des lèvres. Ses pensées prirent soudain un tour fort différent.

Une fois la paix retrouvée : « Il y en a un qui me fait la cour… et qui insiste, lâcha-t-elle dans un petit rire.

– Je le connais ? réussit-il à demander comme si de rien n'était.

– Et comment ! Je ne te dis pas son nom, mais il habite ici, au troisième, dans le studio qui donne sur la cour intérieure, plaisanta Marina.

– Ah, Michele Brighi. C'est du propre. Faut pas lui en promettre, à celui-là…

– Non, c'est pas vrai, c'est un gars sérieux… Il me fait la cour. Depuis longtemps. Il m'a demandé de sortir avec lui.

– Et toi ?

– J'ai pas encore réussi.

– Mais tu comptes le faire…

– Pour être mignon, il est mignon. Et sympa, aussi.

– Et alors, qu'est-ce que tu attends ? S'il est à ton goût…

– Et toi, ça ne te dérange pas ?

– Si tu as envie de le faire… Mais fais attention à toi. »

La conversation en resta là.

Marina se tourna sur le côté et parut bientôt dormir.

Alberto fixait le vide. Il l'avait mal pris. Brighi lui avait toujours été sympathique. Jusque-là. Un bon dans son domaine. En plus, le genre qui fascine les femmes, grâce à sa prestance, à son air d'avoir vécu, à son style décontracté. Son orgueil en prit un coup. La sympathie qu'il éprouvait pour lui aussi. Et il avait beau se répéter que c'était mieux comme ça, que sa relation avec Marina devenait trop sérieuse, il ne ressentait aucun soulagement.

Il la regarda. Nue sous la couette. On ne voyait que sa tête et un de ses pieds. Elle dormait d'un sommeil paisible. Elle aurait pu faire une bonne épouse. Et une bonne maman pour Enrico. En revanche, aucune chance qu'elle plaise à sa mère à lui. Qui lui aurait trouvé mille défauts, ceux qu'elle repérait au premier coup d'œil chez n'importe quelle femme hormis sa fille : comme quoi elle ne savait pas tenir sa maison, n'avait aucun talent pour faire la cuisine, exerçait un métier d'hommes, se roulait dans ses draps comme elle s'était roulée dans plein d'autres. En plus, elle aurait trouvé le mariage de son fils magistrat avec un adjudant des carabiniers trop peu avantageux socialement.

De toute façon, le problème ne se posait pas : il n'avait aucune intention de s'enterrer dans un nouveau mariage, il s'était fait trop mal avec le premier, on ne l'y reprendrait plus, même avec la plus belle héritière du monde. Il suffisait qu'il pense à Marta… La salope ! C'est sa mère qui avait raison, à l'époque. « Trop belle et trop sophistiquée », l'avait-elle condamnée, sans détour. Marta n'avait pas aimé sa mère non plus, il était rare qu'elle aime quelqu'un.

Le seul mérite de Marta, c'était Enrico. Alberto l'aimait. À sa façon. Mais il avait été absent, il avait renvoyé à plus tard ses devoirs paternels. Normal que son fils n'ait pas d'élans d'affection et même qu'il souffre des moments qu'ils passaient ensemble. Il devait regagner du terrain, lui témoigner son attachement. Il se jura que, dorénavant, ce serait différent, qu'il rattraperait le temps perdu. Mais il l'avait déjà juré bien des fois.

Marina se retourna dans le lit. « Tu fais quoi ? Tu dors pas ? » demanda-t-elle d'une voix pâteuse.

Alberto l'imagina dans les bras de Brighi. Pour se soustraire à une rancœur qui trahissait ses sentiments, il orienta ses pensées vers Chiara Allegri : quelque chose lui disait qu'il ne lui était pas indifférent. C'est le premier pas qui coûte : il suffirait d'un geste qui fasse apparaître les intentions. D'une simple plaisanterie. Ensuite, se glisser dans ses pensées et la tenter gentiment. Si elle éprouvait un tant soit peu d'intérêt pour lui, elle se travaillerait toute seule.

Marina bâilla bruyamment, s'étira. « J'ai pas envie de redescendre », marmonna-t-elle. Elle passa une caresse sur son visage et se tourna sur le côté.

Alberto arrangea la couette pour mieux la couvrir.

À huit heures pile, Marina le réveilla d'un baiser et d'une tasse de café. Elle était prête à sortir.

« Qu'est-ce que tu t'es agité, cette nuit ! Pourquoi tu n'arrivais pas à dormir ? lui demanda-t-elle.

– Des soucis, répondit-il.

– Tu ne t'es pas fâché à cause de ce truc à propos de Brighi, quand même. Je parlais pas sérieusement, qu'est-ce que j'en ai à faire de Brighi… D'accord, c'est un type bien, il est sympa, mais de là à…

– Je n'ai rien à dire, et tu connais nos accords. Si tu restes, je suis content. Mais je ne t'oblige à rien. Si tu crois qu'avec Brighi ça peut devenir une histoire sérieuse… Toi, tu veux une famille et, moi, question famille…

– Oui, une famille, mais je vais pas en faire une avec le premier qui passe.

– C'est toi qui vois. Moi, tu sais où me trouver. »

Marina s'approcha, cogna délicatement son front contre le sien, serra ses joues entre ses mains, pouffa, sourit et sortit. Alberto comprit qu'elle était peinée.

Une demi-heure plus tard, il était au tribunal. Dans le large couloir qui menait à son bureau, il croisa maître Sacco, l'avocat pénaliste qui depuis plus de vingt ans défendait don Mico Rota, prêtant main-forte aux grands noms du barreau qui travaillaient sur le dossier. Il avait de la sympathie pour lui, c'était l'un des rares pénalistes qui savaient garder leur dignité jusque dans les affaires les plus dégueulasses, sans jamais salir la toge. Par ailleurs, dans les procès de 'Ndrangheta, sa profonde connaissance du monde en question et sa mémoire capable de relier les éléments et les trames comme personne faisaient de lui un vrai renard. C'était un plaisir de parler avec lui, il était franc, direct, blagueur, jamais envahissant. Déjà âgé – il devait avoir passé soixante-dix ans –, il présentait bien, élégant, distingué, petit et légèrement voûté, un sourire que les rides rendaient plus ouvert et cordial, cheveux gris et clairsemés, regard vif et malin.

« Vous rôdez encore au tribunal ? Et la retraite, alors... ? plaisanta Alberto.

– Est-ce vraiment mon intérêt ? J'en ai vu des collègues allongés dans leur cercueil aussitôt après avoir pris leur retraite... Le travail, c'est la santé. Et tant que ça marche en bas, ça veut dire qu'en haut aussi il y a encore quelque chose qui marche, plaisanta à son tour l'avocat en tapotant sa tempe du bout de l'index.

– Passez une bonne journée. Je vais brasser un peu de papier.

– Je voulais vous dire... concernant l'affaire de ce pauvre juge Maremmi... Le substitut Fiesole n'y est pas allé de main morte avec mon client, il a décidé que c'est lui qui a commandité l'assassinat des deux frères Manto, et il ne veut plus en démordre.

– Alors que d'après vous ?

– D'après moi, rien. S'il est coupable, ce n'est certainement pas à moi que don Mico Rota le dira. Il se prétend innocent à tous les coups. Mais peut-être qu'il l'est pour de vrai. En tout cas, avec le substitut Fiesole, il ne daigne même pas décliner son identité. Il ne lui fait même pas le plaisir de se déclarer innocent. C'est un homme à l'ancienne, comme on n'en fait plus, quand il a une idée en tête... Je me disais que si vous, vous lui parliez...

– S'il ne répond pas à Fiesole, pourquoi me répondrait-il, à moi ? Et puis, maître, quels doutes peut-on avoir ? Cette fois, c'est clair comme de l'eau de roche.

– Allez lui parler. Qu'est-ce que ça vous coûte ?

– Ce n'est pas lui qui veut me parler, par hasard ?

– Est-ce qu'il a déjà demandé à parler à un magistrat, à votre avis ? Vous qui êtes d'ici, vous savez comment sont les gens comme lui. Ils ne baissent jamais la tête. Ils ont l'impression d'être en guerre contre l'État. Au cours de toutes ses années de tranchées, il a toujours fallu le porter à bras-le-corps aux interrogatoires. Ce n'est pas maintenant qu'il va changer.

– Admettons que je décide de le rencontrer, de quoi va-t-on parler ?

– Permettez-moi de vous redire que…

– Maître, votre client veut me parler, oui ou non ?

– Non, il ne veut pas vous parler, monsieur le juge. Il a la tête dure, et c'est comme ça qu'il mourra, dans son rôle de chef. Par contre, si de votre côté vous voulez lui parler… »

« Nous y voilà », pensa Alberto. Le vieux renard avait lancé l'appât. Il décida de mordre, certain que le patriarche de la 'Ndrangheta voulait s'entretenir avec lui et que, ne pouvant pas le demander explicitement, pour sauver la face et l'honneur, il avait chargé l'avocat de faire tout ce cinéma. C'était une bonne idée de lui parler, ça pourrait peut-être se révéler utile à l'enquête. Il était sage de ne s'attendre à aucune révélation du côté de don Mico Rota, mais on ne pouvait jamais savoir.

« Maître, le fait est que j'aimerais poser une ou deux questions à votre client. Je m'en remets à vous pour le convaincre de ne pas me rejouer la scène qu'il a faite avec le substitut Fiesole, officialisa-t-il.

– Monsieur le juge, je peux lui en toucher un mot, mais je ne peux pas garantir qu'il ouvrira la bouche… Il est même certain qu'il ne l'ouvrira pas. Ça dépend aussi de ce que vous avez à lui demander… Rappelez-vous qu'il entend finir ses jours le dos bien droit… À sa façon, il a des principes. Des principes… disons qu'il croit être dans le juste et que personne n'a les moyens de le convaincre du contraire. Notre métier est vraiment ingrat, mais il faut bien nourrir sa famille. »

La farce avait eu lieu.

Ils se saluèrent cordialement.

11

« Eh, Roijo, Roijo », grommela don Mico Rota dans un râlement en se relevant péniblement de sa couche. « Cornard de cocu de Roijo de merde », ajouta-t-il en redressant son dos un morceau après l'autre, opération accompagnée de gestes et grimaces de douleur. « Que les chiens te dévorent vivant », compléta-t-il en faisant prudemment son premier pas.

Il était lent au démarrage, don Mico. Pour se mettre d'aplomb et être prêt pour la marche, il lui fallait dix bonnes minutes. La faute à la prison, à l'air rance et humide, aux trop petits pas dans une cour d'à peine quelques dizaines de mètres, et au fait que ça faisait quatorze ans qu'il n'avait pas respiré l'air libre et salubre de sa campagne. La faute à Roijo, donc, qui lui avait réservé une chambre en prison, en se repentant et en le désignant comme coupable de tout, y compris de la mort du Christ. S'il n'avait pas passé tout ce temps enfermé là-dedans, il n'aurait pas eu mal partout comme ça. Roijo... le repenti...

Mais de quoi pouvait bien se repentir un type pour qui tuer était aussi délicieux qu'une poêlée d'alevins frits ? Un repenti, ça ? Un infâme, oui ! En attendant, comme ça, il avait gagné sa liberté, et tant pis pour les malheureux qui avaient fini dans le viseur de son fusil et pour les abrutis coincés à cause de lui. Et, avec la liberté, l'argent pour mener une vie de seigneur, avec sa famille. Va savoir dans quel coin perdu du monde. Car pas moyen de leur mettre la main dessus, bien que don Mico eût lâché une armée et dérangé ses amis, jusqu'en Amérique et en

Australie. À coup sûr ils avaient changé de nom et s'étaient tapis dans un trou qui ne figurait même pas sur les cartes géographiques. Aussi bien, Roijo enfilait maintenant un costard cravate chaque matin et faisait non de la tête en lisant dans le journal qu'un crime avait été commis. Ah, s'il l'avait eu entre les mains : sa merde, c'est par les yeux qu'il la lui aurait fait sortir. Mais on ne l'attraperait plus. Au tout début, peut-être, juste après qu'on l'avait remis en liberté, quand il n'avait pas encore emmené sa famille avec lui. En tuant un de ses fils, comme tout le monde le suggérait. Car, alors, il aurait pointé le museau pour l'enterrement. Et là, on aurait trouvé la manière de lui faire sa fête.

Don Mico n'avait pas eu le cœur à ça. Les autres, les nouveaux, qu'ils fassent ce qu'ils voulaient, lui, sur les femmes, les vieux et les enfants, il ne levait pas le petit doigt, quand bien même on lui prouverait par *a* plus *b* que ces enfants, une fois adultes, n'auraient pas ce genre de scrupules envers lui.

Tous les matins que Dieu faisait, don Mico entonnait la litanie de Roijo. Ça durait depuis quatorze ans. Il adressait davantage de pensées à Roijo qu'à ses femme, enfants et petits-enfants réunis. Il ne s'était pas réveillé une seule fois sans commencer par une imprécation contre l'infâme. Et le soir aussi, quand il s'allongeait sur la couche du dessous, la mieux protégée, ses dernières minutes avant le sommeil, c'est encore Roijo qui les remplissait, quitte à se glisser entre un *Notre Père* et un *Ave Maria*.

Depuis quelque temps, il avait tendance à le croire mort, ou du moins malade en phase terminale, ou rongé par un mal terrible, même s'il n'avait pas cinquante ans. Simplement, il estimait que ses malédictions insistantes, quatorze années durant, avaient forcément produit un effet, et qu'en tout cas elles ne lui avaient pas fait de bien.

Cependant, mort ou vif, il avait quand même vécu quelques années en homme libre, tandis que ses os à lui pourrissaient ici. D'accord, ici, il était le numéro un – heureusement, sans quoi il n'aurait pas tenu si longtemps – mais c'était quand même la prison.

Maintenant, c'est d'ici qu'il était obligé de diriger ses troupes. Ce n'était pas la même chose. D'ailleurs, il était souvent obligé d'intervenir pour réparer les conneries que faisaient ses enfants et petits-enfants, trop désinvoltes et trop violents. Il avait mis un vrai gâchis, Roijo, en se repentant.

Don Mico en prison, ça n'avait été utile à personne, pas même à la Loi. À lui en tout cas, qui ne savait même plus à quoi ressemblait une femme, sûr que non. Et ça, c'était la poisse. Insupportable. Il en avait vu passer sous son nombril à n'en plus finir. Avant. Ça, c'était la belle vie. S'il obtenait la détention à domicile, ses petits-enfants penseraient à lui faire un gentil petit cadeau, histoire de vérifier au passage si le vieux maîtrisait encore sa canne – avec sa vieille, même pas la peine d'y songer, elle était trop dure à cuire et son chapelet s'était incrusté dans sa main.

Il avait fallu que ce soit au moment où il s'imaginait déjà rentrer chez lui que tout ce grand bordel commence. Avec Ciccio Manto assassiné dans *sa* prison. Normal qu'on l'accuse et qu'on lui attribue du même coup la mort du frère. Ce qui signifiait qu'il pouvait dire adieu à la détention à domicile. Il rentrerait chez lui un jour, mais les pieds devant. Le plus drôle, c'est qu'il n'y était pour rien.

Les premiers jours, il s'était rongé les sangs de colère et épuisé l'esprit à tenter d'y comprendre quelque chose. Il se demandait à quoi rimait tout ce tralala autour de la mort d'un pauvre type comme ce Manto, de quels terribles secrets il pouvait être dépositaire, s'il avait vraiment quelque chose à voir avec l'assassinat du juge Maremmi, dans quoi il était impliqué qui puisse justifier qu'on le mette à mort et qu'on fasse retomber ça sur la 'Ndrangheta. Idem avec le meurtre de son frère. Ses amis ne savaient rien, perplexes eux aussi devant un crime à la sauce 'ndranghetiste qui cependant n'était pas le fait de la

‘Ndrangheta. Or, pour don Mico, ne pas savoir et ne pas comprendre était déconcertant, sans précédent, un échec susceptible d’affaiblir son rôle.

Puis quelque chose avait commencé à filtrer et, même s’il restait trop de données à déchiffrer, il s’était fait le début d’une idée. Le reste, il le saurait bientôt. Ces deux-là, en tout cas, si l’on ne tenait pas compte du fait qu’en mourant ils l’avaient fourré dans le pétrin, étaient des *cartes d’épée sans valeur* qui étaient mieux sous terre, car ils avaient fait davantage de dégâts qu’une gelée sur les premières fleurs des orangers. Si on lui avait laissé un peu de temps et la bonne occasion, il l’aurait servi comme il faut, Ciccio Manto. *À la fraîche*, après avoir inventé une raison qui justifie sa mort, par exemple une dispute avec un détenu croulant déjà sous les condamnations à perpétuité, pour qui, une de plus une de moins, c’était comme une piqûre de moustique. Mais d’autres s’en étaient chargés, se comportant comme si lui n’existait pas.

Ce n’est pas ici-dedans que l’idée était née, il en était sûr. L’exécutant était un détenu, ça oui, avec la complicité d’un gardien. Il se pouvait aussi que l’office ait été accompli directement par un « supérieur ». Mais toujours sur un ordre venu du dehors, donné par un fils de pute qui avait de sérieuses raisons pour avoir agi en se foutant éperdument de sa présence. Peut-être qu’il était assez haut placé pour ne pas craindre sa réaction. Donc, politique, pas ‘Ndrangheta. Ou plutôt, politique qui exploite la ‘Ndrangheta.

Mais s’ils croyaient pouvoir se servir de lui impunément… Ils allaient vite comprendre de quel bois était fait don Mico Rota, qui qu’ils puissent être.

Il n’avait pensé à rien d’autre pendant des jours, même Roijo avait parfois échappé à ses imprécations. À la fin, il avait décidé que le mieux, c’était d’en parler au magistrat et, à sa façon, en disant et en ne disant pas, de l’aider à deviner la direction. Certes, à infâme, infâme et demi – et les têtes qui dirigeaient cette affaire étaient des têtes d’infâmes, s’ils n'avaient aucun scrupule à faire accuser des innocents –, mais il ne pouvait quand même pas témoigner officiellement sur des faits criminels. Même en se contentant de déclarer que la 'Ndrangheta était étrangère à ces trois meurtres. Car il aurait commis une infamie à son tour et donné un signe impardonnable de faiblesse.

« Et alors, don Mico, qu'avions-nous de si urgent à nous dire ? » attaqua Alberto Lenzi dès qu'il se retrouva assis en face de lui dans le parloir de la prison. Qu'il soit tout de suite bien clair qu'il avait compris. Avec un type comme don Mico, le respect, ça se méritait, sans quoi on n'obtenait rien de lui. Lui *faire face*, lui montrer qu'on ne se laissait pas impressionner, ça pouvait être une bonne manière d'y arriver.

Don Mico se cabra. Il durcit un pli qui courait sur ses lèvres en serrant les dents et s'adressa à l'avocat : « Mais de quoi il me parle ? Ce n'était pas ce jeune homme qui voulait me parler ? » lui demanda-t-il.

L'avocat ouvrit les bras, visiblement gêné.

Alberto Lenzi fixa sur don Mico un œil ironique, sans grand résultat. Il n'était pas vilain à voir. Au contraire, si on l'avait croisé dehors, on l'aurait pris pour un grand-père comme un autre, accablé par les années et les maux de l'âge. La prison avait affiné ses traits. C'était un grand gaillard à l'ossature puissante, mains énormes, polies par un noble travail – ou par l'absence pure et simple de travail –, cheveux blancs coiffés d'une raie sur le côté, un pif qui faisait de l'ombre à ses joues et dont les poils jaillissaient en tous sens, des sourcils fins et, curieusement, encore noirs, des yeux froids et vifs au-dessus de deux poches de peau flasque, et sur le visage les mille plis de la vieillesse. Il parlait paisiblement et sans hâte. Il s'interrompait parfois, en gardant les yeux fermés. Puis il les rouvrait brusquement, les plissait et les faisait glisser de bas en haut, la tête légèrement penchée sur le côté. Quand il planta ce regard sur lui, Alberto eut du mal à ne pas se montrer impressionné.

« Ah, c'est vrai. Je me suis trompé, corrigea-t-il, avec un dernier reste d'ironie. J'ai confondu avec quelqu'un d'autre, quelqu'un qui veut se repentir.

– Eh oui, vous avez confondu, c'était quelqu'un d'autre. (Don Mico, sèchement, en le foudroyant d'un regard insupportablement pénétrant.)

– C'est vous qui avez pris l'initiative de cet interrogatoire, monsieur le juge, intervint l'avocat.

– Domenico Rota, dit don Mico, le patriarche de la 'Ndrangheta... continua Lenzi, qui ne voulait pas renoncer à envoyer des piques.

– C'était Noé le patriarche, monsieur le juge. Vous me confondez encore avec quelqu'un d'autre, l'interrompit don Mico qui, acceptant le jeu à son tour, se dessina aux coins de la bouche deux profonds plis de moqueuse insolence, qu'il fit durer longtemps.

– Dans cette région, il ne se passe rien que vous n'ayez décidé ou dont vous ne soyez informé, reprit Lenzi.

– Et maintenant, vous me confondez avec le Père éternel, rien que ça, monsieur le juge. Le vieil homme qui est devant vous... peut-il vraiment... ? (Toujours aussi moqueur, en tournant vers l'avocat un sourire faux à pleines dents.)

– Monsieur le juge, M. Rota est venu vous écouter animé des meilleures intentions. Si vous... » s'immisça l'avocat.

Le silence se fit.

C'est don Mico qui y mit fin. « Vous m'offririez une cigarette, maître ? » demanda-t-il. Il la prit, ôta soigneusement le filtre, l'alluma, aspira de grosses bouffées et se mit en attente, bras croisés.

Lenzi comprit que la passe d'armes était finie et qu'il était temps d'en venir au but. « Un meurtre a été commis à l'intérieur de cette prison, reprit-il. Un certain Manto Francesco, condamné à perpétuité.

– J'ai su. Je l'ai ajouté dans la liste de mes prières du soir.

– Rien d'autre à dire ?

– Que je ne sais rien et que je ne veux rien en savoir. Que j'ai un âge où il me faut penser à ne pas foutre en rogne ceux qui sont là-haut. Des fois qu'on puisse se mettre d'accord sur un endroit pas trop inconfortable.

– M. Rota est gravement malade, et il a l'âge qu'il a… crut devoir renchérir l'avocat. Le passé, c'est le passé. Maintenant, il a les pensées que nous avons tous, à nos âges. Il est en prison depuis quatorze ans et il n'a jamais créé aucun problème… Il a déposé une requête de placement en détention à domicile.

– Et vous vous attendez à ce que nous vous l'accordions pour vous récompenser de nous avoir rendu service, de nous avoir donné un coup de main, c'est ça, don Mico ?

– Je ne vous ai pas rendu service et ne vous ai donné aucun coup de main. »

Les mots étaient paisibles, mais si on les avait tordus comme du linge, des litres d'indignation en auraient jailli.

« Pourtant, on dit que pas une feuille ne tombe sans votre souffle.

– Du souffle, je n'en ai plus. On dit des conneries. Et vous me surestimez. Moi, le peu de vie qui me reste, je devrais la passer le chapelet en main, en espérant que le Père éternel se prenne de compassion, sans quoi… Cette demande de détention à domicile, c'est l'avocat ici présent qui l'a faite pour moi, parce que ma famille insistait. Si ça ne tenait qu'à moi…

– Donc, vous n'avez rien à me dire à propos de ce meurtre ?

– Non. » Sèchement. Et il ponctua sa réponse d'un claquement de langue.

« Mettons que je vous croie. Si c'est vrai, on vous a joué un sale tour…

– C'est ce qui arrive aux vieillards. On les met à la retraite.

– Des gens de la 'Ndrangheta ne se seraient jamais permis une chose pareille. Ils ont trop de respect pour vous.

– Vous êtes bien aimable.

– Et donc, réfléchissons… Si vous ne savez rien, ça veut dire que ce n'est pas la 'Ndrangheta… Autrement dit, ça veut dire que quelqu'un essaie de vous baiser. Moi, si quelqu'un essaie de me baiser, je ne lui déroule pas le tapis rouge, si je peux, je le baise en premier.

– Vous, c'est vous. Moi, *révérence parler*, je ne pisse pas contre le vent, monsieur le juge. Je n'ai rien à vous dire, je suis ici par politesse, parce que vous m'avez convoqué.

– Manto a été assassiné dans sa cellule, dans votre prison…

– Cette prison n'est pas à moi, pour sûr. Si elle était à moi, ce serait déjà un champ de patates.

– Certaines choses, ici, ne peuvent arriver qu'avec votre aval. En tout cas, jusqu'à maintenant. Et donc…

– Quelqu'un qui est déjà trempé, un peu d'eau en plus ne le mouille pas.

– Le frère a été broyé sous la meule d'un pressoir.

– J'ai su ça aussi. Vilaine mort. Mais chacun est maître de son destin.

– Celui qui est mort dans sa cellule, on lui a rabattu la *coppola* sur le front. Le frère a passé toute la nuit sous la meule, on lui a coupé la main et on l'a fichée sur une raquette de figuier de Barbarie. Je suis d'ici, et certains symboles, je les comprends. Mais là, j'ai l'impression qu'il y en a trop, des symboles, pas vrai, don Mico ?

– Autant de mises en scène, même quand j'étais jeune homme, ça ne se faisait pas, concéda-t-il.

– Et alors nous revoici au point de départ. Si cette fois la 'Ndrangheta n'y est pour rien…

– Il y a bien longtemps, mon père, paix à son âme, en ce temps-là vous n'existiez même pas dans l'esprit de Dieu… mon père, on lui volait ses olives. À l'époque, on ramassait la faim à pleines mains, on pouvait égorger un homme pour une mesure d'olives. Les empreintes des chaussures entraient et sortaient de chez le voisin. On avait même trouvé un sac encore plein dans une de ses remises… Mon père n'est pas parti au quart de tour, c'était un homme qui pesait le pour et le contre. Heureusement. Car on a découvert qu'il y avait quelqu'un qui voulait du mal au voisin… Vous n'imaginez pas qui c'était, quelqu'un qui partageait notre pain, quelqu'un de la famille. Si on ne l'avait pas vu de nos propres yeux, on ne l'aurait jamais cru. Il avait fait ça bien, au début il avait réussi à nous tromper.

– Vous voulez dire que nous sommes en train de suivre de fausses pistes et qu'il faut chercher la vérité ailleurs ?

– Moi ? Quand donc ai-je dit une chose pareille ? Je vous ai raconté une histoire d'il y a très longtemps parce que je suis vieux, et les vieux aiment bien parler du passé. Bien sûr, les choses ne sont pas toujours ce qu'elles semblent. Mais je vous dis ça comme ça, pour parler, parce que j'ai les cheveux blancs et que j'en ai vu des vertes et des pas mûres. Il ne faut croire qu'à ce qu'on voit de ses propres yeux, et encore, pas toujours. Et comme mes yeux à moi n'ont rien vu, je ne suis sûr de rien… Pour en revenir à l'âme bienheureuse de mon père, s'il s'était arrêté aux apparences et n'avait pas pris le temps de réfléchir, il aurait fait une grosse bêtise, et c'est un pauvre bougre qui ne savait rien qui aurait payé les pots cassés.

– Dans ce cas précis, le pauvre bougre, c'est vous…

– Le voilà qui recommence à *chercher cinq pattes à un mouton*… Nous sommes juste en train de causer, monsieur le juge. Ma personne n'a rien à voir avec ce que nous racontons, *ni pau ni proun*. Je vous passe un peu de mon expérience, mais comme ça, en général. Je suis vieux, j'en ai vu plus que vous, si vous saviez combien j'en ai vu… Mais, vous, vous avez votre idée fixe, c'est toujours au même endroit que *ça vous mange*.

– D'accord, parlons en général… Ne jamais s'arrêter aux apparences, dites-vous. L'explication la plus évidente peut ne pas être la bonne. Ce qui implique qu'il faut qu'une autre piste apparaisse. Mais si elle n'apparaît pas… retour au point de départ.

– Quand j'étais enfant, je passais ma vie dans les champs. Je jouais avec les lézards, les têtards, les escargots. Vous avez déjà essayé de barrer la route à un escargot ? Ah, une bonne poêlée d'escargots, comme ça me manque ! On les ramassait dans l'herbe humide du petit matin, en juin et en septembre. Je me rappelle qu'une fois, on en avait rempli toute une hotte à mulet et… Rien… Soyez indulgent, les vieux parlent, parlent, ils en reviennent toujours au passé… Je disais que, si on met un doigt devant un escargot, d'abord il rétracte ses cornes, mais il les ressort aussitôt et se remet à tracer son sillage. Si on insiste, il finit par en avoir assez de rentrer et sortir ses cornes et il s'enferme dans sa coquille. Mais il ne renonce pas pour autant, il a décidé où il voulait aller et c'est là qu'il ira, et tôt ou tard il se remet à avancer. Il suffit de patienter, il ne peut pas rester éternellement dans sa coquille, il s'est fixé une direction et tôt ou tard ses cornes ressortent.

– C'est une parabole pour dire que d'autres pistes vont apparaître et qu'on comprendra qui avait intérêt à tuer ces deux-là ?

– C'est une parabole qui ne veut rien dire du tout. Personne ne vous parle d'eux. J'ai l'impression que je dis lentilles et que vous entendez fèves, cher monsieur. Et puisque vous y tenez tant, à ces deux-là, je vous le dis tout net : je ne sais pas qui a fait ça. Je peux imaginer. Mais comme vous pouvez imaginer vous-même, ni plus ni moins. Bien sûr, c'est facile, on tue quelqu'un à l'intérieur d'une prison. Qui trouve-t-on dans une prison ? Des détenus, des gens qui sont là parce qu'ils ont tué, qu'ils ont commis de mauvaises actions. Et alors le coupable se trouve là, parmi eux… Non, ça ne marche pas comme ça. Pas toujours, du moins. Dans une prison, il n'y a pas que des prisonniers. Et dans une prison, les prisonniers doivent rendre des comptes. Et si ceux à qui ils doivent rendre des comptes tombent des nues… Je veux vous raconter une autre petite histoire. Le père Vestiano était un homme que tout le monde connaissait, il faisait les foires, mais vous ne pouvez pas vous souvenir de lui, *Dieu nous prête vie*, il est mort du temps où on votait pour le roi. Ce Vestiano avait un troupeau de chèvres. Tous les matins, il en prenait huit, dix, et il allait de maison en maison fournir du lait aux familles, qu'il trayait directement dans leurs bols. Il y en avait qui n'aimaient pas le lait de chèvre et qui s'adressaient à quelqu'un d'autre pour avoir du lait de vache. Le père Vestiano, qui était gourmand et qui aurait ouvert le ventre de son frère pour quelques lires, eut l'idée d'acheter des vaches. On le retrouva mort. Il avait reçu je ne sais combien de coups de couteau et, *sans offense pour nos faces*, on lui avait barbouillé la figure de bouse de vache. Les vaches qu'il avait achetées furent trouvées mortes elles aussi et leur viande était bonne à jeter. Là, oui, il y a des symboles. Bref, on donna la faute au bouvier, qui passa un peu de temps en prison, pour découvrir ensuite que le vrai coupable était un homme qui faisait dans le commerce de lait et qui avait profité de la concurrence des vaches et des disputes qu'il y avait eu. Ce type, on le trouva ensuite égorgé, accroché la tête en bas à se vider de son sang comme une demi-carcasse de porc au crochet du boucher. Vous voyez le résultat, pour quelques vaches ? Les vaches et les chiennes ont toujours été dangereuses, pas vrai, maître ? (Il rit de sa blague salace.) Attention, tout ça est écrit noir sur blanc sur les papiers de la justice, vous pouvez vérifier quand vous voulez », ajouta-t-il.

Alberto avait tendance à y croire. Il comprenait que ces paraboles contenaient des informations, c'était sa façon à lui de lui indiquer une direction sans endosser les habits de l'infâme. Et il lui semblait déjà avoir entrevu quelque chose. Il comprenait aussi combien il rageait que des étrangers soient entrés dans son monde et aient essayé de lui faire porter la responsabilité des meurtres. Voilà pourquoi il avait souhaité lui parler. Mais il se pouvait aussi qu'il soit coupable et qu'il veuille juste éloigner les soupçons, de façon à ne pas compromettre ses chances d'obtenir la détention à domicile.

« Ce type, qui est-ce qui l'avait égorgé ? Le bouvier ou les parents du fermier, ce Vestiano ? Si tout est consigné dans les actes de procédure… »

Don Mico Rota eut un large sourire et, s'adressant à l'avocat, se mit à hocher la tête, l'air satisfait. « Les papiers disent qu'on arrêta les deux fils du fermier assassiné, apparemment ils s'étaient vantés d'avoir équilibré les comptes. Mais ils furent vite libérés : le jour du crime ils étaient dans la région de Crotone, à une foire, ils avaient beaucoup de témoins. »

Alberto Lenzi eut l'impression d'avoir compris. Il leva les yeux pour chercher confirmation sur le visage de don Mico. Il trouva un masque qui n'ajoutait rien.

« Ça ira comme ça, dit don Mico. Si vous permettez…

– Sa demande de placement en détention à domicile est à l'étude, glissa l'avocat. S'il apparaît qu'il est étranger à cette affaire…

– S'il apparaît qu'il y est étranger, sembla admettre Lenzi.

– C'est ma famille qui insiste, tint à préciser don Mico. Si ça ne tenait qu'à moi, je vous autoriserais dès maintenant, quand mon heure viendra, à m'enfermer dans un sac et à m'enterrer dans la cour de la prison.

– Si vous n'y tenez pas, lâcha Lenzi en souriant.

– Si, j'y tiens, mais pas au point de vendre mon âme. J'aimerais bien finir mes jours chez moi, évidemment… Qui n'aimerait pas ça ? Et une fois, rien qu'une fois, respirer l'air du Boschetto où j'ai grandi. Mais en restant ce que je suis, monsieur le juge. Je ne renie rien. Vous la connaissez ma campagne du Boschetto, maître, n'est-ce pas ? Quelles journées j'ai passées, là-bas ! Jeune homme, j'allais à la chasse. Vous êtes déjà allé à la chasse, monsieur le juge ? Non ? Alors vous ne savez pas ce que vous avez perdu. Je me postais à l'affût sous un olivier *ottobratico* et je tirais dès que la grive se posait sur une branche. Mais parfois je la perdais de vue au milieu du feuillage et je devais attendre qu'elle se montre. Je la cherchais là où les feuilles bougeaient, et si ce n'était pas la grive, c'était un moineau. »

« Voilà un autre message », pensa Lenzi. Comme pour cette histoire d'escargot. Il était clair que don Mico avait préparé ses réponses à l'avance. Il se promit d'y réfléchir plus attentivement dès qu'il serait seul et se félicita d'avoir apporté un dictaphone, allumé dans sa poche.

« Qu'y a-t-il pour votre service ? Il vous manque quelque chose ? s'entendit-il dire.

– Oui, Roijo me manque. Si vous pouviez le trouver et me le donner comme camarade de cellule… et il partit d'un bon rire.

– Qui est Roijo ? » demanda Alberto à l'avocat.

Il le lui expliqua en riant.

Alberto rit à son tour. « Autre chose ?

– Une canne. Ma canne. Ma canne gravée, à tête de lion. Elle est chez moi, dans une armoire.

– Une canne ? Qu'est-ce que vous voulez faire d'une canne ?

– Quand vous aurez mon âge, vous verrez vous-même à quoi ça sert, une canne. Ça aide. J'en ai besoin pour garder le dos droit. Je l'ai gardé droit toute ma vie, vous voudriez que je m'incline pour mes derniers jours ? »

Alberto Lenzi comprit : don Mico voulait son sceptre, le signe du commandement. Il sourit.

« C'est pas gagné, pour la canne, dit-il.

– Je me contenterai de Roijo, alors, plaisanta le vieil homme. Et si pour Roijo vous ne pouvez pas non plus, une belle petite vache de chez nous, juste une nuit. » Il partit dans un long rire, se leva, agita en l'air une main ouverte et se dirigea vers les gardiens.

12

Le sentier coupait à mi-coteau, zigzaguant comme un serpent. De loin, c'était un fil marron qui brisait le vert du talus, ce galimatias – d'herbes, arbustes, genêts, figuiers de Barbarie, agaves, arbres divers – qui remontait la crête jusqu'à un plateau tourné vers la mer, où se dressaient des châtaigniers piquant le ciel de leurs innombrables bras nus, des pins déployant leur majestueux parasol, des chênes-lièges. Le mont grimpait raide de la mer jusqu'au sommet, mais on avait aménagé çà et là quelques pauses, des petites terrasses soutenues par des murs montés à sec selon un art ancien.

Alberto Lenzi et Lucio, en chaussures de tennis, esquissant un pas de course, cheminaient sur ce sentier suspendu entre ciel et mer, d'un mètre à peine de largeur, délimité par une barrière rustique.

Alberto venait souvent ici. C'était l'endroit qui le réconciliait avec le monde. Et où il trouvait les réponses. On était début mars, il faisait beau malgré quelques nuages. Il avait emmené Lucio, il avait besoin de discuter avec lui des impressions que lui avaient laissées les propos de Rota. Lucio, la 'Ndrangheta, il connaissait, ne serait-ce que parce qu'il était obligé d'y barboter.

Ils s'arrêtèrent dans un petit renfoncement, sous un rocher qui les abritait de l'air froid. La mer montait jusqu'à eux, ses vagues giflaient les murs de pierre nue. Les claques de la mer se confondaient avec le bruit du vent. On ne percevait rien d'autre, hormis les cris disgracieux et libres des *gabians*.

Alberto sortit son dictaphone. « Je veux que tu écoutes cette conversation. C'est moi avec don Mico Rota et son avocat. » Il mit l'appareil en marche sans attendre la réponse.

Pendant les vingt minutes dont Lucio eut besoin, Alberto se rinça les yeux sur ce lopin de monde encore intact. Le Père éternel S'était bien amusé. Il devait l'avoir forgé dans un de Ses bons jours, en y mettant de la passion. Le manteau uniforme de la bruyère drapait la colline jusqu'au sommet. Sur les bords, la pente s'adoucissait. Des bouquets d'oliviers séculaires poussaient dans une ombre dense, sur de courts replats, terrasses arrachées à l'escarpement et où des pieds biscornus de vigne redevenue sauvage avaient survécu à l'abandon. Par-delà la barrière, la mer : en bas, à une trentaine de mètres à peine du sommet du talus, qui tantôt tombait à pic, tantôt penchait en poitrine de colombe.

« Il se défausse, dit Lucio comme s'il parlait tout seul. Il prévient qu'il ne faut pas se fier aux apparences. Et qu'il faut attendre du nouveau, de nouveaux événements révélateurs. Bizarre. (Il était sceptique et surpris.) C'est déjà étrange qu'il se soit ouvert à toi, un magistrat. Ça ne lui ressemble pas, reprit-il après une pause qu'Alberto n'interrompit pas. Il a fait ça par rapport à la détention à domicile ? Ça veut dire qu'il a vieilli. Mais il n'est pas bête, pas du tout, il ne peut pas espérer s'en sortir si les faits ne viennent pas confirmer ses mots. Donc, il y a forcément un fond de vérité. Les paraboles, tout est dans les paraboles. C'est là-dessus qu'il faut se concentrer.

– Non, attends, faisons les choses dans l'ordre, l'arrêta Alberto. Un pas après l'autre. D'accord en ce qui concerne les apparences et les faits nouveaux. D'accord aussi concernant les gardiens. Il y en a au moins un qui est impliqué dans le meurtre de Ciccio Manto, aucun doute. Ne serait-ce que pour ouvrir la cellule aux assassins. Mais de là à exclure les détenus…

– Il y a un gardien et un ou plusieurs détenus, affirma Lucio sûr de lui. Mais il ne peut pas l'admettre. Par orgueil de *chef de bâton*. S'il n'y est pour rien comme il le prétend, ça reviendrait à reconnaître sa défaite, qu'on ne l'a pas pris en considération, ce serait comme cracher vers le ciel en sachant que son crachat va lui retomber dessus. Pour lui, c'est grave, c'est un manquement qu'il ne peut pas tolérer. Et il ne peut pas non plus endosser le rôle de l'infâme : même s'il est certain que c'est un détenu qui a commis le meurtre, il est obligé de garder son clapet fermé.

– Si c'est lui qui a ordonné la mort, il n'a pas intérêt à l'admettre non plus.

– Il se peut tout à fait qu'il n'ait rien à voir avec le meurtre des frères Manto. Il est trop fin. Il ne serait pas venu bavarder avec toi comme ça. Il sait parfaitement que si ce qu'il t'a raconté ne se révèle pas vrai, il moisira en prison et en sortira les pieds devant. Il doit être méchamment furax qu'on lui ait joué ce sale tour. Mais il s'est affaibli. Il est prêt à tout pour obtenir la détention à domicile. Autrefois, si quelqu'un lui manquait de respect, il ne lui laissait même pas le temps d'écrire deux lignes de testament. Aujourd'hui, il est à deux doigts de porter plainte. C'est un malin, don Mico. Si ses acolytes savaient ce qu'il t'a raconté… Parce que les paraboles contiennent des informations précises, c'est évident.

– Il ne faut surtout pas en parler, l'avertit Alberto, joignant le regard à la parole. Je m'y suis engagé. Je n'en parlerai même pas aux membres du pool. S'il a le moindre soupçon que je l'ai trahi… »

Lucio le rassura en balayant l'air de sa main ouverte. « Marchons un peu. »

Lucio ralluma le dictaphone et ils réécoutèrent l'enregistrement en silence.

Ils dépassèrent le flanc d'une crête, et une plage apparut, lovée entre deux falaises qui s'avançaient loin dans les eaux. Et ainsi de suite, en une succession sinueuse de baies et d'escarpements s'offrant à la mer ou à la terre. Et faisant parfois disparaître le rivage. Qui réapparaissait un peu plus avant, voilé par la distance, portant les blessures des villages. On distinguait à peine l'horizon, éparpillées dans la brume, les îles Éoliennes auraient aussi bien pu avoir été englouties par les flots.

« Les paraboles, il faut les entendre de la bonne façon, reprit Lucio. Celle sur le voisin innocent du vol ne révèle pas grand-chose. Juste qu'il faut se méfier des apparences et regarder dans la nouvelle direction qui apparaîtra tôt ou tard. Idem cette histoire d'escargots. La grive dans le feuillage nous en dit un peu plus, mais à peine. "Je la cherchais là où les feuilles bougeaient, et si ce n'était pas la grive, c'était un moineau", qu'il dit. Mais va comprendre à quel endroit bougent les feuilles…

– C'est autour de lui qu'elles bougent. Et comment. Le vent les secoue drôlement fort.

– Par contre, dans la parabole du père Vestiano et du bouvier, il y a de la matière. Tu as remarqué comme ça colle bien avec ce qui s'est passé ? »

Alberto approuva, satisfait. Il ne fit aucun commentaire. Il tenait à voir si Lucio arrivait aux mêmes conclusions que lui. Cela donnerait davantage de force à l'idée qu'il s'était faite de son côté.

« Don Mico dit que les deux fils du fermier ont été accusés du meurtre. Ils étaient innocents mais s'étaient vantés d'avoir vengé leur père. Ça arrive souvent dans ce monde à l'envers, des formes tordues d'honneur poussent à compenser par les mots les actes qu'on n'a pas le courage de faire, pour atténuer l'humiliation et pouvoir regarder les gens en face. Don Mico laisse entendre que c'est la même chose ici. Que Manto s'est attribué le mérite pour jouir de davantage de considération. Et que du coup il est entré dans un engrenage plus grand que lui, d'abord en proférant des menaces à son procès, ensuite en revendiquant la paternité du meurtre en prison. Bref, don Mico insinue que si le plan était de tuer Maremmi sans en dévoiler les raisons, le fait que Manto ait beuglé au tribunal puis se soit vanté a été utile à d'éventuels *marionnettistes*. Le fait est qu'ils ont toute leur place ici, mieux qu'un verre de rouge sur les grattons de porc. Mais, d'après moi, ils avaient tout prévu depuis le début. Les Manto sont coupables, il n'y a pas à tortiller.

– Oui, il se peut que les menaces aient fait partie du plan, une trame ourdie sur le long terme. Mais ça pourrait aussi être une coïncidence qui s'est révélée bien commode, hésita Alberto. Pour être coupables, ils sont coupables, aucun doute là-dessus. Si Rota laisse entendre qu'ils sont innocents, c'est par orgueil de *chef de bâton*, d'accord avec toi sur ce point. En disant ça, il se renforce, lui et sa réputation. Il ne peut pas reconnaître que des 'ndranghetistes ont échappé à son contrôle, et que l'ordre de tuer est carrément parti de *sa* prison. Une seule chose est sûre, ce sont les Manto qui ont fait le coup, leurs vies étaient déjà foutues, une condamnation en plus, c'est une broutille, ou même un titre de gloire en plus. Ils ont pu agir sur commande, moyennant paiement. Mais de là à décider que le plan a commencé avec les menaces au tribunal… peut-être que oui, peut-être que non.

– Je te concède qu'il peut s'agir d'un hasard dont les *marionnettistes* ont profité. Même si je penche plutôt pour l'idée du plan concerté dès le début. Et je maintiens que Giorgio a été tué par le Manto en cavale, pour une raison qui n'a pas encore émergé. Et qui émergera, d'après Rota.

– Il y a aussi le passage filmé par la caméra du tribunal. Ce sont ses chaussures et son pantalon. Et l'horaire correspond. Plus clair que ça… Il était venu tuer ce pauvre Giorgio. Peu importe que ça ait été ou non programmé dès le jour du procès. Quand même, quels couillons, ils n'ont pas compris qu'ils creusaient leur tombe de leurs propres mains, que les mandants n'allaient pas laisser deux témoins en vie.

– Je crois que la 'Ndrangheta n'est pas dans le coup. C'est sans doute un autre *galant homme* qui les a engagés, reprit Lucio. Sans quoi Rota ne serait pas venu te rebattre les oreilles de fredaines, au risque de perdre la face pour rien. Il sait que la bonne direction apparaîtra tôt ou tard, peut-être même que c'est lui qui te l'indiquera… Et tu verras, ça n'aura rien à voir avec la 'Ndrangheta. Et tous ces symbolismes autour de la mort des Manto… ça fait trop. Pour qu'on comprenne bien que ça ne peut être que la 'Ndrangheta, ils en ont fait des tonnes. Il doit y avoir autre chose là-dessous, un gros truc, on ne tue pas un magistrat sans de sérieuses raisons. Il faut creuser dans les dossiers de Giorgio.

– Elle n'y est pour rien, pour rien, tu as raison, en convint Alberto. Pour un peu, ils signaient *'Ndrangheta* avec le sang des morts. C'est ailleurs qu'on a donné l'ordre d'assassiner Giorgio. »

À ce stade, il n'était sûr que d'une chose : Antonio Manto avait agi comme tueur à gages. Pour le reste, confusion totale, il ne croyait en aucune des hypothèses. Il avait juste une légère préférence pour celle selon laquelle les menaces au tribunal faisaient déjà partie du plan.

Le silence tomba, tandis qu'ils avançaient pensifs l'un derrière l'autre.

Ils marchaient maintenant sur du plat. Un vent marin brossait leurs visages, peignait les herbes d'un bruissement léger.

Le regard portait moins loin que d'habitude. Capo Vaticano n'était qu'une tache ténue se confondant avec les nuages, qu'ils ne distinguaient que parce qu'ils savaient qu'elle était là. À l'extrême nord, d'autres falaises. Qui venaient mourir sur les larges plages de la Piana, pour se redresser aussitôt, masses de roche nées de la mer, fouettées par les embruns. Du côté opposé, la pointe de la Sicile s'évasait dans deux directions.

« Qu'est-ce que tu penses de ce Salemi, le propriétaire du pressoir ? demanda Lucio.

– Il n'a rien à voir dans tout ça, ni de près ni de loin, affirma Alberto sans l'ombre d'une hésitation. Jamais ils n'auraient la naïveté de nous fournir une piste et un nom autour duquel creuser. Je dirais même que le fait qu'on ait tué Manto sous les meules de son pressoir le disculpe. N'importe qui peut être impliqué, sauf lui. Même si… l'allusion au moineau… un petit poisson, qui a un tout petit rôle.

– Non, des esprits assez fins pour ce genre d'affaires ne nous auraient pas mis sur la bonne piste », dit Lucio. Puis, s'animant soudain : « Attends un peu… Les vaches du père Vestiano, don Mico parle un peu trop de vaches, il nous en sert à tout bout de champ… Salemi a eu des ennuis il y a deux ou trois ans, une histoire de vaches qu'on lui a tuées, je crois bien… Ça n'a peut-être pas d'importance, mais ça ne coûte rien de vérifier… Je passe un coup de fil à Assunta. »

Assunta était sa vieille domestique. Elle savait tout de tout le monde en ville. Et elle n'oubliait rien, à croire que sur chacun elle tenait un dossier à jour et le révisait sans cesse. Lucio l'appela chez lui. Ils parlèrent longuement. Assunta était comme ça. Un fleuve en crue, quand elle s'y mettait. Elle devait rapporter tous les faits, soupçons et ragots concernant les Salemi jusqu'à la septième génération. Et il était inutile d'essayer de la ramener au sujet principal, il fallait laisser qu'elle y arrive à sa guise, après avoir déballé tout le dossier.

Alberto s'assit sur un rocher et passa le temps en regardant les vagues.

« Maintenant, je peux écrire un traité sur les Salemi, Assunta m'a tout raconté, même la façon dont ils vont à la selle, dit Lucio. Mes souvenirs étaient exacts : il y a deux ans, il a trouvé trente de ses vaches mortes dans une étable sur la colline. Mais, si Assunta dit qu'il y en avait trente, cela signifie qu'il y en avait dix tout au plus. En tout cas, ça vaut la peine de vérifier, il y a sûrement un dossier au Parquet. Rota a mis trop de vaches dans ses histoires…

– Bon, allons voir, concéda Alberto, un peu sceptique.

– Tu as quelque chose d'autre à quoi t'accrocher ? Non. Donc… Il faut bien commencer quelque part. Tu ne peux pas te coucher sur le dos et attendre que la solution tombe du ciel. Si don Mico a trouvé, je ne vois pas pourquoi tu n'y arriverais pas, toi aussi.

– Il a des moyens plus puissants que les nôtres. Nous, nous n'obtiendrons rien ni des gardiens, ni des détenus. Et les procès dont s'occupait Giorgio ne mènent nulle part. Dans ses papiers et dans les ordinateurs de son bureau, Brighi n'a pas trouvé le moindre indice.

– Reste Salemi. S'il en sort quelque chose, bien, sinon… tu attends du nouveau.

– Va pour Salemi. Mais juste pour écarter une hypothèse. D'après moi, ils n'ont choisi le pressoir que pour montrer leurs muscles. »

Il était temps de rentrer. Le soleil était descendu au ras de l'horizon, on pouvait le suivre les yeux grands ouverts. Voilé comme un œuf qu'on a fait frire sous un couvercle, il disparaissait entre la pointe de la Sicile et le segment de mer où s'étaient abîmées les îles Éoliennes. Il tendait sur les eaux une lanière dorée et tressaillante qui depuis la courbure du monde venait mourir sur l'écume de l'onde. Un vent de terre glacial mordait leurs joues et le mont avait déployé une ombre qui déjà était sur eux.

13

Dès qu'il fut au Parquet, Alberto donna l'ordre à un carabinier d'apporter à son bureau tout ce qui concernait Salemi, même indirectement. Le carabinier revint au bout de cinq minutes avec un classeur. Dix centimètres d'épaisseur : un dossier assez conséquent.

Lucio et lui le parcoururent avidement. L'innocence de Salemi était aveuglante. C'est lui qui avait été la victime : deux ans plus tôt, les douze vaches suisses qu'il tenait dans une étable en haute colline, sur un terrain de sa propriété, étaient mortes en l'espace d'un mois. L'histoire habituelle, dans toute son amertume : le faible qui se cogne le museau contre ceux qui règnent et décident, découvrant ainsi qu'il vit en liberté conditionnelle, autrement dit qu'il est libre tant que son aisance n'est pas trop voyante et du moment qu'il ne va pas contre l'intérêt des puissants. Ça avait dérangé qu'il veuille se mêler d'autre chose que d'huile d'olive, ou alors on lui avait demandé un bakchich auquel il était resté sourd. Il n'avait pas porté plainte. Mais ça s'était su quand même, et on l'avait convoqué pour un interrogatoire en bonne et due forme. Pas Maremmi. Salemi s'en était tiré en attribuant l'hécatombe, ben voyons, à un stock de foin avarié. Mais il n'y avait déjà plus moyen de vérifier, car on avait brûlé les carcasses, de crainte qu'elles ne soient porteuses de quelque mal contagieux. Interrogé à son tour, le vétérinaire avait exclu qu'il pût s'agir de la maladie de la vache folle. Et le dossier était allé engraisser les archives.

Alberto referma le classeur, agacé : rien à tirer de ça. « Tu as vu ? s'exclama-t-il. Rota parle de vaches parce qu'il était question de vaches dans l'histoire du père Vestiano. Les vaches de Salemi, c'est juste une coïncidence. S'il y avait eu des ânes, Rota aurait parlé d'ânes. Les vaches n'ont rien à voir là-dedans. C'est le récit en lui-même qui compte. Pour me parler de l'innocence des Manto et de la sienne, et du fait que quelqu'un nous détourne de la vérité. » Mais il était moins convaincu qu'il n'en avait l'air.

« Non, il met trop de vaches partout, encore et encore, insista Lucio. Et à la fin il te demande une petite vache, juste pour une nuit. Sauf que vache, ça ne marche pas bien pour dire une putain. Si au moins il avait dit chienne… Selon moi, c'est ça, la piste. Je ne sais pas où elle mène, mais c'est la piste. Marque Salemi à la culotte. Il en sortira quelque chose. »

Alberto se fit songeur. Il alluma un demi-toscan, sur lequel il se mit à tirer de grosses bouffées.

« D'après toi, les assassins d'Antonio Manto nous auraient fourni une piste comme ça ? tenta-t-il de résister.

– Et s'ils avaient utilisé son pressoir pour lui envoyer un avertissement ? Si ça se trouve, il sait quelque chose, et là, on lui donne envie de le garder pour lui. »

Ils réécoutèrent ce passage de la conversation.

Alberto l'envisagea sous un jour nouveau. « Les vaches qu'il avait achetées furent trouvées mortes elles aussi et leur viande était bonne à jeter », avait dit Rota. Comme pour les vaches de Salemi, exactement pareil. « Vous voyez le résultat, pour quelques vaches ? Les vaches et les chiennes ont toujours été dangereuses, pas vrai, maître ? » avait-il ajouté. Et la chute, au moment de prendre congé, quand il avait demandé une petite vache juste pour une nuit.

Et si Rota avait bluffé ? Ou peut-être qu'il perdait les pédales. Mais non, il était parfaitement lucide. Et s'il était étranger à l'histoire, il devait être fou de rage : il ne lui était certainement jamais arrivé de devenir un instrument entre les mains de gens que, peut-être, il n'avait même pas encore réussi à identifier.

Il n'y avait donc rien d'autre à faire que suivre ce sentier, en attendant que d'autres événements déchirent l'obscurité. Mais si ça tardait à venir, il reviendrait sur don Mico Rota. Pour lui proposer la détention à domicile en échange de son aide. Et s'il ne mettait pas quelque chose de concret sur la table, il le fourrerait lui-même dans un sac pour l'enterrer dans la cour de la prison, comme il avait dit. La prochaine fois, il mènerait l'interrogatoire dans les formes, avec signature du procès-verbal et tout le toutim, sans ces sourires et ces cérémonies autour de Roijo, de la canne, de la petite vache d'une nuit.

Mais son enquête resterait secrète : quoi qu'il découvre, il le garderait pour lui. S'il s'agissait vraiment d'une grosse affaire, qui dépassait la 'Ndrangheta, il était prudent de se taire.

« Récapitulons, reprit Lucio. Les menaces au tribunal ont eu un prix. Quelqu'un a payé les deux frères pour le dérangement. C'est Antonio Manto le tueur. Rota les disculpe pour sauver la face. La 'Ndrangheta à proprement parler n'a rien à y voir. Du moins, ce n'est pas elle qui a organisé la chose. On descend les Manto pour ne pas avoir de témoins dans les pattes… C'est après que tout se complique. Quand il s'agit de comprendre ce qu'il y a derrière, pourquoi ça s'est produit et qui a commandité le meurtre de Giorgio.

– La 'Ndrangheta, ce n'est pas que Rota, tenta de s'opposer Alberto. Un autre 'ndranghetiste de poids pourrait y être mêlé. Si les Manto étaient à la solde de quelqu'un d'autre, don Mico aurait quand même laissé entendre qu'ils n'y étaient pour rien, pour ne pas devoir reconnaître qu'il s'est fait doubler.

– Ça se pourrait… Sauf que c'est arrivé *chez* Rota. Tu crois qu'on lui aurait infligé pareil camouflet ?

– Ça pourrait aussi être complètement bidon, peut-être que Rota espère me rouler dans la farine pour s'en tirer à bon compte. (Alberto, retombant dans ses doutes.)

– Alberto, faut que tu fasses réviser ta tête. Faut que tu décides ce que tu veux faire quand tu seras grand, s'impatienta Lucio. Et comme j'en ai ras la casquette de t'entendre réciter un coup la Bible, un coup le Coran, j'arrête mon enquête ici, ajouta-t-il en se levant. D'autant que je suis sur un dossier d'une vingtaine d'années qui m'excite davantage. »

Il s'en alla en agitant une main dans les airs.

Ils se revirent le soir même, chez Alberto.

Ils ne reparlèrent pas de l'affaire, car Marina était là. Et Alberto savait qu'en adjudant fidèle à son devoir, elle n'approuverait pas qu'il se confie à quelqu'un d'étranger à leur monde, fût-ce un de ses amis.

Ils écoutèrent un peu de musique.

Marina passa un bras autour du cou d'Alberto, posa son front contre sa joue et se serra tout contre lui.

Alberto plongea les mains dans ses cheveux. Elle se recula pour le regarder. Leurs bouches se cherchèrent. Un tendre baiser. Ils s'étreignirent et restèrent enlacés.

« Ah, l'amour, ce fol sentiment qui... » chantonna Lucio moqueur.

Ils se détachèrent.

Mais il dut se sentir de trop, car il se souvint qu'il avait une obligation.

Avant de refermer la porte derrière lui : « Invite-la à dîner dehors, la pauvre chérie. Quel crime a-t-elle commis ? Elle est condamnée à jamais à la détention à domicile ? »

Alberto regarda Marina en souriant. « Allez, on va dîner dehors. » Les gens pouvaient bien jaser tout leur soûl. Elle méritait un minimum d'attention. Ce n'était pas juste de la garder claquemurée seulement parce qu'elle était adjudant dans le même Parquet que lui ; à lui, ça ne lui faisait pas honneur, et pour elle, c'était humiliant. En plus, il fallait qu'il répare la mortification qu'il lui avait infligée quelques soirs plus tôt.

Il nota sa surprise : sortir rien qu'eux deux ? Nouveauté absolue. Les rares fois où ils s'étaient montrés dehors ensemble, c'était au milieu d'une multitude. Ils étaient allés jusqu'à s'asseoir loin l'un de l'autre et s'étaient à peine adressé la parole, qui plus est en se vouvoyant.

« Toi et moi ? Seuls ? demanda-t-elle en effet.

– Pourquoi, on peut pas sortir tous les deux ?

– Dans cette petite ville de province, tu crois ? Ah, j'ai compris, il faut que je mette ma burka… (En ricanant.)

– Tu veux venir, oui ou non ?

– C'est quoi ? De la mauvaise conscience ?

– Va te préparer », répondit-il, un peu agacé.

Quand elle revint, un sacré spectacle. Blue-jean moulant révélant la perfection des cuisses, longues et galbées, pull-over épousant une poitrine ferme et fière, cheveux lâchés, et un brin de maquillage sur un visage de top model. Elle tenait son manteau sur son bras, il aurait été dommage de dissimuler un tel physique.

Alberto l'admira de la tête aux pieds, approuvant d'un léger hochement de tête. C'eût été un crime de la laisser partir, de quoi se taper la tête à coups de briques, une par main. Et puis, pas la peine de se voiler la face, son cœur aussi tenait à elle, un peu de sa personne s'était fichée en lui. Et Brighi ne la méritait pas, trop bien pour lui. Et de toute façon, il pouvait l'oublier, faire une grosse croix dessus, une montagne de croix, même.

Ils montèrent en voiture et prirent la direction de la colline, celle où Alberto avait marché au cours de l'après-midi.

Il lui tendit les écouteurs et le dictaphone pour qu'elle prenne connaissance de la conversation avec Rota. Non qu'il s'attendît à de grandes trouvailles de sa part, elle était née et avait grandi à Latina. C'est lui qui avait besoin d'en reparler, avec n'importe qui de confiance, dans l'espoir d'y voir clair.

Le fait est que Marina sortit des évidences qui n'eurent aucune prise sur ses doutes. Mais elle tomba d'accord avec Lucio concernant les vaches. « Il te demande une vache pour une seule nuit. Il voulait dire une femme facile, non ? Bizarre… Je sais pas chez vous, mais chez nous, on nous appelle plutôt des chiennes », dit-elle avant même qu'il lui parle des vaches de Salemi.

C'est elle qui laissa brusquement tomber le sujet, lorsqu'elle demanda : « Qu'est-ce que tu ressens pour moi ? » tandis qu'il se garait devant les *Tre castagni*.

« Et toi, qu'est-ce que tu ressens pour moi ? renvoya Alberto.

– Moi ? Du sexe, répondit-elle en prenant une voix rauque d'ogresse. Chaque fois que je te vois, il y a tout qui remue en moi. Je suis déjà toute frémissante. »

Alberto la regarda étonné. Il comprenait que, sous ses dehors joueurs, il y avait de l'amertume. Il ne voulait pas que ça éclate ce soir-là. Il passa outre.

Ce fut un dîner agréable.

Quand ils sortirent du restaurant, il était onze heures et demie.

« On va prendre un verre au pub de la place ? » proposa Marina.

Il fit non de la tête. Et l'amena directement chez lui. Où ils se prirent comme des forcenés, d'une manière différente, comme s'ils sentaient que c'était la dernière fois.

Marina ne voulut pas passer la nuit avec lui. Elle était déjà sur le pas de la porte quand : « Oui, si Rota t'a dit "vache", c'était pour te souffler une info. Vache, ça ne colle pas pour définir une femme facile… Moi, par exemple, pour toi je suis une chienne, si tu m'appelais vache, ça sonnerait mal. » Elle sortit sans attendre la réponse.

Alberto en resta sur le cul. Elle s'était froissée. Probablement parce qu'il l'avait ramenée directement chez lui, et au lit. Erreur. S'il voulait la garder, il fallait qu'il apprenne à lui consacrer des soirées d'un autre genre, à la sortir. Elle en avait assez de demeurer tapie dans l'ombre. Consciente de son charme et entourée d'une meute de courtisans qui bavaient à son passage, elle avait bien raison.

Pourtant, il ne se sentait pas en tort. Il ne voulait pas montrer son attachement. C'était plus fort que lui, il n'y pouvait rien. Si elle était contente comme ça, très bien, sinon, du balai, la porte était ouverte. D'autant qu'il était maintenant évident qu'elle s'était trop attachée à lui.

« Et moi à elle », se surprit-il à penser. Il rejeta aussitôt cette idée, en l'imputant à son amour-propre, à une forme de jalousie envers Michele Brighi, qui essayait de la lui prendre – il avait compris quel genre c'était, il les sentait à cent mètres les types comme lui, beaux et maudits, ils plantaient leur dard, se rassasiaient et se retiraient, pour ajouter une proie à leur tableau de chasse. Et alors, tant qu'à faire, autant qu'elle continue à faire ça avec lui.

Pourtant, dans les rêves agités qu'il fit cette nuit-là, c'est elle qui trôna, laissant dans l'ombre Giorgio, don Mico Rota, Salemi, les frères Manto.

L'après-midi du lendemain – un vendredi –, Alberto se laissa convaincre d'aller faire son poker habituel. Se distraire ne lui ferait pas de mal. Pris par l'affaire Maremmi, par ses soucis avec Enrico et par les caprices de Marina, il avait sauté les quatre dernières séances. De même que ses partenaires habituels, qui ne prenaient aucun plaisir à jouer sans lui mais n'étaient pas non plus disposés à accepter quelqu'un d'autre à leur table. Même si cela revenait, ils étaient les premiers à le reconnaître – quoique jamais ouvertement –, à se laisser vider les poches. Le poker est comme ça, vachard et irrationnel, ils tenaient à défier les cartes, même s'ils savaient d'avance qu'ils allaient souffrir.

C'est le *chevalier* Spina qui y laissa des plumes. Et c'est Alberto qui empocha. En y prenant grand plaisir. Car ce Spina, il ne pouvait pas le blairer.

« La vache, chienne de partie ! » jura le *chevalier* entre ses dents tout en détachant le chèque. Justement les deux mots qui tambourinaient dans la tête d'Alberto depuis la veille.

Tandis qu'il rentrait à pied chez lui, l'imprécation du *chevalier* le ramena à l'affaire et à la trame qui apparaîtrait un jour ou l'autre. Il était bientôt neuf heures, pas grand monde dans les rues. La peur le saisit sans crier gare : il était en train d'essayer de faire obstacle à des inconnus qui *ne mettaient pas de sel* pour se débarrasser des gêneurs. Comme Giorgio le prouvait.

Il regarda autour de lui alarmé. Il pressa le pas. En ouvrant la porte de son immeuble, il se retourna brusquement. Personne, heureusement. Dans l'entrée, il marqua une pause là où Giorgio était tombé. Il s'imagina dans la même mare de sang. Et grimpa les escaliers quatre à quatre.

Allongé sur son canapé, il se mit à y réfléchir, pendant que la télé croassait des mots qu'il n'entendait pas. Il se demanda ce qui le poussait à s'occuper de ça. Si la trame dépassait la 'Ndrangheta, la lutte devenait inégale, un suicide – d'ailleurs, c'était déjà le cas même s'il ne s'agissait *que* de 'Ndrangheta. Personne ne pouvait en demander autant.

Ce soir-là, pour la première fois, Giorgio s'estompa.

14

Don Peppino Salemi n'avait pas eu une seule vraie nuit de sommeil depuis cette horrible mouture dans son pressoir. Le peu qu'il dormait, c'était par épuisement. Le reste du temps, il se retournait en tous sens dans son lit derrière des pensées qui surgissaient, changeaient, se poursuivaient, se chevauchaient en un cercle sans fin, chargeant sa poitrine d'une angoisse qui éclatait en gros soupirs incontrôlables, tandis que : « Ça y est, je meurs », se disait-il en posant une main sur son cœur, comme pour ne pas en perdre l'ultime battement.

Pour sa part, sa femme dormait tranquille et bienheureuse, la tête relevée, émettant un léger souffle sur l'inspiration et un sifflement irritant sur l'expiration, qui aggravait son insomnie, à cause du bruit en soi et de la colère qui montait en lui de devoir comparer sa lente agonie à la placidité qui vivait à côté de lui.

Du dehors, les voix de la nuit, toujours les mêmes : le cri monotone d'une chouette qui avait abusivement établi sa demeure dans le jardin, l'aboiement de chiens à la chaîne, l'horloge de la tour qui sonnait à chaque quart d'heure, qui à chaque quart d'heure effaçait les signes annonciateurs d'un sommeil qu'il venait péniblement de construire.

S'accordant parfaitement au rythme du sifflement de sa femme, le sifflement du vent pénétrant dans les interstices, le sifflement du train au loin, le sifflement assourdissant dans sa tête. Cependant qu'il vitupérait les pires blasphèmes, privilégiant saint Sébastien, coupable de ne pas être à la hauteur de leur dévotion. Vu qu'ils lui réservaient depuis toujours le confort d'un autel dans leur maison, avec statue grandeur nature et flèche plantée dans le flanc, qu'ils ne le laissaient jamais en mal de fleurs fraîches, qu'ils lui laissaient une lampe votive allumée jour et nuit, que c'est à lui qu'allaient toutes leurs suppliques et prières, il ne comprenait pas qu'il se refuse à rendre la pareille en jetant un œil bienveillant sur eux tous, au lieu de demeurer dans une neutralité d'Helvète, voire de permettre que de tels malheurs leur tombent dessus. Déjà qu'il ne lui avait envoyé que des filles ! S'il ne se dépêchait pas de redresser le tir, c'est dans la cheminée qu'il allait finir.

Pendant ses nuits blanches, il se répétait sans cesse que le mort passé à la moulinette et les vaches, c'étaient deux histoires sans rapport. Du reste, les enquêteurs avaient conclu à un crime de la 'Ndrangheta – à rapprocher de l'exécution du frère en prison –, en punition du meurtre d'un magistrat. Du reste, journaux et télévisions s'étaient alignés. Du reste, ils lui avaient fiché la paix, sans lui demander quoi que ce soit. Mais, lui, il avait eu la certitude qu'il y avait un lien quelques heures seulement après la macabre découverte, dès qu'il avait appris que le mort était recherché pour le meurtre du juge Maremmi.

Ce nom avait été comme une révélation, et il avait ouvert la porte aux cauchemars. À cause de certaines choses que lui savait, que les autres n'imaginaient même pas, et qui ne sortiraient jamais de sa bouche, même pas quand il se purgerait de ses péchés sur son lit d'agonie.

Il était sûr aussi qu'on lui avait adressé un message. Avec son nom et son adresse en majuscules. Du genre qui demanderait non pas un, mais une bonne dizaine de saint Sébastien.

Il n'aurait même pas dû bouger un cil, le jour où il avait eu la funeste idée de monter un élevage. Certes, l'aide régionale avait été tout bénéfice. En gonflant les factures, elle avait couvert bien plus que la moitié des dépenses pour les vaches et l'étable ; il lui était carrément resté des sous en trop. Mais il les avait payés de sa santé. Et il les payait encore. Alors qu'il avait cru le danger écarté.

Ça concernait forcément cette vieille histoire. Il n'avait aucune autre situation en suspens, n'avait prononcé aucun mot dangereux, ni subi aucune pression, ni rien vu de compromettant, *ni armé de charrettes.* Ne restaient que les vaches. Et ce qui tournait autour. Qu'il s'était toujours refusé à admettre, s'interdisant d'atteler son esprit ne fût-ce qu'un instant à essayer de comprendre de quoi elles étaient mortes. Mais en son for intérieur, il le savait. Et, s'il avait pu, il aurait déjà oublié les visages des deux hommes qui étaient venus lui rendre visite à l'époque. Au lieu de ça, ils étaient restés gravés en lui mieux que la figure d'un proche parent. Tant il est vrai qu'il les voyait en rêve.

Des types élégants, aux manières courtoises et à l'accent d'ailleurs. Ce n'étaient pas des 'ndranghetistes. Des *gouvernementaux*, peut-être – quelque chose dans leur comportement l'avait mis sur cette piste –, de ceux qui s'occupent des sales besognes. On devinait que, si on les contredisait, ils deviendraient plus méchants que les pires 'ndranghetistes, en dépit de leurs beaux discours et de leurs bonnes bouilles. Ils lui avaient plus fait peur qu'un don Mico Rota, parce que, avec quelqu'un *de la salle des machines*, il reste toujours un peu de temps pour reprendre ses cartes, on vous laisse une dernière chance avant de graisser la *lupara.* Dès qu'ils s'en étaient allés, il avait couru allumer une nouvelle lampe à saint Sébastien, et astiquer sa flèche.

On lui avait payé le dérangement des vaches mortes et son silence – « Considérez cela comme une indemnisation, la preuve que nous apprécions votre sagesse », avait dit celui des deux qui avait le plus d'autorité en lui tendant une enveloppe assez bien remplie. Ce qui confirmait qu'ils n'avaient rien à voir avec la 'Ndrangheta. La 'Ndrangheta ne paie pas le silence. Elle l'obtient par des moyens plus économiques et expéditifs. Tout en prenant l'enveloppe, il avait murmuré – s'ils l'entendaient, très bien, sinon, encore mieux – qu'il n'y avait aucune raison de lui donner quoi que ce soit, vu que, les vaches, il les avait eues grâce à une aide de l'État, et vu qu'il ne savait rien et n'imaginait rien. Sur ce dernier point, il ne les avait pas convaincus. Mais qu'il resterait plus muet qu'un muet de naissance auquel on aurait arraché les cordes vocales, ça, oui, ils l'avaient cru.

Il avait ensuite songé à donner cette somme à une œuvre de bienfaisance. Car cet argent était maudit, c'était le prix d'un silence qu'il aurait gardé gratuitement – seul un fou aurait eu l'idée de rendre publics certains soupçons. Des jours durant, il s'était tourmenté sur le choix de l'institution la plus méritante : la Maison des enfants malentendants, l'orphelinat, les non-voyants, la recherche sur la sclérose en plaques. Passant d'une cause à l'autre, en boucle. Sans se décider. À la fin, pour ne faire de tort à personne, il avait décidé que, le bien, il se le ferait à lui-même.

L'affaire paraissait morte et enterrée, comme les vaches. Et comme le terrain, et l'étable. Où il n'avait plus mis le pied. Si ne serait-ce que le millième de ce qu'il soupçonnait était vrai, mieux valait se tenir au large, faire comme s'il fallait traverser un champ de mines atomiques pour y aller. De toute façon, c'était un terrain qui ne valait rien, ou pas grand-chose, trop en altitude pour y planter des oliviers ou des orangers, tout sec. Il n'y poussait que de la luzerne. Eh oui, la luzerne. Maudit soit le jour où il avait eu cette idée, c'est à cause de ça qu'il avait pensé aux vaches et à l'étable.

Depuis le jour de cette terrible mouture, non seulement il n'avait pas eu une seule vraie nuit de sommeil, il avait aussi une *cagarelle* qu'il avait à peine le temps d'endiguer en prenant des gouttes que déjà ça recommençait. La première fois, à se précipiter froc à la main et à se vider jusqu'à l'âme, dès qu'il avait identifié *son* mort comme étant Antonio Manto, en cavale depuis trois ans, condamné à perpétuité et recherché pour le meurtre du juge Maremmi.

Ce même Maremmi qui, deux ans après l'affaire des vaches mortes et un mois à peine avant qu'on lui couse un costume de sapin sur le dos, l'avait convoqué pour l'interroger. Mais, en secret, en lui promettant que ça resterait entre eux et qu'il n'aurait aucun papier à signer.

Que la peste le gonfle, tout mort qu'il était ! Il aurait pu s'occuper de ses fesses au lieu d'aller voir d'où venait la fumée, à cette heure-ci il mangerait encore de la viande et des pâtes.

Il avait lourdement insisté sur les vaches mortes, lui demandant s'il avait vu quelque chose d'inhabituel aux abords de son étable, s'il avait eu quelque soupçon. Ces questions, un mois avant de se faire trucider, ça n'était sûrement pas un hasard ; ni qu'on ait passé l'assassin sous les meules de son pressoir.

Naturellement, avec Maremmi, Salemi était tombé des nues. Il avait juste fait allusion à certains travaux de consolidation réalisés par la commune sur le terrain domanial en bordure de sa propriété. Chose que le juge aurait très bien pu découvrir tout seul, il s'agissait d'actes publics, qu'il s'était dit pour se consoler. Mais quel idiot d'en parler. Il aurait dû le laisser trouver ça tout seul. Parce que ces travaux, dans ses soupçons, avaient un rôle non négligeable. C'est là que le problème des vaches était né. Sur le terrain domanial, dont on avait consolidé la pente par des ouvrages de terrassement. Il avait aussitôt jeté son dévolu dessus, y semant de la luzerne pour créer une continuité qui brouille une bonne fois pour toutes la frontière entre ce terrain et le sien. Tous les matins, quand les vaches se réveillaient, elles ne pensaient qu'à aller se remplir la panse de cette luzerne-là – elle poussait à merveille, deux fois plus haute, plus grasse, et pratiquement sans duvet –, faisant fi de celle de sa propriété. C'est de s'en être tant gavées qu'elles étaient mortes, il était prêt à parier le fonds du cimetière contre un champ de cailloux.

Si la luzerne y poussait différente, il devait bien y avoir une raison. Ce n'était sûrement pas la nouvelle terre, prise en montagne, jamais exploitée, avec laquelle ils avaient rempli les trous pour former les terrassements. C'était plutôt ce que les camions y avaient déchargé, avant de tout recouvrir à la va-vite avec la terre entassée la veille sur les bords. Il les avait vus de ses yeux vus, les deux semi-remorques, cette maudite nuit – une parmi tant d'autres, juste après une nouvelle dispute à la maison – où il était resté dormir dans le *granié* au-dessus de l'étable.

Ils étaient arrivés à nuit close et à nuit close s'en étaient retournés. Et le lendemain matin la tranchée – vide encore l'après-midi, quand les ouvriers avaient quitté le boulot – était remplie jusqu'à la gueule. Il y avait du louche, aucun doute. Mais il n'était arrivé aux bonnes conclusions qu'après la mort des vaches. La visite que lui avaient rendue ces deux types avait confirmé ses soupçons. Mais il avait gardé tout ça pour lui, et caché la feuille de journal où il avait noté leur immatriculation.

Le temps de retrouver son calme, et voilà que Maremmi l'appelle.

Puis celui-ci était mort, de la main de la 'Ndrangheta, d'après tout le monde, et Salemi était un peu désolé pour le juge, mais très content pour lui-même, que ça n'ait rien à voir avec cette vieille histoire de vaches.

Il s'était convaincu que plus jamais on ne lui en parlerait et que Maremmi n'avait laissé aucune trace de leur entretien secret. Jusqu'à ce qu'on broie un homme dans son pressoir. C'était forcément un avertissement. Qui bousculait le mobile du meurtre en mettant sa vie en danger.

L'après-midi même du drame, il avait été interrogé par le substitut Fiesole. Salemi s'était d'abord rembruni, puis aussitôt tranquillisé en voyant qu'il insistait sur la 'Ndrangheta – avait-elle des raisons de lui en vouloir ? – et qu'il ne nommait pas Maremmi.

Mais quand il avait reçu la convocation du juge Lenzi, il avait senti les roues de la meule passer sur lui, pour l'aplatir sur le fond de la vasque pareil que l'autre malheureux.

Il avait fondu à vue d'œil, bien plus vite qu'avec le régime prescrit par la diététicienne moyennant cinq cents euros sonnants et trébuchants. Il avait essayé de se convaincre qu'il était normal qu'il faille davantage qu'un interrogatoire pour une affaire où on avait trucidé quelqu'un de cette façon-là. Sans résultat. Et jamais saint Sébastien n'était passé si près de la hachette et des flammes de la cheminée.

Il n'en avait pas dit un mot à ses femmes. Et il trempait son lit de la sueur froide que lui valaient ses pensées. Car un plus un, ça fait toujours deux, et si le magistrat voulait l'entendre alors que l'affaire était classée, ça voulait dire qu'elle n'était pas si classée que ça, et que les circonstances qu'il craignait avaient pu se faire jour, celles qui le conduisaient dare-dare aux cabinets. Peut-être que ce Lenzi avait trouvé la trace de l'entretien avec Maremmi. Auquel cas, se promit-il, il se boutonnerait plus serré que la soutane d'un curé.

Pendant qu'il se préparait pour le tribunal, il sentait toute sa vie trembler. Une fois en chemin, avant le virage de la grand-route, il se retourna pour regarder sa maison. Elle attestait que son existence avait changé du tout au tout. Comme elle était différente de celle où il était né, guère plus qu'une baraque, quatre pauvres pièces au rez-de-chaussée, la première, divisée en deux par un rideau, où dormaient d'un côté les deux garçons et le grand-père, de l'autre les quatre filles, la deuxième pour les parents, la troisième, plus grande, dévolue à la cuisine, avec fourneau et condiments accrochés aux murs – filets remplis de pommes citrons d'hiver, guirlandes de piments, tomates séchées, sorbes rouges du mois d'août brunissant lentement –, la quatrième pour les poules et la mule. Les cabinets étaient à l'extérieur : pour les hommes, un trou couvert de quelques planches, creusé au pied de l'olivier sarrasin dans le petit potager de la famille, et un trou identique un peu plus loin pour les femmes, à engraisser le néflier.

Il caressa d'un regard aimant sa propriété. Comme pour lui dire adieu.

Elle valait le coup d'œil. Avec ses balustrades romanes la séparant de la route et sur lesquelles s'entortillait un lierre toujours vert, son portail et ses grilles d'enceinte en fer battu à chaud dans une forge de Sicile puis plongés dans un bain d'étain, ses grosses jarres plantées d'agaves. Et la maison. Deux étages, un joli toit de tuiles anciennes patinées par le temps, des pans de mur en pierre sèche – comme les pauvres en construisaient autrefois, par pauvreté, mais qui étaient aujourd'hui un luxe hors de prix –, des persiennes que les embruns décoloraient et qu'il fallait repeindre tous les deux ou trois ans.

Cette petite villa avait été le dernier acte de la consolidation de son bien-être, le pendant du « don » placé devant son prénom – même ses amis de toujours avaient consenti à l'antéposer au Peppino qui, déjà, avait remplacé le Peppe de ses jeunes années.

Depuis qu'il habitait sa villa, Salemi s'essayait à parler italien, non sans mal, et ne sortait jamais de chez lui autrement qu'en costume cravate, exhibant à sa boutonnière l'écusson du cercle des officiers, où on avait fini par l'admettre, après maints barils d'huile de cinquante litres envoyés chez ceux qui pesaient le plus lourd.

La villa était entourée d'un jardin – signifiant lui aussi la condition atteinte par Salemi – où les plates-bandes tondues à l'anglaise coûtaient une journée de jardinier tous les mois, où poussaient un grand palmier couronné d'inutiles petites dattes jaunes, un majestueux pin argenté, de la vigne américaine rougissant à l'automne, deux saules pleureurs, un mimosa qui annonçait le printemps en se colorant d'un jaune qui contrastait avec la campagne dépouillée, une double rangée de cyprès bordant le chemin de gravier. Que des machins d'ornement, qui ne produisaient rien de comestible, auxquels quelqu'un comme lui, né paysan, ne s'habituerait donc jamais, ni des yeux ni du cœur. Jamais il ne l'aurait admis, même si on lui avait enfoncé le canon d'un pistolet dans la bouche, mais ça lui faisait pourtant plaisir, parce que gâcher ainsi de la bonne terre – ne pas en faire un potager, ne pas y planter les aromates pour la cuisine –, c'était la preuve de son progrès.

Mais le jardin et la maison indiquaient aussi qu'une meute de femelles vivait là. Il n'y avait que des caprices de femmes pour expliquer une telle débauche de fioritures et fanfreluches. Et ça, une maison sans hommes, Salemi ne s'y était jamais fait.

15

C'est le cœur noir que don Peppino Salemi entra dans le bureau du juge Lenzi. Il s'essaya à diverses mimiques pour rendre convaincant son sourire de citoyen vivant dans la crainte de Dieu et le respect de la loi des hommes.

Lenzi marmonna vaguement en réponse à son bonjour, le scruta d'un œil sévère et lui fit signe de prendre place sur le siège en face de son bureau.

Don Peppino Salemi chancela : tout ça ne promettait rien de bon. Pour se donner des forces, il détourna le regard du masque dur du magistrat pour le porter sur la jeune femme assise devant l'ordinateur. Belle et bien roulée. Et, comme le cochon ne cesse jamais de rêver de glands – et, en pensée, c'est ce qu'il était, un cochon –, il oublia un instant ses problèmes pour s'intéresser aux protubérances que moulait son chandail.

Puis il revint au juge Lenzi. Il le connaissait de vue. Et il savait qu'il était d'un village voisin. Il lui posa la question. D'un air doux.

L'autre ne daigna rien répondre, comme s'il n'avait pas entendu. « Adjudante, prenez note : interrogé, le témoin répond », le glaça-t-il, s'adressant à la femme dont Salemi découvrit ainsi qu'elle était à la fois adjudante et trop belle pour ce rôle, tout en se disant, toujours à cause de cette histoire de cochon et de glands, qu'il devait y avoir quelque chose entre eux.

« Interrogé, je réponds, certainement, je suis prêt », confirma don Peppino. La confusion grésillait d'autant plus fort dans son crâne que Lenzi le traitait avec la froideur quasi haineuse réservée aux pires délinquants.

Il se tenait assis sur le bord de sa chaise comme prêt à s'enfuir, ou comme si ses hémorroïdes le faisaient souffrir, la tête tendue en avant, la bouche grande ouverte, la respiration haletante, ses mains ne cessant de tourmenter un mouchoir qu'il passait et repassait sur son front et sur son cou pour éponger une sueur inexistante, mais qu'il sentait quand même à cause de la chaleur qui le dévorait de l'intérieur.

Lenzi posa ses coudes sur son bureau, croisa les doigts, y installa son menton et le fixa en plissant les yeux. À peine l'avait-il aperçu qu'il avait décidé que la meilleure tactique serait de jouer les méchants. On comprenait tout de suite que Salemi n'était pas un lion. Un brave homme, ça oui. Et d'habitude, impressionner un brave homme, par exemple en faisant tinter des menottes imaginaires, ça rapportait, il pouvait fort bien se mettre à table et avouer jusqu'à un vol de cerises du temps où il était en culottes courtes. Il lui faisait quand même un peu de peine, rien que son aspect inspirait de la compassion, un vieux bonhomme, à la grosse tête ronde et lisse comme un caillou, à la peau des joues et du cou toute relâchée, toute fripée, de dindon, au nez aplati et aux petits yeux hébétés.

À côté de lui, Marina lui lança un bref regard de reproche.

Alberto ne changea pas d'attitude : dans certains cas, les braves hommes aussi avaient besoin d'une bonne secousse pour retrouver la mémoire. Au pire, s'il était effectivement étranger à l'affaire, il sortirait de là un peu fâché du traitement subi, rien de bien méchant.

Nom et prénom, quel travail faisait-il, avait-il exercé des mandats électifs, avait-il un casier ? Puis, comme un chien attaché et tenu à jeun une semaine : comment expliquait-il qu'on ait écrabouillé Antonio Manto justement sous les meules de son pressoir ?

Le teint de don Peppino, jusque-là couleur patate bouillie, se fit cadavérique, çà et là tacheté de rouge vif. Il tenta d'expliquer que tout avait déjà été tiré au clair par le substitut Fiesole, qu'il avait dit tout ce qu'il savait, à peu près rien. Puis il fustigea les coquins anonymes destructeurs de famille qui lui avaient servi une soupe pareille, se déclara convaincu que c'était tombé sur lui par hasard, ou plutôt non, parce qu'on savait qu'il était doux et qu'il n'y avait rien à craindre de lui. Le tout en s'acharnant sur son mouchoir et en esquivant le regard de glace du magistrat pour chercher les yeux cléments de la femme, qui tapait à toute vitesse sur son clavier.

« Ne pensez-vous pas plutôt qu'on a voulu vous adresser un avertissement ? mordit encore Lenzi.

– À moi ? Et pour quelle raison ? Je suis clair comme de l'eau de roche, monsieur le juge, je n'ai jamais été mêlé à rien », se défendit-il. Cependant, il se rendait bien compte qu'il était facile d'arriver à cette conclusion. Mais peut-être le juge avait-il lancé ça au hasard. Et il était le seul à savoir qu'ils l'avaient menacé pour qu'il n'ouvre pas la bouche. Il les rassura mentalement, *ces gens-là*, qui qu'ils puissent être. Et il se rassura lui-même : au besoin, il nierait l'évidence, tout se passerait comme si, en plus d'une parésie faciale, il avait lui-même cousu sa bouche à grand renfort d'aiguilles et de fils.

« Connaissiez-vous Antonio Manto ? insista Lenzi.

– Jamais vu. »

Lenzi continua à le presser de questions.

Salemi secouait la tête, et son estomac gargouillait, au risque de l'obliger à demander où étaient les toilettes. Même s'il ne voyait pas ce qu'il pourrait encore y vider, d'autant que, depuis qu'il avait reçu la convocation, il avait moins d'appétit qu'un moineau.

« Quelle idée vous êtes-vous faite de cette histoire ?

– Qu'on a gâché ma vie, que je n'en dors plus et que je vais faire un infarctus. (Pleurnichant presque, sincère pour la première fois.)

– Expliquez-moi comment, vous, vous voyez les choses. Vous connaissez les faits : d'abord on tue un magistrat qui avait été menacé par Francesco Manto, puis on tue les deux frères, qu'est-ce qui a pu se passer ?

– C'est à moi que vous le demandez ? C'est vous, le juge.

– Mais vous avez lu les journaux, non ?

– Les journaux le disent tous les jours, que ce sont les Manto qui ont tué votre collègue.

– Et qui a tué les Manto ?

– On dit que c'est la 'Ndrangheta… parce qu'ils n'auraient pas dû… parce que la 'Ndrangheta ne fait pas ça, elle ne touche pas les juges… »

Ce « on dit » dépersonnalisait la révélation. En rapportant sans prendre position des bruits que d'autres faisaient courir, il ménageait ses arrières. C'était dicté par la peur, Lenzi le comprenait parfaitement.

« Et c'est aussi ce que vous pensez ?

– Moi, ces choses-là, je n'y connais rien. Si les gens le disent… » Et c'était vrai, il n'y comprenait plus rien. Il savait juste que ça avait à voir avec le terrassement dans le terrain d'à côté, avec ce qu'on y avait enterré. Mais sur le rôle des Manto et sur d'autres implications, obscurité complète. Si le juge Maremmi n'avait pas déboulé dans sa vie, s'il n'avait pas reçu la visite des deux agents du gouvernement, si c'est bien ce qu'ils étaient, si on n'avait pas tué Manto dans son pressoir, lui aussi aurait été certain qu'un des deux frères était le mandant et l'autre l'exécutant, et que la 'Ndrangheta avait fait justice d'une action qui n'aurait pas dû être commise. Le problème, c'est que le juge Lenzi en doutait autant que lui. Heureusement, il n'avait pas été question de son entretien avec Maremmi. Donc il n'en savait rien. C'était déjà ça.

Il posa les yeux sur Lenzi. Un dogue allemand. Même s'il était du pays. La faute à l'air qu'on y respirait, pensa-t-il, de quelque côté de la barricade qu'ils soient, les gens du cru mordaient plus fort.

« Ils ont choisi votre pressoir. Vous avez quand même dû vous demander pourquoi là et pas ailleurs. Je veux juste savoir ce qui vous est passé par la tête. Vous avez bien pensé quelque chose, non ? » insista Lenzi. Il le soupesait. Salemi avait peur. Mais personne ne pouvait lui en faire grief, la peur était une réaction sacro-sainte après qu'on avait concassé un type sous vos meules. Restait à décider s'il l'éprouvait parce qu'il était mêlé à ça, ou parce qu'il savait quelque chose, ou parce qu'il ne savait rien.

« Mais puisque je vous dis… se défendit-il d'une voix chevrotante.

– Et vos vaches qui sont mortes ? »

Touché. Lenzi vit immédiatement qu'il s'était raidi. Touché mais pas coulé, car : « C'est de l'histoire ancienne, quel rapport avec celle-ci ? » sut se défendre Salemi. Regard inquiet, cependant, qu'il ne savait plus où poser.

« Comment sont-elles mortes ?

– C'étaient des vaches suisses…

– Vous voulez dire qu'elles sont mortes de la nostalgie de leur terre lointaine ?

– Non, non… Le changement d'air, peut-être, allez savoir… En tout cas, on n'a pas su. Le vétérinaire n'a pas compris non plus. Ce n'était pas la maladie de la vache folle, ça, il l'a exclu d'emblée. Il l'a d'ailleurs écrit sur le certificat. Elles avaient de l'écume et de la bave autour de la bouche. On les a brûlées sur-le-champ.

– On vous les a empoisonnées ? »

Don Peppino prit son temps. « C'est ce que j'ai pensé à l'époque, se décida-t-il enfin. Ou plus exactement, je l'ai pensé mais vite écarté. Il n'y avait aucune raison, personne ne m'avait mis en garde ni menacé. Vous savez mieux que moi comment ça marche, ces choses-là. Si on avait eu quelque chose à me reprocher, on m'aurait d'abord envoyé des signaux, une ou deux fois, et après seulement… Mais vu qu'il n'y a rien eu de tel… Plus tard, je me suis dit : la jalousie de quelqu'un du métier, peut-être, quelqu'un que ça dérangeait que je me sois lancé dans un domaine qui n'était pas de mon ressort. Ça pourrait être ça, je ne peux pas vous en dire plus, je n'ai jamais rien su d'autre. » Il avait décidé qu'il était bon de lâcher quelque chose, autant de vaches ne mouraient pas sans raison, et reconnaître de vagues soupçons rendrait l'ensemble plus crédible, ça n'avait rien de compromettant et ça orientait le propos sur des pistes moins dangereuses.

« À moins que vous n'ayez refusé de payer le racket ? » le pressa Lenzi.

Il prit à nouveau une pause. « Effectivement, quelques mois plus tôt, on m'avait téléphoné deux ou trois fois pour me demander de l'argent, mais c'était il y a si longtemps… admit-il. Il est possible qu'ils se soient fâchés que j'aie fait la sourde oreille et qu'à la première occasion ils me l'aient fait payer. Mais je n'ai aucune idée de qui ça peut être. » Il se sentit ragaillardi d'avoir dit ça. Ce n'était pas vrai. Mais mieux valait faire allusion à un racket que de s'aventurer dans le champ des soupçons qui flambaient dans son crâne.

Alberto s'aperçut qu'il était content de sa réponse, et plus sûr de lui. Pour le ramener en arrière : « Vous connaissiez le juge Maremmi, n'est-ce pas ? » lança-t-il.

Encore touché. Une torpille en plein dans la salle des machines, ce coup-ci. Presque coulé. Il s'était couché sur le flanc et s'enfonçait déjà dans les flots.

Salemi regarda Lenzi, bredouilla quelque chose, se mit à avaler sa salive, puis à se gratter le crâne. « Celui qui est mort ? » demanda-t-il enfin. Et avant de recevoir confirmation : « Non, non, non… » fit-il en secouant la tête à toute vitesse.

Alberto n'eut aucun doute : il connaissait Maremmi. Pourtant l'affaire des vaches n'avait pas fait partie de ses attributions. Il le connaissait mais, pour une raison ou une autre, n'avait pas l'intention de l'admettre.

« Vous en êtes sûr ? » demanda-t-il en plantant ses yeux sur lui. Et comme il redisait non : « Nous pouvons donc le porter au procès-verbal ? » ajouta-t-il.

Salemi lâcha péniblement un oui.

« Allons-y, adjudante », s'adressant à Marina, qui se mit à tapoter dare-dare. Puis revenant à Salemi : « Vous devrez signer. Vous savez ce que ça veut dire, n'est-ce pas ? »

Don Peppino approuva de la tête, de crainte qu'un second oui n'échoue à remonter la pente de sa gorge serrée. Pour essayer de se consoler, il pensa qu'il risquait, au pire, d'être inculpé pour faux témoignage, ce qui vaut quand même beaucoup mieux que d'être moulu dans une vasque à olives.

« Aucun regret ? »

Salemi fit non de la tête.

« Adjudante, veuillez imprimer le procès-verbal et en donner lecture à M. Salemi, qui va y apposer sa plus belle signature. S'il lui revient autre chose en mémoire, il sait où nous trouver. Laissez-lui mes numéros de téléphone, y compris celui de mon domicile. »

Et il sortit de la pièce. Inutile de le forcer, s'était dit Alberto, il n'était pas prêt à collaborer, d'autres l'effrayaient davantage. Il réessaierait une prochaine fois.

Il revint au bout de dix minutes. Salemi n'était plus là.

« Tu as eu la même impression que moi ? demanda-t-il à Marina.

– Il connaissait Giorgio, confirma-t-elle. Il a une peur de tous les diables. Et toi, tu es un sacré salaud… J'en fais quoi, de ce procès-verbal ?

– Déchire-le. Et pas un mot de cet interrogatoire. Sinon je vais avoir Fiesole sur le dos. Je participe à cette enquête de manière informelle. »

Ils passèrent l'heure suivante à fouiller dans les papiers et les deux ordinateurs de Maremmi, le portable et l'ordinateur de bureau : rien ne le reliait à Salemi.

« On se fait cuire une poignée de spaghettis, tout à l'heure ? lui demanda-t-il.

– Je suis déjà prise », avec un petit sourire qui creusa deux fossettes à ses joues.

Marina attrapa son manteau et lui fit au revoir d'un mouvement des doigts.

La dernière image qu'Alberto reçut d'elle, ce furent ces deux plis moqueurs autour de sa bouche.

« C'est mieux comme ça », la liquida-t-il. Mais son agacement démentait ses pensées.

Il décida de faire un saut à Reggio. Il était midi vingt. S'il appuyait sur le champignon, il y serait à temps pour attendre Enrico à la sortie de l'école.

Quand il arriva, les gens se dispersaient. Il le vit de loin cavaler jusque dans les bras de sa maman.

Il l'appela. Enrico l'observa un instant avant de se tourner de nouveau vers Marta.

Il s'approcha. Elle, la même tramontane que les deux samedis précédents. Enrico, plutôt sur le zéphyr. Il se laissa embrasser, sourit, mais sans les yeux, et arrima son visage et ses mains aux jambes de sa mère.

Alberto prit le temps de lui parler. Son fils lui répondait par monosyllabes, timidement, tête baissée. Marta s'était éloignée de quelques pas. Elle tapait du talon sur le trottoir et tirait nerveusement sur sa cigarette.

« Je me suis dit que je pourrais le prendre avec moi un de ces prochains week-ends », lui dit Alberto.

Enrico se serra plus fort contre sa mère.

« Pas besoin de te faire un dessin », dit-elle. Puis, s'adressant à son fils : « Dis au revoir à ton père, il faut qu'on y aille. »

Enrico lui tendit la joue.

Alberto le suivit du regard, dans l'espoir vain qu'il se retournerait pour lui faire un signe. Quand ils tournèrent le coin de la rue, il se remit en route. Il avait le cœur gros. Ça progressait très lentement. Pas du tout, même. Trois visites au cours de ces derniers jours et un coup de fil tous les soirs, et ça ne bougeait pas d'un poil. C'était à désespérer. Car il voulait qu'il se comporte comme un fils.

Il se reprocha les années de rancœur envers Marta et l'orgueil imbécile qui l'avait éloigné d'eux. Il se reprocha la vie scélérate qui l'avait distrait. Il fallait qu'il insiste et regagne du terrain. Tôt ou tard, Enrico s'assouplirait. Mais peut-être était-ce la présence de Marta qui le rendait distant. Il devait trouver la manière de le voir seul à seul.

16

« Et celle-ci ? demanda Alberto à Lucio en voyant chez lui une belle grande blonde, dans les vingt ans.

– Mon père… Il s'est mis en tête qu'il ne voulait plus qu'Assunta s'occupe de lui. J'ai dû engager cette Ukrainienne. Il n'a sans doute plus toute sa tête, mais quand il s'agit des femmes, il a encore du goût. »

Assunta, qui bricolait dans la cuisine, grogna quelque chose. Ça lui restait en travers de la gorge. Elle se dévouait depuis toujours à don Gustavo Cianci Faraone, bien que jamais, en un demi-siècle de bons et loyaux services, il ne lui ait adressé directement la parole – « Tu devrais faire savoir à Assunta qu'elle a mis trop de sel », « Il faudrait qu'Assunta… » disait-il à sa femme, alors qu'elle était juste derrière lui.

Elle avait un faible pour Alberto. Et la clef de son appartement, pour ranger ses affaires et lui préparer de bons petits plats, comme ces poivrons farcis qu'elle mitonnait pendant des heures, dosant savamment *pecorino* et parmesan. Alberto avait à son tour de l'affection pour elle, au point de supporter avec le sourire ses allusions, à peine voilées, sur sa famille, ses enfants et sa vie déréglée.

« Ton père, c'est ça… Avoue plutôt que tu es un cochon », s'insurgea Elena, un bras accusateur pointé sur Lucio.

Ils étaient invités à dîner chez Lucio. Elena, une amie de la famille, trente-huit ans bien portés, des yeux magnifiques tirant sur le violet, longtemps toute proche de l'autel avec Lucio, et pas encore résignée à devoir laisser sa robe blanche dans l'armoire – d'autant que Lucio répondait toujours présent quand elle lui titillait la pulpe. Depuis que la comtesse était morte et que don Gustavo était devenu gâteux, elle se montrait plus souvent que d'habitude. Et elle se comportait en maîtresse de maison. S'attribuant le droit de faire des reproches à Lucio, ne serait-ce qu'en vertu de l'accord tacite selon lequel, vingt ans plus tôt, leurs familles avaient résolu de s'allier en les mariant. Accord qui, de l'avis d'Elena, tenait bon, bien que le mariage ne se soit pas fait et que Lucio ait clairement dit qu'il ne se ferait jamais.

L'auxiliaire ukrainienne – qu'ici on appelait dame de compagnie – essuya amoureusement la bouche de don Gustavo à l'aide d'un mouchoir et posa au passage un regard intense sur Lucio.

Cela suffit à Alberto pour décider qu'Elena avait vu juste.

Elle s'en aperçut elle aussi.

« Dis-moi un peu, tu trouves normal de faire entrer chez soi une femme pareille ?

– Je te le jure. Cette fille-là ? C'était la plus moche de toutes celles proposées par l'agence », se moqua Lucio.

Ils continuèrent leurs passes d'armes pendant le dîner.

Quand ils furent seuls, Lucio revint sur le sujet Maremmi. « C'est confirmé, dit-il. La 'Ndrangheta d'ici n'a rien à y voir. Ne me demande pas comment je le sais. C'est comme ça et c'est tout. Sur ce point, Rota t'a dit la vérité.

– La 'Ndrangheta a toujours quelque chose à y voir, commenta Alberto.

– Pas la nôtre, cette fois. Il se peut que ça ait été organisé par d'autres 'ndranghetistes et que Rota ne veuille pas admettre qu'on l'a tenu pour quantité négligeable.

– Que d'autres 'ndranghetistes l'aient doublé, je n'y crois pas une seconde. À l'heure qu'il est, il les aurait déjà bouffés tout crus.

– Il faut que je sache ce qu'il y a derrière les vaches de Salemi. Si des bruits ont couru quand elles sont mortes. Et pourquoi elles sont mortes. Je te dirai. »

Alberto vit qu'il était déterminé. Il allait vraiment faire son possible. Et il était probable qu'il trouverait quelque chose. Il avait ses entrées auprès de la 'Ndrangheta, même s'ils n'en parlaient jamais, par respect mutuel. Sa famille les avait toujours eues, car elle avait toujours eu de l'argent. Et, depuis que le monde était monde, la 'Ndrangheta suivait le sillage de l'argent.

« Et Marina ? demanda Lucio. Tu aurais pu l'amener.

– Marina… » répondit-il.

C'était une période où les choses ne tournaient pas rond pour Alberto.

Sur le front Enrico, ça avançait comme au tir à la corde : à reculons. Il était allé deux fois le voir nager à la piscine. La première, il s'était penché sur le bord pour lui dire bonjour. Résultat, il avait cassé son rythme et Enrico avait eu une grimace de dépit. La deuxième, il était resté dans son coin, mais il n'avait pu s'empêcher de lancer un « allez Enrico » pour l'inciter dans ce qu'il avait pris pour une course avec un gamin de son âge. À la fin, toujours la même politesse détachée. Et la froideur glaciale de Marta.

Sur le front Marina, ça stagnait. Après l'avoir épaulé pour l'interrogatoire de Salemi, elle s'était retirée en bon ordre. Ça faisait plus d'une semaine qu'elle n'était pas venue gratter à la porte et susurrer « c'est moi ». C'est toujours elle qui s'était offerte ainsi, car elle partageait son appartement avec Serena. Il était symptomatique qu'elle ait cessé de le faire, cela révélait que cette relation clandestine ne la satisfaisait plus et, peut-être, qu'elle s'intéressait à quelqu'un d'autre. Ou alors elle voulait que ce soit lui qui vienne la chercher. Elle pouvait toujours attendre : il avait trop d'orgueil. Il reconnaissait pourtant qu'elle avait raison, qu'elle ne pouvait pas se contenter de meubler son lit. Mais, en même temps, il avait du mal à avaler qu'elle se soit éloignée et que, quand elle le croisait, elle lui balance un grand sourire ou un clin d'œil avant de filer l'air désinvolte. Cela avait fini par l'agacer à un point tel qu'il s'était mis lui aussi à se montrer gentiment froid. En quelques jours, ils s'étaient éloignés l'un de l'autre à une distance qui paraissait infranchissable.

Un lundi matin, voyant Chiara Allegri en train de trimbaler des dossiers, Alberto dégaina son plus beau sourire, la débarrassa de ce qu'elle portait et vint le déposer sur son bureau.

« Si on ne fait pas attention à la plus belle femme qu'on ait jamais vue dans ce tribunal… lâcha-t-il.

– Tu exagères. Tu ne le penses pas vraiment, esquiva-t-elle.

– Je ne le pense pas ? Tu occupes l'esprit de tout le monde, ici. Moi, tu me rends même visite dans mes rêves. Si tu savais quels rêves… Interdits aux moins de dix-huit ans…

– Va te moquer d'une autre fille, Alberto. Je sais que tu as mieux sous la main.

– Mis à part qu'il n'y en a aucune qui soit mieux que toi, je t'informe que je suis célibataire dans tous les sens du terme. Si ça te dit d'en profiter… »

Elle posa une main sur son visage, le repoussa et s'éloigna dans un grand rire. Arrivée au milieu du couloir, elle se retourna pour le regarder, pouffa et se remit à rire.

Alberto se mordit l'index et tendit le bras vers elle.

« Voilà qui est fait », pensa-t-il. Il avait mis le ver dans le fruit, en officialisant son intérêt. La route était tracée et il pourrait désormais la tenter en douceur. Encore quelques saillies de la même eau, puis une invitation à dîner. Si elle éprouvait ne serait-ce qu'un peu d'intérêt pour lui, il allait grandir et mûrir. En admettant qu'elle ne soit pas déjà engagée. Chose parfaitement possible, vu qu'une femme pareille n'avait qu'à claquer des doigts pour que des cœurs en manque accourent de toutes parts. D'ailleurs, elle disparaissait tous les vendredis soir, et personne ne savait où elle allait. Elle revenait le lundi matin, joyeuse et pétillante, blanche et rouge comme une pastèque, apparemment repue et vaccinée contre toute tentation. Si c'était le cas, Alberto avait mal choisi le jour où mener son assaut. Le lundi ne convenait pas, ses souvenirs étaient trop frais. Le mercredi aurait été parfait, à mi-chemin entre lundi et vendredi. Mais les dés étaient jetés.

Quand il rencontra Michele Brighi, le lendemain, il l'observa tandis qu'il s'éloignait : un bel homme, la trentaine, grand et athlétique, un visage goguenard à la Belmondo, de longs cheveux raides, le front haut, l'air décontracté. Il se détachait nettement du lot parmi ses collègues. Marina sortirait de là en mille morceaux. Et si elle croyait qu'il lui suffirait ensuite de battre sa coulpe… De la marchandise de deuxième main, délaissée par autrui, un subalterne en plus… Il ne la reprendrait pas.

Il les croisa ensemble le jeudi soir, sur le pas de la porte de leur immeuble. Il les salua en s'efforçant de paraître désinvolte. Désinvolte, Marina avait l'air de l'être pour de vrai, ce qui le mit en rage. Il l'envoya mentalement se faire voir et, le lendemain matin, passa et repassa si souvent dans le couloir qu'il finit par rencontrer Chiara Allegri. « Ah, tu vas voir si je t'attrape », lâcha-t-il en se mordillant de nouveau l'index.

Plus tard dans la journée, il informa le procureur qu'il n'y avait rien à tirer des papiers et des ordinateurs de Giorgio. Il garda le silence sur son intention de poursuivre ses recherches.

« Et l'interrogatoire de Rota ? » demanda le procureur.

Il savait, quelqu'un l'avait mis au courant.

« Il a tout nié, répondit-il.

– Allez-y doucement. Souvenez-vous que l'affaire relève du Parquet de Catanzaro. »

Les jours qui suivirent n'apportèrent rien de nouveau, si bien qu'Alberto finit par s'adapter – bon dernier, après le capitaine, qui s'était résigné à rappeler ses hommes et à abandonner le terrain – à la certitude générale : à savoir que rien ne sortirait parce qu'il n'y avait rien à trouver, hormis le nom du *chef de bâton* qui avait ordonné qu'on punisse les frères Manto.

À partir de là, il revint peu à peu à la normalité, se laissant docilement guider par ses vices et par des affaires qui ne lui vaudraient nul éloge.

Giorgio Maremmi commença à partir en fumée.

Juste avant que son ombre ne s'évanouisse tout à fait, sans crier gare, se produisit le coup de théâtre annoncé par don Mico Rota.

Ce fut l'œuvre d'une jeune femme, greffière depuis peu. Elle entra dans son bureau en agitant une liasse de feuillets dont elle voulait savoir s'ils étaient de sa compétence.

Alberto lut le premier. C'était la lettre d'un laboratoire extérieur. Le responsable demandait le règlement de la facture relative à une prestation effectuée à la demande du Parquet. La boîte s'appelait Ecogreen Sud. Sous l'en-tête figurait le domaine d'activité, qui allait du désamiantage à la décontamination nucléaire.

Jusque-là, rien que de très normal : il était courant qu'on s'adresse à des entreprises privées pour ce genre de vérifications. C'est la feuille de commande qui fit sonner l'alarme. À cause du gribouillis en bas : la signature de Maremmi.

Une soudaine démangeaison sur le crâne et la sueur qui coula dans son cou lui suggérèrent que c'était la piste tant attendue, à laquelle il venait juste de renoncer. En même temps qu'il entendait vaguement la voix de la greffière se prodiguer en excuses, de n'avoir pas retrouvé le dossier, ni reconnu la signature, et demander comment elle devait faire pour payer, et s'il y avait lieu de payer.

Alberto la rassura : c'était bien lui qui avait passé cette commande, et c'était bien sa signature, il s'occuperait de tout. Il se fit remettre les feuillets.

Il se plongea dans leur lecture. La requête concernait une analyse d'échantillons de terre et d'herbe. L'endroit où on les avait prélevés n'était pas précisé. La date de la facture était antérieure de neuf jours à la mort de Maremmi.

Il se répéta mentalement les mots de la greffière : le dossier était introuvable et il n'y avait pas d'autres documents que ceux qu'il avait entre les mains. Signe que Giorgio avait agi en secret, sans rien enregistrer. Une affaire de la plus haute confidentialité. Juste quelques jours avant sa mort. Ça ne sentait pas bon du tout. D'autant qu'on n'avait trouvé aucune trace de cette requête ni dans ses papiers ni dans ses ordinateurs, alors que Brighi y avait consacré deux jours. Une enquête fantôme. De celles grâce auxquelles on fabrique de sa propre main les clous pour se faire crucifier. Quelques années plus tôt, Giorgio s'était lancé dans une enquête sur les sujets dont s'occupait Ecogreen.

Alberto alla contrôler personnellement le registre des prestations extérieures. Rien. Ça arrivait parfois. L'autorisation du procureur était requise. Mais le magistrat enquêteur pouvait décider de s'en passer et ne justifier la dépense que dans un deuxième temps.

Il jugea qu'il serait mal venu de poser la question au procureur. Soit il ne savait pas, auquel cas il n'y avait aucune raison de lui en parler, soit il savait et n'avait rien dit, auquel cas il était impliqué.

Mais, à partir de maintenant, il lui faudrait agir dans le plus grand secret, il risquait sa vie. Giorgio avait peut-être été tué à cause de cette enquête. À cause des intérêts qui se cachaient derrière. Les spécialités d'Ecogreen rendaient ça plus que plausible, évoquant des questions terribles, à la mode, qui brassaient des montagnes d'argent. Du reste, ça collait avec une vieille idée fixe de Giorgio, et avec les confidences qu'il lui avait faites aux premiers temps de leur amitié. Il devait avoir découvert quelque chose qui l'avait ramené sur cette piste.

Alberto décida de rendre une visite au laboratoire d'Ecogreen.

Il sortit de son bureau, à la recherche de la greffière. « J'avais fait une demande d'analyses concernant la toiture en fibrociment d'une école. Je vois ça avec le procureur », minimisa-t-il.

Il vit qu'elle se tranquillisait. Il pensa qu'elle n'aurait plus de raison d'en parler à qui que ce soit. Et que même si elle le faisait, l'amiante n'éveillerait aucun soupçon, ça collait bien avec les « petits » dossiers qu'on lui refilait d'ordinaire.

17

Le patron de la société Ecogreen était un homme d'une soixantaine d'années, l'air déprimé, dégingandé, maigre comme un clou, qui parlait en baissant les yeux et d'une voix fluette. À vous briser le cœur.

Il examina les papiers que lui tendait Alberto. Puis il leva sur lui un regard affligé et inspecta un tantinet suspicieux ce bonhomme qui s'était présenté comme magistrat.

« Oui, un de vos collègues… Il ne m'a pas dit son nom, il a rempli le formulaire de demande et a laissé quelques mottes de terre et de l'herbe pour qu'on les analyse, dit-il.

– Est-ce que c'était lui ? (Alberto lui montra une photo de Giorgio.)

– Je crois que oui, mais je n'en suis pas sûr… Si, c'est lui… En tout cas, j'ai déjà vu ce visage. »

« Pauvre Giorgio », pensa Alberto. Ce n'était personne. Il passait inaperçu, n'était pas beau à voir, grassouillet, le genre qui ressemble à trop de gens pour qu'on se souvienne de lui et qui devait se présenter trois ou quatre fois aux mêmes personnes.

« Et les résultats ?

– Il est venu les chercher lui-même. Voyons ça… voilà… le 23 janvier, c'est ça. »

Giorgio était mort le 29.

« Faites-moi une copie. Et expliquez-moi ce que ça dit.

– Ce que ça dit… Fortes traces de radioactivité. L'herbe… il s'agissait de luzerne… l'herbe a subi une mutation.

– Ce qui veut dire… ?

– Que là où on l'a prélevée, il y a une source de radiations. Et pas qu'un peu, la contamination est importante.

– Comment ça, importante ?

– Je pense à des scories radioactives, enterrées dans le sol. Et pas très bien, si elles ont produit des résultats pareils en surface. Mais ça, ce n'est plus de mon ressort, je devais faire des analyses, et je les ai faites. Le reste ne me concerne pas. Tout est consigné dans le rapport, expliqua-t-il tout en photocopiant le dossier.

– Et concernant l'endroit où on a prélevé ces échantillons ?

– Il ne me l'a pas dit et je ne le lui ai pas demandé.

– Vous savez ce qui est arrivé à ce magistrat, ou pas ?

– Non, qu'est-ce qui lui est arrivé ?

– On l'a assassiné. »

Surprise et incrédulité, d'abord. Puis, dès qu'il prit conscience que cette mort était peut-être liée aux résultats des analyses, regard effaré. « C'est celui dont ils ont parlé aux infos ? » demanda-t-il.

Et comme Alberto confirmait : « Oh, sainte Mère, je ne l'avais pas reconnu, je n'ai jamais été physionomiste », dit-il, tout à fait effrayé. Il passa ses mains sur ses joues.

« Vous comprendrez donc que moins vous parlez de cette affaire, mieux c'est. Et nous ne nous sommes jamais rencontrés, d'accord ? »

L'homme articula un oui étranglé. Et, tendant une main molle pour serrer celle de Lenzi : « Oui, mais… notre petite facture… » demanda-t-il. C'était le genre de type pour qui les cartes de deniers comptent davantage que les cartes de bâtons.

Dans sa voiture, Alberto essaya de reconstruire l'histoire : Giorgio avait repris sa vieille enquête, peut-être en partant des vaches de Salemi, mortes d'avoir mangé de la luzerne contaminée. Salemi était donc impliqué, ou en tout cas au courant. Maremmi s'était forcément entretenu avec lui. Même si on n'en trouvait aucune trace. Ce qui ne faisait que confirmer sa tentative – ratée, puisqu'il y avait laissé sa peau – de garder l'enquête secrète.

Rota connaissait les grandes lignes, au minimum. Il avait recommandé de ne pas se fier aux apparences et d'attendre qu'une piste se présente. Et elle s'était présentée. De ne pas se laisser aveugler par les symboles de la 'Ndrangheta. Et la 'Ndrangheta n'y était pour rien, du moins pas celle qui était sous son autorité. Il avait raconté des histoires de vaches. Et il était bel et bien question de vaches.

Giorgio avait dû faire un faux pas qui lui avait coûté la vie. Assassiné par Antonio Manto, contre rétribution – les menaces lancées par son frère au tribunal faisaient partie du plan. Ils devaient l'avoir chopé dans sa cachette le soir même du crime et *gardé au frigo* pour le tuer au bon moment sous les meules du pressoir de Salemi. Pour une punition exemplaire, dans le style 'Ndrangheta. Et pour donner en même temps un avertissement à Salemi, qui savait quelque chose – ils ne pouvaient quand même pas le tuer lui aussi, avec toute sa famille, trop de morts auraient éventé la combine. Ils n'avaient donc pas eu la bêtise de fournir une piste, mais l'intelligence de l'effacer.

Plus il y pensait, plus il était sûr de voir juste. Avec une seule variante possible : qu'un autre *chef de bâton* – sans scrupules ni respect pour Rota – ait engagé les Manto.

Il se promit une nouvelle fois d'agir avec la plus grande prudence. D'autant qu'il devait y avoir une taupe au Parquet, c'était la seule explication possible du fait qu'on n'ait retrouvé aucune trace de l'enquête de Maremmi. Il était impensable qu'il ait tout gardé pour lui, sans laisser ne serait-ce qu'une note ou un fichier sur son ordinateur.

Il faudrait maintenant situer l'endroit où se trouvaient les scories, aux abords de l'étable de Salemi.

Le lendemain matin, Alberto releva les données concernant le terrain de Salemi et fonça à Reggio, où il se procura l'aéro-photogrammétrie et les copies des cartes. Il passa l'après-midi à les examiner dans son appartement. La zone était en altitude, les courbes de niveau indiquaient une cote autour de huit cents mètres. Pour y arriver, il fallait emprunter une route qui partait de la nationale. Selon le plan cadastral, c'était une sente étroite et tortueuse. Sur la carte aérophotogrammétrique, son tracé était plus large et rectiligne, signe qu'on l'avait rendue carrossable. Non loin de la propriété de Salemi, partait une déviation qui aboutissait juste derrière l'étable.

Il programma d'y aller le lendemain, samedi.

Il dormit d'un sommeil agité par des rêves où il n'était question que de Giorgio et qui lui laissèrent un sentiment de malaise. Il se réveilla un peu après six heures. Il fut tenté de partir aussitôt. Il y renonça : certes, personne n'était au courant de ses intentions, mais il s'était rendu au laboratoire d'Ecogreen et avait parlé avec Salemi, qui était peut-être mêlé à tout ça, et pas comme victime. Il risquait donc d'avoir déjà éveillé les soupçons, on pouvait déjà avoir décidé que mieux valait prévenir que guérir. Il était préférable d'être prudent et d'y aller à une heure plus catholique. Il était préférable de ne pas y aller du tout, d'ailleurs. Si ses soupçons étaient fondés, il allait à l'encontre d'intérêts puissants, et il risquait sa peau. Giorgio ne pouvait pas en demander autant.

Il se sentit sale. Mais il n'y pouvait rien. Il n'était pas né pour être un héros. Il était déjà allé trop loin. D'autres n'avaient qu'à continuer, lui, il se retirait. Pour asseoir sa décision, il se tourna sur le côté, posa sa joue sur sa main et essaya de se rendormir. Rien. Son esprit venait toujours buter au même endroit. Il finit par passer un compromis avec lui-même : il irait plus tard, comme pour une promenade, histoire de se faire une idée, rien de plus, et ce serait son dernier geste avant de tout laisser tomber. Sauf qu'on était en mars, et une promenade dans ce coin-là, ce n'était pas crédible. À moins d'être en compagnie d'une dame. Il n'y avait que Marina à qui il pouvait demander ça. Il avait en elle une confiance aveugle, avec ou sans Michele Brighi. Et il était préférable que quelqu'un d'autre soit au courant, si Giorgio était mort, c'était aussi parce qu'il n'avait rien dit à personne. Il fallut à Alberto un certain temps pour se convaincre. À neuf heures, il appela Marina sur son portable.

La voix qui lui répondit était toute pâteuse de sommeil.

« Les nuits sont courtes, hein ? essaya-t-il de plaisanter.

– Très courtes », confirma-t-elle, aussi glaciale qu'un notaire devant une famille se disputant l'héritage d'un défunt.

Il lui demanda de l'accompagner et d'apporter son pistolet. Il la sentit surprise et hésitante, mais elle accepta.

Il s'arma lui aussi, d'un calibre neuf millimètres qui n'avait jamais troué la peau de personne. Les seules qui avaient eu à s'en plaindre, c'étaient les cibles du champ de tir où il aimait à s'entraîner et où il avait découvert qu'il possédait un talent inné : il ne logeait pas un coup à côté.

Il ne pensait pas vraiment qu'ils auraient besoin d'une arme, mais l'idée lui était venue spontanément d'inquiéter Marina, de lui suggérer qu'il pourrait y avoir du danger. Une technique de gamin pour la remettre dans son lit.

Quand elle arriva, Marina était inquiète. Toujours aussi belle, même au petit matin et sans maquillage.

Il lui expliqua toute l'affaire dans la voiture.

Elle écarquilla les yeux, incrédule. Mais elle reconstruisit le puzzle et se laissa convaincre.

« Je veux me faire une idée de la zone... Je me suis dit qu'avec une femme, j'attirerais moins l'attention. »

Erreur. Car Marina s'assombrit et déplaça ses jambes, qu'elle avait placées à côté du levier de vitesse.

Ils quittèrent la nationale pour s'engager sur la piste asphaltée. Ils parcoururent un ou deux kilomètres, sous une chape d'oliviers séculaires. Les filets pour la récolte étaient enroulés et accrochés en hauteur entre les arbres, dans l'attente de la prochaine année. Çà et là, des hommes et des femmes reconstruisaient les murs à sec, arrachaient les fougères, entassaient des feuilles et allumaient des feux d'où montaient des nuages de fumée dense à la vague odeur d'encens. Ils ne virent qu'un seul champ où l'on faisait la récolte. Un paysan lançait les olives en l'air au moyen d'un crible. Plus lourdes, elles retombaient en cascade plus vite que les feuilles, qu'il évitait promptement. Ce spectacle fascina Marina. L'homme, se sachant observé, y mit davantage d'entrain. Ils le saluèrent de la main.

La route se mit à grimper. Les oliviers se firent plus rares et déplumés. Ils cédèrent bientôt la place à des châtaigniers ventrus, à des chênes-lièges, à des bruyères désolées. Le ciel était traversé de nuées qu'un petit mistral frisquet convoyait, dégageant quelques tranches d'azur.

« Ça ne risque pas d'être dangereux ? demanda Marina.

– On regardera de loin, la rassura-t-il.

– On cherche quoi, au juste ?

– L'endroit où ils ont enfoui les scories. Ça doit se trouver dans les parages de l'étable de Salemi. C'est un dépôt important, puisque les vaches sont mortes juste parce qu'elles ont brouté par là. Ça doit être plus qu'un simple trou. »

Ils aperçurent l'étable, sur un haut plateau, au bord d'un grand talus. Pour y parvenir, il fallait prendre une route plus raide qui, à en croire les cartes, appartenait à Salemi.

Ils s'arrêtèrent.

Alberto pointa ses jumelles. Et tout fut clair. À la frontière du domaine de Salemi, on avait réalisé des travaux de consolidation, pas besoin d'être ingénieur pour le voir. Le dos du coteau était écorché par un gros éboulis : des terres nues, d'un rose ténu, tranchaient brutalement la bruyère. Tout un pan de la paroi s'était écroulé dans la vallée. Pour stopper l'érosion, il avait fallu remplir la gorge à la base de la colline et réaliser des talus en pierre et des murs en béton armé. Jusqu'à obtenir une série de terrassements, à des niveaux divers, et qui, un degré après l'autre, arrivaient à la hauteur de la propriété de Salemi. De la sorte, on avait stabilisé la pente, ce qui avait sauvé le petit village indiqué sur la carte – qu'on ne voyait pas d'où ils se trouvaient – et la route permettant de le rejoindre. Ces ouvrages avaient dû coûter des millions.

Il expliqua tout ça à Marina.

Ils choisirent de ne pas emprunter la déviation vers l'étable, pour ne pas éveiller de soupçons au cas où quelqu'un les aurait vus et pour éviter de respirer l'air qui soufflait par là. Ils continuèrent le long de la route principale et atteignirent le hameau en moins de dix minutes.

Il n'y avait que quelques paysans dans les rues. Sur le seuil des maisons, de vieilles femmes enveloppées dans de longues robes noires, la couronne de leurs cheveux tressés dessinant un ovale parfait autour de leur nuque.

Ils firent halte sur une petite esplanade pavée de galets enfoncés directement dans la terre. De là, le regard plongeait vers la plaine, une forêt d'oliviers assombris par la distance et, en arrière-plan, la mer.

On ne voyait pas les ouvrages de consolidation, car le coteau ne descendait pas à pic et qu'ils étaient cachés par la dernière gibbosité avant l'éboulis. On voyait par contre l'étable de Salemi. Noyée dans un fouillis d'herbes qui indiquait qu'elle était abandonnée depuis longtemps.

« C'est beau d'ici, pas vrai ? » dit une voix dans leur dos.

Ils sursautèrent. C'était un homme âgé au sourire débonnaire. Les rides de son visage lui donnaient l'air plus vieux que ne le laissait penser l'agilité de ses mouvements.

« J'ai l'impression que vous êtes passés à deux doigts de descendre jusqu'à la mer, fit Alberto en indiquant le dos du coteau.

– On descendait vers la mer et ceux de la commune voulaient qu'on soit en montagne, répondit-il, en pointant l'index de l'autre côté, là où le mont s'aplanissait.

– Comment ça se fait ? demanda Alberto.

– Quand ça s'est mis à s'ébouler et que c'est devenu dangereux, ils ont voulu nous construire des maisons là-haut. Nous, on leur a dit non, qu'on voulait mourir ici, et eux, ils ont fait des routes, ils ont amené l'eau, l'égout, expliqua le vieil homme. En tout cas, je ne sais pas combien ils ont dépensé, mais on n'y est pas allés. Chacun a le droit de mourir là où il est né, et pas au milieu du brouillard. Vous ne croyez pas ?

– C'est sûr, approuva Marina.
– À la fin, ils ont compris qu'on ne bougerait pas d'ici, même s'ils envoyaient des chars, alors ils ont fait les travaux là en bas et on est restés.
– Qui est-ce qui les a faits ? demanda Alberto.
– L'entreprise qui maintenant appartient aux Scorda, le fils d'Alfonso Scorda… Des gens comme il faut, il n'y a pas à dire. Ils ont donné du travail à des gens d'ici. »

Alberto voyait très bien qui étaient les Scorda. C'était la 'Ndrangheta. Version *light*, mais la 'Ndrangheta quand même. Il n'en fut pas étonné : presque toutes les entreprises de construction appartenaient à la 'Ndrangheta, désormais.

« Qui est-ce qui dirigeait les travaux ?
– Un ingénieur… Un gars du pays, il habite plus bas, je crois qu'il s'appelle Nanía… Le fait est qu'il n'est pas bien grand. (Il rit de son trait d'esprit.) Ils ont travaillé jour et nuit, pour finir plus vite. »

Alberto le connaissait, ce Nanía. Il ne l'aimait pas, il puait la magouille à des kilomètres. Il s'était trouvé mêlé à deux ou trois enquêtes et en était sorti indemne, même si Alberto l'avait flairé coupable.

Ils firent le point dans la voiture. À coup sûr, les échantillons que Giorgio avait fait analyser avaient été prélevés au sommet des nouveaux terrassements. Les vaches avaient mangé les herbes qui poussaient là-haut jusqu'à en crever. À cause de la présence de déchets radioactifs enfouis dans le trou sous les matériaux de remplissage : ce qui accessoirement confirmait les bruits qui couraient depuis des années, concernant la forte augmentation des cas de tumeur dans la zone. Augmentation dont tout le monde parlait mais qu'aucune étude statistique n'enregistrait, car on n'avait jamais pris la peine de récolter les chiffres pour vérifier. La mort des vaches avait certainement relancé les commérages, quelqu'un avait dû dire qu'il y avait des scories dans le terrain de Salemi, et cela avait ramené Maremmi à son enquête d'autrefois.

Suffit. Pour Alberto, c'était le terminus. Qu'un autre inconscient s'occupe de la suite. Quant à lui, il devait juste décider s'il ferait un rapport au procureur ou s'il la fermerait. Il s'orienta vers la seconde option.

Sauf que Marina choisit ce moment précis pour lui demander : « Et maintenant, tu comptes agir comment ? », considérant comme évident qu'il allait y avoir une suite.

Il s'entendit lui répondre impavide : « Je vais mandater la société Ecogreen pour de nouvelles vérifications sur le site ; nous reviendrons à une heure où il n'y a personne dans les champs, de préférence de nuit. » Voilà ce qui s'appelle chercher les ennuis. L'aurait mieux fait de se couper la langue. D'autant que cela ne suscita aucune admiration chez Marina. Elle garda le silence et resta sur sa réserve tandis qu'ils filaient vers la ville. Elle attendait sûrement que ce soit lui qui brise la glace, par exemple en l'invitant à passer la journée avec lui. Elle avait intérêt à descendre de son nuage. C'était à elle de s'offrir. Il avait déjà fait un pas vers elle, en l'appelant à neuf heures du matin. Pour le boulot, d'accord. Mais il l'avait appelée.

Dès qu'ils furent arrivés, Marina lui dit au revoir sans chaleur.

Il se retrouva seul, à se traiter d'imbécile.

Puisque le vin était tiré, il décida d'en avoir le cœur net et, l'après-midi même, retourna voir le responsable du laboratoire.

La nuit suivante, Alberto, deux adjudants de la Direction départementale antimafia, avec lesquels il avait collaboré à une époque où il était plus consciencieux et qui avaient été mutés à Reggio, le bonhomme d'Ecogreen et un de ses assistants se rendirent sur la propriété de Salemi. Au pied du talus, ils s'équipèrent comme des apiculteurs et remontèrent la sente jusqu'au plateau de l'étable. Autour d'eux, rien que le souffle du vent se brisant contre la paroi éboulée et leurs respirations d'hommes sous-entraînés.

Sur place, ils mirent leurs instruments en action, et le bonhomme confirma la présence de radiations. Il localisa l'endroit où le signal était le plus fort. Ils prélevèrent des échantillons de terre et d'herbe et rebroussèrent chemin. Ça ne leur avait pas pris une heure.

Dès le lendemain matin, la société Ecogreen confirma les résultats fournis à Maremmi. Il devint évident que les meurtres étaient liés aux déchets radioactifs qu'on avait enterrés là-dessous. Le reste, c'était juste du cinéma pour détourner les soupçons.

Le soir même, sur la place, Lucio chuchota à l'oreille d'Alberto : « Il y a des gens qui disent qu'on a enterré des déchets radioactifs dans le terrain de Salemi et que c'est pour ça que des vaches sont mortes. »

Alberto s'abstint de commenter, changea de sujet et confirma pour lui-même que ce n'était plus son problème.

Les jours suivants, il respecta cet engagement. Tournant son esprit vers autre chose à la moindre hésitation. Mais il n'avait rien à opposer à Giorgio, quand il apparaissait dans ses rêves, raide comme un piquet, silencieux, renfrogné, les bras croisés, le regard triste.

Aux scrupules de cette trahison s'ajoutèrent ceux liés à son fils. Lors de leur dernière rencontre, devant l'école, Enrico avait assisté épouvanté à une altercation avec Marta. Qui exigeait qu'Alberto cesse de déranger sa tranquillité. Les yeux du gamin s'étaient emplis de larmes, puis il avait éclaté en sanglots.

Le mardi d'après, Alberto fit un saut à la piscine. À sa grande surprise, il n'y trouva pas Marta, mais son mari.

Ils échangèrent un salut à distance. Alberto s'assit sur un banc. Bientôt, l'autre vint prendre place à côté de lui.

Ils échangèrent quelques mots de circonstances puis se concentrèrent tous les deux sur la nage d'Enrico.

Alberto supposa que c'était lui qui avait proposé d'amener Enrico. C'était un brave type. Et sur mesure pour Marta, de bonne famille, distingué et raffiné, l'épingle du Rotary Club à la boutonnière, et le costard cravate auquel les médecins ne renoncent jamais.

Sentant qu'il le scrutait, l'homme se tourna vers lui et sourit.

« Merci », dit Alberto en indiquant Enrico d'un mouvement de la tête.

L'autre haussa les épaules, pour minimiser ses mérites.

Plus tard, ils s'assirent tous les trois à la table du bar de la piscine.

Enrico leva le nez de sa glace. « Toi, t'es un juge, hein ? demanda-t-il à son père.

– Ben oui, répondit Alberto.

– Mais t'es un juge comme ci comme ça…

– Qu'est-ce que ça veut dire, que je suis un juge comme ci comme ça ?

– C'est maman qui dit que t'es un juge comme ci comme ça. » Et il fit pivoter la paume de sa main ouverte, imitant certainement un geste de sa mère.

« Enrico ! » le reprit le médecin, se montrant désolé.

Sur le chemin du retour, ce « mais t'es un juge comme ci comme ça » cognait dans le crâne d'Alberto. C'était la preuve que Marta le montait contre lui, qu'elle le présentait sous un mauvais jour. Il la détesta, plus qu'il ne l'avait détestée à la toute fin de leur relation, quand la vie était devenue un enfer sur terre et qu'il s'en était fallu de peu qu'il ne lui torde le cou.

Ensuite, il retourna sa haine contre lui-même. Il était bel et bien un « juge comme ci comme ça ». Il venait encore de le démontrer en laissant tomber ses recherches sur la mort de Giorgio. Par peur, par indolence, par manque de sens du devoir. Mais Marta n'avait pas le droit de le rabaisser devant son fils.

Alberto se désespéra au point d'envisager de reprendre l'enquête, quoi qu'il puisse lui en coûter. Ce serait une façon de gagner le respect d'Enrico, et le sien propre.

Ce serait aussi une façon d'y laisser sa peau.

18

Deux heures vingt : l'heure où sa prostate le réveillait pour son petit pipi habituel. Une prostate suisse, sur laquelle on aurait pu régler sa montre. Le procureur vida sa vessie dans un état quasi somnambulique.

Il essaya de retrouver le sommeil, seule façon de ne pas se mettre la rate au court-bouillon à cause d'ennuis qui en appelaient d'autres, et d'autres encore, dans une farandole sans fin. Une agréable torpeur s'empara de lui, le rideau était à deux doigts de s'abaisser complètement.

Sauf que. La porte. Le bon à rien qui rentrait. Plus tôt que d'habitude, et plus soûl que d'habitude, à en juger d'après la délicatesse, digne d'un verrat dans un magasin de porcelaine, de ses déplacements.

Adieu sommeil. Et adieu espoir de le retrouver.

Le bon à rien était son seul fils, né après deux filles et accueilli comme le gage de la bienveillance divine, alors qu'il s'était révélé être une punition pour la vie ici-bas et, en tant que tel, juste bon à lui faire gagner un peu plus vite que prévu une place correcte dans l'autre monde.

À trente-deux ans, il continuait à rôder chez lui, sans métier, sans inquiétudes, sans souci du lendemain. Et dire que c'était à lui de continuer la lignée. Que c'était à lui qu'était confié le nom de la maison. Il aurait mieux valu pour tout le monde qu'il ne soit jamais né, que son père ait fait gicler ses spermatozoïdes contre un mur.

Non, certaines choses, il ne fallait même pas les penser. C'était pécher. Un fils, n'importe quel fils, est un don du Seigneur. Oui… mais quand même… avec tout le saint respect qu'on lui doit, le Seigneur aurait pu se forcer juste un brin et le lui envoyer à moitié réussi, son don. Au lieu de ce rebut, ce tire-au-flanc qui était arrivé tant bien que mal au bac, qui à l'université n'avait pas passé un seul examen, qui n'avait aucune intention de travailler et menait une vie de touriste, à la maison et en dehors. Et ça durerait tant que le procureur ne se déciderait pas à lui tirer une balle…

Il n'était pas content non plus de ses filles, elles papillonnaient sans vergogne. Et de sa femme non plus, toujours la même litanie, les jours de fête et les autres, le hululement d'une *machoueto* était moins monotone. Et, à y bien penser, pas davantage des poissons dans leur aquarium, eux aussi étaient *fardés*, tout comme les deux canaris dans leur cage, le chat dont madame lissait le poil toute la sainte journée, la kenzia déplumée malgré les soins quotidiens, et tout ce qui vivait dans cette maison. Du coup, il avait beau s'en faire reproche d'un regard noir devant la glace, la sérénité nécessaire à l'application de la justice partait en quenouille.

Une nuit blanche à ruminer ces pensées. Et le lendemain, au bureau, la tête qui fumait.

« Cette journée n'aurait jamais dû commencer », pensa le procureur quand on lui annonça qu'il devait recevoir en urgence Alberto Lenzi, le produit d'une autre giclée de sperme qu'il eût été plus sage de réserver à un mur.

À ses yeux, Lenzi avait plus de tares qu'une mule vicelarde. Un feignant : il volait son salaire, il ternissait l'image de tout le Parquet. Il était de la même pâte que son fils, tous deux sortis du même moule. Des viveurs, l'un comme l'autre, les yeux cernés par des nuits bien plus courtes que ne l'exige la décence, un air défait et jouisseur, une éternelle expression de je-m'en-foutisme qu'on avait envie de rectifier à coups de grandes tartes dans la tronche. Par rapport au touriste qui somnolait chez lui, Lenzi avait en plus la circonstance aggravante d'être arrivé jusqu'à la maîtrise et d'avoir ensuite réussi – va savoir par quel miracle, sans doute plus terrestre que céleste – le concours de la magistrature. Si son fils en avait fait autant, au moins il n'aurait eu à pleurer que d'un œil. Si la carrière de magistrat ne lui disait rien, il aurait pu faire notaire, avocat, greffier, guichetier à la poste, concierge, et même éboueur, croque-mort, nettoyeur de chiottes, n'importe quoi pourvu qu'il s'occupe, disparaisse de l'horizon et arrête de contaminer tout le monde de ses bâillements.

Lenzi arriva accompagné de Chiara Allegri.

Le procureur mal luné y vit un péché de plus : connaissant Lenzi, pas besoin d'une boule de cristal pour comprendre que, si ces deux-là n'avaient pas déjà une histoire, ça n'allait pas tarder.

Il posa les coudes sur son bureau, installa ses joues entre ses paumes ouvertes, comme s'il souffrait d'une rage de dents, et l'invita à parler.

Lenzi lui raconta les vaches mortes, l'interrogatoire de Salemi, l'expertise commandée par Maremmi à la société Ecogreen, les résultats de l'analyse, sa rencontre avec le responsable du laboratoire, les travaux de consolidation, sa visite de reconnaissance sur place, les nouvelles mesures effectuées et leurs résultats, qui ne laissaient aucun doute.

Le procureur fut impressionné. Il essaya de ne pas le laisser paraître, mais une agitation le saisit. Il décida de ne pas piper mot.

Lenzi exposa sa théorie : Maremmi qui avait continué à suivre la piste des scories radioactives et découvert quelque chose en haut lieu, sa mort camouflée en histoire de ressentiment et de 'Ndrangheta, les Manto soudoyés pour la mise en scène au tribunal et pour le meurtre, la 'Ndrangheta qui n'avait rien à voir là-dedans, du moins pas celle de don Mico Rota, l'existence de complicités au sein du Parquet puisqu'on n'avait retrouvé aucune trace de l'enquête, le pressoir de Salemi utilisé pour lui adresser un message qui le clouerait au silence.

Au fur et à mesure des explications, les deux sillons que le procureur imprimait autour de sa bouche en présence de Lenzi s'estompèrent puis disparurent. Quand il fut question de déchets radioactifs avec, en arrière-plan, la mort de Giorgio Maremmi, il sentit la soupe de lait et le pain-biscuit qu'il avait avalés le matin remonter son œsophage. Et il se mit à haïr Lenzi comme jamais.

Un tire-au-flanc pareil, entièrement voué aux femmes et à toutes sortes de vices, ne pouvait pas débarquer tout à trac, sans prévenir un minimum, porteur de nouveautés capables de gâcher son projet de conclure sa carrière en beauté, comme procureur général dans sa ville de Reggio. Un truc comme ça, ça dérangeait les puissants. À éviter pire encore que le baiser d'un *chef de bâton*. Et c'est d'ailleurs ce qu'il avait fait à l'époque où Maremmi – un autre génie, celui-là – s'y était frotté, des années plus tôt : il lui avait retiré l'affaire pour la confier à un collègue plus sage, qui s'était brûlé les doigts rien qu'en ouvrant le dossier et l'avait aussitôt remisé aux archives. Pour la tranquillité de tous, vu que d'en haut on lui avait bien fait comprendre, sans grand détour, que mieux valait laisser tomber, pour ne pas semer la panique dans la population, ne pas apporter de l'eau au moulin des Verts, et parce que les temps n'étaient pas mûrs pour soulever le couvercle, en raison d'implications à des niveaux intouchables – politiciens nationaux, services secrets, maçonnerie dont on assaisonne toutes les soupes, et même des chefs d'État étrangers.

Et voilà que de but en blanc Lenzi se secouait de sa léthargie et faisait preuve d'efficacité là où il n'aurait pas dû. Et d'une tête dotée de neurones. Pas beaucoup quand même, car s'il en avait eu assez, il ne se serait pas lancé sur une piste pareille, mais, comme il l'avait fait lui-même, aurait étouffé dans l'œuf le soupçon que le meurtre de Maremmi ait le moindre rapport avec cette vieille enquête.

Le procureur regarda Chiara Allegri. Il n'avait jamais pensé qu'elle était bête. Mais voilà qu'il avait envie de se raviser, car elle appuyait ce que disait Lenzi de grands hochements de tête. Sans doute à cause des draps où ils se roulaient ensemble dans la luxure.

Il reconnaissait pourtant que tout ça se tenait. Et que ça collait avec d'autres choses, qu'il avait gardées pour lui. Pour rester en dehors. Et voilà qu'ils venaient lui refiler le bébé. Il risquait de voir s'évanouir d'un coup ce qu'il avait péniblement construit tout au long de sa carrière. Il serra les dents et planta un regard sanguinaire sur Lenzi : il aurait pu continuer à être le glandeur qu'il avait toujours été, au lieu de se réveiller brusquement. Et même : il aurait dû !

Il dirigeait un Parquet d'abrutis. Abrutis ces deux-là, devant lui. Abruti Maremmi qui s'était fait buter et qui l'avait bien cherché. Et si ne serait-ce qu'une toute petite partie de ce que Lenzi racontait était vraie, il était lui aussi en bonne voie. Et pour arriver à quoi ? Il avait découvert l'eau tiède, tout le monde était déjà au courant de ce trafic. Mais voilà qu'il risquait de se faire déplumer de ses plumes de procureur. S'il ne prenait pas ses distances, s'il n'enterrait pas l'affaire, il pourrait bien se retrouver dans le viseur d'une *lupara*. Et en tout cas, il avait toutes ses chances de ne pas finir sa carrière en beauté.

Quand il eut terminé, Lenzi s'appuya sur le dossier de sa chaise, croisa les bras et fixa le procureur d'un air insolent.

Le procureur se dit qu'il attendait des compliments. Il y avait peut-être droit, mais il aurait préféré lui fendre le crâne en deux avec le gros bout de quartz posé sur son bureau. Du même coup, ça lui aurait permis de voir ce qu'il y avait là-dedans. Il se contenta de pousser un soupir. « Sommes-nous bien sûrs de ces résultats ? Le laboratoire Ecogreen Sud est-il sérieux ? » demanda-t-il en agitant les feuillets.

Lenzi répondit que oui. Le procureur, comme s'il réfléchissait à voix haute – tout en secouant la tête d'un air perplexe – sur Maremmi, mort parce qu'il aurait découvert la même chose que Lenzi, et sur le fait que la simple découverte d'un dépôt de déchets radioactifs ne suffisait pas à justifier une fin pareille, à la fin tendit les lèvres en cul-de-poule pour dire : « La vérité est toujours l'explication la plus linéaire, je ne crois pas beaucoup à ces grandes trames.

– Il doit avoir découvert quelque chose de plus, objecta Lenzi. Il avait peut-être mis le doigt sur un maillon de la chaîne plus haut placé que celui qui a payé pour l'enfouissement des déchets. Peut-être celui qui tient tous les fils. Et il est mort parce qu'il a agi en secret, sans laisser aucune trace de son travail… Nous ne devons pas commettre la même erreur. Il faut rendre tout ça public. Plus on en saura sur cette affaire, moins nous courrons de danger.

– Rendre ces choses-là publiques ? Ça déclencherait la panique. Un tout petit dépôt se transformerait en centrale nucléaire défectueuse. Il faut en parler le moins possible. Et ne même pas évoquer la question de la radioactivité. Si nous donnons ce genre d'informations à la presse…

– En tout cas, là, il y a un dépôt de scories radioactives, pas de doute. Il faut intervenir, s'impatienta Lenzi. Quant à la mort de Maremmi, on verra plus tard.

– Nous interviendrons… Mais il est hors de question d'y associer la mort de Maremmi. Il faut d'abord des preuves sérieuses. Du reste, l'affaire est entre les mains du substitut Fiesole, et nous ne devrions pas nous en mêler. Bon… Mais il n'est pas question de parler de scories radioactives. Toxiques, voilà, ça c'est bien… Si quelque chose vient à se savoir, nous dirons que là-dessous, il y a des déchets toxiques, sans danger », arrêta le procureur. Et, comme il estimait avoir eu une brillante idée, un rictus satisfait se dessina sur ses lèvres.

Ils convinrent qu'il fallait savoir si, plusieurs années après l'enfouissement, la population était encore exposée à un danger de contamination. Auquel cas il faudrait trouver le moyen de neutraliser le site, grâce à une enceinte de confinement ou quelque chose du genre. Si ce n'était pas faisable, il faudrait déblayer les matériaux. Et ça, ce serait embêtant. Il serait impossible de le faire en secret. Au besoin, on admettrait la présence de déchets toxiques.

« En attendant, suivons la piste de la mort de Maremmi, insista Lenzi.

– Mais combien de fois devrai-je vous répéter que ça relève des attributions de Fiesole ? Laissez Maremmi en dehors de tout ça. Si on trouve quelque chose de plus concret… » s'emporta le procureur.

Puis, calmement : « Concernant les déchets… si vous y tenez vraiment… concéda-t-il.

– Et si ça s'est passé comme le dit mon collègue ? Si c'est à cause de ça qu'ils l'ont tué ? Il me semble raisonnable de suivre cette piste, osa à son tour Chiara Allegri.

– Raisonnable… ironisa le procureur.

– Il se peut que là-dessous soient enterrés les cent fûts dont a parlé le repenti de la 'Ndrangheta », lâcha Lenzi.

La pomme d'Adam du procureur se mit à faire le yo-yo. Il avait espéré que cette idée ne viendrait à personne d'autre. Car il avait eu la même. On n'avait guère prêté foi au repenti parce qu'il avait été incapable d'indiquer l'endroit de l'enfouissement, à part que c'était dans l'Aspromonte. D'après lui, il s'agissait d'un lot qu'on n'avait pas réussi à caser dans la cale d'un « navire aux poisons », ces charrettes de mer qu'on coulait avec toute leur cargaison dans les eaux internationales, certaines devant les côtes calabraises, en gagnant sur les deux tableaux : paiement du retraitement des déchets plus argent de l'assurance. Il avait parlé de sept cents fûts, déposés dans le hangar d'une société publique puis prélevés par la 'Ndrangheta, à travers des complicités à différents niveaux. Six cents seulement auraient été largués en mer. On aurait transporté les cent autres en camion pour les enterrer là-haut. Si c'était vrai, comme ça semblait maintenant probable, tout ce bordel allait prendre des proportions colossales, ce dossier devenir lourd comme du plomb – et du plomb, il fallait s'attendre à ce qu'il y en ait –, la mort de Maremmi se transformer en affaire nationale, et ses médailles de fin de carrière atterrir en beauté sur la poitrine de quelqu'un d'autre.

« Vous, vous interrogez le responsable de l'entreprise et le directeur des travaux de consolidation. C'est ça, votre enquête. Pour le moment, Maremmi n'a rien à voir là-dedans, répéta le procureur.

– Pouvons-nous prononcer des mises en examen ? demanda Lenzi.

– Vous pouvez mettre qui vous voulez en examen, du moment qu'il est question de déchets toxiques. Le mot radioactif ne doit apparaître nulle part », insista-t-il.

Tandis qu'ils se levaient pour sortir : « Vous mènerez cette enquête ensemble. Vous vous adjoindrez la collaboration de l'inspecteur Brighi. Il connaît son affaire », ajouta-t-il.

Cette fois, c'est la pomme d'Adam de Lenzi qui se mit à faire le yo-yo.

19

Dans sa cellule d'isolement, Rocco Scorda maudissait le mauvais sort. Et il maudissait le juge Lenzi et son père, incarnation dudit mauvais sort. Le problème était sérieux, du genre qui vous fait moisir en prison. À la fin, l'avocat avait dû en convenir. Pire encore, les sous gagnés, il n'en avait même pas senti l'odeur... D'abord le boulot, et maintenant la taule.

Une belle ordure, ce Lenzi. Un flicard jusqu'au bout des ongles. Il n'avait rien voulu savoir.

Et l'avocat... un beau fanfaron. Il n'avait pas cessé de faire des clins d'œil. Et de tordre les lèvres, de hausser les épaules, de faire signe que tout irait bien. Au lieu de ça, les menottes. Et la cellule d'isolement. Qu'il soit cornard, lui et toute sa lignée, jusqu'à la septième génération.

Rocco était le fils aîné d'Alfonso Scorda. Leur famille gérait une entreprise qui allait du bâtiment à l'élevage de chèvres. En passant par des activités qu'il n'y avait pas lieu de faire figurer par écrit.

Le père contrôlait tout le paquet d'actions, comme il se doit, car c'était lui qui avait fondé la peur sur laquelle la famille avait édifié son bien-être et sa réputation, se taillant un domaine de compétence désormais sans partage.

Jusqu'à vingt ans plus tôt, il n'aurait pas réussi, à l'époque il ne suffisait pas de se montrer crûment déterminé. Il fallait bien d'autres qualités, et notamment que personne ne porte de cornes dans la famille. Or chez eux, une petite corne par ci par là… Mais la confusion des temps modernes avait bouleversé les règles anciennes et permis à quiconque de montrer les dents. Même Rocco avait pu agir – un type, qui s'était monté la tête et exigeait qu'ils lui rendent compte de leurs affaires, Rocco l'avait troué à coups de *lupara* pire qu'une poêle à châtaignes – sans que ça l'empêche de laisser ses chèvres paître en montagne.

Avant, c'est toujours là qu'il avait vécu. Il avait passé plus de temps avec ses chèvres qu'avec les êtres humains. Et les chèvres, il s'y était fait. Nouant avec elles des relations qui le protégeaient de la solitude. Y compris intimes. Surtout avec Minda, jeune et de belle apparence, comme maman chèvre l'avait faite, des lèvres qui appelaient les siennes, un pelage d'une douceur délicieuse. Au grand dam du bouc, qui s'agitait à tous les coups, et qui les premières fois avait été à deux doigts de le charger. Et au grand dam de son cousin Tino, auquel il ne refusait pas les autres, mais Minda, si. Minda, il pouvait mettre une croix dessus, qu'il aille donc se plonger la tête et le reste dans l'eau froide au lieu d'insister comme il le faisait sans cesse, jusqu'à la dispute.

L'intimité entre Rocco et ses chèvres, c'était une histoire de satisfaction mutuelle. C'est comme ça qu'il voyait les choses. Après les premiers cris de douleur, on comprenait que les bêtes aimaient ça, le bêlement se prolongeait en un râle de plaisir, en véritables gémissements. Une fois l'acte d'amour consommé, elles le suivaient partout plus guillerettes que Paschicé, le chien laineux qui ne le quittait pas d'une semelle. En outre, après chaque *encroupement*, elles donnaient un lait particulier.

Dès que sa famille s'était trouvée un peu plus à l'aise, Rocco était descendu vivre en ville, dans une vraie maison. Dans le quartier qui relevait de leur compétence exclusive. Sur tout ce qui produisait de l'argent, ils prenaient une tranche. Et il n'y avait aucun risque que ça change, personne ne pouvait avancer de prétentions sur ce territoire, sauf à avoir envie de passer de vie à trépas. Mieux valait ne pas les défier. Ils formaient quasiment une armée – cinq garçons, plus les beaux-frères, neveux et cousins, qui avaient tous de l'estomac –, très soudée. Pas facile de les liquider.

Il avait été chargé de s'occuper de l'entreprise de construction rachetée par son père – au prix de quelques billets, d'un peu de plastic et de quelques bons coups de bâton nocturnes – à un type qui *n'appartenait pas* et qui avait commis l'erreur stupide de faire courir le bruit qu'il avait l'intention de vendre. Elle était maintenant au nom de Rocco. Mais seulement sur le papier : quand il s'agissait d'encaisser les sous, il n'avait même pas le temps de les compter. Sa seule consolation, c'était que son père ne pourrait pas emporter son argent dans sa tombe, il irait à ses enfants.

Au début, ça avait été dur. Il ne s'y connaissait qu'en chèvres et en pâturages. On lui avait adjoint un géomètre qui avait une certaine expérience, quitte à le renvoyer Gros-Jean comme devant dès que Rocco avait commencé à comprendre un peu le métier. À partir de là, ils avaient participé à tous les appels d'offres et en avaient remporté un sur trois à coup sûr, en alternance avec les deux autres entreprises pourvues des titres 'ndranghetistes les autorisant à se porter candidates.

Et voilà que Rocco payait l'addition de cette vie confortable, tandis que son père et ses frères se la coulaient douce au village. Il en venait à regretter sa vie en montagne, à envier le petit berger qui avait pris sa place et qui, aussi bien, prenait du bon temps avec sa Minda.

La faute à ce juge, ce Lenzi ! Ah, s'il lui avait mis la main dessus… Il lui aurait fait passer le goût du pain. Quand il repensait à l'interrogatoire… Le juge était resté à l'écart dans la pénombre, sans dire un mot, indifférent aux deux adjudants qui le pressaient de questions, se payant même sa tête. Tout en niant, il pointait sur le juge des regards terribles. Ça n'avait pas eu l'air de beaucoup l'impressionner. Même pas quand il le lui avait quasiment craché au visage, ce *non*, comme quoi il n'avait rien enseveli d'autre que de la terre de remblai. Non, non et encore non. Il tombait des nues à chaque fois qu'on lui parlait des fûts. Mais son cœur battait la chamade : ils savaient, et il était cuit, contrairement à ce que lui disait par gestes l'avocat. Et il était tiraillé entre la calme détermination qu'exigeait son rôle de 'ndranghetiste et l'envie de se désespérer comme les pleureuses qu'on stipendie pour qu'elles accompagnent un trop jeune défunt.

« C'est de cette paille qu'on fait les balais », se répétait-il sans cesse pour résister au désespoir, se convaincre que c'étaient des ennuis qu'il fallait supporter, vu qu'ils avaient été prévus, y compris la prison.

Il ne s'en faisait pas une raison.

Au contraire, il sentait grandir son ressentiment envers ses frères, qui n'avaient pas trempé là-dedans, envers son père, qui l'avait bien berné, envers lui-même, qui s'était laissé rouler dans la farine, et qui s'était réjoui un peu vite d'avoir doublé les autres. Ce qu'il supportait le moins, c'était de laisser sa femme seule et sans surveillance. Elle était jeune et elle avait du chien. Il n'en était pas encore rassasié. Et il voyait bien qu'elle n'était pas rassasiée, elle non plus. Si on le gardait en prison trop longtemps… Non, les étrangers n'oseraient même pas poser les yeux sur elle, même si elle écartait les jambes en les invitant de la main. Les étrangers, non. Mais dans sa famille… Dans sa famille, ils étaient capables de tout, y compris de ne pas gâcher un lit en le laissant à moitié vide.

Il n'avait rien laissé paraître du chamboulement qui lui tordait les tripes. La faiblesse est indigne d'un homme. Même si son père aurait mérité qu'il chante mieux qu'à un récital. Il n'avait même pas touché un euro sur les bidons qu'il avait enterrés cette nuit-là. Labeur et sueur sans protester ni rien pouvoir demander. Il ne savait même pas au juste ce qu'il y avait dedans, il savait seulement que c'était dangereux et qu'il fallait faire attention en les manipulant.

Son père et don Pascali Rezza s'étaient mis d'accord en chuchotant dans une ferme de la côte ionique. Sûrement quelque chose de gros. Qui brassait une montagne de sous, du moment que le père, même pas dix jours après l'enfouissement, s'était acheté la montagne de Luigino, plus de dix hectares de bonne terre à semer. En réponse à ses molles protestations du fait que c'était lui qui prenait les risques alors que le bénéfice allait dans les poches du père, il avait bien failli se prendre une hachette en plein front.

« Et donc, vous n'avez rien à dire concernant les déchets radioactifs enterrés là-dessous ? lui avait demandé ce juge Lenzi.

– Les quoi ? avait-il répondu, affichant une ignorance qui, au fond, était réelle.

– Les déchets radioactifs.

– Et c'est quoi, ces trucs radioactifs ?

– C'est ce qui va vous faire vieillir en prison. »

Il avait nié tant et plus, de plus en plus convaincu qu'il s'agissait d'un crime terrible, tellement grave qu'il sortirait effectivement de prison tout moisi.

« Et donc, vu que les bidons sont bel et bien là, c'est que quelqu'un d'autre les y a mis à votre insu… C'est ce que vous voulez dire ?

– Eh, eh. (Saisissant cette perche.)

– Comment aurait-on osé faire ça à des gens aussi respectés que vous ?

– Par ici, le respect s'est perdu.

– Et comme ça, au matin, vous avez trouvé la fosse déjà remplie…

– Eh, eh, voilà, c'est ça.

– Quelque âme charitable vous a donc fait ce beau cadeau ?

– Nous, quand on a rempli, on n'a rien mis d'autre que de la terre, il n'y avait pas de bidons.

– C'est donc que quelqu'un les a enterrés quand vous aviez déjà fini le travail.

– Ça se peut

– Peut-être le directeur des travaux. »

Là, il n'avait rien répondu. Impossible. Tout, sauf jouer le rôle de l'infâme.

« Faites-lui signer le procès-verbal et raccompagnez monsieur. Il est notre hôte. Chambre simple avec toilettes. Qu'il se mette à l'aise. »

Et en effet. Chambre simple. Avec toilettes. À savoir la cuvette des chiottes et un lavabo crasseux. Mais si jamais il lui mettait la main dessus, à ce juge Lenzi, c'est lui qui lui en donnerait une, de chambre, beaucoup plus basse et plus étroite que celle-ci, pour qu'il y passe bien allongé une nuit sans fin.

20

Au bout du compte, il fallut enlever les déchets. Les laisser là – même dans un « sarcophage » – faisait persister le danger : on avait établi la présence de césium 137, un déchet de centrale nucléaire. La zone fut pratiquement militarisée et on engagea les opérations de déblayage.

Le procureur donna une conférence de presse. Il admit l'existence de déchets toxiques – rebuts provenant d'aciéries, de laboratoires pharmaceutiques, d'industries – ne présentant guère de danger. Il précisa qu'à toutes fins utiles mieux valait assainir la zone.

La présence avouée de déchets toxiques, le début des travaux de nettoyage et l'arrestation simultanée de Rocco Scorda provoquèrent cependant quelque effervescence. Le bruit courut qu'il s'agissait de scories radioactives. La population s'alarma.

Des journalistes surgirent de toutes parts. Ils contribuèrent à alimenter les ragots. « Le remblai de l'infamie ? » titra le *Corriere della Sera*. Le lendemain, il fit disparaître le point d'interrogation. À la fin, cette formule colla à l'affaire. Qui fit la une des infos des chaînes nationales. Le procureur dut sortir de son armoire son costume d'apparat, pour aller faire le beau devant les caméras. Interviewé, il garantit qu'il n'y avait aucun danger. Sauf que ces mots juraient avec le puissant cordon de protection ménagé autour des lieux, avec les travaux qui se poursuivaient jour et nuit, avec l'emploi d'une main-d'œuvre entièrement venue d'ailleurs, qui plus est en tenue d'astronaute, et avec la jactance de ceux qui sont toujours bien informés, pour qui le danger radioactif ne faisait aucun doute.

Les travaux se révélèrent plus longs que prévu. Pour extraire les conteneurs, il fallait user de mille précautions, alors que pour les déposer, il avait suffi de les benner dans la fosse. La chose se compliqua encore quand on constata qu'il y avait eu des fuites de matière. Il fallut creuser plus profond.

Le troisième jour, les protestations de la population débouchèrent sur un début d'émeute. Elle risquait de dégénérer en violence, d'autant que les médias l'alimentaient en faisant référence aux révélations du repenti de la 'Ndrangheta concernant les fûts manquants dans le hangar. Quelque chose avait même fini par filtrer depuis le Parquet, alors que les réunions avaient lieu à huis clos et que les participants – le procureur, Alberto Lenzi, Chiara Allegri, l'adjudant Brighi et un expert qualifié – tapaient eux-mêmes les procès-verbaux.

Il fallut cinq jours et cinq nuits pour terminer la bonification du terrain. On en retira une centaine de gros bidons cylindriques contenant les déchets, noyés dans de la poussière de marbre, exactement comme l'avait déclaré le repenti. Et vingt autres récipients, plus petits. Étonnant, car le repenti n'y avait fait aucune allusion. Ils contenaient des résidus de haut-fourneau. C'est d'eux que provenaient les radiations du césium 137. Ils révélaient qu'on avait introduit sur le territoire national des déchets de centrales nucléaires en les dissimulant dans des résidus ferreux. L'affaire était sérieuse, en raison de l'extrême dangerosité du césium 137. Cette façon d'éliminer ce type de poison était jusque-là inconnue. Le trafic – sophistiqué, rentable et sans aucun doute géré en haute sphère – provenait tout droit de l'étranger. Les récipients, anonymes et sans marque de fabrique, ne permettaient pas de remonter aux aciéries auxquelles ils avaient appartenu.

Protestations et polémiques continuèrent d'aller bon train même après la fin des travaux, quand la zone eut repris sa rassurante apparence d'antan.

Dans ce climat de tension, Alberto Lenzi poursuivait son enquête et se tenait à l'écart des micros. Après avoir mis le patron de l'entreprise en état d'arrestation, il s'était demandé s'il devait faire de même avec le directeur des travaux, un certain ingénieur Saro Nanía. Il se pouvait qu'il soit au courant des déchets. Mais il se pouvait aussi qu'il n'en sache rien, car on les avait forcément enterrés la nuit, en quelques heures. Alberto penchait pour cette deuxième hypothèse. Il n'imaginait pas qu'un professionnel puisse s'emberlificoter avec un type tel que Rocco Scorda. Dans tous les cas, mieux valait ne pas l'interroger : s'il niait, il n'y aurait rien à lui opposer, un directeur des travaux n'est pas soumis à l'obligation de dormir sur son chantier, ni de soupçonner qu'on ajoute des bidons à la terre de remblai.

Il décida de le coller deux jours à *mitouna* : s'il était coupable, il se consumerait au feu doux de l'incertitude et se trahirait d'une façon ou d'une autre. Il n'était pas habitué au crime, à la seule idée de la prison les gens comme lui se pissaient dessus. Et pendant la *mitounade*, Alberto mettrait sur écoute tous les téléphones auxquels il avait accès. En y ajoutant un de ces petits bidules qui sont capables d'identifier, sexe compris, le moindre insecte qui bourdonne dans une pièce.

Deux agents placèrent nuitamment une puce sur sa voiture et une autre dans son bureau.

Concernant Salemi, Lenzi décida de même de le laisser mijoter dans son jus et de ne planter sa fourchette que quand il serait à point.

Désormais résolu à mener son enquête coûte que coûte, Alberto Lenzi se décida à en révéler au pool tous les tenants et aboutissants, les connexions entre Maremmi, Salemi, les frères Manto, la 'Ndrangheta, les déchets radioactifs, le hangar. Il ne garda le silence que sur sa conversation avec Rota, comme si elle n'avait jamais existé.

Il les vit écarquiller les yeux.

« Et maintenant, c'est cette piste qu'on va suivre, conclut-il fermement.

– Comment se peut-il que le juge Maremmi n'ait laissé aucune trace ? demanda Brighi quand le silence eut duré assez longtemps pour lui permettre d'intervenir.

– Il y a forcément quelque chose dans ses papiers, il faut chercher encore, répondit Lenzi.

– Il doit y avoir quelqu'un ici, dans ce Parquet, qui a tout fait disparaître », insinua Chiara Allegri.

Fiesole désapprouva du chef mais sans piper mot.

Alberto en convint par une sorte de grognement.

Brighi serra les lèvres et se mit à remuer la tête. « Il faut recontrôler les ordinateurs, proposa-t-il. S'il y a une taupe, ça explique qu'on n'ait trouvé aucune trace de l'enquête. Il a sûrement effacé tout ce qui touchait à l'affaire. Mais… mais peut-être qu'on peut l'avoir quand même. Il a éliminé les fichiers mais il a commis l'erreur de nous laisser les ordinateurs. Il reste toujours une trace des documents qu'on efface, un expert n'aura pas de mal à la retrouver. Il nous faut quelqu'un de confiance. »

Alberto le regarda. Brighi pesait désormais sans remède sur son estomac. Il avait osé poser les yeux là où, ne serait-ce que pour une question de respect et de hiérarchie, il n'aurait pas dû le faire.

Mais force était de reconnaître qu'il en avait dans le crâne et qu'il tenait lui aussi à résoudre l'affaire. Il s'efforça de lui sourire.

Le substitut Fiesole suggéra le nom d'un expert qui était déjà intervenu dans d'autres enquêtes et en qui il avait une confiance aveugle. Brighi lui téléphona et se chargea de lui faire parvenir les deux ordinateurs.

Ils décidèrent de se revoir quand ils auraient les résultats.

Trois jours plus tard, Fiesole débarqua avec deux experts dépêchés par le ministère de l'Intérieur.

« Experts de quoi ? » demanda Lenzi sur un ton rogue. Plus ses soupçons de complicités en haute sphère se consolidaient, plus il avait tendance à se méfier.

« Du trafic de déchets radioactifs, de ce genre d'enquêtes », répondit Fiesole non moins rogue.

Les deux hommes se présentèrent comme étant Luigi Rosso et Calogero Espositi.

Alberto les étiqueta « agents des services secrets ». Ils n'avaient même pas fait l'effort de se trouver des noms crédibles, les leurs sonnaient plus faux que la petite monnaie qu'on frappe clandestinement à Catane.

Luigi Rosso avait dans les quarante-cinq ans, teint mat, visage anguleux vérolé par une acné juvénile négligée en son temps, regard vif, nez fin et saillant, physique vigoureux. Et complètement chauve. Il donnait l'impression d'un type solide et décidé.

Espositi avait quelques années de plus. Une peau rosée tavelée de rouge vif, un visage criblé de taches de rousseur qui faisait penser à du papier de verre, des cheveux d'un châtain douteux tirant sur le roux, de fines rides en éventail autour des yeux. Et une paire de lunettes qui jurait, comme un accessoire en trop, pour se donner des airs d'homme de lettres, alors qu'on sentait en lui quelque chose de dur, voué à l'action. Il était clair que c'était lui le plus gradé et qu'il décidait pour tous les deux.

Ils s'assirent à l'écart, dans la pénombre, sans intervenir dans la discussion.

Fiesole fit passer à Brighi le rapport sur les deux ordinateurs.

Brighi en prit connaissance.

On n'avait trouvé aucune trace de documents effacés. Mais, tandis que l'ordinateur de bureau était « sincère », quelqu'un était intervenu sur le portable : le disque dur avait été changé.

« Il n'y a plus de doutes, Maremmi est mort parce qu'il avait découvert quelque chose qu'il n'aurait pas dû concernant le trafic de déchets radioactifs, sinon, ils ne se seraient pas donné la peine de manigancer tout ça, décréta Lenzi.

– Et il y a un infâme au Parquet, un espion qui a détourné l'enquête, qui a remplacé le disque dur et qui y a enregistré des fichiers inoffensifs », renchérit Brighi.

Lenzi pensa que la taupe pouvait fort bien faire partie du pool, mais il n'en dit rien.

« Qu'en pensent les deux experts ? demanda-t-il avec une pointe de sarcasme.

– Qu'à certains niveaux, le mécanisme est toujours bien huilé et que rien n'est laissé au hasard, ils effacent toutes les pistes, répondit Espositi.

– En tout cas, ça prouve que le meurtre de Maremmi est lié aux déchets.

– Oui, mais ça, vous l'aviez déjà découvert. C'est maintenant que ça se complique. »

21

L'ingénieur Saro Nanía n'était vraiment pas bien grand. Nain, quand même pas. Mais c'était juste que, de génération en génération, sa lignée avait gagné en hauteur. Car le nom qu'il portait ne pouvait pas être le fait du hasard. Si on l'avait collé à sa famille, c'est qu'un de ses ancêtres avait dû être nain.

Il tutoyait le mètre cinquante-cinq, il était trapu, il avait une grosse tête carrée et volumineuse – mais qui n'avait pas l'air de contenir de la matière grise en proportion équivalente –, des cheveux foncés coiffés avec une raie sur le côté, un nez comme une patate, un teint hâlé par le soleil, un âge indéchiffrable quelque part entre cinquante et soixante ans. C'est maître Criniti, le notaire, qui avait établi qu'il n'était pas nain, en fixant justement à un mètre cinquante la limite en dessous de laquelle commence le nanisme – en vertu d'une règle non écrite, adoptée pour venir au secours de Victor Emmanuel III, lequel, encore que roi, s'était arrêté à cette taille –, et en spécifiant qu'à partir d'un mètre cinquante on peut déjà considérer qu'on a affaire à un nain de grande taille. Du reste, une fois habillé de pied en cap, l'ingénieur dépassait ce seuil de plusieurs centimètres, grâce à ses chaussures à talonnettes habilement dissimulées par des pantalons qui traînaient par terre.

Mais, des nains, sans en être un, l'ingénieur avait la légendaire méchanceté.

Tard dans la matinée, il était lui aussi sur la place quand : « On a arrêté Rocco Scorda, l'entrepreneur, le fils d'Alfonso », communiqua Marcello au cercle des amis, en promenant son regard sur tout le monde sauf lui.

Nanía tressaillit, s'efforça de garder un air détaché, sentit ses joues s'enflammer.

« C'est à cause d'une histoire d'enfouissement de déchets toxiques », compléta Marcello.

Le cœur de Nanía bondit dans sa poitrine pire que sous l'effet d'un défibrillateur.

« Ça m'aurait étonné qu'ils se contentent de gérer une entreprise… Ceux qui ont la tête malade… condamna un autre. Où est-ce qu'on les a trouvés, les déchets ?

– Dans des ouvrages de consolidation, à ce qu'on dit, sur le coteau de Pilla… des travaux d'il y a quelques années. »

Le coup fut tel pour Nanía qu'il y aurait eu de quoi s'étonner qu'il ne soit pas transformé illico en esprit flottant dans les airs.

« Mais au fait, ce n'était pas toi le directeur des travaux ? » (Marcello, le doigt pointé sur Saro, avec une naïveté aussi crédible que la bonté de cœur d'un responsable des chambres à gaz.)

Nanía pâlit, genre pomme citron d'hiver, sa vue s'embruma et il dut prendre appui contre le mur du palais du marquis pour ne pas s'effondrer. Quand les objets eurent retrouvé leurs contours familiers, il fit état à la ronde de chutes de tension qui l'affectaient depuis des jours. Puis il se retira chez lui sans demander son reste. Là, il commença par se désespérer devant son miroir, pleurant davantage de larmes qu'il n'en avait versées à la mort de son père ; puis il se mit à se gifler violemment les joues, à se tirer les cheveux, à donner des coups de pied dans le mur. Et ainsi de suite pendant un bon bout de temps, à pleurer et à se frapper, à se frapper et à pleurer. Ne s'interrompant que quand l'envie d'uriner le prenait, quelques gouttes à la fois, mais pressé par un besoin impérieux, comme s'il avait descendu un fût de bière jusqu'à la dernière gorgée.

Quand il eut retrouvé un peu de calme, il se demanda pourquoi on ne l'avait pas arrêté. Ç'eût été logique, vu qu'il avait dirigé les travaux. Du moins aurait-on dû le soumettre à la question. Il se dit que ça n'allait pas tarder, et, sans doute, l'arrestation non plus. Que s'ils prenaient leur temps, c'était juste parce qu'ils étaient sûrs que lui ne prendrait pas la fuite : quelqu'un comme lui n'avait nul endroit où aller, n'allait pas se mettre en cavale. Ou alors c'est qu'ils n'avaient rien pour le coincer. Ou qu'ils ne le jugeaient pas coupable. Ou alors ils voulaient lui laisser la possibilité, lui, un professionnel, de se présenter spontanément. Ils pouvaient toujours courir, il n'allait pas être assez bête pour se livrer à la police. Au bout du compte, il se persuada qu'on lui passerait les menottes en place publique, devant tout le monde. D'où un regain de pleurs et de désespérance, accompagné de trépignements hystériques et de rageuses vociférations blasphématoires contre *san Carlo*, rapport à son collègue Carlo Baúllo, qui avait mis sur pied la magouille – sans même lui en révéler la véritable nature – et dont la signature n'apparaissait nulle part. S'il croyait s'en sortir indemne... Après une seule journée de prison, Samson emporte tous les Philistins dans la mort.

Sa femme, l'entendant sangloter, grattait à la porte alarmée, tantôt l'apostrophant d'une voix autoritaire, tantôt pleurnichant à son tour.

À la fin, l'ingénieur lui ouvrit, pour pleurer sur son épaule des larmes encore plus démunies.

Ensemble, ils réfléchirent aux possibilités qu'il avait.

Il pouvait se mettre en cavale en attendant que les choses s'arrangent. Sauf qu'on ne voyait pas comment elles pouvaient s'arranger. Et se mettre en cavale voulait dire se déclarer coupable.

Il pouvait préparer sa valise en attendant qu'on vienne l'arrêter, en admettant qu'on puisse apporter une valise en prison, peut-être à peine une brosse à dents.

Il pouvait se présenter spontanément, dire qu'on avait agi à son insu, dans l'espoir d'être cru.

Il pouvait y aller sur-le-champ et balancer Carlo.

Ils adoptaient tantôt une solution, tantôt une autre. Sans en suivre aucune. Sauf de tout faire pour éviter que l'arrestation n'advienne au grand jour, il ne supporterait pas une telle humiliation, ni la compassion chafouine des habitants du pays.

La seule façon, c'était de déserter son bureau pour se transférer dans sa maison à la mer. On était en avril : si c'est là qu'on venait l'arrêter, il n'y aurait pas de regards auxquels rendre des comptes. Mais si ça arrivait, Carlo y passerait aussi. Il l'entraînerait dans sa chute. Partager la faute en deux ne diminuerait pas la peine de moitié, mais ça l'allégerait. Du reste, il y avait droit, c'était toujours lui qui couvrait les autres. Carlo lui avait garanti qu'il n'y avait pas de danger pour la population, vu que les scories étaient enfouies en profondeur, sans risque d'émanations. Et qu'eux-mêmes ne risquaient pas grand-chose, s'agissant de déchets toxiques qui, au pire, leur vaudraient une amende si on les découvrait.

Nanía s'était laissé convaincre. Les doutes avaient surgi en même temps que l'argent, trop d'argent pour un simple traitement de déchets toxiques. Il avait aussitôt dépensé sa part. Mais si les déchets étaient radioactifs, comme on le disait, tu parles d'une amende ! Il écarta le rideau de la fenêtre et foudroya du regard la fourgonnette garée dehors, le fruit de cette combine.

Il appela Carlo sur son portable. Dès qu'il entendit le son de sa voix, son intention de ne pas s'énerver et d'en dire le moins possible s'évanouit d'un coup. Il se mit à l'insulter.

L'autre essayait de le calmer, lui intimait d'arrêter, lui proposait de se voir en personne. À la fin, agacé, il coupa la communication.

Nanía alla à son bureau. Il y poussa des cris de bête à l'abattoir. Menaça de le dénoncer si on s'en prenait à lui. S'en alla en claquant la porte.

Puis il passa chez son avocat. Qui lui conseilla de rester tranquille deux ou trois jours, le temps pour lui de tâter le terrain et d'y comprendre quelque chose. Et il le rassura, il ne risquait pas d'être arrêté – on avait enfoui les déchets la nuit et un directeur des travaux n'est pas gardien de chantier –, tout au plus on le convoquerait pour l'interroger, et il n'y aurait qu'à nier. En tout cas, il n'avait pas intérêt à se cacher. Si on le cherchait, il fallait qu'on le trouve chez lui en ville, comme quelqu'un qui dort sur ses deux oreilles et n'a aucun souci à se faire. Si on ne le convoquait pas, ils iraient ensemble chez le juge rendre un témoignage spontané.

Saro le regarda d'un air torve. Se déclarer étranger à ces faits, soit. Mais laisser entendre que c'était la faute de l'entreprise Scorda… Il suffisait qu'Alfonso Scorda décide juste de mordre pour que ce soit pire que la prison.

L'avocat lui assura que les Scorda ne trouveraient rien à redire à cette ligne de défense. Du moment qu'on ne les désignait pas comme coupables.

Nanía resta terré chez lui, le cœur à deux doigts de lâcher dès que quelqu'un sonnait à la porte ou l'appelait au téléphone.

Le premier jour et la première nuit se passèrent sans que le Parquet s'intéresse à son cas. Au matin, il apprit que, bien que les travaux de nettoyage du terrain aient pris fin, la zone restait plus surveillée qu'une poudrière, et la *vox populi* insistait sur les scories radioactives.

Il élabora les pires scénarios, la colère l'envahit, il finit par craquer et par appeler Mariella, la femme de Baúllo, avec le portable de sa femme. Il demanda à parler à Carlo Baúllo. « Tu pourrais au moins avoir l'obligeance de me dire ce qu'on a enterré là-dessous ! lui hurla-t-il. Parce que si c'est des déchets toxiques, passe encore… mais si c'est des trucs un tant soit peu radioactifs, alors… alors… »

Baúllo mit un terme à la conversation.

La nuit suivante fut longue. Au moindre bruit, Nanía avait peur que ce soient les carabiniers. Au point du jour, il décida enfin qu'il avait échappé au danger, convaincu qu'il était que les arrestations n'avaient lieu que la nuit. De bon matin, l'avocat vint le sortir de sa torpeur. Il le pressa de s'habiller pour se rendre chez le juge.

« C'est donc votre position ? » demanda Lenzi après avoir écouté ses protestations d'innocence, et son indignation que des inconnus lui aient fait une telle saloperie.

Comme Nanía confirmait, il ajouta : « Et vous n'avez pas l'intention d'en changer ? » en plantant sur lui un regard glacial de requin.

« Il n'y a rien à changer, c'est comme ça que ça s'est passé, on a agi à mon insu, bredouilla-t-il d'une voix étranglée.

– Qui, on ? insista Lenzi.

– Puisque je vous dis que c'était à mon insu… »

Les mêmes questions, les mêmes réponses, pendant un long moment. Mais il y avait de quoi se faire du souci, à cause de la dureté du juge à son égard, comme s'il savait sans en avoir les preuves.

« Pour le moment, je vous laisse en liberté, conclut Lenzi, tout en affectant de mettre de l'ordre dans les dossiers posés sur son bureau.

– Qu'est-ce que ça veut dire, vous me laissez en liberté pour le moment ? s'alarma-t-il. Je vous répète que je…

– Ça veut dire que je préfère que vous restiez en liberté. Mon cher ingénieur, j'en sais plus que vous ne l'imaginez. Pour l'instant, débrouillez-vous avec votre conscience. Plus tard, on verra si vous devez en répondre devant quelqu'un d'autre. » Et il cessa de s'intéresser à lui.

Nanía sentit ses jambes se dérober. Ce « je préfère que vous restiez en liberté » tambourinait dans son crâne et y faisait naître mille pensées, toutes douloureuses, et toutes du côté du cœur, suscitant une anxiété écrasante, une accélération de ses battements cardiaques, une légère douleur au bras gauche, qui irradia jusqu'à l'épaule à l'instant précis où sa femme lui demanda si là aussi il avait mal.

Le magistrat l'avait traité comme un criminel. Mais sans le mettre sous les verrous. Peut-être pour faire croire qu'il avait pactisé, par exemple troqué sa liberté en déchargeant la responsabilité sur le dos de l'entreprise. Chose que les Scorda ne digéreraient jamais, même en avalant une grosse bouteille de bicarbonate. Nanía rumina tellement ces pensées qu'il eut l'impression d'être tout près de rendre l'âme. Il n'y couperait pas, s'il ne mourait pas de son propre chef, fauché par une attaque, c'est Alfonso Scorda qui mettrait fin à ses jours.

Il se claquemura chez lui plus que jamais, évitant même de s'approcher des fenêtres.

Don Peppino Salemi avait tout aussi peur. Ça le prenait au niveau de l'estomac, il ne pouvait pas même avaler une gorgée d'eau. Lui, il savait. Peut-être n'y avait-il que lui pour avoir relié les déchets radioactifs à la mort du juge Maremmi. Car ni les enquêteurs, ni la presse, ni le *vulgum pecus* n'avaient associé les deux événements.

En quelques jours, il décolla plus sévèrement qu'un radical pendant une grève de la faim. Son visage se creusa de rides profondes, ses yeux se cernèrent, son dos se voûta. Il se mit à traîner la patte et à poser sur les choses et les gens des regards affligés. Plus ça allait, plus il était certain que son heure était proche. À cause des deux types qui l'avaient payé. Car il était le seul à pouvoir les désigner comme une piste pour remonter à d'autres.

Il finit par se sentir dans l'état d'un malade en phase terminale. Il en présentait les symptômes, qui n'échappèrent pas au regard professionnel de sa deuxième née, laquelle n'avait plus que quelques examens à passer pour décrocher son diplôme de médecine.

Elle essayait en vain de le convaincre de se faire hospitaliser pour un bilan de santé. Il refusait sèchement. Et elle se trouvait obligée de jouer les médecins avant l'heure. Elle prenait sa tension vingt fois par jour, écoutait son pouls, son cœur et ses bronches, le tapotait ici et là. Ce qui le faisait aller plus mal encore, à l'idée que les mains qui touchaient sa poitrine dénudée se poseraient bientôt sur d'autres torses, voire plus bas.

La peur le consumait. Il savait qu'il était près de la vérité – et les autres le savaient aussi. Il maudit sa femme. C'était sa faute à elle si des disputes incessantes lui pourrissaient la vie, sa faute à elle si cette maudite nuit, comme tant de fois déjà, il était allé chercher la paix et le sommeil dans le petit appartement situé au-dessus de l'étable. C'était sa faute à elle s'il avait eu le malheur de voir les camions arriver et décharger. Et d'être vu à son tour. Un peu plus d'un an plus tard, ses vaches étaient mortes et il avait reçu la visite de ces deux types, et de l'argent. À l'époque déjà il s'était fait une idée, mais il l'avait gardée aux marges de son esprit. Puis le juge Maremmi s'était pointé et l'idée avait paru dans toute sa clarté. Pire encore après sa mort. Et maintenant, vu le pataquès, ils allaient automatiquement éliminer tous ceux qui, parce qu'ils savaient ou simplement imaginaient, représentaient un danger. À savoir lui. Il n'en avait plus pour longtemps : même s'il échappait à ces deux-là, la 'Ndrangheta s'occuperait de lui.

Chancelant au bord du précipice, il s'accrocha à ses filles, auxquelles il prodiguait d'inhabituelles caresses. Il niait avoir le moindre souci : dans le brouillard qui régnait sur ses pensées, il continuait de distinguer clairement la volonté de les tenir à l'écart, de ne leur communiquer aucune information susceptible de les mettre en danger.

Il songea à tout déballer à la justice. Et à demander qu'on le mette sous protection. Tant qu'à mourir, se disait-il, autant essayer dans cette direction. Il n'arrivait pas à se décider. Tel un moribond qui s'accroche aux mensonges de ses proches, tout en sachant qu'ils mentent, il ne pouvait se convaincre que sa mort était nécessaire. S'il parlait, il perdrait tout espoir, et sa famille toute tranquillité. On s'en prendrait même à ses filles.

Au bout du compte il décida de tout garder pour lui, mais de laisser une trace écrite. Qu'au moins ces gens-là ne s'en sortent pas sans encombre, au cas où ils raccourciraient ses jours. Il reporta sur une feuille les numéros d'immatriculation des camions qu'il avait notés cette nuit-là, la description des deux gouvernementaux et toutes les circonstances dont il avait eu connaissance. Après ça, il se sentit mieux. Il rangea ses notes à côté de son testament, dans le coffre-fort mural dont lui seul avait la clef.

Mais il n'ajouta pas un mot au silence lorsque le juge Lenzi l'interrogea de nouveau.

22

Dimanche, sanctifier les fêtes. Faire fi des tracas pendant un jour, se promit Alberto. Pas d'Enrico, pas de Marina. Et pas de Giorgio. Il se replongerait dans tout ça lundi, à tête reposée.

Il n'avait pas touché une femme depuis plus d'un mois, il en bavait pire qu'un rameur de poupe dans une galère romaine et ruminait sans arrêt sur ses emmerdes. L'excès nuit en tout. C'était une bonne idée de décrocher pendant au moins un jour.

Pour commencer, il resterait au lit sans bouger le petit doigt au moins jusqu'à neuf heures, et ensuite… une bonne claque de vie. C'était ce qu'il lui fallait, une claque de vie. Mais où trouver ça ? Marina était si froide qu'à chaque fois qu'il la croisait sa température chutait de plusieurs degrés. Ils ne se disaient plus bonjour que quand ils tombaient nez à nez. Mais peut-être qu'en lui téléphonant il réussirait à la faire fondre un chouïa, avant qu'elle se congèle entièrement. Au pire, elle lui dirait non. Elle sortait avec Brighi, maintenant. Quels beaux moments ils avaient passés, Marina et lui. Ça devait encore lui titiller les méninges, à Marina, comme à lui, il en était sûr. Peut-être bien qu'elle accepterait de sortir et ensuite, va savoir… Ce ne serait pas vraiment tromper, dans un lit qui n'est pas nouveau. Elle n'aurait même pas besoin d'ajouter un nom à sa liste.

Si Chiara Allegri avait été dans le coin, il aurait pu lui proposer une balade à Tropea et tenter quelque chose. Sauf que Chiara Allegri s'en allait toute rayonnante le vendredi soir et réapparaissait en extase le lundi matin.

Au cours des dix derniers jours ils avaient passé pas mal de temps ensemble. Pour l'enquête. Il lui avait semblé qu'elle s'assouplissait un peu. Elle ne se braquait pas quand il la chambrait, elle blaguait à son tour. Elle aimait se sentir désirée, pressée d'attentions. Ça remuait quelque chose en elle. Trois jours plus tôt: « Pourquoi tu ne t'installes pas dans l'appartement du pauvre Giorgio ? » qu'il lui avait balancé. Et, voyant qu'elle prenait l'idée en considération : « Comme ça, quand la nuit tu te sens seule, ou que moi je me sens seul, ou qu'il y a du tonnerre et des éclairs, on se blottit tous les deux dans un lit… le tien, le mien… qu'importe, du moment que c'est un lit, et on se tient compagnie », avait-il eu le culot de lui dire. « Ben voyons, c'est ça, et plus le tonnerre gronde, plus on se serre fort », s'était-elle moquée, avant de lui décocher du majeur une chiquenaude sur le front. Doucement, mais ça mûrissait. Sauf qu'elle barrait toute approche qui aille plus loin que les mots.

Une fois ou deux, il l'avait taquinée à propos de son homme secret. Muette. Quand il avait fini par lui poser la question sans détour, elle avait marmonné un peu gênée avant de se refermer comme un hérisson. Ça devait être une histoire compliquée. Un homme marié, qui ne pouvait pas se séparer, avec une ribambelle de gosses ? Une telle réticence ne s'expliquait pas autrement.

À neuf heures, il décida d'appeler Marina. Il lui proposerait de passer, avec un peu de chance il tomberait pile poil à un moment où elle aurait envie elle aussi d'une bonne claque de vie. Il reposa le combiné avant d'avoir composé le numéro. L'idée qu'à la première sonnerie un corps musclé et poilu risquait de sortir du lit pour se dégourdir les jambes lui avait suffi. À aucun prix il ne ferait un plaisir pareil à Brighi, même si le docteur le lui prescrivait comme ultime remède à la mort. Il essaierait plus tard.

Il se remit à réfléchir à l'affaire.

Contrairement à ce qu'il avait d'abord supposé, l'ingénieur Nanía était dans le coup. Et plus encore, l'autre ingénieur, son associé, Carlo Baúllo. On les avait mis sur écoute : les deux fois où ils s'étaient parlé au téléphone et leur conversation au bureau ne laissaient aucun doute, le business des déchets venait d'une idée de Baúllo, Nanía n'était que partiellement au courant, il savait juste que c'étaient des produits toxiques. À part ça, Baúllo n'avait reçu que des coups de fil immaculés. Plus malin que son associé.

Mieux valait ne pas lancer de mandat d'arrêt avant d'en savoir plus, pour remonter jusqu'aux contacts de Baúllo. Afin d'y parvenir, il fallait leur laisser un peu de mou, histoire qu'ils se sentent tranquilles. Encore quelques jours. Ensuite, si rien de nouveau ne sortait, deux belles arrestations en plein jour, à l'heure de pointe, comme le méritaient des professionnels trempant dans de pareilles dégueulasseries.

Côté Salemi, pas de coups de fil compromettants. Selon toute probabilité, il n'était que victime, il avait eu la déveine d'être témoin de quelque chose, et la note était salée.

En attendant, personne n'avait relié les déchets à la mort de Giorgio. Pas la moindre allusion, pas même une vague éventualité. Les membres du pool et le procureur s'étaient gardés de piper mot. Mais ils collaboraient. C'était lui qui poussait tout ce petit monde à la tâche. À cause d'Enrico, dont il voulait gagner l'estime, il mettait un point d'honneur à continuer. Jusqu'aux mandants, jusqu'aux puissants « Romains » qui avaient pris la 'Ndrangheta ionique à leur service – ce *chef de bâton* dont le repenti avait parlé mais sans savoir son nom –, au moins pour pouvoir stipendier les Manto. Pas les Scorda, trop bouseux pour avoir des contacts à certains niveaux.

Encore cette affaire ! Non, non et non. C'était dimanche. Il secoua la tête pour chasser ces pensées. Et revint à Marina. Sur un coup de tête, il l'appela sur son portable. Qui sonna longtemps pour rien. Soit elle ne l'avait pas à portée de main, soit elle n'avait pas l'intention de lui parler.

Il prit sa voiture et parcourut la route côtière en direction de Scylla. Il se gara face à la mer et descendit sur la plage. Elle formait une vaste échancrure fermée d'un côté par un escarpement de pierre sombre, de l'autre par une haute falaise dominée par un château. Le sable était intact, les pieds s'y enfonçaient à peine. Il se promena longuement d'un bout à l'autre de la plage, s'efforçant de son mieux de faire le vide dans ses pensées. Mais il en revenait toujours aux scories. Et à Enrico. Qui le ramenait aux scories. Quand il remonta, il était une heure passée. Il déjeuna d'un sandwich et d'une bière. Il s'arrêta sur un belvédère pour fumer un demi-toscan.

Une voiture s'arrêta au bord de la chaussée.

« Qu'est-ce que tu fais là ? » lui demanda Chiara Allegri.

Alberto la regarda sans y croire. Toute seule, un dimanche. Et sur la même route que lui. Même le plus déjanté des bookmakers aurait refusé de prendre un tel pari.

C'était peut-être la claque de vie que la bête réclamait depuis l'aube.

Chiara vint s'asseoir à côté de lui sur le banc. Elle portait une jupette moulante et un pull en V dont la pointe se refermait juste avant la naissance des seins.

Ce n'était pas la même Chiara que d'habitude, Alberto s'en aperçut tout de suite – elle avait les traits tirés et quelque chose de douloureux. Mais peut-être avait-il cette impression parce qu'il était étrange de la rencontrer au cours d'une de ces journées dont elle revenait radieuse le lundi matin. Il lui demanda comment elle allait.

Elle haussa les épaules. « Je suis rentrée il y a une heure.

– L'aile ou la cuisse, comme avec le poulet. Aujourd'hui, c'est plutôt la cuisse, non ? » voulut-il plaisanter en pointant le doigt à l'endroit où la jupe dévoilait un peu d'intimité et en se demandant où s'arrêtaient les bas autofixants, ou le collant.

« Arrête ça, Alberto, c'est pas le jour. »

Et elle tira sa jupe vers le bas. Mais elle remontait au moindre mouvement. Jusqu'à ce qu'un mouvement un peu plus brusque lève le doute : autofixants.

Et lui : « Bas autofixants », confirma-t-il avec insolence, ses yeux se promenant enchantés le long de la frontière plus foncée.

« Alberto », le gourmanda-t-elle, dénouant ses jambes pour les couvrir de son blouson. Elle n'était pas fâchée. Elle était triste.

« Si tu veux vider ton sac, mes épaules sont à ta disposition. On y a versé plus de larmes que sur le mur des Lamentations. »

Elle eut une sorte de sourire et ne répondit rien.

Ils passèrent deux heures ensemble. Se baladant sans but en voiture. Le plus souvent sans rien dire. À cinq heures, il la déposa devant chez elle. Ils se donnèrent rendez-vous pour aller dîner dehors.

À huit heures et demie, Chiara apparut dans toute sa splendeur sur le seuil de chez lui. Elle portait une jupe moulante qui venait mourir une paume au-dessus du genou, un tee-shirt noir à paillettes et un blouson en jean, sur elle d'une élégance parfaite. Alberto se dit que c'était trop, que le Père éternel avait poussé trop loin le bouchon. Et que, pour un si grand péché, son amant anonyme ne méritait pas l'absolution : au lieu de la garder bien serrée et d'allumer tous les soirs un cierge de cent kilos à la Madone des Grâces, il la laissait filer, la mettait à la peine. « Comme moi avec Marina », se surprit-il à penser. Et là, il se dit qu'il avait du souci à se faire : Marina se glissait trop facilement dans ses pensées, lui causait trop de scrupules et de regrets.

Ils se dirigèrent vers la voiture.

Chiara aimantait les regards des passants. Ils suivaient en admiration sa démarche de mannequin, savouraient ce spectacle en plissant les lèvres, en hochant la tête, en se donnant des coups de coude.

Le restaurant était sur une sorte de terrasse sur pilotis qui s'avançait vers la mer depuis la berge. Le raclement des vagues sur la plage de gravier et le grondement plus sourd de celles qui mouraient contre les murs des maisons de la Chianalea s'élevaient jusqu'à eux. Les lampes, montées sur des poteaux, éclairaient le fond pierreux des eaux. En face, les lumières de la Sicile et la procession des phares de voitures en file indienne sur la route côtière de Messine.

Ils s'en remirent au serveur. Qui leur apporta des *linguine* à l'encre de sèche et du poisson grillé. Ils arrosèrent tout ça d'un blanc de Sicile qui descendait comme le petit Jésus en culotte de velours. Chiara en buvait à grands traits. Sans doute pour noyer son dépit, s'étourdir, ne plus penser. Alberto essaya de lui dire d'y aller doucement. À plusieurs reprises. Mais de moins en moins fort. Pour finir, en paix avec sa conscience, il haussa des épaules résignées. Il avait fait son devoir. Si elle avait envie de boire, après tout, elle était majeure et vaccinée, il n'était pas censé la supplier à genoux d'arrêter. Peut-être que Chiara aussi avait besoin d'une bonne claque de vie, et que l'alcool l'y aiderait.

Ils descendirent deux bouteilles. L'élocution de Chiara devint pâteuse et elle déclara par deux fois qu'elle était pompette.

Quand ils quittèrent le restaurant, elle se dégagea du bras qu'Alberto lui avait offert pour la soutenir et parvint à marcher normalement. Mais, dans l'escalier, elle tituba. Il dut la reprendre en main. Pour ne plus lâcher la prise, son bras enserrant solidement sa taille. Elle posa la tête sur son épaule. Son sein s'écrasait sur le torse d'Alberto. Qui ne put se retenir de glisser une caresse entre sa joue et son cou. Elle laissa échapper un long soupir et un petit rire chaud.

« Espèce de pourriture », s'admonesta Alberto. Il se redit la même chose, « pourriture », quand elle se colla à lui. « Pourriture », encore, tandis qu'il cherchait sa bouche et y poussait sa langue. « Pourriture », toujours, tout en passant une main douce sur ses cuisses, en la soulevant dans ses bras pour la poser sur le siège, en glissant des doigts là où les bas laissaient la peau sans défense.

Dans la voiture, la phase joyeuse et sans inhibitions céda la place à la phase pleurnicheuse. Chiara entama une plainte, la tête posée contre la vitre, les mains nichées entre ses jambes comme si elle avait froid. Elle tapa du poing sur le tableau de bord, lança deux ou trois « salaud » en serrant la mâchoire.

Alberto cessa de la tenter. Tout plutôt que de profiter de sa douleur. Il conduisit en silence.

Une fois en ville : « Non, ne me ramène pas chez moi, je ne veux pas qu'on me voie comme ça, allons chez toi », dit Chiara.

Il lui donna satisfaction. Tandis que la pourriture pointait à nouveau le bout de son nez en jubilant. Une vermine, un myriapode plutôt, qui, tout content, se frottait mille fois les pattes.

Il dut l'aider à monter les marches.

Chez lui : « Emmène-moi dans ton lit », dit-elle. Dans les vapeurs de l'alcool, elle se rendit compte du quiproquo, éclata de rire et s'efforça d'expliquer que c'était pour dormir. Elle fut prise de fou rire. Puis s'allongea sur le canapé et parut s'endormir. Brusquement, elle se redressa : « La nuit est encore jeune, donne-moi un truc à boire », demanda-t-elle d'une voix traînante. Elle s'assit, et, posant les pieds sur le bord du canapé, entoura ses jambes de ses bras. Elle peignit un petit sourire malicieux sur ses lèvres et se mit à le considérer d'un air coquin.

Il lui fit signe que non de l'index.

« Allez Alberto, sinon je vais pleurer, je vais inonder ta maison. Une petite grappa, ça va me mettre de bonne humeur », insista-t-elle en balançant de-ci de-là ses jambes nues.

À ce moment-là, Gregory Peck l'aurait caressée d'une petite tape affectueuse, prise dans ses bras, posée sur le lit, déshabillée en la laissant en soutien-gorge et petite culotte, et glissée entre les draps. Avant de déposer un baiser de bonne nuit sur son front et, sans tenir compte des caprices de l'ivresse, de pousser un soupir de regret et d'aller dormir sur le canapé du salon.

Mais lui n'était pas Gregory Peck, et on n'était pas dans un film. Il aurait bien aimé le voir, Gregory Peck, dans la vraie vie, avec une femme pareille demandant de l'amour.

Il ne lui servit pas de grappa. Il l'allongea sur le lit et lui ôta ses vêtements.

Il se recula pour la contempler. Plus belle qu'une déesse. Impossible d'y résister. Impossible même d'exiger qu'on y résiste.

Il poussa un long soupir et convint avec lui-même que Chiara ne se reposerait pas comme il faut tant qu'elle garderait ses bas. En bataillant pour les lui enlever, ses doigts échappèrent un tantinet à son contrôle et dérapèrent en caresses. D'accord, Gregory Peck ne serait jamais allé aussi loin. Mais au fond, il n'avait pas fait grand-chose. Un péché véniel. Juste pour le plaisir des yeux. Sans conséquence. Si seulement elle ne s'était pas mise soudain à serrer les cuisses sur ses mains, à se frotter les seins et à donner de la tête un coup à droite un coup à gauche… C'était sa faute à elle, donc. Mais si c'était sa faute à elle, Alberto ne s'expliquait pas que ça continue à répéter « pourriture » dans sa tête.

Il se persuada qu'elle dormirait plus à son aise sans soutien-gorge ni culotte. Elle était nue et languissante. Il bava des yeux sur elle. Lui revinrent en mémoire les mots d'il ne savait plus qui, comme quoi l'homme fatigué et la femme soûle forment la combinaison idéale pour le sexe. Il n'avait jamais compris pourquoi. La femme soûle, d'accord, c'était une façon de laisser libre cours aux instincts réprimés. Mais pourquoi l'homme fatigué ? L'occasion se présentait d'en avoir le cœur net. Car il se sentait plutôt fatigué. Et qu'à n'en pas douter elle était soûle.

C'est à ce moment-là que Gregory Peck fut définitivement vaincu. Il se retira dans l'ombre quand Alberto envoya valser les derniers freins pour plonger entre les bras que Chiara lui tendait.

Quant à cette histoire d'homme fatigué et de femme soûle, confirmation à cent pour cent. En bonne pourriture, il alla ensuite dormir sur le canapé.

Le lendemain matin, une scène digne d'un Oscar, à côté d'eux Gregory Peck faisait figure de débutant. Oscar du meilleur premier rôle pour lui, mais aussi, peut-être, pour elle.

Chiara s'éveilla sous les draps en culotte et soutien-gorge, ses vêtements bien rangés sur une chaise. Elle regarda autour d'elle l'air égaré, vit qu'Alberto n'était pas là, se rhabilla, passa dans l'autre pièce et le trouva sur le canapé. Profondément endormi.

Il s'éveilla après qu'elle l'eut secoué plusieurs fois. Il lui adressa une sorte de grognement et un regard débordant d'innocence.

« Il s'est passé quelque chose entre nous hier soir ? demanda Chiara, batailleuse et les mains sur les hanches.

– Si seulement, répondit Alberto.

– Tu veux dire que tu t'es comporté en gentleman ? (Soupçonneuse.)

– Non, je veux dire que même si tu étais soûle, tu m'as envoyé une baffe qui résonne encore dans mon crâne. Si tu regardes bien, là, tu verras la trace de tes doigts. » (En tapotant sa joue.)

Elle parut le croire. Se détendit. « Je ne me souviens de rien. La dernière chose, c'est le restaurant... enfin non, les escaliers, ici, pendant que je montais », dit-elle.

Puis, comme foudroyée : « Qui est-ce qui m'a déshabillée et mise au lit ?

– Toi-même. » (D'un air un peu agacé.)

En même temps, il prenait la mesure de l'hypocrisie, du jeu de rôles auquel on a recours pour se dédouaner. L'ivresse laisse toujours la trace de certains souvenirs. Du moins était-elle loin d'avoir atteint le stade où tout s'efface. D'autant que ça lui avait plu, et plutôt deux fois qu'une.

Elle savait. Mais ça l'arrangeait de faire semblant que non. Ça la lavait de son péché, ça la rendait à son innocence. Ce qui n'arrangeait pas Alberto. Pour la reconquérir, il faudrait repartir de zéro, comme si cette nuit n'avait pas existé. Mais, après tout, ça n'était pas bien grave, le chemin était tracé, et tous deux en étaient conscients. La prochaine fois, il ne rencontrerait pas de résistance.

Il passa un long moment sous la douche. Marina occupait ses pensées. Ce qui n'aurait pas dû arriver, pas après Chiara Allegri. Mais elle s'était imposée, avec son sourire paisible, ses gestes tendres. Et pas moyen de la déloger.

Il frappa l'air de son poing.

Il se rendit au tribunal. L'heure était venue de ramener les filets. Si les appels téléphoniques de Nanía et de Baúllo n'avaient rien donné de nouveau, pas la peine de leur laisser encore la bride sur le cou : ils avaient pigé le truc, ils ne tomberaient pas dans le panneau. Autant prendre Nanía et le pressurer pour qu'il révèle le peu qu'il savait. Baúllo, mieux valait le laisser encore en liberté, et compter sur le fait que l'arrestation de son collègue le pousserait à se trahir et à les mener plus haut.

23

Maître Criniti, le notaire, déplaça le cavalier blanc, arbora un sourire sarcastique et coucha le roi noir sur l'échiquier.

« Maître, comment faut-il que je vous le dise, avec une fanfare ? Mes pièces, c'est moi qui les touche. Si vous voulez jouer avec moi, vous devez avoir l'obligeance de vous comporter en bon chrétien. Il y a échec et mat ? Alors vous devez dire échec et mat. Et c'est tout. Mon roi, si le cœur m'en dit, c'est moi qui le couche », s'emporta le professeur Grasso, en se promettant de ne plus jamais jouer avec lui. Parce que, non content de gagner, il pavanait. Et parce que, tôt ou tard, il lui défoncerait l'échiquier sur le crâne pour lui faire un collier.

« Le fait est que vous ne savez pas perdre. En Russie, c'est comme ça qu'on termine une partie. Et c'est vous qui m'avez appris que les Russes, en matière d'échecs…

– Pour une fois que vous gagnez… » répondit le professeur en le plantant là pour se diriger vers un petit groupe qui discutait avec animation près d'une fenêtre donnant sur la place.

On était en train de débattre d'une question d'importance, concernant la grosse voiture, flambant neuf, de M. Chillè, garée en bas : était-elle couleur terre de Sienne, comme avait tenu à le préciser son propriétaire et comme l'avaient admis, avec une pointe d'ironie, la plupart des membres du groupe, ou couleur merde de chatte, comme le soutenaient en ricanant quelques autres, menés par le pharmacien. M. Chillè gardait le silence.

Mais il était déjà à deux doigts de prendre sa chaise pour cogner dans le tas au hasard.

L'histoire aurait fini dans la page des faits divers, sans l'arrivée de don Gregorio. Il pleuvait des hallebardes et il soufflait un vent à arracher les réverbères. Don Gregorio avait attendu longtemps que ça se calme. Puis il s'était lancé à l'aventure, ne pouvant plus garder dans son ventre la nouvelle dont il était porteur. Il se délivra d'un seul jet tout en se secouant comme un chien trempé : « Ils ont arrêté l'ingénieur Nanía. »

Un silence tomba, au cours duquel chacun associa cette arrestation à celle de Rocco Scorda, plusieurs jours plus tôt. Il avait déjà été question d'une telle éventualité, car tout le monde savait que Nanía avait dirigé les travaux incriminés. Mais, comme le temps au cours duquel cela aurait dû normalement se produire s'était écoulé, le sujet s'était épuisé ; la plupart d'entre eux estimaient désormais que Nanía n'avait rien à voir avec ces déchets, que la justice s'obstinait à qualifier de toxiques, tandis que les sociétaires du cercle les jugeaient radioactifs, aussi sûrement que s'ils s'y étaient personnellement frottés.

« Le remblai de l'infamie, commenta amèrement, s'approchant à son tour, maître Criniti.

– Je l'avais bien dit, lança maître Priscopio, l'avocat. Le *galant homme* a vendu nos vies. S'il y a un Dieu, c'est à ses enfants qu'il devra le faire payer.

– Qu'est-ce que ses enfants viennent faire là-dedans ? Et quel rapport avec Dieu ? » se dissocia don Gregorio. Plus les années s'entassaient sur son dos, plus il veillait à ne pas être en délicatesse avec le ciel.

« Quel fils de pute ! » condamna le pharmacien. C'est à Nanía qu'il imputait la lettre anonyme adressée au Parquet à propos de certains stocks de médicaments sans facture. Et pourquoi ça ? Par vengeance, parce qu'il lui avait préféré un architecte pour faire les plans de sa villa. Comme si on était obligé de s'en remettre à lui. S'il s'était agi de construire des murs à sec dans les champs, de bâtir un poulailler ou une porcherie, pourquoi pas, mais une villa, où loger en famille…

« Saloperie de nain ! le fustigea Giasone.

– Allons donc, il s'agit de déchets toxiques, allez savoir combien on en a enterré dans le coin. Ça n'est pas dangereux, sembla le défendre le marquis, car le propre des grands seigneurs est de se montrer magnanime.

– Toxiques, mes couilles, lui objecta le commandeur, suivant le cliché qui les voulait forcément sur des fronts opposés. Là-dessous, il y a des scories radioactives. D'abord nous allons perdre nos cheveux, puis nous partirons les pieds devant. Ceux qui les ont enlevées avaient l'air de scaphandriers. Ils ont tendu un cordon de protection de je ne sais combien de kilomètres. Vous croyez qu'ils auraient fait tout ça pour de simples déchets toxiques ?

– Le fait est que si l'on considère les statistiques… Il y a ici un pourcentage de tumeurs qu'on ne trouve nulle part ailleurs », déclara le docteur Scuto en fronçant un sourcil professionnel. Mais cette apparence d'incontestable savoir cadrait mal avec son cabinet, plus désolé qu'un champ de mines.

« Les ordures, ils nous ont tous empoisonnés. (Le pharmacien.)

– Saloperie de nain. (Encore Giasone, qui n'avait pas beaucoup de vocabulaire et qui tendait toujours à se fixer sur le concept initial.)

– Un peu de sérieux, s'insurgea le commandeur. Nanía ? Il aurait orchestré une affaire pareille avec ce qu'il a dans le crâne ? Ce n'est qu'une marionnette entre les mains de l'autre ingénieur, sociétaire de notre cercle.

– Parce que vous pensez que ledit sociétaire est plus intelligent ? Si on les mettait sur une balance, je ne sais pas de quel côté ça pencherait. Aussi bêtes l'un que l'autre. Et aussi méchants. Pour du pognon, ils vendraient leur mère », vint fidèlement le contredire le marquis, lequel, quoique en veine de magnanimité, n'était tout de même pas disposé à l'étendre à Baúllo, depuis que celui-ci avait pris lourdement parti contre lui lors d'une expertise pour le tribunal.

– Pour être bête, il est bête, de s'être foutu dans un merdier pareil. Il fait moins le malin, maintenant. Avant ça, à l'entendre parler, on aurait cru avoir affaire à l'archange Gabriel descendu sur terre. (Le pharmacien.)

– Baúllo a toujours eu deux visages. (Le marquis.)

– Pas plus de deux, monsieur le marquis ? (Maître Priscopio.)

– Alors il est comme votre palais, monsieur Rovere. » (Le commandeur, en serrant les lèvres pour se retenir de pouffer.)

Quelques petits rires plus ou moins dissimulés fusèrent de-ci, de-là. Tout le monde savait que le marquis lustrait sans cesse la façade de son palais au détriment de sa garde-robe, pour que, vu de l'extérieur, il embellisse la place, tandis qu'à l'intérieur c'était une ruine où régnaient les rats et les blattes.

Le marquis fit mine de ne pas saisir l'allusion. Mais, pour ne pas se déclarer vaincu sur toute la ligne, il siffla la réplique programmée : « Si peu vous chaut de m'appeler comme il me sied, souvenez-vous du moins que je suis colonel de réserve, moi. » Et il appuya ses propos en tapant du pied.

« C'est ça, de réserve. Pendant la guerre aussi vous étiez de réserve, bien caché tandis que les autres combattaient, rétorqua fielleusement le commandeur. Et colonel de quelle armée, d'ailleurs ? Voulez-vous nous le révéler, une fois pour toutes ? »

Autres petits rires.

« Nous parlions de Baúllo… » intervint le pharmacien. Comme pour éviter la dispute – le marquis avait déjà levé sa canne –, mais en réalité parce qu'il trouvait la question Baúllo nettement plus goûteuse qu'une querelle éculée dont il avait cessé d'espérer qu'elle puisse jamais finir en pugilat.

Tout le monde se tut car on sonnait à la porte.

Le professeur Murrone fit son entrée. Il était laid et rachitique. Et écœurant, eu égard aux airs d'homme de lettres et de monsieur je-sais-tout qu'il avait coutume de se donner en vertu de ses prétendus mérites d'écrivain – même Musto, l'instituteur, un bouffeur d'encre notoire, avait échoué à dépasser la première page des textes qu'il avait publiés. Murrone fonça droit sur le commandeur, lui tendit la main, lui fit une révérence. « Bonjour à tout le monde, et honneur au premier violon », dit-il, à l'instar d'un chef d'orchestre montant sur le plateau.

Toujours la même scène répugnante. Cette formule, « honneur au premier violon », en tant qu'elle créditait le commandeur du prestige suprême, déclenchait chez le marquis les grabuges intestinaux et autre prurit aux tétons qui font suite à coup sûr à une orgie de *'nduja*, la saucisse à tartiner ultra-piquante typique de la région de Vibo Valentia. Au point que sa magnanimité s'en trouva compromise.

« Ce Baúllo mériterait d'être enterré vivant.

– Vous avez remarqué ? Il y a longtemps qu'il n'a pas mis les pieds ici, observa le pharmacien.

– Il a honte, décréta don Gregorio.

– Honte ? Un type comme l'ingénieur Baúllo ? Il est plus dur à cuire que du bœuf en daube. Il a pris le maquis, objecta maître Criniti, auquel Baúllo n'avait jamais envoyé le moindre client.

– Non, il n'a pas pris le maquis. Il est passé en voiture cet après-midi, rectifia le docteur Scuto, qui passait des heures planté sur la place comme un réverbère.

– Vous verrez, tout ça va bientôt retomber et ils relâcheront Nanía avec leurs plus plates excuses. (Le marquis, réendossant son habit magnanime.)

– Ils ne le libéreront que s'il chante. (Le commandeur.)

– Il n'est pas fou au point de chanter. Il y a là-dessous des intérêts dont vous n'avez même pas idée. S'il chante, la *lupara* chantera aussi, et après, faudra en plus qu'on ait l'air tristes pour cette saloperie de nain. (Giasone, risquant un commentaire inhabituellement long, mais dont la chute reprenait sa seule trouvaille de la soirée.)

– D'après moi, il ne sait rien. C'est l'autre, notre sociétaire, l'âme de la guitare. (Le marquis, réduisant de moitié la voilure de sa magnanimité.)

– Comment quelqu'un qui est directeur des travaux d'un chantier où on a enfoui des tonnes de scories radioactives pourrait-il ne rien savoir ? Voyons, monsieur le marquis... (Le pharmacien.)

– Il n'était pas de taille à concocter un truc pareil, glissa M. Chillè.

– Pour être bête, il est bête, admit le docteur Scuto. C'est sûrement son collègue qui a tout fait, c'est lui qui dirige la baraque.

– Nous réchauffions le serpent dans notre sein. (Chillè, l'air affligé.)

– Un serpent venimeux... C'est grâce à lui que le buraliste en bas de chez lui gagne sa vie, il lui achète des timbres fiscaux au kilo. (Maître Criniti.)

– Il faudrait le radier du cercle. (Le commandeur.)

– Sous quel prétexte ? On ne l'a même pas convoqué pour l'interroger, objecta le marquis.

– Et don Peppino Salemi ? » détourna don Gregorio, désireux de se venger du fait que la fille de Salemi ait tout récemment dépassé la sienne d'un examen de plus.

« Don Peppino Salemi, don Peppino Salemi... Je le vois et je le pleure. (Le pharmacien, hochant la tête, pour souligner le triste sort qui attendait cet autre sociétaire.)

– Il sait quelque chose. C'est sûrement pour ça que ses vaches sont mortes. (Le professeur Grasso.)

– S'il sait quelque chose il est cuit, il est déjà dans le tunnel de la mort », édicta le docteur Scuto en faisant tournoyer son index.

« Fais gaffe, dit Lucio sérieusement.

– Gaffe à quoi ? demanda Alberto.

– Tu as très bien compris. Fais gaffe. Il y a de gros intérêts en jeu.

– Ils ne peuvent pas tuer un autre magistrat. Ça deviendrait ingérable pour eux. » Mais tout en le disant, il se rendit compte qu'il n'y croyait pas vraiment. Il eut soudain la bouche sèche.

« Et quand tu seras mort, qu'est-ce que tu en auras à battre que ce soit ingérable ? Ils savent tout, Alberto. Il y a quelqu'un qui moucharde. S'ils se sont exposés en passant par moi, c'est pour ne pas être obligés d'en arriver là. Ils te laissent une chance. Ne te fais pas tuer. »

Ils étaient chez Lucio, dans sa maison à la mer. Assis sous la véranda au soleil tiède du printemps. Face à eux, la plage. Un peu plus au nord, au-delà de l'oseraie, on distinguait à peine l'embouchure de la rivière.

« Je ne peux pas, Lucio. J'ai atteint le point de non-retour. S'il doit m'arriver quelque chose, bien des choses à ceux qui resteront. Je ne m'arrêterai pas.

– Si de là-haut Giorgio peut encore voir ce qui se passe ici-bas, il n'est pas d'accord non plus. S'il pouvait, il te dirait de laisser tomber.

– Je ne fais pas ça que pour lui... Pourquoi est-ce qu'ils sont venus te dire ça justement à toi ?

– Parce qu'ils savent que nous sommes amis.

– Et parce qu'ils savent comment t'approcher.

– Bien sûr qu'ils savent comment m'approcher. C'est ici que je vis et que j'ai mes intérêts. Tu crois que j'aurais pu gérer mes terres sans courber l'échine ? Je suis en liberté surveillée, tant que ça les arrange. Nous sommes tous en liberté surveillée. Y compris toi, même si tu es juge.

– Qui t'a remis le message ?

– Ils m'ont dit un mot à leur façon, l'air de ne pas y toucher, en passant. Celui qui est venu ne sait même pas de quoi il s'agit. Ce sont eux qui l'ont envoyé. Mais ils s'exposent directement.

– Pas besoin d'une boule de cristal. C'est un de tes métayers, un de ceux qui en profitent juste ce qu'il faut, comme tu le dis toujours.

– Et qu'est-ce que tu veux que je dise d'autre ? Que c'est le prix à payer pendant que vous vous contentez de regarder ? Si je ne les avais pas mis dans le coup, mes terres, il y a belle lurette que Dieu sait qui les aurait bouffées. Ils te suceraient jusqu'à la moelle, toi aussi, tout magistrat que tu es, si tu possédais ce que je possède.

– Il ne s'agit plus de la 'Ndrangheta.

– Il s'agit de bien pire. Avec la 'Ndrangheta, à l'extrême limite… Sauf que la 'Ndrangheta est toujours là. Que ça donne de l'orge ou de la paille, il y en a toujours pour la 'Ndrangheta.

– Il faut que je continue, Lucio. Mais, toi, laisse-leur entendre que j'ai pris peur et que je lâche tout. Ça me donnera un peu de temps.

– Je le leur dirai, mais tu devrais laisser tomber pour de bon. Autrement, je vais encore devoir venir à un enterrement… Parce que c'est comme ça que ça finira. Je pleurerai toutes les larmes de mon corps, je t'enverrai une couronne de fleurs tellement grosse qu'elle tiendra tout juste sur un semi-remorque. Peut-être même que je te ferai dire une messe par jour. Mais toi… ? »

Alberto ne répondit rien.

Quand ils se séparèrent, Lucio gesticulait nerveusement.

Il resta comme une ombre entre eux. La première après une vie passée ensemble.

24

Don Mico Rota avait maintenant décrypté l'essentiel de l'affaire. Et identifié en la personne de Cosimo, un détenu sous le coup de deux condamnations à perpète, l'égorgeur de Ciccio Manto. Et en celle de deux gardiens ses complices dans l'action. Mais encore rien concernant le mandant – sinon qu'il s'agissait d'un *chef de bâton* de la côte ionique –, car Cosimo avait *une ceinture dont la boucle* n'était pas de taille pour les arrangements d'un certain niveau, et qu'il comptait pour rien ou presque au sein de la *société*. On avait dû le soudoyer pour l'occasion. Mais qui ? Mystère, à ce stade. L'éventail des possibles se réduisait cependant à quatre ou cinq personnes, pas plus, les seules ayant les capacités et les amitiés requises.

L'heure n'était pas encore à la vengeance, ce n'était pas dans son intérêt immédiat. Une fois placé en détention à domicile – si on se décidait à la lui accorder –, il rendrait la monnaie de sa pièce à ce vaillant garçon qui, à chaque fois qu'ils se croisaient dans la cour, s'inclinait cérémonieusement jusqu'au sol. Les gardiens, il ne leur ferait rien. Ce n'était pas à lui qu'ils devaient rendre des comptes, il n'avait pas à en prendre ombrage.

Sauf que la détention à domicile se faisait attendre. Et ça, ça n'allait pas. Lui, son rôle, il l'avait joué, en les mettant sur une piste qui s'était révélée bonne. Maintenant, c'était au juge Lenzi d'agir. Certes, il n'avait rien promis. Mais ils avaient quand même un accord, ne serait-ce que parce qu'il n'avait pas dit non à sa demande. Il était vrai aussi qu'ils n'avaient pas parlé d'une date précise. Mais il était évident que ça devait arriver vite. Il était à l'agonie. Certes, pas pour de vrai. Mais comme Lenzi était un juge, et qu'en tant que tel il devait se fier aux papiers, il n'avait pas le droit d'en douter et était dans l'obligation de le considérer comme à l'article de la mort, qu'il y croie ou non.

Et comme il aurait dû être mort depuis des mois, le juge était en retard depuis le jour même de leur conversation. Et si le juge était en retard, alors l'avocat était en tort de s'obstiner à ne pas le rappeler à ses engagements. D'après lui, l'éthique professionnelle l'interdisait. Mais, quand il tendait la main pour empocher son fric sans payer un euro d'impôts, il n'était jamais question d'éthique professionnelle. « Vous ne pouvez pas me demander de salir ma robe », avait-il rétorqué devant son insistance. Salir sa robe ? On réclame l'application d'un droit sacro-saint, le respect d'une obligation, et on lui salit sa robe ? Il avait vu ça où ? Et même en admettant qu'il la salisse un peu, sa robe, il pouvait toujours la laver comme on se lave de ses péchés. Sinon, sa robe, elle allait se salir pour de bon, de son propre sang, qu'elle allait se salir.

Il estima qu'il avait intérêt à avoir un nouvel entretien avec le juge Lenzi, pour lui laisser entrevoir l'implication de certains personnages qui posaient leurs culs dans la capitale sur des fauteuils bien rembourrés. Par contre, pas un mot sur ses confrères de la côte ionique, contre eux il n'userait pas d'infamie. Ça, c'était de son ressort exclusif. Et il exercerait ses droits dès qu'il saurait avec certitude qui tirait les ficelles. Il avait déjà sa petite idée, il avait fait son choix parmi les quatre ou cinq qu'on pouvait soupçonner, mais intuitivement, sans véritable indice. En tout cas, une petite idée comme ça n'était pas encore suffisante pour qu'on charge les cartouches de 12 à la chevrotine. Du moins pas pour lui.

Il donna à l'avocat mandat de mettre en scène un nouvel entretien avec Lenzi.

D'ici là, l'occasion s'offrait à lui de compléter le tableau, du moment qu'on venait d'incarcérer dans la même prison que lui un certain Rocco Scorda, entrepreneur, naguère chevrier. C'était le fils d'Alfonso Scorda, que don Mico ne connaissait pas, mais dont on disait qu'il s'était libéré des bêtes à cornes pour se créer un domaine de compétences. Mais des cornes, il continuait d'en avoir. Et, d'après ce qu'on lui disait, il n'avait pas ce qu'il fallait dans le crâne pour avoir les contacts lui permettant de mettre en œuvre des combines de cette envergure. Il était donc à la solde de quelqu'un d'autre, celui sur lequel il avait sa petite idée.

Dès que Rocco Scorda sortit de l'isolement et put profiter de la promenade, don Mico Rota se rétablit d'un coup de la chimio qu'il avait subie deux jours plus tôt et descendit dans la cour.

« Melino, qui est ce jeune homme ? demanda-t-il à l'un de ses hommes qui le connaissait et qui avait reçu l'ordre de l'approcher.

– Pour vous servir, don Mico, Rocco Scorda, dit le jeune homme en faisant un pas en avant.

– Dieu vous garde... Rocco Scorda... Le fils de compère Alfonso, peut-être ? »

Et, après confirmation : « Tenez ce jeune homme en considération, c'est un ami et un garçon comme il faut », dit-il en s'adressant à ses hommes. Puis il le prit sous le bras et ils parcoururent ensemble plusieurs fois les quarante mètres de la cour. Sans dire un mot.

Pour Rocco Scorda, ce geste fut encore mieux que sa première fois avec Minda. Il savait qui était don Mico Rota. Jouir de sa considération et pouvoir marcher à ses côtés sous le regard déférent des autres détenus, sans rien se dire, juste pour faire savoir alentour l'amitié et le respect, le combla d'aise. Et davantage encore, quand il regagna sa cellule, en voyant les attentions de ses quatre codétenus. Au point qu'il décida que la prison, somme toute, ça n'était pas si mal.

Le deuxième jour, don Mico voulut de nouveau l'avoir auprès de lui pour une promenade silencieuse. Et là, Scorda fut certain que non seulement la prison, ça n'était pas si mal, mais encore qu'il en fallait un peu dans une vie, qu'on n'est pas de vrais hommes sans en avoir fait l'expérience.

Le troisième jour, autres allers et retours dans la cour, claques sur l'épaule, sourires et clins d'œil des hommes autour d'eux, et don Mico qui lui demande, affable et nonchalant, de lui parler de cette histoire de déchets radioactifs.

Rocco n'hésita pas un instant et lui raconta tout : il ne pouvait pas refuser de répondre à un homme qui l'avait accueilli de si belle façon, qui sûrement savait déjà tout, et qui sans doute le mettait à l'épreuve, pour s'assurer qu'il méritait son amitié et sa protection.

Le léger doute qu'il avait encore s'envola quand don Mico lui dit combien il estimait et respectait don Pascali Rezza, le *chef de bâton* avec lequel son père s'était mis d'accord, en sa présence.

25

L'ingénieur Carlo Baúllo n'était pas un voleur, au sens classique du mot. Autrement dit, il ne perçait pas de coffres-forts, ne subtilisait pas de portefeuilles, ne pénétrait pas dans les caveaux des banques. Il ne les braquait pas non plus, à vrai dire. Mais il arrivait quand même que de l'argent qui ne lui appartenait pas reste coincé entre ses doigts, ou bien les papiers d'un appartement, le remplacement des ordinateurs du bureau, une voiture, un téléviseur de la taille d'un écran de cinéma, le tout proportionnellement à l'importance du marché dont il dirigeait les travaux, dans l'honnête limite d'un maximum de dix pour cent du montant contractuel.

À coup sûr, ce n'était pas ce qu'on appelle voler. C'était l'art de survivre, plutôt : du moment qu'aujourd'hui tout le monde s'en fourrait plein les poches, il n'y avait rien de mal à retenir à son profit un certain pourcentage de ce que les entreprises auraient de toute façon piqué au passage. Du travail propre, donc, et la conscience tranquille.

L'ingénieur Carlo Baúllo n'était ni grand, ni beau, ni intelligent, ni sympathique. Mais dans son petit monde, il pouvait donner l'impression de l'être. Le mérite en revenait à Nanía, son associé, ingénieur lui aussi – mais qui n'avait vraiment rien à voir avec le génie –, et à un autre type à leur service, qui incarnaient tous deux exactement le contraire de toutes ces qualités. En somme, ils le mettaient en valeur en vertu du principe de relativité. Y compris physiquement : il avait de l'allure, comparé à ses collègues, même s'il ne les dépassait que de quelques centimètres. Mais, en dehors de son milieu, le masque tombait, et il apparaissait dans toute sa médiocrité. Ceux qui avaient eu affaire à lui le détestaient – si ne serait-ce qu'un centième de la *malemort* qu'ils lui souhaitaient avait été suivi d'effet, son âme aurait été depuis longtemps rappelée par le Seigneur –, les autres, au mieux, le trouvaient antipathique. Grâce à lui. Et grâce à sa femme.

Grâce à lui parce qu'il avait la main ankylosée à force de rédiger des dénonciations sur papier timbré, anonymes ou non. Et parce que, pour un rien, il menaçait d'aller en justice. Il en avait fait une arme de chantage et de négociation, du jour où il avait compris que tout le monde a quelque chose à craindre de la Loi et a tendance à croire que ceux qui agitent cette menace ont la conscience tranquille. En outre, il semait la calomnie à tout-va, pontifiait sans retenue sur tout le savoir humain, passait sur ses collègues avec la délicatesse d'un rouleau compresseur et avait mille autres défauts qui le rendaient plus infréquentable qu'un chien dévoré par les tiques.

Et grâce à sa femme, qui n'était pas en reste, chaque jour dans la tranchée, en guerre pour la moindre broutille. Malheur à ceux que sa bave touchait, elle inventait n'importe quoi du moment que ça faisait du mal.

Il l'avait choisie trente ans plus tôt. Certainement pas dans l'idée d'améliorer sa lignée, vu que, question taille, elle tenait plutôt du bonsaï. Elle compensait en largeur, catégorie des poids mi-lourds – dans les quatre-vingt-cinq kilos au dernier pesage –, avec un postérieur qui tressautait tout mou au moindre pas, des bras pareils à des jambons de pays, des cuisses de lutteur de sumo. Ce qui ne l'empêchait en rien de se sentir belle et intéressante. Intéressante, rien à redire. Ne serait-ce qu'en raison de son éloquence et des nouveautés qu'elle avait toujours en réserve. Mais quant à la beauté… Si on la mesurait au poids et au volume des fesses, alors oui. Elle tenait à son élégance. Elle arborait une chevelure fraîchement sortie de chez la coiffeuse, un collier de perles, des boucles d'oreilles assorties à son foulard, des bracelets aux poignets, des bagues serties de diamants, du maquillage à en repeindre un mur, des vêtements foncés censés la mincir. Elle faisait aussi dans la représentation, jamais elle ne manquait un rendez-vous au Lions club, elle était en première ligne de toutes les occasions mondaines, affichant les manières des dames de la haute et un sourire qui creusait deux profonds sillons dans ses joues de chérubin.

Baúllo l'observa tandis qu'elle préparait le dîner. Et il se mit à la haïr. Tout ça, c'était à cause d'elle, à cause de sa volonté de suivre le train de ceux qui pouvaient se permettre tous les luxes. Ils en payaient maintenant les conséquences.

« Le temps est en train de se gâter, dit-elle, sentant ses yeux sur elle.

– C'est ma vie qui est en train de se gâter », fit-il. Mais en son for intérieur. Car s'il l'avait dit à voix haute, la guerre aurait éclaté.

Il regarda dehors par la fenêtre du salon. Le temps se gâtait, en effet. Un méchant vent de levant charriait à travers le ciel de noirs nuages gonflés d'eau et poussait jusque-là les roulements d'un orage au loin. Il s'était levé en fin d'après-midi, venant rafraîchir une journée de mai rougie par la poussière arrachée au désert par le sirocco. Dès qu'ils s'étaient entrechoqués, le sirocco avait capitulé et s'était laissé avaler. L'air s'était refroidi. Et le levant fanfaronnait, savourant sa victoire, tandis que, dans son sillage, les nuages fouettaient déjà le détroit de leur trop-plein d'eau. Il faisait nuit lorsqu'ils s'abattirent sur la ville.

Baúllo n'avait jamais aimé le mauvais temps, ça le rendait triste. Cette fois, il l'aimait encore moins, les soucis qu'il se faisait à cause de l'arrestation de son collègue s'en trouvaient aiguisés. Il n'avait pas confiance. Il ne pouvait pas avoir confiance. Nanía allait manger le morceau, trouillard comme il l'était, on n'aurait pas besoin de lui poser une veuve noire sur le ventre pour qu'il déballe tout ce qu'il savait, et même plus. Il se mettrait à table pour sauver ses fesses. Et Baúllo n'avait aucun moyen de parer le coup. Il irait en prison. Dieu sait pour combien de temps. Il ne supporterait pas une honte pareille.

Il ne comprenait pas pourquoi on ne l'avait pas encore convoqué, ne serait-ce que pour l'interroger. Même les enfants de trois ans savaient que Nanía et l'autre gugusse comptaient pour rien dans leur cabinet, et qu'ils ne bougeaient pas d'un poil sans ses indications.

L'avocat lui avait conseillé « d'attendre qu'il se passe quelque chose ». Tu parles d'une trouvaille – et dire qu'il le payait pour dire de telles conneries. Que pouvait-il faire d'autre qu'attendre qu'il se passe quelque chose ? Le problème, c'était que, connaissant Nanía et son tempérament impressionnable, le « quelque chose » était assez facile à imaginer : une paire de menottes. À l'heure de pointe. La seule issue, c'était de plier bagage et de disparaître, de mettre l'Océan entre eux et lui. Mais ça voulait dire reconnaître qu'il était coupable et s'exiler Dieu sait jusqu'à quand.

Il avait quand même le vague espoir que Nanía ait suivi ses conseils et ceux de l'avocat, en niant à outrance. C'était ce qu'il avait de mieux à faire. Car il était impossible de prouver qu'ils étaient dans le coup. Mais il le voyait mal en train de résister. Au bout de cinq minutes, il inonderait de larmes la salle d'interrogatoire. Pour peu qu'on lui laisse entrevoir la possibilité de s'en sortir, ou croire qu'on avait vaguement l'intention d'adopter la manière forte, il vendrait son associé, et ses chaussures avec. Il était pareil au vin de la Ciambra, sans charpente.

C'était bizarre qu'ils l'aient arrêté. Il n'avait rien avoué lors du premier interrogatoire. Il ne voyait pas ce qui avait pu se passer de nouveau pour qu'ils se décident à le mettre aux fers.

C'était peut-être Rocco Scorda qui l'avait balancé aux flics. Peu probable, mais pas à exclure. Certains font les durs tant qu'on ne les met pas à l'épreuve. D'accord, c'était un Scorda, mais ça ne prouvait rien, il n'est écrit nulle part qu'un fils doit avoir la même trempe que son père.

Et s'ils avaient écouté leurs deux conversations téléphoniques ?

Il cessa de respirer : c'était possible. Et même hautement probable. La langue. On aurait dû la lui couper à la naissance, à Nanía. Combien de fois lui avait-il intimé de faire attention à ce qu'il disait au téléphone ? Cause toujours, il se laissait embarquer par ses nerfs et ne savait plus ce qu'il racontait. Et Dieu sait combien d'autres coups de fil il avait passés. Pour pleurnicher sur l'épaule de tout le monde et rejeter la faute sur lui. Un pauvre abruti. Tout ingénieur diplômé qu'il était. En admettant qu'il l'ait, le diplôme. Il pouvait tout aussi bien l'avoir fait imprimer dans un sous-sol à Naples.

Lui, en tout cas, on ne venait pas l'arrêter, on ne le convoquait même pas pour l'interroger. Pourquoi ? Peut-être que la Loi savait et prenait son temps. En attendant qu'il commette une erreur. Ils pouvaient toujours se brosser. S'ils avaient déjà des éléments, tant pis. Et sinon, ce n'est pas lui qui allait leur en fournir, pas un mot plus haut que l'autre, plus innocent qu'un gamin quand il prend l'hostie le jour de sa première communion.

Sans se détourner de ses fourneaux, sa femme demanda : « Comment ça se fait qu'on l'a pas encore libéré, Saro ? Il y est pour rien, pas vrai ? Ou alors… Vous avez fait des bêtises ? » Elle pivota sur ses talons pour se retrouver bien en face de lui, une main sur la hanche, la louche dans l'autre. Et elle planta sur lui un regard inquisiteur.

Voilà, c'était reparti, l'Immaculée Conception dans ses œuvres. De quoi lui tordre le cou comme aux poules. Un culot à l'épreuve des balles. Toujours la même chose. Tant que le pognon rentrait, parfait, elle empochait sans rien demander et changeait même de sujet s'il essayait d'expliquer d'où ça venait, pour rester libre de ses mots au cas où quelque chose irait de travers. Comme maintenant.

« Ah, parce que toi, tu ne sais rien ? fit Baúllo.

– Et qu'est-ce que je suis censée savoir, moi ? Sainte Mère de Dieu, me dis pas que vous êtes dans le coup ? Mais alors…

Malheureux, imbécile, t'as foutu notre famille en l'air. » Et vas-y que ça chiale et que ça se désespère.

Carlo Baúllo avait claqué violemment la porte et était sorti sous la pluie.

Elle avait continué à se désespérer. Et à agonir d'injures un mari assez couillon pour aller se fourrer dans un pétrin pareil. À cause de lui, sa vie risquait de prendre un sale pli. Si on arrêtait son homme, son monde à elle s'écroulerait. Et elle perdrait la face. Elle devrait vivre une claustration à durée indéterminée.

Elle avait su dès le début et, en son for intérieur, avait applaudi des deux mains. Et maintenant, pourtant, elle était sincère. Car elle pouvait s'abuser elle-même au point de se persuader qu'elle n'avait rien à voir avec les décisions de son mari. Elle aurait pu jurer en toute bonne foi qu'elle n'en savait rien, et qu'elle se serait opposée de toutes ses forces si elle avait su.

Comme sa langue la démangeait et qu'elle avait besoin d'épancher un peu sa peine, elle fit le tour de ses amies. Pour prendre les devants, au cas où on arrêterait son homme pour de bon. Pour laisser entrevoir que, par la faute de Nanía et de ses sales petites combines, et d'une Loi aux yeux bandés, eux aussi risquaient d'avoir des ennuis.

Carlo Baúllo décida de passer la nuit dans son cabinet. Le divan était inconfortable, quelques ressorts déglingués s'enfonçaient dans ses chairs, mais c'était mieux que le lit de sa chambre à coucher, où sa femme lui aurait fait vivre un authentique calvaire. Dans son demi-sommeil douloureux, il versa des pleurs de désespoir que le micro-espion enregistra, mais qui se révélèrent indéchiffrables à l'écoute.

Quand le jour se leva, il essaya de se mettre au travail pour se distraire de son idée fixe. Sans grand résultat.

À midi et quart, il reçut l'appel d'un certain Giuseppe Traversa. Il voulait que Baúllo vienne jeter un coup d'œil à une vieille bâtisse qu'on allait démolir pour construire des appartements.

Baúllo ne le connaissait pas, mais il s'était présenté au nom d'un avocat d'affaires qui faisait partie de ses relations, ils se refilaient souvent des clients. Emmerdes ou pas, c'était là l'occasion d'un bon boulot, à ne pas laisser passer. D'autant que faire comme si tout allait normalement, comme si cette histoire de scories radioactives ne le concernait pas, lui semblait être la meilleure tactique pour prouver à ceux qui le surveillaient – et on le surveillait, il était prêt à parier sa femme, ou plutôt son diplôme, vu que sa femme, il s'en serait volontiers passé – que pour lui rien n'avait changé, qu'il avait la conscience tranquille. Il se déclara disponible sur-le-champ.

Traversa lui expliqua comment arriver à la vieille bâtisse, en le priant de faire preuve de discrétion, car la vente n'était pas faite.

Baúllo jubila. Il voyait très bien où se trouvait cette construction. Imposante, en ruines, sur deux étages, la résidence de campagne de nobles disparus, y compris des mémoires. C'était aux abords de la ville, en un point panoramique, avec vue sur la mer. Ce projet allait lui rapporter de bons gros honoraires et lui faire une bonne grosse publicité.

L'homme l'attendait devant la bâtisse. Jamais vu auparavant. Il présentait bien : trente-cinq ans, grand, teint hâlé, en costume mais sans cravate, large sourire séduisant. En le voyant arriver, il avait ouvert un portail en bois à l'ancienne.

Il l'invita à se garer dans la cour, le guida dans sa manœuvre, referma le portail derrière lui. « J'ai préféré fermer pour ne pas attirer l'attention, expliqua-t-il en tendant la main à Baúllo. Si vous saviez combien cette ruine et ce lopin de terre éveillent les appétits. Mieux vaut éviter qu'on nous intente un procès avant même qu'on ait commencé les travaux. »

Carlo Baúllo opina du chef.

« On entre ? » proposa l'homme. Il passa devant sans attendre la réponse.

Obscurité. Qui s'éclaircit un tantinet quand les yeux commencèrent à s'habituer. « Si on ouvrait les fenêtres ? » demanda

Baúllo. Quand il se retourna, il vit un pistolet qui ne demandait qu'à lui entrer dans la bouche et un visage qui ne conservait aucune trace de l'affabilité de naguère. Deux jeunes types sortirent de la pièce d'à côté. Armés eux aussi, le visage découvert, farouches. Et inconnus.

« Je suis mort ». Telle fut la seule pensée que lui proposa son esprit. Il se mit à trembler. Essaya de dire quelque chose. Il bredouilla confusément, tandis que, dans sa tête, ça continuait de gueuler « mort, mort ». Ça ne pouvait pas se terminer autrement, avec trois hommes armés. Et le visage découvert, signe qu'ils se moquaient pas mal qu'il les ait vus en face.

« Non, non, non, parvint-il à lancer à Traversa, qui appuyait le canon de son flingue sur sa bouche serrée. Je n'ai rien fait, ne me tuez pas, ne me tuez pas, implora-t-il en pleurnichant.

– Chut, tais-toi. Maintenant tu vas respirer un bon coup, te calmer et appeler chez toi, pour dire que tu rentreras un peu tard, à cause de ton travail. Sinon… sinon… » (En agitant le pistolet et en faisant tournoyer l'index de la main gauche.)

Baúllo appela sa femme, lui annonça en style télégraphique qu'il rentrerait tard et raccrocha.

Ils le conduisirent dans la pièce d'à côté. Au sol, un petit tas de bois brûlait à feu vif, sous une marmite accrochée à un trépied. On entendait l'eau bouillir. Baúllo se tourna vers eux.

« C'est l'heure du déjeuner », lui expliqua Traversa, avec un sourire narquois. Puis s'adressant aux jeunes : « Vous pouvez mettre les pâtes », ordonna-t-il.

Mais à la place des pâtes, c'est de l'herbe qu'ils plongèrent dans l'eau : une herbe bizarre, poilue.

Baúllo haletait bruyamment. Les larmes l'aveuglaient et se mirent à couler dès qu'il cligna des yeux. Il voulut poser une question. Sa lèvre se contenta de trembler. Puis il éclata en sanglots sans vergogne.

Traversa lui tapota la joue du canon de son pistolet. Il le tira par le bras pour le faire asseoir. Et, un doigt posé sur la bouche, lui proscrivit de dire un mot. Vingt minutes passèrent. Dans un silence à peine troublé par le gargouillis de l'eau dans la marmite, le souffle léger d'une brise se glissant par les fissures des fenêtres déglinguées, le passage de rares voitures sur la route.

Au menu, il n'y avait qu'un seul plat, débordant de cette herbe sombre. L'homme y ajouta du sel et de l'huile et le lui tendit. « Tu vas manger tout ça », ordonna-t-il.

Une idée terrible traversa l'esprit de Baúllo. Il écarquilla les yeux et la bouche mais demeura muet.

« Allez, mange ta soupe, fit Traversa, spirituel à sa façon, tout en poussant l'assiette contre lui. C'est ta seule chance de sortir d'ici vivant. »

Comme Baúllo ne se décidait pas, il posa le canon du pistolet sur sa gorge.

« Non, non », pleurnicha l'ingénieur, tandis que ses yeux faisaient la navette entre le mets et le visage de l'homme.

Traversa fit glisser le pistolet sur sa tempe. « Fais savoir à mes morts que nous sommes tous en bonne santé. »

Baúllo se jeta sur la soupe d'herbe comme s'il jeûnait depuis une semaine.

« Il aime ça », apprécia Traversa à l'intention des jeunes gens. Puis, s'adressant à lui : « Je suis content que ça te plaise. Si tu savais ce que ça nous a coûté, en temps et en argent, de nous procurer cette herbe. » Il ordonna à ses acolytes : « Préparez-lui une belle salade. Un ingénieur est habitué à ce qu'il y a de meilleur, traitons-le bien. »

Ils hachèrent encore un peu d'herbe et l'assaisonnèrent.

Baúllo n'eut que le choix de la manger. Difficile à avaler, il devait boire sans cesse de l'eau dessus. Quand il eut terminé, il se tourna vers eux, dans l'espoir qu'ils le libéreraient, pour pouvoir tout vomir et foncer aux urgences. Car tout était on ne peut plus clair. Il s'agissait d'un châtiment sur mesure, ils lui faisaient payer la faute d'avoir enfoui des déchets radioactifs en le gavant de l'herbe mutante qui avait poussé sur le terrain.

« Tu sais ce que tu as mangé, pas vrai ? reprit l'homme. C'est l'herbe qui pousse sur le coteau. Si elle est bonne, et personne ne le sait mieux que toi, si elle est bonne, ça ne peut que te faire du bien. Et sinon, qu'est-ce que tu veux y faire ? Ce que le Père éternel te destine, il faut l'accepter. Et pour cette fois, tu vas rentrer chez toi sain et sauf. (Il s'accorda une pause.) Maintenant, mes amis ici présents vont passer deux petites heures avec toi, le temps que tu digères, comme ça, ensuite, tu pourras te baigner sans danger. Et je te prierais de ne pas vomir, tu es chez moi, fais attention au parquet », se moqua-t-il. Et il se mit à rire en regardant les deux autres, qui se mirent à rire aussi en regardant les gravats et la crasse alentour, qui rendaient difficile d'imaginer qu'il y ait jamais eu un parquet dans cette maison. « Si tu ne peux vraiment pas t'empêcher de vomir, merci de le faire dans la marmite, comme ça tu pourras le ravaler. On n'aura pas le temps de te refaire à manger. »

Juste avant de prendre la porte : « Si tu nous dénonces ou si tu nous reconnais quelque part, tu es mort. Tu es mort aussi si on nous arrête, même si tu n'es au courant de rien. Tu as donc intérêt à prier pour que tout aille bien. Sinon, *boum boum* », menaça-t-il en mimant des coups de feu de trois doigts tendus. Il disparut dans la lumière aveuglante du jour.

Les deux jeunes attendirent deux heures, sans décrocher un mot. Puis ils le bâillonnèrent, lui prirent son téléphone portable et le laissèrent attaché par plusieurs tours de corde à une vieille chaise. En partant, ils le saluèrent d'une main en crochet et d'un de ces ricanements qui allaient si bien à Traversa, sur qui ils prenaient certainement exemple.

Dès qu'il fut seul, Baúllo essaya de se faire vomir. Les mains liées, impossible. Il tenta de se détacher. Rien à faire. Il se mit alors à cogner la chaise par terre pour la casser. Quand il parvint à se libérer, le ciel virait déjà au violet. Il sortit en courant, monta dans sa voiture et partit en trombe vers l'hôpital.

Au médecin des urgences, il déclara qu'il avait mangé des champignons vénéneux et insista pour qu'on lui fasse un lavage d'estomac. Quand il vit que l'homme qui lui tenait la tête tournée vers le plafond tandis qu'on le remplissait d'eau était le docteur Scuto, il reprit du poil de la bête. Ils n'avaient jamais été véritablement amis. Mais ils faisaient partie du même cercle, il prendrait soin de lui. À lui, il pouvait révéler ce qui lui était arrivé, pour recevoir les soins les plus appropriés. En lui faisant jurer de garder le secret.

Le docteur Scuto resta à son chevet, l'air affligé, comme il se doit s'agissant des souffrances d'un ami.

En cherchant le réconfort dans ses yeux, Baúllo lui raconta qu'on l'avait forcé à manger de l'herbe mutante. Il lui vit un visage soucieux, qui ne promettait rien de bon.

Scuto appela le Centre antipoison à Florence. Il mit Baúllo sous perfusion, avec les produits qu'on lui suggéra, et s'employa à le tranquilliser.

26

« Je le fais venir ici ? demanda Mimí pendant la promenade. Ils se tenaient dans l'ombre, tout au bout de la cour.

– Ça lui donnerait trop d'importance. On n'est pas pressés. C'est lui qui viendra nous rendre visite, tu verras », répondit don Mico sans détourner le regard de Cosimo, qui causait au milieu d'un cercle de détenus.

Ça faisait dix bonnes minutes qu'il ne le lâchait pas des yeux. Qu'il le suivait quand il passait d'un groupe à l'autre. Cosimo marchait en se tordant dans tous les sens, avec la crânerie propre à ceux qui ont une grande considération d'eux-mêmes, et estiment être et devoir être craints et vénérés, dans l'attitude de celui qui est chez lui en prison – il purgeait plusieurs condamnations définitives à perpétuité – et qui doit donc satisfaire aux obligations du maître de maison.

Cosimo s'était aperçu que Rota l'observait. Il le fixait à son tour. Mais juste quelques instants, le temps de constater que sa bouche ne souriait pas et que son regard gardait tout son tranchant. Sa crânerie s'émoussa. Les regards qu'il jetait vers don Mico pour voir s'il était encore sous contrôle se firent de plus en plus inquiets, gravant sur son front une myriade de ridules.

Don Mico soupesait cet homme grossier et de peu de poids qui l'avait défié dans sa propre prison – sans tenir compte de ce qu'il était, en se moquant qu'on lui impute des fautes qu'il n'avait pas commises. Il s'était fait payer pour tuer Ciccio Manto. Il commençait à soupçonner qu'on l'avait découvert.

Et donc à s'alarmer. Don Mico faisait exprès de le fixer sans relâche : plus il le fixait, plus les soupçons de Cosimo se confirmaient, et plus il avait peur. Et la peur le conduirait directement devant lui, il en était sûr. Ne serait-ce que pour tâter le terrain.

Cosimo ne s'approcha pas. Mais, dans la file des détenus regagnant leur cellule : « Mes hommages, don Mico, à votre service », dit-il affable dans son dos.

Don Mico répondit en baissant la tête et en levant le bras, sans se retourner. « Dieu vous garde, compère Cosimo », dit-il, le dos tourné. Il imagina son visage se rembrunir. Il devait maintenant être certain que c'était ce qu'il avait supposé de pire : que lui, don Mico, savait, et qu'il n'entendait pas passer par-dessus.

Dans la cellule : « Ce cornard de merde, il a carrément le culot de vous saluer », pesta Cutra. Depuis qu'il savait – Rota les avait mis au courant après la discussion avec Rocco Scorda –, il ne tenait plus en place, impatient de faire justice. Car il voyait une injustice dans le fait de n'avoir pas encore pu exercer le droit sacro-saint des offensés. Pour sa part, il n'imaginait pas de meilleur moyen qu'un bon petit égorgement, ici même, dût-il se ramasser perpète.

Don Mico lui fit signe de se taire. Il s'était déjà fait coincer par un repenti, pas la peine de courir encore le même risque : sa cellule pouvait fort bien être truffée de mouchards ou de machins électroniques dans le genre. Il répétait sans cesse qu'il ne fallait rien dire de compromettant.

« Chef », appela-t-il.

Le gardien accourut.

« Que puis-je faire pour votre service, don Mico, dit-il serviable.

– Nous allons nous dégourdir un peu les jambes dans le couloir.

– Don Mico… ne m'attirez pas d'ennuis.

– De quoi tu as peur ? Que je me sauve ? Comme si j'en avais la force… »

Le gardien ouvrit la cellule.

Dans le couloir, les quatre hommes formèrent un cercle. Don Mico leur expliqua comment ils allaient procéder.

« C'est vraiment nécessaire, tout ce cinéma ? demanda Mimí.

– C'est nécessaire, oui. Il faut qu'ils voient que nous savons et que nous n'avons pas l'intention de nous laisser chier dessus. Il faut juste faire attention à ce que les gardiens ne s'aperçoivent de rien. Ça reviendrait à le désigner comme coupable. Et ça, jamais.

– Mais si on fait ça, il va s'alarmer.

– Il *doit* s'alarmer.

– Oui mais, du coup, il va être sur ses gardes.

– Et pourquoi donc ? Nous ne lui voulons aucun mal.

– Ça serait pas plus simple de lui régler son compte, et basta ? Comme ça, tout le monde sera au courant et saura comment se tenir. (Peppe Caruso, du genre expéditif en matière de cérémonies et qui, après tant d'années aux côtés de don Mico, rechignait encore à faire des chichis quand il y avait des chemins plus directs.)

– C'est toi qui le fais ?

– C'est pas bien dur. Donnez-moi votre feu vert et c'est comme si c'était fait.

– Je peux le faire aussi, don Mico, s'offrit Cutra.

– C'est bien, félicitations. Quelle bonne idée. Si je vous voulais du mal, ce serait la meilleure solution. On réglerait l'affaire en cinq sec. Mais comme je n'ai pas envie que vous pourrissiez ici-dedans sans plus jamais profiter de vos familles, ça ne marche pas.

– Le moyen de faire ça sans témoins, on le trouvera, dit Cutra.

– Et ils vont penser à qui ? Vous croyez qu'ils vont donner la faute à l'ange exterminateur envoyé par le Père éternel ? Et pas à moi, pas à vous ? Et les témoins, par les temps qui courent, ça ne sert à rien. Un infâme suffit. Rien qu'un. Et des infâmes, il y en a des tas, qui se remplissent la bouche d'honneur, de respect et de 'Ndrangheta. »

Il se faisait du souci pour eux, mais aussi pour lui-même, parce qu'il s'obstinait à penser que la détention à domicile n'allait pas tarder.

« Faisons-le faire par Simiggio, alors. Lui, on est sûr qu'il sortira d'ici dans un cercueil », proposa Peppe.

Simiggio était un homme proche de leur milieu, sous le coup de tant de condamnations à vie qu'une de plus ne lui aurait fait ni chaud ni froid. Pour lui, un meurtre, c'était une décoration et le moyen de ne pas perdre la main. À le croiser dans la rue, on lui aurait donné la pièce, tant il était négligé, dégingandé et desséché – d'où son surnom de Simiggio, qui désigne un clou minuscule, même pas bon pour accrocher un tableau. Sa famille vivait décemment grâce aux subsides que lui passait chaque mois don Mico, l'équivalent de ce qu'il aurait gagné – mais pas à la sueur de son front – s'il avait été en liberté.

« Ne t'emballe pas. Chaque chose en son temps, les freina don Mico.

– C'est quand même quelque chose qu'on doive venger un tocard comme ce Ciccio Manto. (Cutra, comme s'il parlait tout seul.)

– Tu crois que c'est Ciccio Manto qu'on venge ? C'est notre honneur que nous reprenons. » (Mimí, en regardant son grand-père.)

Don Mico lui sourit. Sous son aile, il était devenu quelqu'un d'autre.

« Mais est-ce qu'on va se venger ? (Cutra, refusant d'en démordre.)

– La chatte *precipitousa* fait des chatons aveugles. Tu crois sérieusement qu'il va passer à travers après le bordel qu'il nous a foutu ? Mais pas la peine d'aller au-devant des ennuis. Laissons le temps au temps. En attendant, demain, si ça doit avoir lieu demain, nous allons lui faire savoir, à lui et à tout le monde, que, nous, personne ne nous roule dans la farine. Ne vous en faites pas, quand je lui aurai parlé, l'envie de faire le fier lui passera.

– Mais il mourra, non ? (Encore Cutra.)

– Il mourra, il mourra. Mais sans nous causer de tort. »

Ils regagnèrent leur cellule.

Le lendemain, à la promenade, don Mico se remit à fixer Cosimo. Qui baissait les yeux dès qu'il croisait son regard noir.

La prophétie selon laquelle Cosimo finirait par s'approcher se réalisa vingt minutes plus tard. Ils le virent se diriger vers eux en agitant le bras de loin comme dans une scène des adieux depuis un bateau en route pour les Amériques ou depuis la fenêtre des trains de l'espoir. Il se planta à quelques mètres. « Je vous souhaite une bonne journée, don Mico. Mes salutations. Salutations ingénieur, salutations Vincenzo, salutations Peppino », dit-il cérémonieusement, promenant de l'un à l'autre un sourire qu'il posa à la fin sur don Mico. Le prénom de Cutra était Vincenzo. Cutra, c'était son surnom pour les intimes. Cosimo n'aurait jamais osé l'appeler comme ça. D'autant que ce n'était pas un joli surnom. Ça voulait dire « scoumoune ». On le lui avait collé pour dire que c'était manque de bol d'avoir maille à partir avec lui. Par la suite, on ne sait comment, ça s'était transformé en véritable injure, comme s'il portait malheur, comme s'il était un jeteur de sort.

« Salutations », répondirent en chœur, froidement, Mimí, Peppe et Cutra.

Quant à don Mico, il le gratifia d'un sourire toutes dents dehors.

« Approche, Cosimo. Pourquoi tu restes si loin ? Tout va bien ? lui dit-il cordial.

– Tout va bien, tout va bien, don Mico. Et vous, plutôt ? Je me réjouis de vous trouver en bonne santé. C'est un plaisir de vous voir tous les quatre à la promenade.

– Viens un peu t'asseoir à côté de ce vieillard. Mets-toi à ton aise. Tiens-moi compagnie. (En indiquant une place sur la marche où il était assis.)

– Un vieillard, vous ? Si tous les vieillards étaient comme vous, la vieillesse n'existerait pas. Et puis c'est la tête qui doit être jeune. Et la vôtre… »

Il s'assit là où on lui disait.

Don Mico remarqua qu'il était plus calme. Tant mieux, se dit-il, la déception n'en serait que plus amère et cuisante. Il continua de se montrer affable, l'interrogeant sur sa famille, ses enfants, la révision de son procès.

Cosimo se détendit tout à fait.

« Peppe, passe-moi la babiole que j'ai prise pour compère Cosimo. Quelle meilleure occasion que celle-ci ? » dit-il.

Peppe Caruso sortit de sous sa chemise un paquet plat enveloppé dans du papier cadeau, ruban compris. Il le tendit à don Mico. Qui le tendit à Cosimo.

Cosimo se cabra. Ses yeux flottaient de l'un à l'autre. Il ne comprenait pas cette bizarrerie. Un cadeau sans mérites.

« Qu'est-ce que c'est ? demanda-t-il en faisant comme si tout était normal.

– Rien, une pensée pour un ami. (Don Mico, toujours en souriant, et les bras grands ouverts pour dire l'évidence de la chose.) Ouvre, ouvre », l'encouragea-t-il.

Tandis que Cosimo hésitant, sinon inquiet, déballait le paquet, Mimí, Peppe et Cutra formaient un mur derrière lui, pour cacher la scène aux gardiens.

Quand il vit une *coppola*, Cosimo tressaillit. Il s'efforça d'avoir l'air tranquille et désinvolte. « Merci, merci, don Mico, vous êtes trop bon, il ne fallait pas vous donner cette peine. Elle est trop belle, trop belle », dit-il, reconnaissant. Mais son regard, ne trouvant ni paix ni endroit où se poser, et la sueur perlant à ses tempes trahissaient son appréhension. Les « merci, merci », et les « trop belle, trop belle » se succédaient comme une rengaine.

« Essaie-la donc. Sinon, on pourrait croire que tu n'apprécies pas. Voyons comment ça vous va. Si elle n'est pas à votre taille, on la changera. »

Cosimo la posa sur sa tête d'une main tremblante.

« Ouh là, elle est trop petite. » (Don Mico, soudain moqueur.) Il tendit la main et lui rabattit le béret sur le front.

Cutra appuya un couteau sur ses côtes.

Cosimo était devenu blanc comme un mort frais du jour. Il ne bougea même pas quand Rota le saisit par le collet tout en lui enfonçant le béret quasiment jusqu'aux yeux.

« C'est comme ça que tu l'as mise à Manto, hein ? siffla un Rota vipérin.

– Don Mico, je… tenta-t-il de se disculper.

– Tu dois juste la fermer, infâme. La fermer, tu as compris ? » (Cutra, poussant la lame un peu plus contre son flanc.)

Rota lui ôta la *coppola* et la jeta au loin. Il le repoussa en arrière. « Va maintenant, va, va lécher le cul de qui tu sais. On verra bien s'il arrive à te sauver », grogna-t-il.

Cosimo voulut dire quelque chose – mais déjà don Mico avait cessé de s'intéresser à lui.

Il s'éloigna à reculons, surpris d'être encore en vie. Pour le moment. Car il avait saisi le message de mort.

Au bout de quelques mètres, il se retourna brusquement et accéléra le pas, en roulant de gros yeux autour de lui pour voir si quelqu'un avait assisté à la scène. Il ne trouva qu'indifférence, personne pour lui adresser la parole. Remedio, qui occupait un rang d'une certaine importance dans la famille Cortesi, lui adressa un salut fasciste. Cosimo comprit qu'il se foutait de lui. Mais il passa son chemin sans broncher.

Remedio vint ensuite se planter au milieu de la cour, se tourna vers don Mico et le gratifia d'un salut militaire maladroit et d'un sourire vrai.

D'autres, qui avaient vu aussi, se bornèrent à quelques coups d'œil fugaces.

Don Mico garda son masque.

Il observa Cosimo qui demandait aux gardiens à réintégrer sa cellule et s'en retournait sous escorte.

Simiggio arriva. Il nageait dans ses habits. On aurait dit des chiffons flottant au vent. Il arbora un sourire édenté qui le fit paraître plus décati.

« Eh, don Mico, je suis là. Je suis toujours là. Et où serais-je, sinon ? J'ai pris une chambre fixe dans cet hôtel. Quand vous voulez… Il faut bien que je gagne mon pain pour ma famille. Je ne peux quand même pas manger tout le temps à l'œil », s'offrit-il. Et il riait, il riait sans s'arrêter.

Rota aussi se mit à rire volontiers. « Ménage ta peine, cette fois », dit-il. Et il le congédia en faisant voleter sa main.

Puis, à son neveu : « Tu as vu, c'est lui qui est venu. Plus je le fixais, plus il avait besoin de comprendre s'il avait des raisons d'avoir peur. » C'était l'heure de la leçon, Mimí le comprit aussitôt.

« Il s'est pris une frousse qui le fera mourir avant l'heure », fit Cutra. Il était tout ragaillardi de ce premier pas. Plus le temps passait, moins il devenait supportable qu'on ne lui ait pas encore fait expier ses péchés.

« Ah non, il n'a pas le droit de mourir de peur. Ce serait une offense. Il nous ferait perdre la face. (Don Mico, en riant.)

– Et maintenant ? (Cutra.)

– Maintenant, on regarde. Et tout doucement, on arrange les choses. Nous avons déjà réglé le cas d'un infâme… Cet ingénieur Baúllo. Un par un, nous allons tous les contenter.

– Cosimo s'est tellement chié dessus qu'il ne se laissera plus surprendre. À partir de maintenant, il sera sur ses gardes. Vous verrez qu'il ne descendra même plus à la promenade.

– Et qui donc voudrait le surprendre ?

– Pourquoi ? Ça s'arrête là ? » (Cutra, alarmé.)

À ses yeux, ce qui s'était passé était trop peu par rapport au complot scélérat qu'on avait ourdi contre eux, en leur collant sur le dos des meurtres et va savoir quoi d'autre.

« Non, Cutra. D'après toi, ça peut se terminer comme ça ? »

Après un silence que personne ne meubla : « Toi, Cutra, mettons qu'il t'arrive ce qui est arrivé aujourd'hui à Cosimo, tu ferais quoi ?

– À moi, ça pourrait pas m'arriver. Moi, les infamies de Cosimo, je les fais pas. (Froissé.)

– Je sais, je sais. C'est juste histoire de causer. Tu ferais quoi ?

– Je les attendrais. Ils veulent me buter ? Qu'ils me butent. Mais faut encore qu'ils réussissent, parce que je suis pas un tendre, moi. »

Don Mico se mit à rire. Il n'avait pas posé la question à la bonne personne. Cutra était vraiment comme ça. Il ne reculait devant rien. Pour lui, l'humiliation était pire que la mort, ça voudrait dire mourir chaque jour. Mais Cosimo, non. C'était un homme à gages, il tuait pour de l'argent, il n'avait pas les certitudes de Cutra pour le tenir debout.

« Ça, c'est ce que toi tu ferais. Mais tu n'as jamais eu la tête sur les épaules, plaisanta-t-il. Tu crois que Cosimo est comme toi ? Un type qui est prêt à jouer son honneur aux cartes, qu'est-ce qu'il fait devant un danger pareil ?

– Qu'est-ce qu'il fait ? Il chie dans son froc, il ne vient plus à la promenade, il ne bouge plus de sa cellule. (Peppe Caruso.)

– Est-ce qu'il peut vivre comme ça à jamais ?

– Il se fait transférer dans une autre prison, intervint Mimí.

– Et voilà. C'est bien, Mimí. Et c'est là qu'on le dessoude. On laisse passer deux, trois mois et on le dessoude. On demandera à un ami, par exemple un Sicilien, un qui sera déjà sur place. Ici, en attendant, on a mis les choses au clair, tout le monde sait que je n'ai jamais manqué à ma promesse et qu'il aura la fin qu'il a cherchée. Quand ça arrivera, il n'y aura rien contre nous. Nous purgerons le reste de notre peine sans être dérangés. Et tout finira en gloire.

– Et les autres ? Les Scorda ? Et ceux au-dessus d'eux ? » (Cutra.)

Depuis que don Mico lui avait expliqué l'histoire des déchets radioactifs, il en avait fait une question personnelle : sa famille vivait là-bas, c'était indigne d'y avoir semé la mort.

« Les Scorda… le moment venu. Mais un seul. Juste Alfonso. Pour donner l'exemple. Ne jamais s'acharner quand on sait que celui qui reste va remballer ses cartes et se rendre. Laissons vivre ce jeune homme. (Nouveau coup d'œil au petit-fils. La leçon continuait.)

– Et les autres, plus haut ?

– Eux, ça n'est pas notre affaire.

– Mais ils ont apporté la mort chez nous.

– Nous penserons à eux aussi. D'une autre façon. À chacun nous trouverons des chaussures à sa pointure. J'ai déjà mon idée », répondit-il. Il n'expliqua pas. Punis, ça oui, ils méritaient de l'être. Il avait pensé au juge Lenzi. Mais ça, il ne pouvait pas le révéler, les autres n'auraient pas compris.

Plus tard, de retour en cellule, don Mico prit son petit-fils à part. « Je viens de la rue, moi, des ruelles. Je sens encore l'odeur de la faim, commença-t-il. Pas toi. Toi, tu n'as pas besoin de finir comme moi. J'ai passé plus de temps en prison et en exil que… Tu dois veiller à l'honneur et au respect, évidemment. Mais sans être obligé d'entendre tout le temps quelqu'un qui te court après, que ce soient des flics ou pas. Je ne te demande pas de changer de route. Désormais, tu es ici-dedans, tu as déjà fait ton choix. Mais tâche d'être malin. Il te reste deux ou trois ans à tirer. Mets-les à profit. Fais des études. Décroche un diplôme. Tu es encore jeune, tu as la tête bien faite. Les livres gouvernent le monde. Plus que la mitraillette. Et ils donnent de la respectabilité. »

Mimí approuva avec conviction.

27

« Il a compris qu'on le marque à la culotte. Il n'a pas dit un seul mot compromettant. On a mis cinq téléphones sur écoute, exposa Brighi à la réunion du pool convoquée par Lenzi pour faire le point de la situation.

– Nous avons les aveux de Nanía. Il faut lancer un mandat d'arrêt. Baúllo n'est pas un criminel endurci. Si on le met sous pression, on en tirera quelque chose, suggéra Chiara Allegri.

– Attendons encore un peu. Il n'a nulle part où aller. En ce moment, il est à l'hôpital. Empoisonnement aux champignons, dit Brighi.

– Aux champignons ? s'étonna Chiara Allegri.

– C'est ce qui est écrit dans le registre des urgences, répondit Brighi.

– Il n'aurait pas plutôt fait une bêtise ? demanda Lenzi.

– Non, j'ai demandé. C'est bien un accident, précisa Brighi.

– Donc il n'a nulle part où aller. On l'arrête quand on veut. C'est pas le genre à se mettre en cavale. Donnons-lui encore un peu de mou. Il n'a pas l'habitude de tremper dans des affaires criminelles, tôt ou tard il fera un faux pas. Si on s'arrête à lui, à Nanía et à Scorda, autant dire qu'on n'a rien du tout. Eux, c'est de la *peissounaio*. Il faut viser les gros poissons, proposa Lenzi.

– Mais comme jusqu'à maintenant il n'a fait aucun faux pas... objecta Chiara.

– Encore deux jours », insista Lenzi.

Puis, frappé par une idée soudaine : « Il est dans une chambre individuelle ? » demanda-t-il. Et comme Brighi confirmait que oui : « Plaçons le téléphone de sa chambre sur écoute. Il ne se doutera de rien. S'il a quelque chose à faire savoir, c'est de là qu'il appellera. »

Chiara et Brighi approuvèrent. Les deux agents du ministère restèrent silencieux. Ils étaient de plus en plus suspects.

Ils se contentaient d'observer, parlant au compte-gouttes, toutes antennes dressées. Jamais un élément susceptible de faire avancer l'enquête. Ils n'étaient pas venus pour ça. Mais peut-être juste pour l'enterrer. En voyant où elle conduisait pour en référer en haut lieu et tout arrêter si la situation prenait une tournure indésirable, si elle impliquait des personnalités sensibles.

C'est Espositi qui avait sous-entendu qu'ils étaient des services secrets, quand il avait laissé échapper que les recherches dans cette région leur servaient à confirmer des responsabilités à un niveau supérieur, à croiser des données concernant les navires aux poisons et les implications étrangères dont avait parlé un repenti de la 'Ndrangheta.

Quant à Alberto, Chiara et Brighi, ils s'étaient jetés à corps perdu dans l'affaire. Ils ne s'occupaient de rien d'autre. Dans une compétition implicite.

Entre Lenzi et Brighi s'était instaurée une véritable guerre froide. Il n'était pas rare qu'Alberto ait l'impression de distinguer un sourire sarcastique sur les lèvres de Brighi. Comme s'il se réjouissait de lui avoir piqué sa femme. Sa seule présence le dérangeait. Et sa trop grande efficacité. Mais son pire crime, c'était qu'il *instrumentait* peut-être Marina.

Les choses n'allaient pas mieux avec Chiara. Depuis leur nuit de luxure inavouée, il y avait entre eux une gentille froideur. Parfois, il surprenait son regard courroucé. Était-il possible qu'elle ne se rappelle pas ce qui s'était passé ? Alberto continuait à ne pas y croire : juste une tactique pour s'innocenter à ses yeux. Et ça commençait à prendre. L'idée qu'elle ait pu tout oublier à cause de l'ivresse faisait son chemin en lui. Le vendredi approchait. Ce serait l'heure de vérité : si elle s'en allait gaiement et revenait en extase, leur histoire n'aurait été qu'un incident de parcours, arraché au vin et à la faiblesse provoquée par une dispute avec son homme.

« Et les fadettes ? demanda-t-il à Brighi.

– On est en train de les examiner. Pour l'instant, aucun numéro intéressant. Mais on n'a pas fini d'y travailler. Il y a un paquet de feuilles plus gros qu'un dictionnaire. Baúllo dort avec son portable collé à l'oreille.

– Il faut creuser dans sa vie. Quelque part dans les relevés de ses appels, il y a ses contacts. Peut-être qu'il n'a rien à voir avec les déchets toxiques. Il est plus probable qu'il a joué un rôle concernant les conteneurs de césium.

– De ce côté-là, on n'arrive à rien. Ce sont des conteneurs anonymes. N'importe qui pourrait les avoir fabriqués, dit Chiara.

– D'accord. Mais le césium était caché dans des scories de hauts-fourneaux. Des résidus d'aciérie, donc. Il y a forcément une aciérie quelque part. Il suffit de trouver parmi les appels de Baúllo un numéro qui a un rapport avec une aciérie, suggéra Alberto.

– Peut-être que Baúllo n'est pas au courant, pour le césium. Peut-être qu'il trempe juste dans les magouilles de l'entreprise, non ? demanda Chiara.

– Il s'agit de deux trafics différents », lâcha Espositi. Voyant qu'ils attendaient des explications, il poussa un profond soupir, en gonflant bien les joues. « Le repenti a révélé que la 'Ndrangheta avait organisé le transport et l'enfouissement de déchets dangereux provenant d'hôpitaux, d'industries chimiques et pharmaceutiques, et même de scories radioactives : boues de plutonium, résidus de nos anciennes centrales et de centrales étrangères, Suisse, Allemagne, France, le tout stocké en Italie sans qu'on sache quoi en faire. Mais il n'a jamais parlé de résidus de hauts-fourneaux contenant du césium. Parce qu'il n'était pas au courant : ce n'était pas un trafic de la 'Ndrangheta. Mais peut-être de Baúllo en personne. Il doit avoir découvert la combine des Scorda, peut-être qu'il a un ami qui travaille à l'aciérie que nous cherchons et qui l'a informé. Du coup Baúllo s'est entendu avec Scorda pour ajouter les bidons de césium aux déchets. »

Lenzi le regarda : il en savait bien plus qu'il ne l'admettait. « Et ces déchets, ils étaient stockés où, en Italie ? »

Il remarqua son embarras : un homme appartenant à l'État ne pouvait révéler que son employeur s'en était remis à la 'Ndrangheta pour se débarrasser de matériaux à haut risque.

« Ça sert à quoi de le savoir ? objecta Espositi.

– À rien. De toute façon, pas besoin d'avoir beaucoup d'imagination. Ce que dit le repenti est très clair, on voit bien qui est l'organisme… Mais comment se fait-il que des déchets d'industries privées se soient retrouvés là-dedans aussi ? » Il savoura le malaise d'Espositi, se réjouissant même du coup d'œil assassin que celui-ci lui lança.

« Elles ont probablement payé pour le stockage, osa Espositi.

– Bien sûr qu'elles ont payé… des pots-de-vin aux hommes politiques, enfonça Lenzi.

– Il est possible que l'État fournisse ce type de service. Les entreprises paient et les matériaux sont stockés en attente de retraitement.

– Il fournit le service, mais ensuite il se retrouve avec un paquet qu'il ne sait pas où mettre et il s'adresse à la 'Ndrangheta.

– Tout ça ne m'intéresse guère, coupa Espositi. On ne m'a pas confié la tâche de faire le procès de la politique. »

Lenzi vit qu'il était contrarié et se dit que ce qu'il pensait était juste : il fallait s'en méfier et lui en dire le moins possible. La seule chose crédible concernait le césium, peut-être bien que ça s'était passé comme ça, même si un accord direct entre Baúllo et les Scorda sonnait faux, ils appartenaient à des mondes trop différents. Mais peut-être que Baúllo avait appris, par un contact à l'aciérie, l'existence du trafic destiné à écouler les déchets et qu'il s'était mis d'accord avec Scorda pour ajouter dans le lot des bidons à enterrer ceux qui contenaient les résidus de hauts-fourneaux et le césium.

« Il faut trouver le maillon de jonction, le trait d'union entre les deux opérations », conclut-il.

Enrico dormait paisiblement entre Marina et lui.

Alberto ne se lassait pas de le regarder à la lumière du jour, qui filtrait à travers le volet roulant.

La nature l'avait fait à sa parfaite ressemblance. Enrico, c'était le portrait tout craché de lui petit.

L'enfant ouvrit les yeux. En découvrant le visage de son père à quelques centimètres du sien, il eut un large sourire, heureux.

Alberto le serra fort dans ses bras.

Le petit passa une main autour de son cou.

Marina s'ébroua et se tourna vers eux. Pour se muer brutalement en Marta, air hostile, dents serrées, regard de vipère.

Tout se brisa, gâchant son réveil.

Enrico était devenu son idée fixe. Pas une nuit sans qu'il rêve de lui.

Deux jours plus tôt, ils s'étaient promenés tous les deux sur le front de mer à Reggio. Ça ne s'était pas trop mal passé. L'enfant s'était laissé prendre par la main et avait risqué quelques sourires timides. Alberto l'avait même surpris en train de le dévisager en cachette. Mais toujours prompt à détourner les yeux.

C'était grâce au mari de Marta, et certainement à son insu. Il avait également proposé d'accompagner Enrico à la piscine, pour fournir d'autres occasions à son père. Un type bien, sympa. Avec un voile de tristesse. Marta devait lui avoir pourri la vie, à lui aussi. Belle mais tyrannique, acerbe, prétentieuse, capable de clore n'importe quelle discussion – qu'il s'agisse de fission atomique ou de châtaignes grillées – d'un « Ouh » guttural et incontestable, en guise de point final.

La veille au soir Enrico lui avait téléphoné. Quelques mots gênés. Mais sa réticence commençait à céder, il sentait qu'ils étaient du même sang.

C'était pour lui qu'il ne lâchait pas son enquête. En dépit des avertissements de Lucio. En dépit de sa peur. Une peur si grande qu'il avait songé à demander une escorte. Il y avait renoncé par orgueil, et pour ne pas avoir l'air ridicule aux yeux de ceux qui n'imaginaient pas une seconde dans quoi il s'était engagé.

À chaque fois qu'il pensait à Enrico, voilà que Marina montrait le bout de son nez. Sans raison apparente. Mais il ne voulait plus d'elle. Le mieux aurait été de revenir à la charge, de la reprendre le temps d'en profiter encore un peu, puis de l'abandonner avec dédain. S'il ne le faisait pas, c'est parce qu'il craignait de ne plus réussir à se détacher d'elle ensuite.

Le docteur Scuto passait davantage de temps au « cercle culturel Vincenzo Spatò » que chez lui ou à l'hôpital. Ou que dans son cabinet, où du reste il se tournait le plus souvent les pouces.

Il avait au moins trois bonnes raisons de ne pas faire état des confidences de l'ingénieur Baúllo sur son lit de douleur. La première, c'est que Baúllo l'avait obligé au secret en le faisant jurer sur la tête de ses enfants, ses *fieuls* chéris. La deuxième, d'ordre éthique et professionnel, un médecin ne pouvant se permettre de claironner en place publique les maladies de ses patients. La troisième, entièrement morale : on n'avait pas le droit de bafouer un pareil drame humain – un adulte en larmes, désespéré par la perspective de sa mort – en en révélant les circonstances.

Cependant, en y pensant bien, la première raison tombait d'office : il s'était bien gardé de jurer sur sa famille. Il n'avait pas dit *fieuls*, mais *tilleuls*. Il avait bel et bien deux rangées de tilleuls dans l'allée de son jardin. Il les aimait bien, ses tilleuls, il les avait plantés de ses propres mains trente ans plus tôt et il leur accordait grand soin et beaucoup d'attentions. Mais rompre un serment les concernant ne lui semblait pas mériter l'enfer. Et il ne pensait pas leur faire un tort susceptible de lui valoir leur ressentiment. Au pire, que pouvaient-ils lui faire ? Perdre leurs feuilles plus tôt que d'habitude ? Si on n'avait que ce genre d'ennuis…

La deuxième raison n'avait que peu de poids, et aucune valeur juridique. En effet, quand Baúllo s'était jeté à son cou en pleurant de détresse, il venait tout juste de quitter son service. Il n'était resté que parce que Baúllo était arrivé. Mais le fait est qu'à ce moment précis, il n'était plus de garde : il était un citoyen comme un autre, pas un médecin de l'hôpital. De sorte que Baúllo s'était confié à un ami, pas à un médecin. Et un ami n'est pas tenu par des impératifs d'ordre éthique et professionnel. Ami, en plus… S'il pensait à toutes les fois où Baúllo l'avait mis dans le pétrin… Mais bon, mieux valait passer outre, le pardon est la vertu des forts.

La troisième raison ne tenait carrément pas debout, puisqu'il n'avait aucune intention de le bafouer. Il voulait juste raconter cet épisode au cercle. Dès lors que ceux qui en étaient membres y passaient depuis des années davantage de temps qu'en famille, il y avait entre eux une certaine complicité, une fraternité, même : c'était un devoir sacro-saint de faire part des ennuis d'un des leurs à ses frères, pour voler à son secours, porter remède, prendre sur soi ses souffrances.

C'est pourquoi il ne put garder le secret dans son ventre que vingt-quatre heures à peine. Le lendemain matin, déjà, il s'était rendu compte qu'il remontait le long de ses entrailles. En début d'après-midi, il encombrait ses voies respiratoires et poussait du côté des amygdales. À cinq heures, il irritait sa langue. À six heures, il se sentit scrupuleusement obligé de le mettre au monde. Ensuite, qu'il ait raconté l'histoire en tournant longuement autour du pot, en tardant à abattre son jeu comme au poker et en riant jusqu'aux larmes, c'était autre chose, un jeu innocent pour piquer la curiosité, ça n'ôtait ni n'ajoutait rien aux faits en soi, et ça n'entamait en rien sa compassion pour cette humaine tragédie.

Il raconta le traquenard et le déjeuner qu'on avait servi à Baúllo, non sans ajouter quelques fioritures. « Dès qu'il s'est mis à vomir cette bouillie noire, j'ai pensé qu'il avait mangé un seau de spaghettis à l'encre de seiche. Mais non, c'était cette herbe. Il a rempli toute une bassine. Ils l'ont gavé jusqu'aux yeux ! Il pleurait, je ne vous dis pas... pire que la pluie d'hier soir. Quand je suis parti, il se plaignait de fortes douleurs à l'estomac. Ce n'est pas bon signe. Touchons du bois... »

Et il s'arrêta là, bras croisés, attendant les questions. Qui ne manquèrent pas d'arriver. Et auxquelles il ne manqua pas de répondre, affichant tantôt le visage affligé de l'ami, tantôt l'expression pénétrée du médecin, tantôt hochant lentement la tête à la pensée de l'amère condamnation.

« Les quarante-huit premières heures... s'il tient jusque-là... Le symptôme du mal de ventre est des plus graves... Je me suis mis immédiatement en contact avec le Centre antipoison de Florence. Ce n'est pas tous les jours qu'on tombe sur quelqu'un qui s'est empiffré d'herbes radioactives. Je lui ai administré les soins qui m'ont été suggérés. Espérons que ça lui fera du bien... sinon... Est-ce qu'il va mourir ? Il faudrait être devin. Moi... Tout ce que la médecine pouvait faire, elle l'a fait. S'il passe les premières quarante-huit heures, bien, sinon... Le problème c'est qu'il n'y a jamais eu de cas semblables. Personne n'est en mesure de prédire quel effet aura l'absorption d'herbe contaminée... Non, il se déclare innocent. Il dit qu'ils pensent que Nanía est coupable, et qu'ils sont donc convaincus qu'il est dans le coup aussi. »

Au terme de l'interrogatoire, Scuto se mit en retrait et écouta les autres. Pour constater aussitôt qu'il se produisait un événement extraordinaire, jamais vu jusque-là au cercle : Baúllo et ses malheurs mettaient tout le monde d'accord. Il fit l'unanimité contre lui, il n'y eut personne pour compatir à sa souffrance, se désoler d'un trépas que Scuto, pour rendre l'histoire plus croquante, avait décrété plus probable que possible.

Une seule fausse note : le professeur Murrone. « Il a tenté de se suicider, se dissocia-t-il, affectant le savoir irréfutable qui faisait selon lui partie des obligations d'un écrivain et journaliste. Remords et honte. Voilà tout. Il a dû avaler un flacon de comprimés, puis regretter, et il a inventé l'histoire de ces trois types et de cette herbe. » Après quoi il consacra toute son attention à l'article d'un confrère dans un quotidien local, tordant le nez et ajoutant des rides à toutes celles qu'il avait déjà.

« Vous venez nous raconter vos sornettes, s'énerva Scuto, dont le professionnalisme était mis en cause. Je viens de dire que je lui avais administré un lavage d'estomac... Je suis capable de reconnaître le vomi de quelqu'un qui a avalé un flacon de comprimés, non ?

– C'est bien embêtant, fit le marquis, en sa qualité de marquis ne s'abaissant jamais jusqu'aux misères du petit peuple.

– Monsieur le marquis, ce qui serait embêtant, ce serait qu'il ne meure pas », se plaignit don Gregorio. Parmi les plus chères aspirations du peu de temps qui lui restait à vivre, il y avait celle d'aller sur ses deux jambes à l'enterrement de Baúllo. Pour voir ça, il était prêt à porter le cercueil, nonobstant sa hernie discale. Et même, il aurait volontiers payé de sa personne, acceptant sans regret que, pour chaque année de vie à laquelle lui-même renoncerait, le Père éternel en enlève cinq à Baúllo.

« Des scories radioactives ! Ils nous ont raconté des âneries, avec leurs histoires de déchets toxiques. (Le professeur Grasso, amer.)

– Ce fils de pute... Il faudrait lui faire bouffer ça tous les jours, midi et soir, jusqu'à ce qu'il y passe, cracha le pharmacien.

– Mais qui est-ce qui a fait ça ? demanda le professeur Grasso.

– Qui que ce soit, il mérite un monument. (Le commandeur.)

– Docteur, vous pensez vraiment qu'il peut y rester ? » (Don Gregorio, se frottant quasiment les mains.)

Scuto ouvrit les bras en levant les yeux au plafond pour dire qu'il ne pouvait l'exclure et s'en remettre au Père éternel.

« En tout cas, je ne prendrai pas le deuil.

– Parce que moi si, d'après vous ?

– Les feux d'artifice, c'est moi qui les paie.

– Et moi, je fournis la fanfare.

– Moi, je n'irai même pas à l'enterrement.

– Un peu de modération. (Le marquis.)

– De la modération ? Cette ordure nous fait tous crever et vous parlez de modération ? ragea le commandeur. Donnez-moi un espoir, docteur. Il va mourir ?

– Il est entre les mains de Dieu. (Scuto, fataliste, car il avait déjà joué son rôle professionnel.) Il peut y rester. Mais il peut aussi s'en sortir. La médecine ne pouvait rien de plus. Je lui ai fait vomir tout ce que j'ai pu.

– Vous avez eu tort. Vous auriez dû lui fourrer un bouchon dans la gueule, risqua Lecci, le maître d'école, jusque-là silencieux, mais de plus en plus convaincu que c'était ça, et non sa manie de lever le coude, la cause de la cirrhose qui avait envoyé son frère *ad patres*.

– Et un autre dans le trou du cul. Bien enfoncé. Comme ça, il n'aurait pas pu chier le poison non plus, renchérit don Gregorio.

– Les vaches de Salemi sont mortes. (Le pharmacien.)

– Les vaches, de cette herbe, elles en ont mangé pendant un sacré bout de temps. (Le commandeur, avec une pointe de dépit, car il commençait à penser que Baúllo en réchapperait.)

– Vous croyez que Baúllo est aussi résistant qu'une vache ? plaisanta M. Chillè.

– Mais qui est-ce qui a fait ça ? (De nouveau le professeur Grasso.)

– Qu'est-ce que ça peut faire. Béni soit-il, il mérite une médaille. (Don Gregorio.)

– Ça ressemble à une action de la ‘Ndrangheta. (Le pharmacien, soudain soucieux.)

– Ah oui ? Parce que maintenant la ‘Ndrangheta se préoccupe de la santé des gens... (M. Chillè, agacé.)

– Pourquoi pas ? Ils vivent ici, eux aussi. Moi je dis que ça ressemble à une action de la ‘Ndrangheta. Trois hommes qui le gardent prisonnier et lui font avaler cette saloperie... Ça ressemble à une action de la ‘Ndrangheta, insista le pharmacien. Peut-être aussi qu'ils se sont fâchés parce qu'ils auraient voulu mener eux-mêmes cette affaire. »

Sur ce point, la discussion s'échauffa. Ils laissèrent tomber pour éviter de gâcher une concorde sans exemple. Tous étaient d'accord pour dire que les justiciers avaient choisi une punition exemplaire et qu'il s'agissait en tout cas de déchets radioactifs.

Cependant, comme Scuto avait largement engagé le pronostic vital – pour le plaisir de se mettre en avant, vu qu'il en savait moins sur ces questions qu'un déboucheur de lavabos –, les premières marques de compassion firent une timide apparition. Et tous se mirent bientôt à jouer la pitié, mais uniquement pour justifier les visites au malade auxquelles la curiosité ordinaire était incapable de renoncer.

Sauf que personne ne parvint à mettre un pied dans la chambre de Baúllo. Sa femme barrait le passage. Entrebâillant à peine la porte, elle susurrait des « Merci, merci » comme un perroquet. Puis : « Il se rétablit, il se rétablit. Mais ça va trop l'impressionner de vous voir. Mieux vaut que vous reveniez à un autre moment. Les champignons... Je lui avais bien dit de ne pas les manger, je les trouvais bizarres. Et lui qui insistait, comme quoi il les connaissait, et qu'ils étaient bons... Et voilà le résultat. On lui a fait un lavage d'estomac, il a tout rendu, ça devrait aller. Merci, en tout cas, merci. »

Ce fut une procession jusque tard dans la soirée. Ils se présentaient par deux. Ils s'informaient de sa santé d'un air contrit, le visage affligé. Pour *tremper leur pain*. Avoir les nouvelles fraîches.

La femme, qui avait compris, ne quittait pas son masque d'amène gratitude. Tout en se jurant qu'elle le leur ferait payer à coups de commérages. Elle en voulait surtout au docteur Scuto – plus aucun doute, il avait jaboté – et à son mari, stupide au point d'aller se confier à un type infoutu de fermer son clapet.

28

Les calmants ne le soulageaient en rien. Baúllo ne pensait qu'à une chose, à sa mort imminente. Et, s'il en réchappait, à l'humiliation dans laquelle il vivrait le restant de ses jours.

Nul remords, pour tout dire. Il n'y avait pas de raison. Pourquoi aurait-il dû en avoir, s'agissant d'une affaire on ne peut plus sûre, parfaitement sans danger ? Ces déchets radioactifs, il fallait bien les enterrer quelque part. Il fallait bien que quelqu'un s'en charge. C'était tombé sur lui. Point barre. D'ailleurs il y en avait des tonnes disséminées un peu partout. L'important, c'était de garantir la sécurité. Et lui, pour ce qui relevait de sa compétence, c'est ce qu'il avait fait. C'était lui qui avait exigé qu'on noie les scories dans de la poussière de marbre, qu'on les scelle dans des bidons hermétiquement clos, qu'on les enterre en profondeur pour conjurer le moindre risque. Si deux ou trois conteneurs s'étaient fendus quand on les avait bennés du camion et s'étaient mis à fuir, c'était à cause de l'incurie et du manque de professionnalisme des autres. Si chacun avait accompli sa tâche avec soin, rien de tout cela n'aurait eu lieu et il n'aurait pas été en train de pleurer sur son sort.

Il risquait d'y laisser sa peau. S'il réchappait aux radiations, il n'était pas dit qu'il réchapperait à ses bourreaux. D'un autre côté, s'ils en avaient eu après sa vie, ils l'auraient déjà prise. Ils avaient juste voulu le châtier. Ils n'iraient pas plus loin. Lui non plus n'irait pas plus loin : cette fois, il gardait son papier timbré bien au calme dans ses tiroirs, pas question de porter plainte, il s'agissait sans doute de 'ndranghetistes. Ça avait dû les agacer que les télés et les journaux dégoisent à tout bout de champ sur « la mort semée là-haut ». Le seul qui risquait d'en mourir, c'était lui. Il en était de plus en plus sûr. Le moindre petit point de côté devenait symptôme d'agonie.

Au matin, sa femme le trouva désespéré sur son lit d'hôpital. Ils mêlèrent leurs larmes.

Elle, c'était de honte qu'elle pleurait. Elle regardait d'un œil mauvais cet homme inutile qui, d'un coup d'un seul, avait démoli tout ce qu'ils avaient construit en une vie.

« Tu n'as aucun scrupule ? » lui reprocha-t-elle, les mains plus propres que Ponce Pilate. Sincère, à sa façon. Encore et toujours, elle réussissait à se convaincre qu'elle n'avait été au courant de rien.

Baúllo explosa de colère, lui jetant au visage qu'elle savait tout, depuis le début.

Elle se mit à dodeliner de la tête. Entre ses rides, son regard se fit compatissant, cependant qu'elle mordait au sang sa lèvre du dessous. Pour s'empêcher de lui répondre comme il le méritait, et lui montrer qu'elle ne se retenait qu'au prix d'un gros effort, pour ne pas faire de peine à un malade dans un état grave. En réponse, Baúllo opta pour une pose de calme résignation. De martyr supportant sa croix – énorme et en plomb, la sienne, avec une croix pareille le Christ aurait eu besoin non pas d'un, mais de cinq Simon de Cyrène pour la traîner jusqu'au sommet du Golgotha.

« Je vais mourir, je vais mourir, lui cria-t-il aux oreilles, de nouveau au comble du désespoir.

– Tu ne vas pas mourir, tu ne vas pas mourir. (En écho, d'un air las.)

– Emmène-moi au moins dans un hôpital spécialisé, au Nord.

– Il n'y a pas d'hôpitaux spécialisés pour ces choses-là. Et même si je t'y emmène, on leur raconte quoi ? Qu'on t'a forcé à manger de l'herbe contaminée ? Ici, au moins, Scuto te couvre.

Il a appelé les experts du Centre antipoison. Il se tient en contact avec eux, ils l'ont rassuré et lui ont dit quel traitement te donner. Ce qu'on te ferait ailleurs, on te le fait ici, en mieux. Si on va dans un hôpital du Nord, on devra leur raconter la vérité et ils te passeront les menottes.

– Qu'est-ce que j'en ai à branler des menottes, au moins je survivrai !

– Tu ne vas pas mourir, tu ne vas pas mourir… Au pire, si t'as vraiment pas de chance, un cas sur mille, tu attrapes une leucémie chronique. C'est ce qu'ils ont dit à Scuto.

– Une leucémie ? Oh, sainte Mère… Et tu me laisses ici ?

– Une leucémie chronique. Chronique, ça veut dire qu'il ne t'arrive rien, elle est toujours là mais elle n'est plus dangereuse. En tout cas, cette nuit, tu dors ici, on verra demain. »

Ils continuèrent ainsi jusque tard.

Dès qu'elle s'en fut allée, Baúllo s'enfonça dans la détresse. Il pensa au suicide. Par moments avec soulagement, comme à la seule issue à même d'effacer ses peines, de lui redonner la paix. Il caressait l'idée de la mort, la regardait en amie, cherchait asile auprès d'elle, qu'elle vienne vite et le délivre du tohu-bohu qui lui retournait les entrailles.

Le désespoir guidait ses pas vers la fenêtre.

Il regardait le béton nu de la cour, cinq étages plus bas. Il s'imaginait tache de sang.

À quatre reprises, il mit le nez à la fenêtre. Et, à quatre reprises, il regagna son lit. Un pas en avant, un pas en arrière, pour ravigoter sa vie en contemplant la mort, puiser des forces dans ce remède, en faisant comme s'il pouvait y recourir.

Ça lui fit du bien de la voir d'en haut, sa mort. Il comprit qu'il ne la désirait pas vraiment.

La quatrième fois, il balaya sa ville du regard : sa prison désormais, et sa malédiction, elle qui avait été sa coquille, un habit sur mesure.

Grâce à la ville, il se détourna un moment de ses angoisses et recouvra un peu de calme. Et, avec le calme, un brin de lucidité. Et, avec la lucidité, une idée se fit jour, qui, avant même d'avoir vraiment pris forme, ranima son espoir. C'était encore remédiable. On pouvait remédier aux menottes. Et donc à l'humiliation de la vie future. À condition qu'il lui en reste, de la vie future. Mais là-dessus, il ne pouvait pas agir. Ça ne dépendait plus de lui. Cependant, il se rassurait peu à peu : les maux de ventre s'étaient atténués, et il commençait à se dire qu'il n'était peut-être pas si tragique d'avoir ingurgité rien qu'une fois de l'herbe irradiée. Rien qu'une fois : Dieu sait combien de saletés du même genre ils avaient déjà mangées sans le savoir, lui et tous les autres.

Il pouvait esquiver le coup. Il suffisait d'un coup de fil. Pour *leur* faire savoir qu'ils devaient le protéger, qu'ainsi ils se protégeaient eux-mêmes. C'étaient des gens puissants, en mesure de le sortir de la merde, de mettre une muselière à n'importe qui. Oui, pour sauver ses fesses, il n'avait qu'une solution, semer la peur. Avec tact, discrètement, mais semer la peur. Après, s'il était écrit qu'il devait mourir à cause de l'herbe… que tout le monde aille se faire foutre. Décidément, il en était sûr, il n'y avait que ça à faire. Il attrapa le téléphone sur sa table de chevet. Il allait appeler de sa chambre. Il se figea soudain, l'index déjà prêt à composer le numéro. On pouvait l'avoir mis sur écoute ici aussi, en attendant qu'il fasse un faux pas. D'autant plus que Scuto avait dû accrocher un peu partout des avis à la population reprenant ses confidences. Il hésita, puis se souvint de l'appareil dans le hall, en haut des escaliers. Il quitta sa chambre, traversa le couloir désert, acheta une carte au distributeur et parla longuement.

Il se sentit tout requinqué. Il avait mis le doigt sur la bonne stratégie. Quel idiot de ne pas y avoir pensé plus tôt. Ils le couvriraient. Ils s'arrangeraient pour enterrer l'enquête. C'était dans l'intérêt de tous.

Pour fêter le tour nouveau de ses pensées, il regarda encore par la fenêtre : ce qu'il voyait maintenant, cinq étages plus bas, c'était son désespoir déjà partiellement en morceaux. Pour achever de le réduire en miettes, il se promit de rédiger dès le lendemain le mémoire dont il avait parlé à son ami au téléphone. Il le confierait à quelqu'un de sûr.

Réconforté, il trouva le sommeil juste après que l'horloge de la tour eut sonné un premier coup retentissant, suivi de deux tintements plus aigus.

L'hôpital était situé dans la partie haute de la ville, d'où il dominait l'agglomération. Dans un ancien quartier de banlieue qui, au tournant du bien-être économique, s'était trouvé encerclé par l'expansion urbaine et englobé dans le centre-ville. Tout autour, les rues et les immeubles en béton armé imposaient leur désordre de mauvais goût.

L'hôpital n'était pas beau à voir. Ni dehors ni dedans. À cause des chantiers laissés en plan, qui avaient aggravé sa dégradation et réduit ses activités de moitié. Un machin digne du tiers-monde, ou pire. Un endroit où on ne venait se soigner que si on n'avait pas les moyens d'aller ailleurs. Où l'on entrait résigné au pire, muni de patience, d'assiettes, de couverts, de draps, de couvertures et de radiateurs électriques. Et où les médecins n'avaient de médecin que le carton épinglé à leur blouse.

À l'arrière, l'hôpital donnait sur un jardin planté d'arbres.

En plein milieu de la nuit, deux silhouettes drapées de noir en jaillirent sans un bruit et vinrent se plaquer contre le mur. Elles scrutèrent la pénombre : personne en vue, partout les lumières des maisons éteintes. Pas un bruit révélant d'insomniaques présences. Rien qu'une voiture dans le lointain, l'aboiement désolé d'un chien et le clapotis de la fontaine, cinquante mètres plus bas, qu'une brise marine poussait jusque-là.

Les silhouettes échangèrent un signe d'assentiment, abaissèrent leurs cagoules et se dirigèrent comme des ombres au pas précautionneux vers le portail en bois qui barrait l'accès du chantier. L'ombre la plus grande dénoua le fil de fer entortillé. Encore un regard alentour – toujours cette même tranquillité – et elles entrèrent dans la zone arrière de l'hôpital, actuellement inoccupée en raison des travaux. Puis empruntèrent les escaliers, jusqu'au cinquième étage.

À partir de là, les choses se compliquaient : juste derrière le panneau délimitant le chantier commençaient les secteurs en activité. C'était quand même un hôpital, il fallait s'attendre à trouver des gens éveillés. Une infirmière, au bas mot. Peut-être aussi un médecin. Et des patients. Même si, en toute logique, ceux-là dormaient.

Ils déplacèrent le panneau et débouchèrent dans un hall. Désert. La porte du service où se trouvait l'ingénieur Baúllo n'était pas fermée à clef. Il devait occuper l'une des deux chambres individuelles, au fond du couloir. Jamais un professionnel n'aurait accepté de partager le dortoir des vieux tubards qui vivaient là à l'année.

L'éclairage nocturne était faible, mais suffisant pour qu'on y voie. Mais aussi pour qu'on soit vu en train de traverser le couloir.

Le plan était simple : faire le maximum pour arriver à destination sans être surpris ; si ça se produisait, mener de toute façon la mission à bien, l'un se chargeant de tenir les témoins en respect sous la menace de son arme, l'autre de finir le boulot. Évidemment, ça faisait une sacrée différence : le *suicider* sans laisser de traces, c'était une chose, montrer qu'il s'agissait d'un meurtre au risque d'avoir les carabiniers aux fesses, c'en était une autre.

Dès qu'ils poussèrent la porte, un tonnerre de *ronflages*. Ça provenait des chambres des malades.

Ils avancèrent le dos baissé. Sur la première porte, il était écrit « infirmiers ». Nulle lumière ne filtrait. S'il y avait quelqu'un là-dedans, il dormait d'un sommeil insensible à la souffrance des hommes. La pièce réservée aux médecins était tout aussi sombre.

Un ronflement tonna soudain par-dessus les autres, bloquant leur pas. Ils se collèrent au mur. Le ronflement reprit un cours normal. Ils se remirent à avancer. Une violente quinte de toux, avec bouquet de crachat final, les immobilisa encore.

Ils attendirent un peu avant de repartir, circonspects, et d'arriver au bout du couloir, là où les deux chambres individuelles se faisaient face.

Le plus petit des deux entrebâilla la porte. Il jeta un coup d'œil à l'intérieur et forma un cercle de son pouce et de son index pour qu'il soit vu de son complice. Il posa la même main sur sa joue, pour signifier qu'il dormait. L'autre prit une profonde respiration, comme avant de plonger sous l'eau, entra d'un pas vif et feutré, s'approcha du lit et abattit une matraque sur la tête posée de travers sur l'oreiller, au moment précis où Baúllo, troublé dans son sommeil léger, commençait à la relever. L'ingénieur retomba en gémissant à peine. Pour ne plus bouger.

Le deuxième entra à son tour. Il referma la porte derrière lui. Ils examinèrent l'oreiller. Pas de sang. Le coup l'avait assommé sans causer de blessure.

Tout doucement, ils remontèrent le store, ouvrirent la fenêtre, soulevèrent le corps inerte, échangèrent un signe de tête et jetèrent Baúllo la tête la première. Il y eut un bruit sourd. Ils attendirent quelques secondes pour s'assurer que ça n'avait réveillé personne. Rien ne bougeait. Ils se faufilèrent dans le couloir, le traversèrent d'un pas silencieux, quittèrent le service, retraversèrent la zone en chantier, descendirent les escaliers et s'évanouirent dans l'obscurité du jardin. Personne ne s'était aperçu de rien. Personne, du moins, n'avait donné l'alarme.

M. Gino en son temps avait été un maître artisan menuisier de renom. Il avait arrêté depuis une dizaine d'années. À cause de l'âge. Maintenant il profitait de sa retraite. Mais n'importe qui l'aurait identifié comme menuisier. À cause de ses doigts. Six en tout. Il lui en manquait trois à la main gauche, qu'il avait offerts étant jeune à la scie électrique. Et un autre, le pouce, à la droite : un coup de la roue à dents, qui l'avait privé du petit plaisir de tirer les dernières bouffées de sa nationale en la serrant en tenaille entre le pouce et l'index.

M. Gino était hospitalisé. Rien de grave, des analyses. Pour un truc sérieux, sûr qu'il ne serait pas venu là. Pour un truc sérieux, dare-dare à Turin. Où il avait un fils médecin. Un médecin pour de vrai, travaillant dans un hôpital pour de vrai.

Déjà trois jours qu'on le gardait prisonnier. Quasiment au pain sec et à l'eau. Et qu'on accumulait connerie sur connerie. Son fils avait passé un coup de fil rageur à son collègue et obtenu qu'on relâche son père dès le lendemain.

C'était sa dernière nuit à l'hôpital et M. Gino glissait dans le sommeil, quand sa bru vint se faufiler dans ses pensées. Ça le tourmentait depuis trente ans. Il avait fallu que son fils se choisisse une fille du Nord. Elle causait tout bizarre, s'aspergeait de parfum comme la tenancière d'un bordel, se peinturlurait, pensez un peu, les ongles des pieds – il l'avait vu de ses yeux vu –, se tartinait un kilo de fard sur la face avant de mettre un pied dehors, posait des regards sévères et écœurés sur tout le monde. Rien à faire, il ne pouvait pas la blairer.

Du coup, pas moyen de s'endormir. Il se retournait dans son lit, sur le ventre, dans la pose d'un macchabée à contempler le plafond, sur le côté droit, sur le gauche – non, ça pesait sur le cœur, diagnostic de son fils. Il comptait les quarts d'heure qu'égrenait l'horloge de la tour. Il était maintenant trois heures quinze et ses yeux semblaient n'avoir aucune intention de baisser le rideau. Même pas un petit bâillement.

Un bruit. Dans le couloir. Un autre. Comme des pas légers, un pas, un autre. Pas l'infirmière. Celle-là, elle bougeait avec la grâce d'un hippopotame. Et elle lâchait des gaz à tout-va, levant une jambe à chaque pas pour que ça sorte plus facilement.

Puis il vit deux longues ombres glisser par terre, juste devant sa porte, et aussitôt deux silhouettes se découper un instant dans son encadrement. Il eut le temps de distinguer les cagoules et les pistolets. Et de comprendre bien des choses. Et notamment : qu'il avait tout intérêt à faire semblant de dormir.

Dès que les deux silhouettes eurent quitté son champ de vision, M. Gino pivota sur le côté, le gauche – tant pis pour son cœur –, tournant le dos à la porte grande ouverte. Mais il tendit l'oreille. Au bout d'une minute à peine, il entendit se succéder rapidement le grincement ténu d'une porte – à vue de nez, celle d'une des deux chambres du fond –, un léger choc, comme quand on tape sur du bois avec la jointure de ses doigts, peut-être le roulement d'un store, et un bruit sourd, plus fort, au loin.

Sans changer de position, il ajouta son ronflement paisible au concert que donnaient les trois autres occupants de la chambre : à eux quatre, ils faisaient un boucan qui n'avait rien à envier à celui de sa scierie quand elle tournait à plein régime.

29

C'était sûrement à cause des tranches de morue frite de la veille au soir, des piments grillés à la flamme et noyés dans l'huile, qui brûlaient plus fort que l'eau bénite sur le diable, et du chianti, qu'Alberto avait descendu comme s'il mourait de soif, pour se le reprocher ensuite pire qu'un bluff raté au poker. Car au cours de la nuit il avait eu plus chaud qu'un pompier au cœur d'un incendie d'été, et des brûlures d'estomac à en cracher des flammes.

C'était aussi la faute au chianti s'il avait accepté le défi tennistique que lui avait lancé un juge du tribunal d'instance pour le lendemain matin, samedi, neuf heures. Dans un deuxième temps il avait essayé de faire machine arrière, en disant qu'il manquait d'entraînement, qu'il n'avait pas joué depuis des lustres. Inutile : Chiara Allegri s'était chargée de lui remettre la raquette en main, il avait suffi qu'elle fasse « bouh » en pouffant à peine. Il ne pouvait pas la décevoir. Pour ne pas compromettre les plans qu'il avait échafaudés dès qu'il avait su qu'elle restait chez elle ce week-end. Ce qui confirmait que sa liaison avec l'homme secret avait du plomb dans l'aile, sinon pire.

Mais le coup de grâce, à Alberto, c'est Marina qui l'avait donné. « Je mise sur vous », avait-elle dit en levant son verre vers lui. Elle était joyeuse et *babilharde*, Marina. Elle était assise à côté de Brighi qui, va savoir comment, avait réussi à être de la soirée. Invité par Chiara, peut-être : à force de se voir aux réunions du pool, ils avaient sympathisé. Le flic n'était quand même pas en train d'essayer de la séduire, elle aussi ? Dans ce cas, c'est qu'il le faisait exprès. Une, Marina, ça pouvait être un hasard, mais deux, ça devenait une tactique précise, un piège tendu à son orgueil. S'il se faisait aussi piquer Chiara, il n'aurait plus qu'à se pendre à un réverbère. Ou à lui coller un pruneau entre les deux yeux. En comptant bien être acquitté. Pour légitime défense.

Il le fixa haineusement. Puis il regarda Marina. Et ressentit une haine analogue. Elle s'était vautrée dans le lit d'un autre avant même que le leur se soit refroidi. Peut-être. Il n'en était pas sûr : il n'avait jamais saisi aucun geste d'intimité entre elle et Brighi, pas même une petite caresse. S'ils fricotaient, ils ne voulaient pas que ça se sache. C'était le destin de Marina, femme de l'ombre à jamais. Elle avait fui une situation pour retomber dans la même. Si c'était ça, il y avait de quoi crever de rire.

Sauf que ça ne le faisait pas rire.

Deux chaises plus loin, Chiara s'envoyait du vin avec entrain. Il n'y avait plus guère de doutes : elle avait un penchant pour la picole. Ou alors c'est qu'elle avait besoin de ça pour reprendre leur petite affaire là où ils l'avaient laissée. Si seulement. Ç'aurait été trop beau.

Il les avait eues en face de lui toute la soirée, Chiara et Marina. Belles toutes les deux. Elles aimantaient les regards. Plus sophistiquée, Chiara, jamais un poil de travers. Plus sensuelle, Marina.

La soirée avait été agréable. Elle s'était prolongée jusqu'à deux heures du matin. Dîner d'adieu à leur collègue Rigoni, muté à Ascoli après avoir passé trois ans au tribunal correctionnel sans jamais prononcer la moindre condamnation. Le dîner entre collègues, c'était une nouveauté absolue.

Alberto avait dû regagner ses pénates tout seul. Chiara, encore que sérieusement pompette, l'avait repoussé d'un revers de main, en plissant la bouche et le nez. La nuit avait ensuite viré au cauchemar. Brûlures d'estomac, bicarbonate et pipis toutes les dix minutes. Et hantise du match de tennis prévu le lendemain à neuf heures. Vingt ans qu'il n'avait pas joué, à part quelques échanges de balles sporadiques censés durer deux heures et qui s'arrêtaient bien avant, pour cause de langue pendante. Jadis, il jouait bien. S'il avait eu tant soit peu d'entraînement, il n'en aurait fait qu'une bouchée de ce collègue, courtaud et rondouillard, genre vase étrusque.

N'étaient Chiara et Marina, il n'aurait pas décollé du lit avant midi.

Il dormit mal et peu, et se leva à sept heures tapantes. Comme une loque, qu'il se sentait.

Il se fit un café, avala quelques biscottes avec beurre et confiture, puis deux œufs au plat, arrosés d'un demi-verre de rouge. Il avait confusément en mémoire que boire le matin ce dont on a abusé la veille au soir permet d'atténuer les séquelles. Il n'y croyait guère. Mais au point où il en était… Il y ajouta deux cachets d'aspirine effervescente, avant de passer un long moment sous la douche.

À huit heures moins le quart, miracle, le mal de tête avait disparu et il se sentait tout fringant. Au point de se dire que ce n'était pas une si mauvaise idée de jouer au tennis, il éliminerait un peu de toxines. Et il se ferait dérouiller par le vase étrusque.

Le téléphone sonna. Michele Brighi.

« Carlo Baúllo est mort, dit-il sans préambule. Il a volé du haut du cinquième étage de l'hôpital. Personne n'a rien remarqué. On l'a retrouvé il y a une demi-heure écrabouillé sur le sol en ciment de la cour intérieure.

– Mort ? Comment ?

– À première vue, ça ressemble à un suicide… Certains disent que l'intoxication aux champignons cachait déjà une tentative de suicide. Mais, moi, mon petit doigt me suggère autre chose… Je vous raconterai. »

Une chute de cinq étages sur une dalle de béton vous transforme à peu près un homme en chiffon. Surtout s'il arrive en bas la tête la première. Le sang avait formé une mare, le visage était méconnaissable, le corps dans une position impossible.

La police scientifique effectuait ses relevés.

Alberto Lenzi regarda d'abord la fenêtre d'où il avait pris son envol, puis le corps écrasé à ses pieds. Il savait que Baúllo avait trempé dans une affaire infecte, vraiment impardonnable ; pourtant, il eut de la peine pour lui. À cause du suicide, qui recèle une certaine dignité. Ceux qui en arrivent là font preuve de courage, avouent qu'ils éprouvent des sentiments, en tout cas de la honte. Leur souffrance, les tourments qui les ont poussés à ça suffisent pour qu'on les absolve. Il considérait les quelques secondes de la chute comme un châtiment assez dur pour expier n'importe quelle faute.

Il monta jeter un coup d'œil à la chambre. Là encore, deux types de la police scientifique. D'un léger mouvement de la tête, il adressa une question silencieuse au gradé, qui confirma le suicide. Aucune raison de supposer autre chose. Il n'avait rien laissé d'écrit.

Alberto lut le dossier clinique. Hospitalisé suite à une intoxication aux champignons. On lui avait fait un lavage d'estomac et il avait vomi une bouillie foncée. En plus des champignons, il devait avoir mangé des légumes, des épinards, ou quelque chose comme ça.

Le lit était défait – draps et couvertures jetés sur le côté comme quand on se lève précipitamment –, la fenêtre ouverte, le store à demi relevé. Le saut, une quinzaine de mètres plus bas. L'impact avait dû faire du bruit. Mais personne n'avait rien entendu. Ou alors c'est que tout le monde avait choisi de ne pas s'en mêler. Ça arrivait souvent, dans le coin.

Il fut pris de remords auxquels il ne s'attendait pas. S'il l'avait arrêté – comme il aurait pu le faire après les aveux de Nanía, l'enregistrement de leurs deux conversations téléphoniques et de leur discussion au bureau –, il aurait tenu compagnie à son associé en prison. Et là, il aurait eu plus de mal à passer à l'acte, le temps aurait joué en sa faveur, il aurait fini par passer ce cap difficile. Mais il avait décidé de le laisser en liberté dans l'espoir qu'il indiquerait d'autres pistes. Et il avait fini en tache sur le béton.

Il redescendit dans la cour.

La femme était arrivée. Une douleur désespérée mais digne. Haletante, le mouchoir sur les yeux pour prévenir les larmes, de temps à autre un sanglot. Des mains prévenantes veillaient sur elle, essayaient de l'éloigner. Elle résistait, tendant des bras tremblants vers le drap qui cachait la mort. Deux femmes la forcèrent à entrer dans une voiture. Un pied déjà dedans, elle se cabra un instant, tourna un ultime regard vers la chose qu'était devenu son mari, respira bruyamment, comme si l'air lui manquait, baissa la tête, ferma les yeux, se laissa glisser sur le siège. La voiture démarra et fendit la foule des curieux qui s'étaient amassés derrière les barrières.

Alberto se promit de l'interroger après l'enterrement. Pas avant deux jours.

Chiara Allegri arriva. Elle s'approcha de la scène, se couvrit la bouche de la main, recula de quelques pas et s'arrêta là. Elle était devenue blanchâtre. Le corps était caché sous un drap, mais il restait la tache de sang. En train de coaguler. Le drap en était imbibé.

Elle s'approcha d'Alberto et lui lança un regard interrogatif. Il ne dit rien et se dirigea vers Michele Brighi.

Pas impressionné pour deux sous, Brighi. Il donnait des ordres pour éloigner les curieux, faisait déplacer les barrières pour agrandir le périmètre de sécurité.

« Le légiste dit que ça s'est produit vers trois heures, communiqua-t-il à Lenzi. Personne n'a rien entendu. C'est une infirmière qui s'en est rendu compte. À sept heures moins le quart. Elle ne l'a pas trouvé dans son lit et elle a regardé par la fenêtre ouverte.

– Personne n'a rien entendu ?

– Deux patients du premier étage sont venus me dire qu'ils avaient entendu un bruit sourd. Ils ont pensé que le vent avait fait tomber quelque chose.

– Vous voyez ça comment ?

– Les remords, la honte… Si nous l'avions arrêté… »

Les mêmes pensées que lui. Les mêmes scrupules. Brighi n'était pas l'homme dur et insensible qu'il voulait paraître. Lui aussi portait un masque. Il le regarda d'un œil différent. Ils se ressemblaient sur bien des points. Ils auraient pu devenir amis. S'il n'y avait pas eu Marina. Et peut-être Chiara.

« Comment pouvait-on imaginer ça, se défendit Lenzi. Vous vouliez me dire quelque chose ?

– Qu'il ne s'agissait pas d'une intoxication due à des champignons. On n'appelle pas le Centre antipoison pour ça. Le docteur Scuto a essayé de le protéger. On l'a entendu parler de quelque chose d'autre, au téléphone... Mais j'en saurai davantage plus tard.

– Retrouvez le docteur Scuto et...

– Je l'ai appelé sur son portable. Il est en déplacement. Il revient en fin d'après-midi. Je lui ai demandé de passer au Parquet dès son retour.

– Appelez aussi ce Centre antipoison. »

Cinq minutes plus tard, Brighi avait la réponse. Ils avaient bien reçu un appel. Mais ils ne pouvaient en révéler la teneur sans un ordre écrit du magistrat. Ou au moins un fax portant le cachet du Parquet. Protection de la vie privée.

« Faites-leur parvenir ce fichu fax et rappelez-les. Même si ça n'a plus tellement d'importance, maintenant que... »

Alberto lui tendit la main, ils échangèrent leur premier sourire depuis un mois et ils se séparèrent.

Brighi était déjà à quelques pas, quand : « Ah, vérifiez aussi les appels qu'il a passés depuis sa chambre », ordonna-t-il.

Il n'eut pas besoin d'attendre le retour de Scuto ni de porter atteinte à la vie privée de quiconque pour savoir. Après avoir transité la veille par le cercle des officiers, puis stagné un petit moment dans les familles des sociétaires, la nouvelle s'était répandue comme une traînée de poudre dès qu'on avait appris le suicide de Baúllo. En se propageant, elle avait cependant subi une bifurcation : certains, les plus nombreux, juraient leurs grands dieux qu'on l'avait forcé à avaler de l'herbe contaminée, tandis que d'autres s'obstinaient à y voir une première tentative de suicide : l'ingénieur aurait voulu se punir, expier sa faute, en s'infligeant le mal qu'il avait lui-même causé. À dix heures, on ne parlait déjà plus que de ça en ville, et les gens qui s'attroupaient sur la place et sur le boulevard s'étripaient autour de ces deux théories.

En moins d'une demi-heure, trois avocats vinrent raconter à Alberto l'une et l'autre version. Tandis que deux autres faisaient le pied de grue devant son bureau, l'air de rien, mais dans l'attente qu'il soit disponible pour venir les lui raconter à leur tour.

Il fit le point avec Chiara Allegri, qui n'avait pas encore recouvré son teint habituel.

Ils tombèrent d'accord sur le suicide. Crédible. Prévisible, même. Mais il était important de décrypter cette histoire d'herbe radioactive qu'on l'avait obligé à ingurgiter. Car c'est ce qui s'était passé. On pouvait écarter l'hypothèse qu'il en ait mangé spontanément. Quelqu'un qui veut se supprimer se tire un coup de pistolet dans la tête, avale des barbituriques, s'ouvre les veines, se jette par la fenêtre du cinquième étage, mais il ne s'amuse pas à bouffer de l'herbe radioactive pour mourir et expier en même temps, d'autant qu'il était loin d'être acquis qu'on pouvait en crever. En revanche, il était tout à fait possible que l'épisode de l'herbe l'ait poussé au suicide, en renforçant l'idée qui lui trottait déjà dans le crâne. Il avait donc été puni par quelqu'un d'autre. Par des gens qui n'avaient rien à voir avec l'affaire – sinon, ils l'auraient liquidé – mais qui n'étaient pas contents qu'il ait mis la vie de tout le monde en danger. Les gens ordinaires ne font pas ce genre de choses, ça ne leur vient même pas à l'idée. On ne s'improvise pas justicier si on n'est pas accoutumé au crime. Donc, des gens qui ont le contrôle du territoire, qui n'y vont pas par quatre chemins et qui ne sont pas prêts à tolérer qu'on leur marche sur les pieds.

« Et qui est-ce qui a le contrôle du territoire ? demanda Alberto à Chiara, qui suivait attentivement son raisonnement.

– La ‘Ndrangheta, répondit-elle comme une bonne élève. Mais comme il est certain que la ‘Ndrangheta a joué un rôle dans l'enfouissement des déchets, ce que tu dis ne tient pas, ajouta-t-elle.

– Tu aurais raison si la ‘Ndrangheta était pareille que Cosa Nostra, rétorqua-t-il. Mais vu que ce n'est pas le cas… Dans la ‘Ndrangheta, il n'y a pas une tête au sommet et une multitude de demi-têtes qui descendent jusqu'à la base de la pyramide. Ici, chaque organisation obéit à ses propres règles. Rien que dans notre province, il doit bien y avoir deux ou trois cents petites pyramides, souvent indépendantes les unes des autres, qui ont trouvé le moyen de coexister. D'ordinaire, elles ne se mettent pas de bâtons dans les roues. Mais quand ça se produit, ça fait des morts. Tu verras que là aussi… »

Chiara approuva.

« Et donc ? dit-elle.

– Et donc, la ‘Ndrangheta de la côte ionique a pris en charge la question des déchets. C'est nous, l'État, qui lui avons commandé ce travail. L'État… disons des structures dévoyées et des politiciens corrompus. Mais c'est quand même l'État. Ça me dégoûte que…

– On est sûr de ça ? l'interrompit Chiara.

– Tu as entendu ce qu'a dit Espositi. Il bosse pour le ministère de l'Intérieur… Dans le hangar de cet organisme, il y avait des matériaux à nous, des boues de plutonium, des déchets de centrales nucléaires démantelées, d'hôpitaux, d'industrie chimiques, pharmaceutiques, mais aussi des déchets provenant de centrales nucléaires étrangères. Ils payaient quelqu'un, va savoir qui, pour stocker tout ça. Les scories nucléaires restaient là parce qu'on ne savait pas comment s'en débarrasser : si on avait choisi un endroit, la population concernée se serait soulevée immédiatement. Et il aurait fallu que quelqu'un explique comment on avait accumulé tout ça, y compris ce qui venait du privé ou de pays étrangers. Au bout du compte, des hommes de l'ombre ont confié le soin d'éliminer tout ça à la ‘Ndrangheta ionique.

Laquelle est venue en prendre livraison, pour l'enterrer à flanc de colline près d'ici, par l'intermédiaire des Scorda. Mais c'est la 'Ndrangheta d'ici qui a puni Baúllo en lui offrant un bon petit repas. Parce qu'elle n'avait rien à voir avec les scories radioactives. Elle n'a pas apprécié qu'on fasse intrusion dans le territoire qu'elle contrôle sans se soucier de lui en rendre compte, qu'on ait tué le pauvre Giorgio et…

– Mais tu crois vraiment que c'est à cause de ça que Giorgio est mort ? l'interrompit encore Chiara.

– Je n'ai pas le moindre doute. Mais gardons ça pour nous. Mieux vaut qu'on ne sache pas que nous avons établi une relation entre ceci et cela… La 'Ndrangheta d'ici n'a pas aimé qu'on nous mette en colère et qu'on enfouisse des déchets. D'où la punition infligée à Baúllo. Et puisqu'on parle de la 'Ndrangheta d'ici, l'ordre n'a pu venir que de don Mico Rota.

– Depuis sa cellule ?

– Depuis sa cellule. Les scories ont dû arriver en camion, et le coteau où on les a enfouies se trouve à quoi ? quatre ou cinq kilomètres maximum de la sortie de l'autoroute. Plus facile et moins risqué. Sans compter que, là, il y avait déjà un trou tout prêt. Et un gros. Et justifié par les travaux de consolidation du site. S'ils avaient dû en creuser un eux-mêmes, ça leur aurait pris des jours et des jours, et ça aurait éveillé les soupçons. Et ils ne s'attendaient pas à être découverts. Si quelques bidons ne s'étaient pas fissurés, il n'y aurait pas eu de contamination en surface et personne ne se serait rendu compte de rien. Et Giorgio serait encore vivant.

– Il est de notre devoir d'enquêter sur ceux qui l'ont forcé à manger cette herbe.

– Pour en tirer quoi ? Sans parler du fait qu'on n'arrivera à rien, ça n'en vaut pas la peine. C'est une histoire à part. Concentrons-nous plutôt sur ceux qui sont derrière les déchets radioactifs et derrière la mort de Giorgio. Ceux qui ont puni Baúllo n'ont rien à voir avec ça. »

« Et je n'ai même pas envie de les coincer », aurait-il voulu ajouter. C'était sincère. Si Baúllo n'était pas mort et si la punition n'avait pas influencé sa décision de mettre fin à ses jours, il aurait plutôt été d'avis de leur décerner une médaille. Mais il le garda pour lui. Chiara n'aurait pas compris. Chiara venait de la Toscane, une région civilisée. Elle aspirait les *c*. Et quelqu'un qui aspire les *c* ne peut pas avoir les mêmes pensées que quelqu'un qui grasseye les *r*, que l'enfant sanguin d'une terre sanguine. S'il avait dû choisir une punition pour Baúllo, il aurait également décidé de lui faire ressentir dans sa propre chair le mal qu'il avait causé. Une punition raffinée, intelligente, méticuleusement dosée. Que seul un *chef de bâton* à l'ancienne comme don Mico Rota pouvait avoir concoctée. Il lui serra mentalement la main. Mais le regretta aussitôt : il ne pouvait pas se retrouver dans le même camp que don Mico Rota, qu'un homme qui n'avait aucun scrupule à gérer le trafic de la drogue et des armes, à tuer des gens.

« Peut-être, mais Baúllo est mort, reprit Chiara, comme si elle avait lu dans ses pensées.

– Pas à cause de ça.

– Un type déjà déprimé, qui vit dans la hantise qu'on l'arrête d'un instant à l'autre, et qui peut-être a des scrupules, si en plus tu lui fais subir une torture pareille, tu le retrouves en bouillie après un vol plané de quinze mètres », répliqua-t-elle.

En son for intérieur, Alberto admit qu'elle avait raison. Et passa un compromis avec lui-même : la punition était juste, mais il aurait fallu que ce soient d'honnêtes citoyens qui l'infligent, et non don Mico Rota.

« On dîne ensemble, ce soir ? dit-il pour changer de sujet.

– Moi, après ce que j'ai vu, j'ai juste envie de vomir, et tu me parles de dîner ? T'as l'estomac tapissé d'amiante, ma parole ! » lui lança-t-elle. Elle tourna les talons et le planta là.

Une heure plus tard, Michele Brighi se présenta avec le relevé des appels correspondant à la chambre de Baúllo : rien d'autre que des conversations avec ses proches.

30

Quatre-vingts ans, ça commence à faire pas mal. Si le Père éternel lui avait permis d'arriver jusque-là, c'était peut-être qu'il l'avait mérité. Et si maintenant Il lui faisait jouer un rôle dans cette affaire, c'était pour le mettre à l'épreuve et lui donner l'occasion de rendre la pareille grâce à une bonne action, par exemple en démentant la thèse du suicide dont tout le monde parlait et que personne ne semblait mettre en doute. Lui seul, Gino le menuisier, était en mesure de le faire. Il ne savait rien quant à l'identité des assassins : ils portaient des cagoules. Mais quand bien même il les aurait vus à visage découvert, quand bien même ils se seraient présentés en venant lui serrer la main et en déclinant leurs nom et prénom, il aurait gardé ça pour lui. Le Père éternel ne pouvait pas en demander autant.

La seule information qu'il détenait, c'est que ce n'était pas un suicide. Le révéler ne servait pas à grand-chose – hormis à chiffonner les deux ombres. Suicide ou meurtre, ça ne ressusciterait pas Baúllo. Oui, le silence est d'or. Mais il fallait espérer que le Père éternel était un peu distrait et qu'Il oublierait ce détail le jour du jugement. C'était quand même moins risqué de compter sur Sa distraction que sur celle des deux tueurs anonymes. Avec le Père éternel, on pouvait toujours s'arranger, au prix de messes, communions, dons, prières, œuvres de bienfaisance. Avec les autres, il risquait concrètement de ne pas avoir le temps de s'arranger avec le Père éternel.

Pourtant, il ne pouvait se résoudre au silence. La conscience. Et la perspective de se retrouver à attiser la flamme et à pelleter de la braise ardente dans un des cercles les plus reculés de l'enfer. Il avait beau se répéter – convaincu mais pas convaincant – qu'il devait se taire pour sa famille, pour ne pas la mettre en danger, ça ne suffisait pas.

Personne d'autre n'avait rien remarqué. Il les aurait entendus bouger dans leur lit, autrement. Comme lui. À moins qu'ils n'aient fait semblant de dormir. Après le meurtre, trois patients s'étaient levés pour aller faire pipi. S'ils avaient vu ou entendu quelque chose, ils seraient restés dans leur lit. Comme lui, qui ne s'était pas levé alors que sa vessie débordait et menaçait d'éclater. À sept heures moins le quart, quand l'infirmière s'était mise à crier plus fort que sur le marché aux poissons, il n'en pouvait plus. Il avait profité de la confusion pour aller se soulager. Puis il avait joué les étonnés, les effarés, en imitant les attitudes et les mots des autres, qui étaient réellement étonnés et effarés. Et il avait ajouté de nouvelles prières à toutes celles qu'il avait déjà récitées au cours de la nuit pour se faire pardonner son silence, et la vague éventualité d'avoir laissé ce pauvre type agoniser par terre.

Il avait poussé un soupir de soulagement quand il avait entendu dire qu'il était mort sur le coup. Il ne l'avait pas entendu crier. Un type qu'on arrache de son lit et qu'on balance par la fenêtre hurle forcément, pensait-il. Sinon, ça voulait dire que le choc léger qu'il avait entendu correspondait au coup qui l'avait assommé, voire tué, avant qu'on ne le défenestre.

M. Gino sortit de l'hôpital vers midi.

Deux heures plus tard, chez lui, ce secret lui retournait les sangs. Il s'épancha auprès de son fils. Et reprit instantanément du poil de la bête. Au détriment de son fils.

Celui-ci, catholique intégriste comme sa femme, et déjà assoiffé de justice à cause du racket auquel était soumis le magasin qu'ils tenaient en ville, prit sur ses épaules les peines dont le père s'était déchargé et n'en dormit pas de la nuit. Au matin, il luttait encore. Il ne rendit les armes que tard dans l'après-midi, allant tout raconter à un cousin avocat, qu'il savait en bons termes avec le procureur.

À cinq heures de l'après-midi, au cercle, on comptait trois présents. Tous trois retraités. Tous trois veufs. Tous trois de retour d'une de leurs balades coutumières, du côté de la mer ionique : départ de bon matin, promenade pour s'oxygéner les bronches à l'air salubre de la mer, dissimulant en réalité le choix méticuleux d'un restaurant au terme de plusieurs allers et retours narines grandes ouvertes, déjeuner à faire grimper le taux de cholestérol et de triglycérides à un pic de degré 10 sur l'échelle de Mercalli, vin en quantité suffisante pour pouvoir ensuite soûler autrui rien qu'en lui soufflant dessus, élocution pâteuse et promenade de clôture sous prétexte de prendre l'air une dernière fois, mais au vrai le temps de se remettre à marcher droit et de dégriser.

Ils étaient rentrés à cinq heures moins dix sous la bruine et s'étaient réfugiés au cercle – s'il avait fait beau, ils seraient restés sur la place, à faire les cent pas le temps de retrouver leurs esprits.

Ayant passé la journée dehors, ils ignoraient tout du suicide de Baúllo. Ils reprirent la conversation qu'ils avaient commencée en voiture. Il était question de patates.

C'était surtout don Saro, propriétaire terrien, qui tenait le crachoir. Il revenait tout juste d'un long séjour en Australie. Et il en racontait les merveilles. Il parlait des *farms* à l'intérieur du pays, où la terre était si fertile que les pommes de terre y pesaient en moyenne trente kilos et pouvaient atteindre le demi-quintal, et qu'il fallait une brouette pour les transporter.

Comme don Saro méritait le respect – il était soupe au lait, il était le seul des trois à conduire, et il n'était pas du genre, si les deux autres le contredisaient, à se gêner pour les priver de moyen de transport et de chauffeur –, il ne s'agissait pas d'une véritable discussion. Le scepticisme n'était pas de mise, bien au contraire : tout ce que disait don Saro suscitait d'amples hochements de tête.

C'est ainsi que les trouvèrent, en entrant, maître Criniti, le docteur Scuto, don Gregorio et le professeur Grasso. Ils échangèrent des regards déconcertés.

Puis le notaire, qui avait appris les bonnes manières à la table autour de laquelle se réunissaient les parents pour la lecture du testament et qui ne comprenait pas qu'on puisse causer patates alors qu'il était arrivé ce qu'on sait à Baúllo : « Je confirme, intervint-il. Il paraît aussi qu'ils creusent deux sillons, un pour les patates et un autre pour mettre une rangée de bâtons de dynamite, pour le jour où il faudra les déterrer. »

Les yeux de don Saro jetèrent des flammes. Il voulut lui rendre la monnaie de sa pièce. Mais ne produisit que des sons hachés, mitraillés, comme à chaque fois qu'il avait ses nerfs.

Don Gregorio, pour le calmer : « Vous n'avez pas su ce qui est arrivé à l'ingénieur Baúllo ? Il s'est tué cette nuit », dit-il.

La nouvelle fit taire les protestations et renvoya les pommes de terre au second plan.

Le cercle commença à se remplir. Les conversations allaient bon train, toutes sur le même sujet, les mines étaient contrites, les yeux se tournaient vers le ciel, les mains jointes oscillaient de haut en bas.

« La vie ne tient qu'à un fil de soie. (D'un souffle de voix, les yeux mi-clos, le professeur Grasso.)

– Dieu m'en garde. (Le pharmacien.)

– Quelle tristesse… (Maître Criniti, posant la main droite sur son cœur.) Dieu sait ce qu'il devait ressentir pour en arriver là.

– Ben, voyons, je vais me mettre à pleurer un Judas qui a vendu pour de l'argent notre vie et celle de nos enfants… commenta brutalement don Gregorio, qui, même face à la tragédie, n'était pas disposé à consentir de rabais.

– Maintenant, au moins… qu'il repose en paix. (Le marquis, posant des yeux pleins de reproche sur don Gregorio.)

– Mais oui, don Gregorio, s'associa le docteur Scuto.

– C'est ça. Comme s'il suffisait de se jeter du cinquième étage pour devenir un galant homme. On en crève, de la fripouillerie des galants hommes dans son genre. »

Il y eut une courte pause, pendant laquelle plusieurs d'entre eux firent les exorcismes qui s'imposaient.

Le professeur Grasso plongea les mains dans son pantalon pour toucher ses bijoux de famille. Une fois sur place, il ne put résister à un petit grattouillage dont les délices s'affichèrent sur son visage. Il était coutumier du fait. Quitte à s'étonner ensuite sincèrement que ceux à qui il la tendait répugnent à lui serrer *cette* main, voire s'y refusent tout bonnement.

« On ne doit souhaiter la mort de personne. Le pauvre, une famille détruite. (M. Chillè, toujours enclin à s'émouvoir.)

– Don Saro, qu'est-ce que vous disiez à propos des patates ? lança don Gregorio agacé, cherchant au moins à changer de sujet.

– Comment ça, des patates, don Gregorio ? Il s'est passé ce qui s'est passé, et vous venez me parler de patates ? » le moucha don Saro.

31

« Maître, vous pensez qu'ici-dedans… ? » demanda don Mico Rota dès qu'ils furent seuls dans la salle des visites. Il agita un bras alentour.

Son avocat, maître Sacco, comprit qu'il faisait allusion à la présence de micros.

« Je ne crois pas, don Mico. Et, de toute façon, nous n'avons rien à craindre », répondit-il. Puis, appuyant chaque syllabe : « C'est illégal. Au tribunal, donc… ajouta-t-il en faisant pivoter son poing, pouce et index tendus.

– En tout cas, pour ma tranquillité et pour la vôtre, vous et moi… » (En se touchant les lèvres puis les oreilles du bout des doigts.)

L'avocat répéta ces gestes pour lui confirmer qu'ils échangeraient les mots compromettants sans former les sons ou en se les chuchotant à l'oreille.

Ils devisèrent amicalement sur leurs familles respectives, sur les maux de la vieillesse. Rota se plaignit de ses problèmes de thyroïde, survenus depuis peu. Et lui demanda s'il y avait du nouveau concernant la détention à domicile.

Puis ils parlèrent selon leur code.

« Besoin de m'entretenir avec juge Lenzi. On essaie de me baiser. Gros truc… Mais moi les baiserai en premier. Comme ça me paieront ce péché-là aussi, dit-il, en se touchant la gorge.

– Après-midi je prépare demande. Dès demain vous signez et je la présente, fit-il semblant de ne pas comprendre.

– Maître… vous galéjez, non ? (Le visage déjà altéré.)
– Ah, vous voulez dire comme l'autre fois ?
– Comme l'autre fois.
– Mais vous le croyez naïf au point de ne pas comprendre que c'est vous qui voulez lui parler ?
– Bien sûr que non. Mais c'est lui qui doit m'imposer un entretien. Et, moi, je suis obligé d'y aller. »

Sacco comprit alors que si don Mico s'était demandé s'il y avait des micros, ce n'était pas pour se défendre de la justice. Mais de ses propres amis. Pour ne pas passer pour un infâme. Il prenait ses précautions : si un éventuel enregistrement finissait dans de mauvaises mains, on le traînerait dans la boue et il ne s'en relèverait jamais. Et il pouvait tout endurer, sauf finir sa vie dans l'humiliation.

« Don Mico, ne me demandez pas de me prêter une nouvelle fois à cette farce. J'ai passé l'âge. Et j'ai une dignité professionnelle à défendre.
– Dites, maître, quand vous venez quémander à ma porte, ces choses-là, vous n'y pensez guère. Et soudain vous avez des scrupules. L'âge, la dignité professionnelle… Mais dans votre assiette, vous trouvez quoi ? De la dignité professionnelle, ou ce que votre femme achète avec des sous qui viennent aussi de ma poche ? »

L'avocat en fut mortifié : don Mico y était allé un peu fort. Il aurait pu s'abstenir. D'autant qu'il savait bien qu'au bout du compte il ferait ce qu'il demandait, comme d'habitude. Et qu'il n'avait fait mine de résister que pour se donner une contenance, sauver un peu la face. N'était que Rota le payait grassement, et qu'il lui manquait encore quelques sous pour constituer le pécule dont il estimait avoir besoin au minimum pour affronter sereinement la retraite, il lui aurait sèchement dit non, à don Mico, les yeux dans les yeux, et que ce n'était plus la peine de l'appeler, et qu'il ne viendrait plus le voir en prison, même s'il pavait sa route de billets de cinq cents euros… Mais, somme toute, non. Primo, quant aux euros, un peu plus que le minimum, ça ne pouvait pas faire de mal. Secundo, s'il refusait vraiment, il n'aurait plus besoin d'un bas de laine pour ses vieux jours : il n'aurait pas de vieux jours du tout.

« Eh bien soit », concéda-t-il, à voix haute cette fois.

Rota inclina la tête en signe d'approbation et eut un sourire censé ramener la paix.

Mais, reprenant aussitôt un air farouche : « Inutile de vous dire que vous êtes lié. Pas au secret professionnel. Ça, c'est votre affaire, ça ne me regarde pas. Vous êtes lié à cette chair, dit-il, impérieux, en appuyant fortement, à plusieurs reprises, l'index sur sa propre poitrine. Pas un mot de ce que nous nous sommes dit ne doit sortir d'ici, reprit-il plus calmement. Pas même dans vos rêves, pas même sous la torture, pas même dans cent ans, quand, *Dieu m'en garde*, vous serez mort. Si vous venez hanter quelqu'un, vous pouvez lui révéler les numéros du loto si ça vous chante. Mais pas un mot sur cette affaire. »

Il rit, fit un geste au gardien, salua cordialement l'avocat.

Le lendemain matin, l'avocat était de corvée : il faisait le planton sur un banc dans le couloir du premier étage du tribunal, l'air de feuilleter en tous sens des documents ouverts sur ses genoux, mais en réalité dans l'attente de rencontrer *par hasard* le juge Lenzi. Il était là, il avait entendu sa voix. Il l'avait même aperçu dans l'entrebâillement d'une porte. Et il avait été aperçu à son tour. Sans que Lenzi s'en soucie.

Un sacré *fieul de bagasso*, ce juge. Avec tout le respect dû à sa vénérable mère. Tire-au-cul, amateur de putains, vicelard de la pire espèce, mais fin d'esprit. Et arrogant comme pas deux. Il savait qu'il était là pour lui et il faisait exprès de lui faire tirer la langue. Ce n'était pas humiliant, ça, peut-être ? Comment expliquer ça à don Mico... Il ne comprenait que ses intérêts, celui-là. Un esprit tordu, don Mico. Il tenait à rester bien propre sur soi, qu'on n'aille pas raconter que c'était lui qui voulait parler avec l'ennemi. Mais, au bout du compte, il voulait quand même lui filer d'autres tuyaux. En faisant des détours qui donnaient mal à la tête, peut-être bien, en suivant des tas de tournants et virages en épingle à cheveux alors qu'il aurait pu prendre la ligne droite. Mais ce serait quand même des tuyaux. Et une infamie, pour parler comme eux, les 'ndranghetistes. Et aussi bien, juste après cet entretien, il ordonnerait la mort d'un type qui s'était compromis pour beaucoup moins.

De son côté, l'avocat, en sa qualité de catin de longue date, ne s'en étonnait nullement. Ça faisait une éternité qu'il avait cessé de s'étonner. Depuis quarante ans et plus qu'il pataugeait dans ce genre de cochonneries, les pires infamies, c'étaient justement les 'ndranghetistes les plus célébrés qui les avaient commises. Ils en avaient *armé des charrettes*, construit des mensonges, ils en avaient mis dans le pétrin des bonshommes, certains innocents, d'autres moins, du moment qu'ils pouvaient arriver à leurs fins. Mais il n'allait sûrement pas leur en faire reproche : il préférait qu'on célèbre ses funérailles à l'église, plutôt que de finir dans un trou quelconque, un bouchon dans la gueule.

Cela étant, don Mico avait cette fois quelques bonnes raisons. Il avait l'intention de taper plus fort, d'orienter la piste vers des personnages haut placés, il en était sûr. Des ordures, contre lesquelles tous les coups étaient permis – la 'Ndrangheta n'avait rien à voir dans cette magouille, elle n'avait servi que de main-d'œuvre. Mais ça restait une infamie. Vu que c'était le désir pressant de finir ses jours en détention à domicile qui armait sa langue, et non la vengeance contre ceux qui avaient semé la mort là-haut, une mort qui concernait tout le monde, don Mico compris. Lui le premier, même, puisqu'on lui avait diagnostiqué une maladie de la thyroïde.

Les médecins s'en étaient aperçus lors de sa dernière séance de chimio. Et la farce s'était transformée en atroce réalité. Ce n'était pas un hasard, se disait Sacco. Peut-être le dessein divin. Ou alors c'est qu'il avait si bien fait semblant de tomber malade qu'il avait fini par l'être pour de vrai. Rien de grave, cependant, on avait pris la maladie à temps. Et son âge avancé en ralentirait l'évolution. Il n'aurait peut-être même pas besoin d'une intervention chirurgicale, il s'en sortirait avec quelques traitements. Mais, selon les médecins complaisants, le mal était sérieux. Comme c'était une nouveauté qui venait s'ajouter à la tumeur pour laquelle on le soignait déjà, le diagnostic faisait état de métastases. Et don Mico, qui pouvait maintenant se vanter d'ajouter le scorbut à la goutte, était devenu plus insistant concernant la détention à domicile. Il lui intimait sans cesse de la demander. Comme si lui, l'avocat, n'avait qu'à claquer des doigts pour l'obtenir.

La seule consolation de Sacco, c'était l'argent, beaucoup et en espèces, que lui avait refilé quelques heures plus tôt la vieille épouse de don Mico. Ça encombrait agréablement la poche de ses pantalons.

Le juge Lenzi parut. Il se prodigua en mille cérémonies. Sacco en fit autant.

Ils rejouèrent la même farce que la fois précédente. Mais moins longtemps. Lenzi déclara très vite qu'il voulait s'entretenir avec Rota, et conclut d'un « Heureux ? » qui démasquait les non-dits.

L'avocat lui parla de l'affection à la thyroïde dont souffrait don Mico. « Son état s'est beaucoup aggravé. Si vous le voyiez... Ce sont des métastases. Il ne passera pas l'été.

– On lui fera un bel enterrement, il sera content », ironisa Lenzi.

Redevenant sérieux : « Maître, il y a tellement de gens qui, grâce à votre client, n'ont pas eu d'enterrement du tout... et il y a tellement longtemps qu'ils n'ont plus à se plaindre de rien.

– Tellement de gens... On lui a fait porter bien des fautes qu'il n'a pas commises. Si quelqu'un est déjà mort, cent coups de pistolet en plus ne lui font aucun mal. Et mon client a payé sa dette. Ça fait plus de quatorze ans qu'il est à l'ombre. Il avait déjà purgé neuf ans dans sa jeunesse. Vingt-trois ans, ça ne vous semble pas suffisant pour quelqu'un qui s'est toujours bien conduit ?

– Non, maître, pour un homme comme don Mico, je ne trouve pas ça suffisant. »

Don Mico Rota regarda Cutra qui était en train de refaire son lit et passait amoureusement une main de bonne ménagère sur le drap pour en lisser les plis. Il ne put s'empêcher de sourire. Car des tâches comme celle-ci, dont il s'acquittait du reste avec une méticulosité extrême, allaient à Cutra – qui était du genre à faire se pisser dessus n'importe qui d'un simple regard – comme une lanterne à un aveugle. Mais Cutra y tenait. Il s'était mis à bouder comme un gamin la fois où don Mico avait voulu l'arrêter.

« Comment je vais faire, une fois dehors, sans une femme de chambre comme toi ? » se moqua-t-il. Il n'y avait que lui qui pouvait se permettre de mettre Cutra en boîte.

« Oooh ! » ronchonna Cutra, faussement en colère.

Mimí et Caruso se marrèrent.

Don Mico regarda ses trois hommes de confiance. En dehors de la prison, terriblement craints et respectés. Dans la cour, encore plus. Un seul de leurs regards torves suffisait à calmer mieux qu'une dose chevaline de morphine, à détourner une envie de meurtre, à faire digérer les cailloux comme du petit-lait. Un seul de leurs sourires, une tape amicale, une petite blague, à mettre du baume au cœur de l'heureux élu.

Mais avec lui, ils étaient dociles et serviables. Ils mettaient la table pour tout le monde, rangeaient les affaires sur l'étagère du haut, allumaient le réchaud et faisaient la cuisine, ne s'asseyaient que quand il avait pris place, ne levaient jamais leur verre avant lui, même s'ils crevaient de soif, l'escortaient partout, prenant bien garde, au moment de faire demi-tour pendant la promenade, de ne jamais lui tourner le dos, et ils avaient à son égard mille attentions rituelles désormais passées de mode. C'en était émouvant. Mais la prison lui pesait d'autant plus, à cause de toutes ces manières à l'ancienne et de l'atmosphère rancie qui s'en dégageait.

« Je m'en vais. Dans moins de deux mois, je serai parti d'ici », dit don Mico.

Ils le regardèrent surpris.

« Il y a du nouveau ? demanda Mimí.

– Non, pas encore. Mais ça va venir. J'y ai droit. Je suis malade, fit-il joyeusement.

– Et nous ? (Peppe Caruso.)

– Tombez malades et on vous laissera sortir.

– Si je dois être aussi malade que vous, ça me va. Mais si je dois tomber malade pour de bon… Je préfère être enchaîné ici que dans un lit chez moi, dit Cutra.

– J'aimerais bien ne pas être malade. Avant, peut-être. Mais maintenant… Fini de rigoler. La maladie, je me la suis fait venir. (Don Mico, en passant une main sur sa gorge.) Mais, bon, je suis là. Si la mort me veut, elle sait où me trouver. (Il fit une pause.) Parlons plutôt de vous. Quand je serai parti, regardez où vous mettez les pieds et ne faites pas de bêtises. On doit se revoir dehors le plus tôt possible », les mit-il en garde.

Il regrettait vraiment de devoir les laisser là en partant. Car, cette fois, il allait partir. Ils ne pourraient plus lui refuser la détention à domicile. C'était son droit, de vieillard et de malade. Il voulait marcher sans entrave dans le Boschetto, entendre le bois crépiter dans sa cheminée, la pluie tambouriner sur son toit en tôle, le gargouillis du moût dans son tonneau, le raclement métallique des coups de vent sur les arbres de son jardin. Il ne tenait plus, là-dedans.

À force d'y poser les yeux, il avait usé les objets, toujours les mêmes pendant quatorze ans : les lits superposés, deux de chaque côté, le petit rideau – une concession à son rang – qui cachait la cuvette des WC et le lavabo, la table qu'ils utilisaient pour les repas, la petite balance accrochée au mur, l'embrasure à barreaux. Les hommes et les choses s'entassaient dans un espace de quinze mètres carrés. Il en connaissait les détails les plus insignifiants, jusqu'aux taches que formaient les moustiques écrasés sur les murs. Ses yeux erraient en vain en quête de nouveautés.

Il n'y avait que le ciel qui changeait, le quartier de ciel que l'embrasure laissait voir. Mais ses changements étaient tous prévisibles, nuages, pluie, beau temps, pluie, nuages, beau temps, et donc ça ne changeait jamais. Pas plus que ne changeaient les photos des enfants de Cutra, un garçon qui avait les mêmes yeux ombrageux que son père, où on lisait déjà le même destin, et deux filles, sur lesquelles il était irrespectueux de poser le regard, car si, ici, c'étaient encore des gamines, dehors c'étaient maintenant des demoiselles.

Il avait un tel désir du monde extérieur qu'il se mettait debout sur son lit et, à travers l'embrasure, se rinçait les yeux sur la cime des oliviers de l'autre côté de la route et sur les premiers contreforts de l'Aspromonte. Mais à la fin, c'était pire : cette bouffée de liberté lui rendait le regret plus insupportable. Depuis la cour, en revanche, il ne voyait que les murs de la prison et, encore et toujours, le ciel. Et il se déchirait de nostalgie d'entendre la vie pénétrer du dehors : bruits domestiques venant de la coopérative non loin de là, bruits de voitures sur la nationale, martèlements d'un ferrailleur, cantilènes des vigoureuses *peissounièiro* exhortant le chaland à acheter des *girelles*. Et pour le reste, les mots et les sons de la prison, auxquels il était tellement habitué qu'ils faisaient partie du silence, qu'ils faisaient partie de sa peine.

Heureusement, ça se terminait. Bénie soit sa thyroïde. Béni soit le médecin qui avait diagnostiqué sa maladie. Et maudit soit celui à cause de qui il l'avait contractée. Il avait lu dans les journaux qu'il pouvait y avoir un lien entre les scories radioactives et l'augmentation du nombre de tumeurs, surtout de la thyroïde. Béni soit donc celui qui ferait le ménage. Il serait l'épée du Seigneur.

« Le remblai de l'infamie », continuaient d'écrire les journaux. Et c'était vrai. Seuls des infâmes pouvaient s'être prêtés à un trafic pareil. Et contre les infâmes, tout était permis. Y compris les demi-infamies, du moment qu'on les commettait selon les formes, en respectant les règles. Ils l'auraient bien cherché, surtout Pascali Rezza, qu'il n'avait jamais aimé, tout sucre tout miel, mais qui cachait une âme de serpent venimeux. Et si, en plus, comme ne cessaient de le dire la presse et la télévision, il ne s'agissait pas d'un cas isolé, s'il y avait en Aspromonte beaucoup d'autres décharges et qu'on avait même bazardé des déchets en faisant couler des bateaux-charrettes devant les côtes calabraises – une journaliste aurait été tuée pour avoir découvert un trafic du même genre en Somalie –, alors il ne fallait avoir aucune once de pitié. Il allait se charger d'équilibrer les comptes. À commencer par ce cornard d'Alfonso Scorda. Dont il continuait toutefois à traiter le fils avec amitié, pour ne pas les alarmer.

Le juge Lenzi l'aiderait à atteindre son but. Il ne jouissait pas d'une bonne réputation, pourtant, la fois où il lui avait parlé, il l'avait trouvé alerte : rien de la débauche, de la passion du vice dont on le créditait. Mais il faudrait qu'il refuse de se vendre, qu'il ne tende pas le museau pour qu'on lui passe la muselière, qu'il ne se laisse pas corrompre, qu'il ne prenne pas peur. Car don Mico n'avait personne d'autre vers qui se tourner. Et s'il arrivait à quelque chose, eh bien, tant mieux, il obligerait certains gros bonnets à bouger le cul de leurs fauteuils. Sinon, tant pis. De toute façon, ce juge allait lui rendre sa canne.

32

« Et donc, vous êtes malade pour de vrai. » (Lenzi, comme un inspecteur des impôts qui enregistre un fait sans y impliquer ni son cœur ni ses pensées.)

Don Mico Rota répondit d'une sorte de grognement lèvres serrées : sa manière à lui de se plaindre qu'on ne s'en rende compte que maintenant, alors qu'il était souffrant depuis bien longtemps.

« Il y a eu une augmentation des cas de tumeurs ces derniers temps. Surtout de la thyroïde. Et pour ça, on peut remercier certains galants hommes qui font partie de votre paroisse, reprit Lenzi, prenant ce prétexte pour en venir au sujet qui l'intéressait.

– Je n'ai pas de paroisse… Ni même de soutane. Avec les galants hommes dont vous parlez, je ne récite pas le chapelet… Des mauvaises actions, nous en avons fait, pourquoi dire le contraire ? Mais aussi infâmes que celles-là, non, monsieur le juge », rétorqua-t-il. En plantant sur lui un regard de rapace sans bouger un cil. Qu'il posa ensuite sur ses mains, sèches, aux veines enflées, et affectées d'un tremblement qu'il ne maîtrisait pas et qui depuis quelque temps pourrissait ses journées.

Lenzi dodelina lentement de la tête. D'une certaine façon, cet homme l'impressionnait, il sentait sa force. Il le scruta. Il était habillé chichement, portait une veste dont les jours meilleurs remontaient loin en arrière dans le siècle passé et une chemise blanche sans col. Et il était vieux, la peau de son cou tombait mollement en plis ridés. À le croiser dans la rue, on l'aurait pris pour un honnête travailleur du troisième âge, un grand-père attentionné en paix avec le monde.

« Vous faites allusion à ce dépôt de déchets radioactifs ? demanda-t-il.

– Je ne fais allusion à rien. Je voulais juste dire que ceux qui naissent misérables et infâmes n'hésitent pas à tuer tout le monde, répondit-il.

– C'est pour ça que vous avez fait punir l'ingénieur Baúllo ?

– Moi ? D'ici ? Et comment est-ce que j'aurais fait ça ? Avec l'épée de l'archange saint Michel ? Vous me surestimez grandement. Si j'avais été dehors, vous pouvez être sûr que je lui aurais donné une leçon personnellement, avec ces mains qui tremblent. Mais on me dit qu'il s'est puni tout seul.

– Mais avant, on lui a préparé un bon plat, à base de légumes. On l'a gavé de l'herbe qui a poussé sur le terrain où sont enfouis les déchets. »

Don Mico parut pensif, se mit à gratter ses rares cheveux gris.

« La nouvelle que vous me donnez me remplit l'estomac. Vous n'imaginez pas à quel point. Mieux qu'une bonne assiette de morue. Celui qui a fait ça mérite un monument. Maître, si vous trouvez un bon emplacement, bien en vue, je suis prêt à payer la construction. »

L'avocat sourit sans faire de commentaire.

« C'est quand même un manque de respect, qu'ils aient fourré cette cochonnerie dans votre *terre*.

– Ma *terre* ? Et qui donc me l'aurait *endotée* ? Mon père, paix à son âme, ne m'a laissé qu'un bout de potager au bord de la *rivièiro*. Et même si c'était vrai, la Loi me retient ici-dedans. Quatorze années ne lui suffisent pas ? Voilà le résultat. Tout le monde pleure ses morts, même vous. Si cette chair était libre, il aurait fait beau voir… Si j'avais été dehors, ils ne se seraient pas permis », s'énerva-t-il, chargeant les derniers mots d'autorité. Puis, reprenant calmement : « Mais par respect pour moi, parce qu'ils savent que je suis contre certaines choses. Ces machins radioactifs et la drogue, c'est une catastrophe. »

Lenzi nota qu'il ne se masquait pas comme la première fois. Il admettait en quelque sorte son rôle et son prestige. En ayant soin de les mettre au compte de sa valeur en tant qu'homme. Et il se déclarait étranger aux déchets et à la drogue. Quant aux déchets, il le croyait pleinement. Le repenti avait révélé que les *chefs de bâton* de la côte tyrrhénienne s'étaient lourdement opposés à ce qu'on les enfouisse en Aspromonte, et que le trafic avait été *armé* de manière autonome par la 'Ndrangheta ionique.

Concernant la drogue, par contre, il bluffait. Pour se refaire une virginité. Il avait les mains dedans jusqu'aux coudes. Depuis quelque temps, on le soupçonnait d'avoir des émissaires en Amérique du Sud, où ils allaient négocier directement les meilleurs prix. D'après certaines indiscrétions, il se serait même mis en société avec les chefs des cartels. Malgré tout, Lenzi savait bien que don Mico s'estimait en droit de clamer haut et fort son innocence quant à la drogue. Il se considérait comme un simple agent d'import-export, quelqu'un dont on aurait pu se passer sans que rien ne change. Il n'essaya même pas de le démentir, pas la peine de gâcher de la salive.

« J'ai fait parvenir à votre collègue le dossier médical de M. Rota », glissa l'avocat.

Lenzi le fit taire d'une main ouverte.

« Espérons au moins qu'il n'y a pas eu d'autres enfouissements », reprit-il.

Don Mico haussa les épaules en silence.

« Quand même… la 'Ndrangheta qui se prête à certaines actions… continua Lenzi.

– Nous y revoilà… Ne vous en prenez pas à la 'Ndrangheta, monsieur le juge. Elle a bon dos, la 'Ndrangheta. Prenez mon cas… Je n'ai pas été un saint, je l'avoue. Des péchés, j'en ai commis. Mais si vous saviez combien de fois on m'a fait porter le chapeau… Quoi qu'il en soit, désormais… J'en rendrai bientôt compte au Père éternel. Sa justice est juste. Il a vu et Il sait. Et Il a tous les papiers qu'il faut pour rendre la bonne sentence. Ce qu'Il me donne, je le prends. Machiniste en enfer ? Machiniste en enfer. Mais cette fois, la 'Ndrangheta… Vous êtes intelligent, vous avez fait des études… Vous croyez vraiment qu'un quelconque berger de la côte ionique aurait pu concevoir une affaire aussi importante ? S'ils ont joué un rôle là-dedans, on leur a juste donné une pioche… et un peu de monnaie. »

Lenzi enregistra ce « berger de la côte ionique ». Cela confirmait que don Mico avait cette fois l'intention de se mouiller un peu plus.

« Et le juge Maremmi ? demanda-t-il. Lui, c'est bien la 'Ndrangheta qui l'a assassiné…

– Et depuis quand ? Ces deux-là, 'Ndrangheta ? Des minables pareils, pour nous, c'est de la crotte de chien. Et quel rapport entre le juge Maremmi et cette histoire ? se défendit-il.

– Et s'il y avait un rapport ?

– Ah, alors c'est plus grand que moi. Je tombe des nues… Nous ne faisons que bavarder, monsieur le juge, pour passer le temps. Mais si vous avez d'autres éléments… Comme je vois les choses, d'après le peu qui arrive aux oreilles d'un pauvre vieillard, si vraiment ce sont ces deux-là… mais moi, je n'y crois pas, je n'y croirais pas même si je le voyais de mes propres yeux. En tout cas, si ce sont eux, ce sont deux traîne-misère qui ont eu un coup de folie, et qui ont eu la fin que vous savez. La 'Ndrangheta n'aurait jamais tué un magistrat. Si à chaque fois qu'un juge enquête sur la 'Ndrangheta il fallait le tuer, la gent des magistrats serait déjà éteinte. Ça ne marche pas comme ça. Et d'ailleurs, quand il en meurt un, un autre prend aussitôt sa place, qui recommence plus méchamment là où le premier s'est arrêté. Et donc la 'Ndrangheta et Maremmi, c'est comme le vin et la ricotta, ça ne va pas ensemble. Il n'y avait rien dont se venger. Même pas une enquête, des arrestations, rien.

– Et si on avait commandité sa mort à la 'Ndrangheta à cause de cette histoire, justement ?

– Des *chrétiens dignes de ce nom* ne s'y seraient pas prêtés. La 'Ndrangheta ne tue pas un magistrat juste parce qu'il fait son travail. Maremmi a été tué par ceux qui en ont donné l'ordre, pas par celui qui a appuyé sur la détente. Et l'ordre n'est pas venu de la 'Ndrangheta. Pour agir, il suffit d'un quelconque va-nu-pieds. Il y en a tant et plus qui sont prêts à égorger leur prochain pour une assiette de poivrons. Y compris parmi ceux qui se prétendent 'ndranghetistes. Mais ça ne veut pas dire que c'est la 'Ndrangheta qui a fait ça. Prenez les frères Manto, par exemple. Si c'est eux, et je vous redis que je n'y crois pas, qu'est-ce qu'ils ont à voir avec la 'Ndrangheta ? Des *marmiteux*, des débris qui ne voient que le portefeuille et qui se vendent au premier venu. Si les 'ndranghetistes étaient comme ça... Si ça se trouve, les gens qui ont organisé tout ça ont leur cul bien posé sur des fauteuils rembourrés... Oh, mais je parle pour parler, rien de concret. Des gens qui ne vont pas en prison y perdre la face et leur réputation. Je crois savoir qu'à cause du déshonneur, on a déjà dû en ramasser un à la petite cuiller...

– La 'Ndrangheta n'est pour rien dans la mort de Maremmi ? Bah... Mais en ce qui concerne les scories... L'ingénieur Baúllo s'était mis d'accord avec les Scorda.

– Les Scorda ? Dites-vous bien que les Scorda et rien, c'est la même chose. Monsieur le juge, si, moi, vous m'obligez à m'asseoir dans un salon comme il faut, je ne vis plus. J'étouffe. Je ne sais pas me tenir et je fais mauvaise figure. Et si j'amène quelqu'un comme vous, que sais-je ?, là où il y a un troupeau de chèvres et plein de paysans, c'est vous qui ne savez pas vous tenir. Entre nos mondes, ça ne prend pas. C'est pareil avec les Scorda. Chacun ses manières... Autrefois, il y a bien des années, quand une fille à marier restait à la maison et qu'elle commençait à perdre ses dents, les courtiers s'en mêlaient. D'abord, ils sondaient les familles de même niveau. S'ils n'arrivaient à rien, parce que la fille était trop vilaine, ou parce qu'elle avait dérapé et que tout le monde jasait sur elle, ou parce qu'elle avait quelque autre défaut, ils en rabattaient, ils baissaient le prix, comme on fait avec les tomates quand la récolte est trop abondante ou qu'elles sont déjà bonnes pour la semence. Et, comme ça, on arrangeait des mariages qui faisaient la joie des mauvaises langues. Les courtiers existent toujours. Ils organisent des affaires en tout genre. Peut-être qu'ils sont intervenus dans cette histoire, allez savoir, peut-être que deux personnes se sont mariées sans s'être jamais rencontrées. Que sais-je, un courtier de Milan... Je dis Milan comme je dirais autre chose... Un courtier qui était peut-être ingénieur, qui avait des amis ingénieurs dans notre région, quelqu'un qui avait les mains dans ce genre d'affaires et un contact ici, un 'ndranghetiste, même, pourquoi pas... C'est comme ça que ça marche. Oh, je ne parle que par imagination. Et par expérience de vieil homme. De mes mains je n'ai rien touché, et de mes yeux je n'ai rien vu.

– Ce contact 'ndranghetiste, peut-être bien qu'il était en territoire ionique », glissa Lenzi. En même temps qu'il assemblait les pièces du puzzle et esquissait la trame : le « Milanais » avait besoin de loger les scories sur un site disponible à un moment précis ; chose que ne pouvait garantir qu'une personne dirigeant les travaux ; il avait donc mis Baúllo dans le coup, ainsi que le *chef de bâton* de la côte ionique accusé par le repenti ; le *chef de bâton* s'était occupé du transport des scories et Scorda les avait ensevelies nuitamment. Tout collait. Et il était même possible que Scorda et Baúllo n'aient jamais échangé un mot sur cette affaire.

Il regarda don Mico : le museau et le menton tout fripés, il se lissait la gorge, comme pour signifier que c'était la tumeur qui l'avait fait parler autant. Il avait bien mérité la détention à domicile. Il en toucherait un mot au collègue qui suivait le dossier. Ce ne serait pas difficile : en plus de l'âge et des années passées en prison, il y avait maintenant la certitude de la maladie...

« Je n'ai pas dit ça. Je pensais à voix haute…

– En tout cas, ce courtier, disons cet ingénieur milanais, il n'a pas très bien exercé son art en combinant un mariage entre un professionnel et la 'Ndrangheta. Il n'a pas été un bon intermédiaire.

– Il y a 'Ndrangheta et 'Ndrangheta. Et, désormais, l'argent aplanit les écarts. Certains mariages arrangent tout le monde. Ceux qui se marient, les familles, ceux qui préparent le banquet, qui font les gâteaux, qui servent à table, qui débarrassent, ceux qui prennent une pelle pour enterrer les restes.

– Qui peut bien avoir donné cette mission au courtier ?

– On appelle le courtier quand on a des enfants difficiles à marier.

– Et ce père en avait peut-être deux.

– Eh oui, peut-être qu'il en avait deux.

– Des cols blancs, par conséquent, dit Lenzi comme s'il parlait tout seul. Qui ont eu recours à de la main-d'œuvre d'ici. »

Don Mico haussa les épaules. Il en avait déjà trop dit et ne s'était pas plu dans ce rôle.

« Peut-être que ces cols blancs ont quelqu'un d'insoupçonnable qui veille au grain pour eux… Peut-être même au sein du Parquet », ajouta Lenzi.

Don Mico, une statue de pierre.

« J'ai donc intérêt à regarder autour de moi ?

– Nous avons tous intérêt à regarder autour de nous. Sinon, on se cogne. » Sa blague le fit rire.

« Et ce *chef de bâton* de la côte ionique ? »

Don Mico lui lança un regard courroucé. Il prit plusieurs inspirations puissantes. La question trop directe l'avait froissé : seul un infâme aurait donné un nom, *a fortiori* le nom d'un 'ndranghetiste.

Lenzi sentit qu'il devait lever un bras, d'une certaine manière s'excuser.

Don Mico apprécia d'un froncement de lèvres et de quelques hochements de la tête. « Quand j'étais gamin, ce qui nous amusait le plus, c'était de sonner les cloches, commença-t-il. Si quelqu'un mourait, pour nous, c'était la fête. On était des gamins… On faisait la course pour grimper en haut du clocher de la cathédrale et sonner les cloches directement avec le battant. Vous voyez comment il est, le clocher, pas vrai ? Ah, une messe à la cathédrale, j'aimerais bien entendre ça… Une messe chantée… Mais tant pis… Je parlais du clocher. Il est très haut, avec quatre niveaux, au dernier il y a les cloches. Pour grimper tout là-haut, il y avait trois échelles en bois, comme celles des maçons. Le premier qui arrivait tirait la première échelle derrière lui, et parfois aussi la deuxième. Comme ça, les autres ne pouvaient pas monter lui disputer son droit. »

Il s'arrêta soudain et parut se concentrer sur sa cigarette, dont il tirait de longues et fréquentes bouffées.

« La première échelle, la 'Ndrangheta. Ils l'ont utilisée comme main-d'œuvre », proposa Lenzi. Comme don Mico ne manifestait aucune intention de s'exprimer, il poursuivit : « Le juge Maremmi a été tué parce qu'il était allé plus loin que le premier niveau, la 'Ndrangheta. La deuxième échelle devrait donc être l'ingénieur Baúllo. Mais lui, il s'est tué tout seul… Ou il ne s'est pas tué tout seul ? »

Don Mico, un sphinx.

Il s'était résigné à ne pas obtenir de réponse, quand : « Le problème, c'est si on retire la troisième échelle, dit Rota, qui déjà se levait. S'ils ont le temps de l'ôter, là-haut, vous n'y arriverez jamais.

– La deuxième, ils l'ont ôtée avec Baúllo ?

– Non, ça suffit, je vous souhaite une bonne journée. Mais ouvrez l'œil et le bon, plutôt que d'ôter les échelles, il est parfois plus pratique d'ôter celui qui veut grimper.

– D'autres prendraient ma suite, non ? Ça leur apporterait quoi ? demanda-t-il en essayant de se donner une contenance, de peur que son charivari intérieur ne se remarque au-dehors.

– Eh, cher monsieur le juge… Ça c'est vrai de la 'Ndrangheta. Là, c'est autre chose. Vous êtes sûr qu'il y en aurait pour prendre votre suite ? »

Là-dessus, il cligna de l'œil vers l'avocat – lui rappelant ainsi son domaine de compétences, la détention à domicile – et dit au revoir en remuant les doigts. « Cette conversation n'a pas eu lieu, il ne doit y avoir aucun papier », dit-il en posant sur Lenzi un regard effroyable, qui n'avait plus rien du bon grand-père.

Lenzi fit oui de la tête.

Don Mico se dirigea vers la porte.

« Une dernière question, l'arrêta Lenzi. On m'a parlé d'une *coppola* que vous auriez offerte à un détenu. Qu'en est-il ?

– Une *coppola* ? Moi ? On n'a pas le droit de faire entrer ça en prison, on vous aura mal renseigné. (Don Mico, feignant la surprise, mais nullement étonné qu'il l'ait su.)

– On dit que vous la lui avez enfoncée quasiment jusqu'aux yeux.

– On dit des conneries, monsieur le juge.

– C'est aussi ce qu'on a fait à Francesco Manto après l'avoir tué.

– Qu'est-ce que Manto vient faire ici ?

– Et cet autre, il ne risque pas de finir comme ça, lui aussi ?

– Il ne faut pas faire le *traîtreux*, monsieur le juge. Je viens en amitié, et vous… En tout cas, en ce qui me concerne, il peut dormir tranquille, sur ses deux oreilles, qui que ce soit.

– Mais il ne dort pas tranquille du tout. Il a pris peur. Sinon, il n'aurait pas demandé à être transféré dans une autre prison, après avoir fait des pieds et des mains pour être dans celle-ci, près de sa famille.

– Ça le regarde. Et je ne veux même pas savoir de qui il s'agit.

– Donc il ne lui arrivera rien ?

– Décidément, vous êtes du genre *testardasso*… Que voulez-vous que je lui fasse ? En ce qui me concerne, vous pouvez vous le faire cuire à feu doux avec de la morue et des pommes de terre. »

Don Mico se leva, salua de nouveau, et : « Chef », dit-il au maton qui attendait de l'autre côté de la vitre.

Celui-ci se mit quasiment au garde-à-vous, avant d'accourir un sourire aux lèvres.

« Il est d'une politesse exquise, n'est-ce pas ? » (Don Mico, à Lenzi.) Mais c'est de ces gens-là, avec leur *geline* sur le crâne, qu'il faut se garder. Tout sucre tout miel, mais *ils ne mettent pas de sel* pour vous poignarder dans le dos, même quand ils vous cèdent le passage à la porte de l'immeuble. »

Cette *geline* désignait la coiffe des soldats. Lenzi savait que c'était le terme méprisant employé par la 'Ndrangheta pour indiquer la flicaille en général, carabiniers, policiers, brigade financière, matons, et même les magistrats. Il eut une grimace de dépit, en constatant que le « chef » ne quittait pas son masque de servilité affable, alors qu'il avait entendu. Et qu'il avait pour don Mico mille attentions : pour un peu, il aurait nettoyé le sol sous chacun de ses pas.

33

Le soir venu, dans la tranquillité de son petit appartement, Alberto Lenzi se mit à passer au crible tout ce qu'avait dit don Mico. Cette fois, il s'était montré plus explicite, sans pour autant renoncer aux paraboles. « Il y a 'Ndrangheta et 'Ndrangheta », avait-il dit. En d'autres termes, dans certaines affaires, d'un certain niveau, seule la 'Ndrangheta qui compte pouvait intervenir. C'était le cas, notamment, de la *société anonyme* de la côte ionique. Mais pas celui des Scorda, juste bons à servir de main-d'œuvre, à veiller à ce que le site soit prêt le moment venu et à reboucher le trou.

Les allusions au danger l'avaient impressionné. S'il ressentait des palpitations et un sentiment d'oppression, ce n'était pas parce qu'il avait trop fumé de toscans, comme il tentait obstinément de s'en convaincre. Il risquait sa peau. À sa façon, don Mico l'avait averti. Il dérangeait de gros intérêts. Ça touchait des têtes « couronnées » qui ne renonceraient pas aisément à leur couronne et à leur argent. Dans des cas comme celui-ci, le remède le plus indiqué consistait à couper à la racine pour supprimer la source des ennuis : lui. Ils étaient puissants. En mesure d'obtenir qu'après son enterrement on confie l'enquête à un juge malléable, qui s'empresserait de prononcer un non-lieu.

Baúllo était la deuxième échelle. Jusque-là, rien de nouveau. Quant à penser qu'il avait été assassiné, comme don Mico l'avait laissé entendre… Aucun indice ne menait dans cette direction. Peut-être qu'il bluffait. Quand même, il en savait des choses ! La 'Ndrangheta a des yeux et des oreilles partout.

S'il croyait Rota sur ce point, il fallait le croire sur tout le reste. Et d'abord, il fallait comprendre pourquoi il avait décidé de lui raconter la vérité, à lui, un magistrat. Ça devait être dans son intérêt, au-delà de la demande de détention à domicile. Peut-être tentait-il de regagner, y compris au moyen de la Loi, le prestige que l'ingérence d'un autre *clan* sur son territoire lui avait fait perdre. Il rumina cette hypothèse, et finit par pencher pour le oui.

Si c'était vrai, alors ses mots prenaient la couleur de la vérité, les allusions au danger avec.

La peur finit par lui donner de la fièvre. Il brûlait. Se sentait nu et sans défense. Il se résolut à porter une arme. Ne serait-ce que pour se rassurer, car il doutait, en cas de besoin, d'être capable de s'en servir.

Maremmi devait être arrivé jusqu'au collègue de Baúllo. Troisième niveau, donc, celui qu'il était en train de franchir. En vain, car le maillon de jonction, Baúllo, était venu à manquer. Sans laisser de traces. Pas même un coup de fil depuis sa chambre d'hôpital. Mais on n'avait pas encore creusé à fond dans ses amitiés. Il fallait le faire, maintenant qu'on entrevoyait l'ombre de son collègue ingénieur. C'est de là qu'il fallait repartir. Ou ne pas repartir du tout. Après tout, personne ne l'obligeait à rien. Personne ne pouvait exiger qu'il s'immole en héros. Avec tout le respect qu'il avait pour Giorgio, il ne tenait aucunement à être célébré lui aussi lors de funérailles officielles. Plutôt laisser tomber. Il ferait part au pool de l'inutilité de poursuivre, car la mort de Baúllo ne laissait plus d'indices : ils s'étaient tous écrabouillés sur le béton. S'il y avait des délateurs, il ne lui restait qu'à faire marche arrière pour éviter le danger. Et il y en avait : les deux fonctionnaires du ministère. Envoyés là pour suivre de près l'évolution de l'enquête. Et, au besoin, prendre des mesures, comme peut-être ils l'avaient fait pour Baúllo.

Dès qu'il eut arrêté sa décision, il se sentit sale. Mais il ne regretta rien. Il trouverait d'autres façons de gagner le respect et l'affection d'Enrico. Quant à Marina, elle n'avait rien à faire d'une tombe où se consumer de larmes. Giorgio lui-même, de là-haut, comprendrait et étendrait sur lui un voile de miséricorde.

Enrico et Marina restèrent tranquillement à leur place, mais pas Giorgio : il s'installa dans les rêves d'Alberto avec un tel entêtement que la route, en belle ligne droite juste avant le sommeil, prit au réveil un virage en épingle à cheveux : d'accord pour annoncer au pool son intention de laisser tomber, de toute façon on avait déjà obtenu un bon résultat en trouvant et en éliminant les scories radioactives et en arrêtant quelques coupables ; mais, en même temps, continuer en secret.

À deux heures de l'après-midi, après avoir joué le rôle du ministère public dans un procès pour escroquerie, Alberto décida d'aller inspecter l'hôpital, dans l'espoir de trouver de nouveaux éléments, quelque chose qu'on aurait négligé concernant une mort sur laquelle les mots et les silences de Rota faisaient planer un doute.

Il fit le tour du bâtiment et remarqua le portail en bois qui barrait l'accès au chantier. Les assassins supposés pouvaient être entrés par là. Il dégagea le fil de fer qui tenait le portail fermé et remonta le chantier désert, jusqu'au cinquième étage. Il poussa un panneau et se retrouva dans le hall du secteur où l'hôpital était en activité. La porte du service était ouverte. Il avança, croisa deux infirmières et un médecin, qui le regardèrent avec indifférence, et parcourut le couloir jusqu'à la chambre d'où Baúllo s'était – ou avait été – jeté.

S'il y avait eu des assassins, ils avaient sûrement pris le même chemin que lui, passant devant les pièces réservées aux infirmières et au médecin de garde et devant les chambres à quatre lits des patients. Il fallait un sacré coup de cul pour arriver sans encombre jusque chez Baúllo. Ils avaient pris un gros risque. Ce qui prouvait, soit : que rien de tout ça n'avait eu lieu, et que Baúllo avait bel et bien décidé tout seul de s'en remettre aux ailes qu'il n'avait pas, quoi qu'en dise Rota ; soit : que les anonymes avaient impérieusement besoin de le faire taire, fût-ce au risque d'être surpris et de devoir pointer une arme sur d'éventuels témoins.

Une infirmière lui signala que ce n'était pas l'heure des visites. Il se présenta et continua son inspection. Mais, quand les malades se mirent à l'accompagner çà et là, par curiosité, il décida qu'il était temps de partir. Mieux valait ne pas éveiller les soupçons : « Le pauvre, il devait être vraiment désespéré pour en arriver là », dit-il à l'infirmière qui marchait dans ses pas afin de glaner des informations qui lui permettraient de se donner le beau rôle en les racontant.

Il fit halte dans le hall d'entrée du service. Et acheva de se convaincre que, si assassins il y avait eu, ils étaient arrivés par le chemin qu'il venait d'emprunter. Il était trop risqué de prendre l'escalier principal. Ils avaient surgi de l'ombre du jardin, avaient traversé le chantier et, leur mission accomplie, s'étaient évanouis comme ils étaient venus.

Il s'était déjà engagé dans l'escalier quand il vit le téléphone à carte. Son pas s'arrêta en plein vol. Il remonta les quelques marches, songeur. Baúllo s'était montré méfiant. Il ne s'était jamais trahi, n'avait passé aucun coup de fil compromettant. Un malin. Enfin, non, pas si malin. Un abruti, puisqu'il y avait laissé sa peau. Il avait peut-être passé un appel depuis le téléphone du hall. Un homme au comble du désespoir, et qui avait tellement peur, avait forcément téléphoné à quelqu'un. Pour se prémunir, pour demander de l'aide, pour essayer de comprendre.

Alberto se procurerait le relevé des appels. Et il le comparerait à ceux qu'il avait déjà. Si ça ne donnait rien, il aurait du moins écarté une possibilité. Il ferait cela en cachette. Après ce que lui avait dit don Mico, il avait intérêt à ne plus se fier qu'à lui-même.

Dans l'après-midi, à la réunion du pool, il resta d'abord sur son quant-à-soi. Il scrutait les deux fonctionnaires du ministère. Ils écoutaient, selon leur habitude. Ils n'étaient aucunement utiles à l'enquête. Difficile aussi de croire, comme ils le laissaient entendre, qu'ils opéraient sur une échelle plus vaste, au-delà de l'Italie, et qu'ils avaient reçu l'ordre de récolter ici des informations qui leur serviraient ensuite à poursuivre leur propre enquête ailleurs. En revanche, il était possible qu'ils aient joué un rôle dans la mort de Baúllo.

« Je crois bien que nous sommes au point mort, osa Alberto. Avec le suicide de Baúllo, le film s'arrête. Son associé ne sait rien. Nous allons perdre notre temps. Mais je trouve que c'est déjà beaucoup d'avoir découvert le dépôt radioactif et arrêté les coupables. »

Il vit s'éteindre d'un coup dans le regard des présents la lueur de considération qui y brillait ces derniers temps. Ils prenaient acte de son retour à son indolence coutumière.

Chiara Allegri le dévisagea comme on regarde un chien qui mange son propre vomi. « Il t'est arrivé quelque chose ? » demanda-t-elle. Comme il répondait non, elle prit une profonde inspiration, alla à la fenêtre, et parut soudain absorbée par l'animation de la rue.

« Oui, il lui est arrivé qu'il a un peu la chiasse », ronchonna Fiesole entre ses dents. Il sortit en claquant la porte.

Brighi ne pipa mot. Il était le moins gradé de tous. Mais sa désapprobation transparut dans le coup d'œil qu'il lança à Chiara.

Les deux experts de Rome, muets.

« On est sûr qu'il s'est suicidé ? » insinua Brighi, brisant un silence devenu gênant. Il était clair qu'il n'était pas d'accord pour s'arrêter là, pour lâcher l'os où il venait de planter ses crocs. Pour lui, une victoire partielle n'était qu'une défaite.

« Évidemment qu'il s'est suicidé. Il n'y a pas le moindre élément qui dise le contraire. Si on l'avait balancé par la fenêtre, quelqu'un s'en serait aperçu. Il y avait douze patients, deux infirmières, un médecin… (Lenzi, d'un ton las.)

– Trop commode, cette mort… c'est suspect. (Encore Brighi.)

– Moi non plus je ne crois pas au suicide, vint l'épauler Chiara Allegri.

– Vous avez d'autres idées, une piste ? se fâcha Lenzi. C'était Baúllo la clef de toute cette affaire. Il n'a rien laissé d'écrit, les relevés de ses appels n'ont rien donné et Nanía s'est contenté de jouer les andouilles… »

Il s'ensuivit une discussion animée. Il en ressortit que l'enquête s'était effectivement enlisée. Baúllo n'était plus là. Nanía ne servait à rien. Pas plus que Salemi, qui, s'il savait sans doute quelque chose, le gardait jalousement pour lui. Enquêter sur les trois hommes qui avaient servi à Baúllo un repas empoisonné aurait également été une perte de temps : on savait qui était le mandant, mais c'était une piste différente. On ne pouvait qu'attendre de nouveaux éléments.

« Nous avons trouvé les scories. Et arrêté quelques coupables, se consola Espositi, confirmant les soupçons d'Alberto.

– Et Giorgio Maremmi ? Paix à son âme et dossier suivant ? » ragea Chiara Allegri, en foudroyant Lenzi d'un regard de mépris.

Alberto lui adressa un sourire las, résigné. En même temps qu'il se disait que même celle qui n'avait concouru à l'enquête que par son agréable présence tenait à la poursuivre. Une présence qui restait agréable même dans la colère. Elle portait une tenue plus chaste que d'habitude. C'était toujours le cas quand le pool se réunissait. Mais le soupçon de cuisse que sa longue jupe fendue révélait fut suffisant pour embraser l'imagination d'Alberto. Il voulait sa revanche. Il en avait besoin. Il fallait que ses mains l'explorent une nouvelle fois. À condition qu'elle soit consentante.

« C'est une région difficile. On n'en tire rien, fit Espositi, plombant l'enquête un peu plus.

– Encore deux jours. On lance des perquisitions partout, chez Baúllo, chez Nanía, chez Salemi. Il en sortira bien quelque chose, s'entêta Chiara Allegri.

– D'accord. (Brighi, tout aussi déterminé.)

– D'accord. (Espositi, résigné.)

– D'accord. (Alberto Lenzi, à contrecœur.)

Au moment de se dire au revoir, Lenzi prit Brighi à part : « Qu'est-ce que vous pensez de ces deux-là ? lui demanda-t-il en indiquant du menton les Romains.

– Ministère de l'Intérieur, si on en croit leurs références. Mais ils puent les services secrets.

– Ils n'en ont rien à foutre de cette enquête. Aussi bien, c'est sur nous qu'ils enquêtent. Ou alors ils sont ici pour savoir où on va arriver et pour nous arrêter si nous dérangeons quelque chose dans les cieux. Informez-vous auprès du ministère. Si ça se trouve, ils n'existent même pas sous ce nom. »

Brighi hocha la tête, lui fit un clin d'œil et s'en alla d'un pas dansant.

Chiara Allegri s'était arrêtée dans l'encadrement de la porte. Elle fronça le sourcil gauche, tourna brusquement les talons et disparut.

34

Pour obtenir la fadette de l'appareil situé dans le hall, Lenzi fit appel à un vieux camarade d'université, un dirigeant de la société des téléphones, qui la lui fit parvenir dès le lendemain dans son bureau sous pli cacheté.

Il la trouva à deux heures, au terme d'une audience où il n'y était pas allé de main morte sur les demandes de condamnation : les responsables d'un hôpital avaient laissé le paratonnerre de leur établissement en place en sachant pertinemment qu'il émettait des radiations.

Il s'aperçut qu'il n'avait nulle hâte de comparer ce relevé avec ceux des numéros de téléphone personnels de Baúllo. Pourtant, c'était de ça que dépendait l'enquête, si enquête il devait encore y avoir. Il était partagé entre la peur de trouver des indices et de devoir continuer et le risque d'être déçu de n'en trouver aucun.

L'enveloppe fermée en poche, il passa manger un bout à la trattoria de *donna* Emilia, à quelques pas du tribunal. L'enseigne qui signalait le petit restaurant était plus grande que la salle. Mais la cuisine était bonne. On y croisait surtout le personnel du tribunal, magistrats compris. Chiara Allegri y allait souvent. Ce jour-là, elle passait son tour. Mais il y avait Marina, avec sa collègue et colocataire Serena. Alberto leur fit bonjour de la main et s'assit à une table du fond, de façon à avoir Marina dans sa ligne de mire.

Il surprit deux ou trois fois ses yeux sur lui. Elle esquivait dès que leurs regards se croisaient. Elle était en tenue civile, habillée en gamine, jean et sweat-shirt. Elle s'était fait une queue-de-cheval.

À la seule autre table occupée, un couple de jeunes gens. Ils riaient joyeusement en se prenant la main. Typiquement, un amour tout neuf, sans passif. Le contraste entre tant de douceur et l'air triste de Marina – en admettant que ce ne soit pas à mettre au compte de la gêne que lui inspirait sa présence – le fit se sentir idiot et déplacé. Suivant son élan, son assiette de viande à la main, il marcha vers leur table. « Je peux m'asseoir avec vous ? »

Serena lui sourit et désigna l'une des deux chaises libres, Marina consentit de la tête.

L'idée ne se révéla pas très bonne. Malaise. Que Serena s'efforçait en vain de lever en parlant pour trois.

Alberto essaya de se montrer sympathique.

Marina fut d'une froideur polie.

Le repas s'en ressentit.

Ils firent ensemble la route jusqu'à leur immeuble. Sur le pas de la porte, Serena eut l'élégance de se souvenir qu'elle devait passer au tribunal.

Elle et lui montèrent les escaliers sans rien se dire.

Sur le palier du premier, là où leurs chemins se séparaient : « Viens chez moi, j'ai quelque chose à te montrer », lui proposa-t-il.

Marina laissa échapper un râle de dépit. Sans même lui répondre, elle se tourna vers la porte de son appartement.

Alberto éprouva de la tendresse. On voyait qu'elle était blessée. Brighi ne devait pas l'avoir tellement embarquée pour qu'elle n'ait pas la force d'un refus clair et net, de l'envoyer se faire voir. C'était bon signe, elle avait encore des sentiments.

Il la retint par le bras.

Elle se dégagea d'un coup sec, sortit sa clef et avança jusqu'à sa porte.

« C'est pour le travail, je t'assure. Il faut que je confie ce que j'ai découvert à quelqu'un, tenta-t-il.

– Alberto…
– Tu as ma parole. Je ne peux avoir confiance qu'en toi. Si… Si… S'il devait m'arriver quelque chose, au moins, toi, tu saurais. »

Dans le mille. Elle le regarda soucieuse. Puis son expression changea soudain et elle eut le petit rire amer qui dit qu'on a compris et qu'on n'est pas d'accord.

« C'est à cause de Brighi ? Tu as peur qu'il ne se fasse des idées ? On peut aller chez toi, alors, d'ailleurs Serena ne va pas tarder.
– Quoi ? Qu'est-ce que Brighi vient faire là-dedans… ? »

Alberto ouvrit les bras comme le curé au moment du *Dominus vobiscum.*

« Ah, c'est ce que tu penses ? Et tu en es sûr ? (Tout en ouvrant la porte.)
– Je voulais juste me confier à quelqu'un », fit-il. Et il prit le chemin du deuxième étage.

Le temps d'arriver chez lui, d'entrer, de s'installer sur le canapé et d'allumer la télé, on sonnait à la porte.

Marina.

« Juste pour jouer le rôle de confesseur », précisa-t-elle.

On voyait qu'elle était sérieuse.

Ils s'assirent à la petite table du salon.

Alberto la trouva adorable. Elle craignait qu'il ne s'agisse d'une embrouille, d'un piège pour l'attirer chez lui, mais elle avait quand même peur pour lui.

Il lui raconta son entretien avec Rota, l'implication de personnages importants, ses soupçons concernant les fonctionnaires du ministère, que Maremmi avait été assassiné à cause de ce qu'il avait découvert, qu'il était fort possible qu'on ait liquidé Baúllo. Qu'il avait dit au pool qu'il laissait tomber parce qu'il était certain de la présence d'un traître. Mais qu'il avait l'intention de poursuivre l'enquête en cachette.

En même temps qu'il rompait son vœu de travailler dans l'ombre, il admettait devant lui-même qu'il était incapable de renoncer à elle, et qu'il était en train d'essayer de toucher sa corde sensible en se montrant impavide et en danger de mort. Il eut l'impression d'avoir réussi : d'abord sceptique, elle se fit peu à peu plus attentive.

Il étala sur la table les relevés téléphoniques de Baúllo et celui de l'hôpital, sa dernière chance de rester accroché à l'affaire. Ils s'y attelèrent ensemble.

La nuit où Baúllo avait pris son envol, deux coups de fil avaient été passés du téléphone à carte de l'hôpital. Le premier à vingt et une heures seize, préfixe de la région, conversation d'un peu moins de treize minutes. Le second à une heure onze, conversation de quatre minutes et vingt-trois secondes, à destination d'un portable. Intéressant. À cause de l'horaire. Ils cherchèrent avec frénésie si le numéro apparaissait dans les autres fadettes.

« Il y est », découvrit rapidement Marina.

Au cours des six mois précédents, Baúllo avait appelé ce numéro sept fois. C'était lui qui avait passé cet appel depuis le téléphone à carte. Son dernier appel.

Ils se regardèrent sans rien dire. Ils mesuraient l'importance de ce qu'ils venaient de trouver. Un homme en mauvaise santé ne se lève pas au beau milieu de la nuit pour passer un coup de fil depuis un téléphone situé en dehors du service où il est hospitalisé. S'il fait ça, c'est qu'il a de sérieuses raisons, et qu'il craint d'être sur écoute. Pour une conversation normale, il aurait utilisé son portable ou le téléphone de sa chambre. C'était la clef de l'affaire. Et la cause de l'envol de Baúllo, survenu environ deux heures plus tard : un temps suffisant pour mettre son exécution en place. Il fallait savoir à qui était ce numéro. Rien de bien difficile.

« C'est dangereux ? demanda Marina.

– Si ce numéro de portable nous conduit au niveau supérieur, oui, c'est dangereux », répondit-il.

Voyant son inquiétude, il tendit la main et la posa en coupe contre sa joue. Marina s'y blottit un instant, se reprit aussitôt. « Alberto… reprocha-t-elle.

– C'est à cause de Brighi ?

– Non, à cause de moi. » Elle se leva, fronça les lèvres en guise de salut. « Maintenant, tu as ton témoin. Mais ne te fais pas tuer. »

Avant de sortir d'un pas décidé : « Tu es sûr qu'entre Brighi et moi… ? » demanda-t-elle. Sans attendre la réponse, elle referma la porte derrière elle.

Alberto dut se battre contre lui-même pour ne pas lui courir après. Ce n'était pas le bon moment. Ça lui avait fait de l'effet de la voir comme ça. Marina avait creusé en lui profondément, pas la peine de se le cacher. Ce n'était pas à cause de ses tracas du moment ni du besoin de s'accrocher à quelqu'un, comme il essayait de s'en convaincre. Ni d'une blessure d'orgueil provoquée par l'histoire avec Brighi. Brighi, justement. Comment croire qu'elle n'avait pas croqué la pomme. On les voyait trop souvent ensemble. Il s'était forcément passé quelque chose. Peut-être juste par dépit, pour se venger. Elle avait dû se rendre compte que ça ne marchait pas et elle essayait de faire machine arrière. Ça arrangeait bien ses affaires. Mais qu'elle ne s'imagine pas qu'il avait de la merde dans les yeux.

Pour se distraire de ces pensées, il décida de regarder un film. Il opta pour *Séduite et abandonnée*. Il éteignit rageusement au moment où le père : « Barbares… arriérés… *Calabrais* », se met à insulter, dans un crescendo de colère, la foule sicilienne qui lui jette au visage que sa fille est cocue.

35

Une nuit à marquer d'une pierre noire. Une des pires de sa vie. Et un matin pire encore. Pas moyen d'avaler la couleuvre, elle lui restait en travers de la gorge. Et la couleuvre, c'était son fils. Toujours à réclamer du pognon. Le procureur l'avait foutu dehors. Comme c'était déjà arrivé des tas d'autres fois. Et, comme toutes les autres fois, il le trouverait en rentrant. Vautré peinard sur le canapé comme s'il ne s'était rien passé. Ce gars-là avait un culot monstre.

Au tribunal, un ami avocat était venu lui confirmer que c'était une journée maudite. Il lui avait fait force révélations au sujet desquelles il aurait été plus inspiré de ne pas ouvrir son clapet. Puis, s'attendant sans doute à être applaudi, il avait paru surpris que le procureur le batte froid et que son teint vire au jaunâtre.

Une fois seul, une phrase résonna dans sa tête : « *lou Segnour veiguerè* » – le Seigneur a tout vu. Quand il était petit, c'était ce que se lançaient les gamins quand l'un d'entre eux, après avoir commis une faute impunie, subissait un revers de fortune : comme quoi le Père éternel, contrairement à ce qu'on avait d'abord pu croire, n'était pas resté indifférent, mais avait vu et, quoiqu'un peu en retard, équilibré les comptes.

C'était ce qui lui tombait dessus. Il payait son silence, le fait d'avoir docilement suivi les conseils de ceux qui pouvaient décider, dans un sens ou dans l'autre, de sa carrière. Le Seigneur avait tout vu et, *à la fraîche*, il lui servait le plat au fiel de l'assassinat de Baúllo, comme il l'avait craint d'emblée, non sans se consoler que tout le monde embrasse la thèse du suicide. Un véritable croche-pied. Certes, l'avocat était son ami, mais impossible de le prier de faire comme s'ils ne s'étaient pas parlé. D'autant qu'il y avait le témoin, qui pouvait à tout moment se confier à d'autres gens. Il était coincé : il ne pouvait pas ignorer le meurtre de Baúllo. S'il jouait mal ses cartes, adieu veau, vache, cochon, couvée.

Sauf qu'il ne savait pas quoi inventer. D'abord, tout retranscrire dans un rapport confidentiel. Puis donner l'information au pool chargé de l'enquête, mais en lui intimant de garder le secret et d'agir avec prudence. Histoire de prévenir les embêtements. Là-haut, ils ne pouvaient pas non plus demander l'impossible. Si la vérité se faisait jour et qu'on découvrait qu'il la connaissait déjà… Il avait fait tout son possible, en gardant certains soupçons par-devers lui. Et en noyant le poisson. Or quelle meilleure manière de noyer le poisson que de confier l'affaire au juge Lenzi… La glandouille élevée à la hauteur d'une institution, un débauché, un bon à rien. Comment aurait-il pu imaginer qu'il se mettrait à déployer de soudaines compétences au lieu de rester égal à lui-même ? Il avait découvert le dépôt de scories radioactives, arrêté des coupables, et trouvé Dieu sait quoi d'autre encore.

Il lui revint en mémoire qu'il n'avait pas fait arrêter Baúllo malgré ce qu'il avait contre lui. Bien. Au moins, il aurait la joie de lui reprocher sa douteuse et tardive efficacité. Il était moralement responsable, pour ne pas dire plus, d'une mort qui aurait pu être évitée. Ça suffisait pour le dessaisir de l'affaire – dorénavant, il n'aurait qu'à appliquer ses compétences aux accidents de la route et aux constructions abusives –, pour fustiger son comportement et ruiner ce qui lui restait de carrière, c'est-à-dire pas grand-chose, après toutes ses années de flemmardise.

Emporté par le plaisir de lui faire du mal – et, par quelque tortueuse association d'idées, de faire ainsi du mal à son chouchou à sa maman de fils – il se sentit ragaillardi.

Il convoqua Lenzi. Lui parla des deux tueurs. Le mit au pilori de s'être rendu coupable de n'avoir pas placé Baúllo en état d'arrestation.

« J'espère pour vous qu'il ne s'est agi que d'incompétence, et que vous n'avez rien d'autre dont répondre face à votre conscience, décocha-t-il.

– Ne vous mettez pas en peine pour ma conscience », répondit Lenzi d'un ton glacial.

Il avait pris acte du meurtre sans paraître étonné. Et sans se justifier le moins du monde, ce qui avait exaspéré le procureur. Il réussissait à ne jamais *douna satisfacioun*, comme si accusations et reproches duraient sur lui le temps que durent une ou deux gouttes d'eau sur de la fonte brûlante.

Il ne quitta pas davantage son masque lorsque le procureur lui communiqua vertement qu'il lui retirait l'affaire – « je parle de celle des déchets, l'affaire Maremmi n'a jamais été de votre ressort », tint-il à préciser, bien décidé à les garder séparées – et qu'il était de son devoir de signaler sa conduite au Conseil supérieur de la magistrature.

Avant de se voir congédié, Lenzi reçut l'ordre de respecter le devoir de réserve quant aux circonstances de la mort de Baúllo.

S'il avait réussi à abuser le procureur, Lenzi ne pouvait s'abuser lui-même. C'était affreusement humiliant d'être exclu de l'enquête. Ça ne faisait pas bouger d'un iota son intention de continuer à chercher – d'autant que le meurtre de Baúllo était maintenant confirmé –, et même, ça la consolidait. Mais ça faisait mal.

Un peu après dix-sept heures, Chiara Allegri au téléphone. Elle voulait savoir s'il y avait du nouveau. Il lui répondit que non, mais comprit que c'était elle qui avait du nouveau, que le procureur s'était empressé de lui notifier le torpillage de Lenzi. Jamais Chiara ne l'avait appelé chez lui. Si elle le faisait aujourd'hui, c'est qu'elle devait être désolée. Certes, ils se battaient un peu froid ces temps-ci, mais elle n'était pas du genre à détourner le regard quand un collègue passait un mauvais quart d'heure.

« C'est vraiment un beau salaud, dit-elle en effet.

– Tant pis. De toute façon, il n'y a plus rien sur quoi enquêter », minimisa-t-il. Tout en se disant que sa disgrâce pourrait peut-être la ramener à lui. Elle devait aimer les vaincus. S'il n'y avait que ça, elle serait servie. Il était excellent dans le rôle de loser...

Il la laissa parler. Au début, il lui répondit sur un ton affligé. Puis l'amour-propre eut le dessus. « S'il s'imagine que je vais laisser tomber, dit-il. J'ai certains documents entre les mains...

– Sur l'affaire des déchets ? Mais tu n'avais pas dit que... ?

– Passe me voir chez moi.

– Ta collection de papillons ?

– Ma collection de papillons. Et je voudrais aussi te montrer des papiers. Je t'attends. »

Il se demanda ce qu'il allait lui révéler. Déjà qu'il avait brisé son vœu de silence avec Marina... Mais il devait lui concéder quelque chose avant de déployer ses tentacules. Il ne pouvait pas se jeter sur elle sans crier gare, comme s'il lui avait juste tendu un piège.

Chiara était chez lui une demi-heure plus tard. Une actrice dans la fleur de l'âge. Maquillée juste ce qu'il fallait, une beauté à couper le souffle, une gaine noire qui finissait quatre doigts au-dessus du genou. Elle ôta sa veste et se retrouva en chemisier blanc moulant, col relevé, un bouton ouvert de trop. Il entrevit un sein. Elle prit place à côté de lui sur ce même canapé où elle avait laissé libre cours à l'ivresse.

Alberto lui tendit les relevés téléphoniques qu'il avait déjà examinés avec Marina. Et il se mit à lui raconter, en glissant qu'elle était aussi en danger, maintenant qu'elle savait. Non qu'il y crût vraiment. Mais s'il ne l'avait pas dit, ça aurait pu la vexer, comme s'il laissait entendre qu'elle ne comptait pour rien.

« C'est le numéro de qui ? demanda-t-elle, passionnée par l'enquête.

– Je saurai ça dès le retour d'un de mes amis qui travaille pour la société des téléphones. Il est en déplacement. Il rentre après-demain matin. On n'a pas intérêt à passer par la voie officielle.

– Il faudrait le dire à Brighi.

– Non. Moins nous sommes nombreux à savoir, mieux c'est », répliqua-t-il sèchement. Il pensait à Marina. Et à lui-même. Il n'allait quand même pas aider Brighi à se faire mousser.

Ils décidèrent des prochains coups à jouer. Dès qu'il aurait un nom, beaucoup de choses s'éclaireraient. Il n'y aurait plus qu'à découvrir les rôles et les liens. Et à faire éclater le scandale. Aussitôt, avant de subir des pressions. Un rapport au procureur et hop !, sus aux micros. Une fois les faits mis à nu, le danger serait écarté. La presse prendrait le relais.

Chiara était électrisée. Elle le regardait avec admiration. Leurs genoux se touchaient. Alberto tendit une main vers son cou. Elle vibra sous la caresse avant de l'arrêter. Sans paraître offensée. Et comme il insistait : « Allez, Alberto », dit-elle simplement.

Alberto vit dans cette attitude la résistance assez molle qu'une femme se doit de manifester lorsqu'elle en a envie mais ne veut pas montrer qu'elle se rend trop facilement. Du reste, on ne vient pas à un rendez-vous de travail en exhibant à ce point la marchandise. Il tint bon. « Je laisse juste ma main ici... comme ça... je ne bouge même pas, je ne bouge pas », fit-il en riant.

Elle rit à son tour.

Alberto essaya de l'embrasser.

Elle s'échappa en riant.

Il la suivit en riant. Il la coinça contre le mur, emprisonna ses poignets, l'obligea à lever les bras. Pour se frotter contre elle. Qui faisait non de la tête et continuait de lui refuser sa bouche. Une lutte muette, une joute que le contact embrasait. Elle se mit à haleter, son regard trahissait son désir.

Alberto défit d'un doigt un autre bouton de son chemisier. Ses seins jaillirent librement. Il y posa une main lente, caressante. Chiara laissa échapper un gémissement. Il posa ses lèvres sur les siennes. Sans détourner la bouche, elle trouva encore la force de la garder fermée.

Il se trouvait qu'Alberto, tout magistrat qu'il était, ne savait pas distinguer le moment au-delà duquel la tentative de séduction vire au harcèlement sexuel. Évidemment, si, en plus de chercher à se dégager, de fermer la bouche, de se tortiller contre le mur, d'opposer une timide résistance et de dire non, elle s'était mise à crier, à appeler à l'aide, à tenter de lui échapper, à balancer des coups de pied, à mordre ou en tout cas à donner des signes concrets de refus, et s'il avait quand même insisté, alors, pas de doute, il se serait agi de harcèlement sexuel. Sauf que ses bras ne faisaient guère d'efforts pour se libérer, que ses yeux n'étincelaient pas vraiment de colère, qu'elle ne cherchait aucunement à couvrir sa poitrine, et qu'elle disait les mots de la dissuasion – ces « non, non », « ça suffit, Alberto, je t'en prie », « arrête, s'il te plaît, allez » – d'un souffle de plus en plus chaud, d'une voix de plus en plus rauque, sur une respiration qui allait en s'accélérant. Il s'accorda l'acquittement pour tous les chefs d'accusation.

Rendu à son innocence, il força le passage de ses lèvres.

Chiara planta son regard dans le sien, se dégagea en piaffant et renonça à opposer la moindre résistance. Alberto lâcha ses bras et se mit à la fouiller partout. Chiara resta collée au mur, bouche ouverte, pantelante, sa tête donnant de-ci de-là, tandis qu'il caressait ses seins, glissait une main sous sa jupe, remontait, insinuait ses doigts. Elle eut alors un sursaut et un râle profond, qui mourut dans sa gorge. Elle se serra contre lui, se tordit autour de ses doigts. Puis, docile, se laissa étendre.

Ils restèrent ensemble jusqu'au soir. Elle refusa de passer la nuit avec lui. Au moment de s'en aller, elle se montra timide et mal à l'aise.

Alberto s'étira tout content et paressa au lit. Il se serait frotté les mains de joie. Il avait réussi un coup de maître. Et ça s'était bien passé. Il avait toujours eu peur des premières fois. Plus facile pour les femmes, les hommes ne peuvent pas faire semblant. Heureusement, tout avait baigné dans l'huile. Il pouvait maintenant compter sur des journées de bécotage. N'était l'humiliation, il aurait adressé une « petite pensée » au procureur : en lui retirant l'affaire, il lui avait rendu Chiara.

Ce n'était quand même pas pareil qu'avec Marina. Car Marina, après la passion, aurait eu envie de rester dans ses bras.

Afin de penser à autre chose, il revint aux déchets. Troisième niveau. Juste sous les cloches, pour reprendre la parabole de Rota. Il ne manquait pas grand-chose pour atteindre le sommet et faire sonner le battant. Mais il ne fallait pas que ça vienne de lui. D'autant qu'il n'était pas dit qu'il puisse encore jouer des menottes. Il s'agissait de personnages puissants, riches, difficiles à coincer. Il déléguerait la tâche aux journaux et aux télévisions – qui faisaient leurs choux gras de ce genre de nouvelles –, il leur passerait ses informations, à commencer par les vraies raisons de la mort de Giorgio. Même si on échouait à les arrêter, ils seraient grillés à jamais par les soupçons et les on-dit. Et ils ne seraient plus utiles à personne. Peut-être. Car on ne pouvait être sûr de rien dans cette Italie des pouvoirs occultes, cette Italie où tout se digère si facilement.

Il allait s'endormir quand Lucio lui téléphona. Il ne put lui refuser de sortir dîner avec lui.

Au restaurant, il hésita longuement à le mettre au courant des derniers rebondissements. Puis : « C'est le premier pas qui coûte », se convainquit-il, en pensant à Marina et à Chiara, à qui il avait déjà tout déballé.

À l'aéroport, Alberto frémissait d'impatience.

Et davantage encore pendant que son ami vérifiait sur l'ordinateur de son bureau à qui appartenait le numéro du portable. Bingo : il était au nom d'une aciérie de la région de Brescia, et en l'espèce aux mains de son PDG, un certain Antonio Riccio, de Côme, soixante ans, ingénieur, mêmes études que Baúllo. Cette piste était la bonne.

Il regagna le tribunal. Gagné par l'euphorie, il mit sa prudence dans sa poche et appela le Parquet de Côme.

On lui passa un collègue. Lequel n'eut pas besoin de consulter les archives pour lui fournir une information qui levait les derniers doutes mais avait un défaut, un seul mais gros défaut : deux nuits plus tôt, Riccio était mort dans un accident de voiture au bord du lac ; il avait dû s'endormir au volant, vu qu'il n'y avait aucune trace de coup de frein. La voiture avait fini dans le talus puis glissé dans les flots.

Effroi. Il ne pouvait s'agir d'un accident, Alberto en était sûr. La peur revint : il était en train d'incommoder des personnages pour qui commanditer un meurtre n'était pas plus compliqué que de nouer sa cravate. Il se demanda pourquoi on avait décidé de supprimer Riccio. Officiellement, il n'était pas concerné par l'enquête. Il n'y avait que lui, Lenzi, qui savait que Baúllo l'avait appelé. Enfin, lui, mais aussi Chiara, Marina et Lucio, pour tout dire. Mais Lucio et lui ne faisaient qu'un. Marina, c'était Marina, et Chiara était tout aussi digne de confiance. À moins que… Maudite soit sa langue. Elles n'y étaient certainement pour rien, mais il avait ajouté de la confusion. Il devenait plus compliqué de savoir d'où venait la fuite. Plus grave que ça : c'était une erreur de les laver de tout soupçon pour des raisons de cœur et d'orgueil. Il se pouvait qu'on ait utilisé l'une d'entre elles pour acheminer des informations. Ou pire encore. Elles étaient toutes les deux ambitieuses, l'une qui faisait tout pour être dans les petits papiers du procureur et de Fiesole, l'autre qui, avec son master en droit et dans l'attente de son concours pour passer officier, piaffait d'impatience dans son uniforme d'adjudant.

Ça lui faisait mal de penser ça. Surtout à propos de Marina. Mais il n'était plus temps de se laisser conduire par les sentiments. Il avait des raisons concrètes d'avoir des soupçons. Il devait en prendre acte et se comporter en conséquence. Et, pour commencer, les éviter, pour ne pas risquer de se trahir par une attitude qu'il n'était pas sûr de savoir maîtriser.

Il ne retourna pas au tribunal, éteignit son portable, prit sa voiture et se mit à rouler sans but.

Aux environs de Pizzo, suivant son élan, il descendit sur la plage où, quand il était enfant, tenant son père par la main, il avait découvert la mer et remplacé à jamais la grande flaque du fleuve où, en cachette après manger, les gamins de sa génération et de toutes celles qui avaient précédé s'étaient ébattus, plongeant tout nus après s'être forcés de faire leurs besoins, en vertu d'un ordre péremptoire des plus grands, convaincus qu'on exorcisait de la sorte le danger de se baigner dans une eau glacée. Ce souvenir le fit rire.

Il parcourut à pied le parcours cimenté qui, depuis la route côtière, menait à la plage en zigzaguant sur les pentes du coteau aride.

La mer était spectaculaire. Grâce à ses couleurs changeantes. À ses rochers, tantôt émergés, tantôt au fil de l'eau, tantôt immergés comme des ombres menaçantes tapies au sein de l'onde. Ils subissaient l'assaut des vagues. D'autres rochers encore étaient comme engendrés par la mer. Ils s'avançaient hors de l'eau, tranchaient le sable, s'encastraient dans le coteau.

La plage était déserte, triste. La mer de printemps en avait fait une esplanade uniforme et humide. Il déambula sur le sable. Rongé par le doute. Un homme avait été tué parce qu'on pouvait remonter jusqu'à lui d'après son numéro de portable. Marina, Chiara. L'une ou l'autre pouvait avoir révélé à qui il fallait le numéro du dernier appel passé par Baúllo, la nuit où il avait volé par la fenêtre. Un numéro qui permettait de remonter à Riccio. Ils l'avaient donc liquidé. Elles seules possédaient ces informations – à cause de sa bêtise, parce qu'il avait voulu se faire mousser à leurs yeux. Et Lucio. Mais, quant à lui, aucun doute à avoir.

La plus suspecte, c'était Marina. Elle avait su un jour avant Chiara. Ce qui laissait donc plus de temps pour organiser l'accident. De plus, Chiara était magistrate, elle avait une meilleure carrière, un meilleur salaire. Tandis que Marina stagnait dans son grade d'adjudant, en deçà de son niveau d'études.

Sa gorge se serra. Il ne voulait pas que ce soit elle, ne serait-ce que pour ne pas devoir admettre qu'on l'avait pris pour un nigaud, qu'on l'avait utilisé.

Au bout du compte, il l'acquitta. Ce qui déplaçait cependant la piste vers Chiara.

À la réflexion, la délatrice n'était pas forcément responsable. Un simple compte rendu fait au procureur ou à Fiesole avait pu suffire. Il ne les imaginait pas capables de résister à un supérieur, elles étaient soumises à la hiérarchie. Rien n'empêchait que le procureur ou Fiesole soient mouillés, qu'ils se soient vendus, pour leur carrière.

Il se pouvait aussi que Chiara se soit confiée à quelque autre membre du pool. Par naïveté. Par excès de confiance. Pour faire preuve d'efficacité. À Espositi et Rosso, par exemple. Pourquoi pas eux ? Des types durs, suspects dès le premier jour. Ou qu'elle ait tout déballé à Brighi. Non, à Brighi, plutôt Marina que Chiara. Et Brighi collait à merveille au rôle : intelligent, actif, impatient d'exceller. Et nébuleux. Non, stop, assez. Il devait éviter de se laisser conditionner par des questions personnelles. Brighi était sérieux et professionnel. Et c'était lui le plus réticent à abandonner l'enquête.

Brighi était du côté des gentils.

36

Depuis qu'il avait trouvé l'empreinte de Manto sous sa meule, aller à son pressoir était pour don Peppino Salemi une véritable pénitence. Il y revivait chaque fois la même scène.

Il avait eu beau faire récurer encore et encore la vasque, à en user la pierre, ça l'impressionnait tellement qu'il était pris d'une sorte d'asthme, et qu'il n'arrêtait pas de scruter les coins sombres dans la terreur d'en voir jaillir une ombre, pas forcément humaine. Il doutait fort de pouvoir continuer à moudre ses olives. Il songeait à vendre le bâtiment. S'il tergiversait encore, c'était pour ne pas donner ce plaisir aux femmes de la maison.

Sans son pressoir, il ne savait pas quoi faire de son temps. Le farniente domestique, ce n'était pas pour lui. Lire les livres que ses filles lui conseillaient, c'était un châtiment trop dur pour ses péchés, même le journal, dont il parcourait juste les titres. Se balader dans les rues du village, c'était mauvais pour sa santé, il lui faudrait affronter les questions et les regards de tous ceux qui s'évertueraient à traquer les traces de la peur sur son visage, dans ses mots. Au cercle des officiers, plus question d'y aller, même si on l'élisait président par acclamation : se fendant de mille politesses et salamalecs, les sociétaires n'affecteraient la compassion que pour creuser profondément ses plaies.

Il lui restait ses champs. Il y était dès le milieu de la matinée et les parcourait en long, en large et en travers, le nez pointé sur le feuillage des oliviers, pour évaluer leur état de santé. Pour brider son esprit, il remettait en place les pierres des murs à sec, vaporisait du désherbant, se pliait en deux pour couper les fougères à la serpe, les enterrait pour engraisser la terre. Ni plus ni moins qu'un ouvrier. Sauf que, n'ayant pas l'habitude et compte tenu de son âge, il devait souvent reprendre son souffle. Profitant de chaque pause, ses pensées l'obligeaient à s'y remettre avec une ardeur renouvelée. Il rentrait chez lui éreinté et dormait comme un loir…

Puis l'ingénieur Baúllo passa l'arme à gauche. « Dieu est là », pensa-t-il d'abord, content que cette juste punition céleste s'abatte sur quelqu'un qui ne méritait nulle indulgence, pour avoir trafiqué avec des déchets et, pire, les avoir enterrés à la lisière de ses terres et, pire encore, l'avoir fait justement la nuit où il dormait d'un sommeil réprobateur au-dessus de son étable. Mais sa satisfaction fut de courte durée. Car il se mit vite à douter du suicide dont tout le monde parlait – Baúllo avait trempé beaucoup plus que lui dans cette histoire, on pouvait fort bien lui avoir réglé son compte. Si c'était vrai, il risquait d'y passer à son tour.

Dès lors, il se mit à déserter ses champs. Pour se terrer chez lui. Où il se morfondait, car son esprit, libre de ses mouvements, en venait toujours à concevoir le scénario de sa mort. Par exemple sous les meules de son pressoir.

Comme il lui incombait de se comporter en homme et de ne pas alarmer les femmes, il laissait entendre en réponse à leurs questions que ce mal de l'âme qui abrégeait ses jours était dû à sa santé précaire, à une vieillesse prématurément cruelle. Ses filles l'entouraient alors comme jamais de mille attentions qui ravissaient son cœur. Sans en avoir vraiment conscience, il finit par prendre le pli : il donnait à voir que sa vie s'étiolait trop vite. Deux rides profondes s'installèrent de part et d'autre de sa bouche. Son visage se plissait soudain d'une douleur qu'il niait d'un filet de voix dès qu'on lui demandait gentiment s'il souffrait. Il se laissait surprendre le regard perdu et absent. Il répondait aux gentillesses d'une grimace qu'il faisait passer pour son meilleur sourire. Plus il cédait et donnait à voir l'âpreté du peu de temps qui lui restait, plus elles le secouraient de tendresses. Il resongeait alors à l'adage selon lequel « un père peut compter sur ses filles dans sa vieillesse, les garçons s'en vont où leurs femmes les emmènent », qu'il n'avait cessé de brandir, en fredonnant avec une pointe d'irritation, face à ceux qui le brocardaient à chaque fois que lui naissait une fille.

Il continuait de clouer un regard de remontrance sur saint Sébastien, qui profitait imperturbablement des lampes brûlant à ses pieds comme si rien ne le concernait. Et il lançait les plus affreuses malédictions contre le juge Maremmi qui l'avait mêlé à ça, contre Lenzi qui ne s'était pas fait une raison de la mort de son collègue et persistait à chercher d'où venait la fumée, contre les deux types qui avaient acheté son silence, et ainsi de suite, jusqu'à s'en prendre à lui-même, et à sa malheureuse idée de se lancer dans une exploitation de vaches et d'étables qui lui allait aussi bien qu'un greffon de citronnier sur un olivier.

Pour finir, il s'arrêtait sur sa femme, sur ses querelles incessantes, sur les sempiternelles guerres domestiques qui avaient trop souvent guidé ses pas pleins de rancœur jusqu'à la chambrette au-dessus de l'étable, à cause de quoi il avait joué un rôle dans cette histoire.

Comme si ça ne suffisait pas, il y avait maintenant ce jeune type qui insistait pour avoir sa troisième fille. Il envoyait sans arrêt en ambassade des amis communs pour se faire accepter, pour arranger le coup. Don Peppino ne voulait rien savoir. Il pouvait toujours se brosser : dans les miroirs de sa maison, jamais ce gugusse ne viendrait se mirer les fesses.

C'était l'un des rares points de convergence avec sa femme. Marier leur fille à ce gars-là, c'eût été rebrousser chemin après tout le mal qu'ils s'étaient donné. C'était le fils de gens de peu, avec en poche un diplôme de comptable arraché à coups de bidons d'huile, et qui, en matière de conversation, pouvait rivaliser avec l'idiot du village. Qu'est-ce qu'ils pourraient bien faire d'un comptable ? Tant qu'à prendre un diplômé, mieux valait un tâcheron chevronné du pressoir ou un expert patenté de la pioche. S'il fallait revenir en arrière, qu'au moins ce soit avec des bras pour économiser sur la main-d'œuvre.

C'était une vraie catastrophe. Après avoir eu tant de filles et de rancunes contre le ciel, avoir fait tant d'efforts pour qu'elles puissent étudier, s'être fait tant de mauvais sang à la pensée de la vie libre qu'elles menaient dans la ville universitaire, avoir supporté tant de sacrifices pour monter les échelons, il n'allait pas donner sa fille au fils d'un tailleur – enfin, tailleur… un vulgaire repriseur ! –, au fils d'un drôle qui sortait de chez lui avec des aiguilles et du fil accrochés au revers de sa veste.

Attaqué sur plusieurs fronts à la fois, il était inévitable que Peppino Salemi sombre dans la dépression. Il comprenait qu'il aurait dû occuper son esprit à autre chose. Mais à quoi ? En dépit de son aisance matérielle, il restait un paysan, il restait un *moulinier*. Et aux abords de sa maison, la seule terre à sa portée, c'était celle du jardin semé de gazon à l'anglaise. Les arbres, qui ne servaient qu'à donner de l'ombre, devaient déjà s'estimer heureux d'avoir échappé à sa cognée. Faute d'autre chose, il s'en contenterait. Il passa un peu de temps à tondre la pelouse, à la hauteur qu'exigent les Anglais, et ses filles – qui, sans être anglaises, étaient cependant pointilleuses – contrôlaient derrière lui avec un décimètre. Il passa encore un peu de temps à élaguer les branches sèches.

Huit jours après la mort de Baúllo, un quotidien local lança qu'il s'agissait peut-être d'un meurtre. Sans fournir d'éléments, juste pour faire un gros titre. En lisant ça, don Peppino *fleichit* comme le sapin du jardin sous les coups d'un mistral en pétard. Il se vit déjà nu sur le marbre de la morgue. Au comble du désespoir, il décida de téléphoner à Lenzi. Il avait gardé, sans savoir pourquoi, le numéro que l'accorte adjudante préposée à la machine à écrire lui avait remis. Il anhélait comme un soufflet de forge en attendant que ça réponde. Après quatre sonneries, il tomba sur le répondeur. Il raccrocha sans laisser de message.

Une demi-heure plus tard, il regrettait déjà. Plus tard, il se redécida. Encore le répondeur. Il raccrocha de même. Et de même regretta d'avoir appelé. Définitivement, cette fois : superstitieux comme il l'était, il voyait dans l'absence de réponse la volonté du Ciel, le signe qu'il ne devait pas parler à Lenzi. Mais l'angoisse persistait à lui broyer la poitrine. Elle lui proscrivit son roupillon habituel sur le canapé : impossible de trouver le sommeil, même en se fracassant une grosse branche d'olivier sur le crâne. Il n'y avait plus qu'une chose à faire : affronter le palmier à la grande chevelure constellée de dattes jaunâtres et sans chair. Un peu après seize heures, il appuya l'échelle en bois contre le tronc, grimpa, et entreprit de couper les branches sèches à la hachette.

Sa femme observait son manège de la fenêtre de sa cuisine. Et elle se rongeait les sangs. Quand elle croisait son regard, elle désapprouvait de la tête, car cette tâche était indigne de son rang, à peine moins honteuse que de travailler au pressoir : dans son cas, puisqu'il venait de la terre, personne n'irait penser qu'il s'activait en bon bourgeois soucieux de garder la forme ; tout le monde se plairait au contraire à voir en lui un rustaud, indécrottable en dépit de son aisance bourgeoise. À le voir ainsi s'agiter au sommet de l'échelle, elle finit par se convaincre qu'il était en meilleure santé qu'elle.

Sentant posé sur lui le regard désapprobateur de sa femme, don Peppino crachait dans ses mains et se les frottait avec une lenteur ostensible avant d'abattre sa hachette. Pour la faire bisquer. Il accordait de longues pauses à ses vieux os, pendant lesquelles il regardait alentour. Le village, un amas de maisons aux toits multicolores et, dans un isolement superbe, le clocher de la cathédrale. Partout, sur les balcons et les terrasses, des antennes paraboliques. En arrière-fond, le bourdonnement de la vie où l'on ne distinguait aucun son identifiable. Ce village, il le haïssait désormais. Pourtant, jusqu'à une date toute récente, il le considérait comme l'endroit idéal où couler ses vieux jours.

Il était en train d'attaquer une nouvelle branche, et mentalement de fendre le crâne du jeune comptable, quand il sentit le premier coup de fusil mordre ses chairs.

Il ne sentit pas le second. Qui l'atteignit en pleine poitrine, tandis qu'il planait en chute libre, les ailes repliées. Il atterrit sur son gazon anglais, l'échelle lui tomba dessus, la hachette voltigea dans les airs, la lame se ficha dans le sol.

Il réussit à faire basculer son corps pour tourner son visage vers le ciel. De brefs instants, au cours desquels il sentit venir la mort et roula vainement les yeux à la recherche d'un olivier. Un râle monta de ses entrailles. Sa bouche s'empâta d'un liquide chaud et amer. Il dégorgea une longue coulée de sang. Il acheva de mourir en estompant sa vue sur le grand cyprès au centre du jardin, un arbre à ombre qui ne produisait rien et pour lequel on avait gâché un lopin de bonne terre.

Plongée dans les bruits de la cuisine et de la télévision qu'elle gardait toujours allumée, sa femme n'entendit pas les coups de feu. Elle vit cependant une forme obscurcir un instant la vitre de la fenêtre. Accourant anxieuse, elle adressait ses suppliques au cœur de Jésus-Christ afin qu'il ne se soit pas fait mal et, conjointement, d'âpres malédictions à son mari qui avait eu l'inconscience de s'atteler à semblable besogne, à son âge et avec tous les maux dont il souffrait.

37

En lui communiquant que madame le juge Allegri était venue par deux fois demander après lui, la secrétaire eut un petit rire et deux petits yeux ironiques.

Comme il ne savait pas quoi lui dire ni comment se comporter, Alberto ne passa pas la voir. Ils se croisèrent vers treize heures. Il dut faire un gros effort pour dissimuler les doutes qui le taraudaient. Il l'informa de la mort de Riccio : il la vit d'abord surprise, puis effrayée, puis poser une rafale de questions. Il répondit en ouvrant des bras découragés et en rentrant la tête dans les épaules, pour officialiser la fin de l'enquête, faute de piste à suivre.

Il inventa le prétexte d'un rendez-vous urgent pour se tirer d'embarras. Il était écartelé entre l'envie de la soumettre aux questions de flicard qui lui brûlaient la langue et le désir de la prendre dans ses bras. Il lui lança un clin d'œil complice et, de loin, renvoya à plus tard en faisant tournoyer un index. Il vit qu'elle accusait le coup, son front s'était plissé de mille ridules, marquant autant de déceptions.

Tant qu'à faire, il décida de s'ôter l'autre épine du pied. Il se rendit à la section carabiniers du Parquet. Marina se préparait à sortir pour raisons de service. Il lui raconta de même la mort de Riccio. Mêmes réactions que Chiara, rien qui trahisse sa culpabilité.

« Et maintenant ? demanda-t-elle.

– Maintenant, on est baisés. On n'a plus qu'à tout raconter aux journalistes. La mort de Riccio, pour nous, ça veut dire que c'est fini. »

Il lui serra la main et s'en alla.

À quatorze heures, Lucio sur le portable. Il insistait pour qu'ils aillent faire une heure de footing. Pour digérer. À ceci près que Lucio avait probablement de grosses platées à digérer. Lui, un sandwich et une bière. Mais Lucio, c'était Lucio. Il accepta.

Sur le faux plat montant, Alberto ahanait, s'essoufflait, perdait du terrain. Pour économiser son souffle, il n'écoutait pas les questions de Lucio. Dans les descentes, il revenait à sa hauteur et courait à côté de lui.

C'était toujours comme ça, quand ils faisaient un footing ensemble. Pas vraiment une compétition. Plutôt une flambée de cette jeunesse qui désormais leur échappait. Ils s'affrontaient pour pouvoir se bercer d'illusions, s'admirer l'un l'autre de si bien supporter l'effort, constater que les années étaient passées sur eux moins vite et moins cruellement que sur d'autres gens de leur âge.

Dans les descentes, ils parlaient. De choses futiles. Et de femmes. Marina était au centre de la conversation. Elle avait toujours plu à Lucio. Ça le dépassait qu'Alberto ait pu laisser filer un si beau brin de femme. « Elle voulait que tu l'emmènes en balade ? Alors fallait l'emmener en balade. Et même en procession. Bras dessus bras dessous. Quel crime il y aurait eu à ça ? Tu aurais eu de quoi être fier », lui reprocha-t-il.

Il ne lui dit rien de ses soupçons. Il avait honte. Au cas où ils se révéleraient infondés. Il ne lui parla pas non plus de Brighi. Par orgueil, cette fois, et parce que sa relation avec Marina n'existait peut-être que dans sa tête malade. Mais il lui parla d'Enrico. Leurs rapports s'amélioraient de jour en jour. Notamment grâce au mari de Marta, qui lui offrait des occasions de voir son fils. L'enfant s'était détendu et il était d'accord pour passer le prochain dimanche avec lui. Il avait lâché un « Bon, d'accord» comme s'il se sacrifiait juste pour lui faire plaisir. Mais, en baissant la tête, il avait laissé échapper un petit rire.

Lucio et Alberto se séparèrent au milieu de l'après-midi.

Alberto décida d'aller prendre une douche chez sa mère. Depuis qu'il s'était plongé dans cette affaire, il la négligeait. Ça faisait vingt jours qu'il n'était pas passé la voir.

Il éteignit son portable. Il ne saurait pas quoi répondre à Chiara ou Marina si elles l'appelaient pour avoir des nouvelles de l'affaire.

Il décida de convoquer un journaliste le lendemain matin et de lui révéler toute l'histoire. Dès qu'elle paraîtrait dans les journaux, le risque qu'on mette un drapeau sur son cercueil s'évanouirait.

Michele Brighi le dénicha chez sa mère. Il l'informa que Salemi avait été assassiné une heure plus tôt.

Sur le chemin du retour, Alberto se disait que cette fois ce n'était pas sa faute, qu'il n'avait pas de scrupules à avoir. Mais il se sentait mal à l'aise. Si les gens continuaient à tomber comme des mouches autour de lui, ça voulait dire que quelque chose n'allait pas, qu'il n'avait pas agi comme il aurait fallu. Il était certain que Salemi savait quelque chose, puisqu'on avait dû le tuer. La presse allait les massacrer. Officiellement, ce n'était plus son problème. Mais, le lendemain, il cracherait ce qu'il savait au journaliste avec plus de rage que l'Etna quand il s'énerve.

Le cadavre était encore dans le jardin, caché sous un drap. Deux coups de *lupara* chargée à la grenaille en plein dans le buffet. Mort quasi immédiate. Insupportable la douleur de sa femme et de ses filles. Alberto en fut ému. Cette fois, un innocent était tombé, un brave homme, un père de famille. Qui avait sans doute eu la malchance d'être au courant de l'enfouissement des déchets. Il avait eu peur de se confier à eux. Il avait cru plus sûr de se taire.

Alberto rentra chez lui. Sa première pensée fut de téléphoner à un journaliste avec lequel il entretenait de bons rapports. Ils se fixèrent rendez-vous pour le lendemain matin, samedi.

Il consulta son répondeur. Sept appels. Les deux premiers, sans message, à partir d'un numéro qu'il ne connaissait pas, deux autres de Brighi, avant qu'il ne pense à l'appeler chez sa mère, Chiara qui lui demandait de la rappeler car il y avait du nouveau – la mort de Salemi, certainement –, Marta qui lui demandait de payer la pension, Lucio qui lui proposait de le rejoindre pour le dîner. Il composa le numéro des deux premiers appels. À la sixième sonnerie, une voix d'homme répondit tristement, à peine un murmure. Il comprit qu'il était chez les Salemi. Don Peppino l'avait appelé à quatorze heures treize, pendant qu'il était en train de manger son sandwich et de boire sa bière, puis à quatorze heures cinquante-trois, pendant qu'il faisait son footing. Deux heures et demie avant qu'on ne le dézingue. Il craignait peut-être que ça n'arrive et voulait révéler ce qu'il savait, être placé sous protection. Il devait s'être produit quelque chose qui l'avait fait changer d'avis. Il pensa à la fragilité de l'existence, à son caractère éphémère, qu'un rien suffit à y mettre fin, que personne n'est maître de son temps, que d'autres peuvent en décider pour vous, qu'un détail peut tout faire basculer, comme deux coups de téléphone qui ne trouvent pas leur destinataire. Si Salemi l'avait trouvé au bout du fil, il ne serait pas mort. Car Alberto n'aurait pas répété l'erreur qu'il avait commise avec Baúllo.

Il se demanda ce qu'il savait de si important qu'il avait fallu qu'il meure. Un autre fragment de vérité, peut-être. Ou peut-être rien qu'il n'ait déjà découvert. Auquel cas on l'avait tué à titre préventif, pour ne pas devoir chercher le remède après coup, comme avec Riccio. Il n'avait rien consigné par écrit, il avait certainement l'intention de tout lui raconter de vive voix. Il n'en avait pas eu le temps. Il y avait quelque part une ordure qui tirait et tuait comme à la chasse aux grives. Tout près, parmi eux.

Soudain, la sueur perla sur son front : son téléphone fixe ! Ceux qui tiraient les ficelles étaient puissants, en mesure de le mettre sur écoute, tout magistrat qu'il était. Auquel cas, Salemi était mort parce qu'il avait essayé de le contacter. Il eut peur. À cause du coup de fil qu'il avait passé au journaliste : s'ils avaient compris ce qu'il avait l'intention de faire, ils étaient déjà en train de choisir les cartouches adaptées à sa chair. Il en eut le souffle coupé. Il courut verrouiller la porte à double tour, ferma les persiennes, baissa la lumière. Tout en tendant l'oreille pour entendre la mort monter les escaliers.

Son portable sonna. Il bondit. Numéro caché. Une voix contrefaite. « Écoute bien tout ce qu'on sait sur ton fils. Il s'appelle Enrico, il a sept ans, il va à l'école Leopardi tous les matins à huit heures. C'est ta femme qui l'amène. Et c'est elle qui vient le chercher à une heure. Les lundi, mercredi et vendredi à cinq heures, elle l'accompagne à la piscine. Le mardi et le jeudi, à quatre heures, il prend des cours d'anglais. Ça te va ? Si tu tiens à lui, occupe-toi de ton cul. » *Clic.*

Il dut s'appuyer au meuble de la cuisine pour ne pas tomber par terre. Ils en savaient plus sur son fils que lui-même.

Quand il fut de nouveau capable de penser, il se demanda la raison de cette menace. Il avait crié sur tous les toits que pour lui l'affaire était close, et tout le monde savait qu'on la lui avait retirée. Ils ne pouvaient pas avoir organisé en quelques minutes ce stratagème pour le dissuader de s'entretenir avec le journaliste. Puis il comprit qu'ils prenaient les devants pour ne pas être obligés de le tuer : le meurtre d'un autre magistrat aurait eu des conséquences difficiles à contrôler.

Il en fut soulagé pour lui-même.

Et d'autant plus angoissé pour Enrico. Dès le lendemain matin, il le mettrait sous protection. Une escorte permanente. Marta pourrait toujours gueuler si ça lui chantait.

En attendant, il devait l'appeler pour annuler leur dimanche ensemble. Après tout le mal qu'il s'était donné, il risquait de perdre en une seule fois le terrain qu'il avait gagné. Il serait incapable de décrocher un mot, Enrico le prendrait mal, il se braquerait de nouveau.

Il fallait régler ça au plus vite. Il était un peu plus de dix heures, il le trouverait peut-être encore debout.

« Ça ne fait rien, répondit-il d'un filet de voix quand son père lui expliqua qu'il serait retenu dans une autre ville par son travail.

– On se voit le dimanche d'après, tenta-t-il de réparer.

– Ça ne fait rien », dit-il encore.

Ça lui brisa le cœur. Il sentit les larmes monter.

En bruit de fond, Marta pestait. Et elle n'était pas encore au courant pour l'escorte...

Alberto chassa Enrico de ses pensées et revint à l'affaire. Si son téléphone était effectivement sur écoute et si quelqu'un du pool était dans le coup, il avait intérêt à appeler de chez lui pour confirmer qu'il ne voulait plus rien savoir de cette affaire.

Il se demanda à qui téléphoner. Le traître pouvait être n'importe quel membre du pool. Mais ça pouvait être aussi n'importe lequel de ceux qui étaient intervenus dans l'affaire à un titre ou à un autre, comme ce capitaine qui s'était retiré dès qu'on avait établi la culpabilité des Manto, un quelconque sous-officier ayant participé à la recherche d'indices, un membre du personnel du Parquet ayant facilement accès aux documents, un magistrat auquel personne n'aurait refusé de consulter les dossiers, le procureur lui-même. Ou des éléments extérieurs, appartenant aux services secrets, à la maçonnerie dévoyée, en mesure de coller des mouchards partout et de suivre le cours de l'enquête sans jamais se montrer.

Il se décida à appeler Fiesole, Chiara, Marina, Brighi et Espositi. Il les trouva tous. Avec chacun d'eux, il commenta la mort de Salemi. Il se déclara content d'avoir été déchargé de l'affaire : quant à lui, il avait tourné la page une bonne fois pour toutes, et il leur conseillait d'en faire autant.

Fiesole eut un petit rire. Chiara commenta d'un « Oui, mais nous sommes des magistrats ». Brighi d'un « Je vous comprends » dont le ton signifiait exactement le contraire. Marina d'un « Bon » pas très engageant. Quant à Espositi, sa réaction

– « Juste au moment où ça devient intéressant ? » – le laissa perplexe.

Mais comme son cerveau n'était pas sur écoute, que penser ne lui coûtait rien et ne présentait aucun danger, il continua de ruminer.

Il se remémora son échange avec le dirigeant de la société des téléphones. Il n'avait pas parlé de fadettes ni du numéro de portable à identifier. Ils avaient juste échangé des amabilités et s'étaient donné un rendez-vous, sans dire pourquoi. Selon toute probabilité, c'était passé pour un simple papotage entre amis. Du coup, l'hypothèse que Chiara ou Marina soit coupable reprenait consistance : l'une des deux avait révélé ce qui concernait le dernier appel passé par Baúllo et le numéro du destinataire, décrétant ainsi la mort de Riccio. Il ne semblait pas y avoir d'autre explication. Pourtant, il ne pouvait y croire. Jamais elles n'avaient commis la moindre bavure, il ne se rappelait pas un geste, un mot, une ombre susceptibles d'accréditer leur trahison.

C'est à ce moment-là que de vagues signes avant-coureurs d'une nouvelle idée commencèrent à se faire jour. Quelque chose qui était en lui mais qu'il ne parvenait pas à transformer en pensée. Un détail à saisir, un souvenir qui restait tapi. Quelque chose d'important, de décisif. Il se concentra jusqu'à en avoir mal au crâne. Rien. Il n'y avait plus qu'à s'en remettre au temps, dans l'espoir qu'il ferait la lumière, tôt ou tard.

Ils arrivaient en douce. Et par petits groupes. Une procession jusqu'à dix-neuf heures. Des visages contrits offerts en guise de bonjour à ceux qui étaient déjà là, des mains qui en serraient d'autres tristement, qui se joignaient comme pour une prière, des moues affligées et d'amers « voilà » à n'en plus finir. Ils allaient s'asseoir et restaient là sans rien dire, consternés, les mains serrées entre leurs cuisses comme s'ils avaient froid, le buste penché en avant, un raclement de gorge de temps à autre, certains prévenant de la pointe de leur mouchoir un début de larmes au coin de leur œil plus sec qu'un coup de sirocco, et encore des « voilà », qui en appelaient d'autres par contagion, et puis de gros soupirs, poussés les joues gonflées. Ni plus ni moins qu'à l'enterrement d'un jeune défunt, mort brutalement, quand les vivants prennent le Ciel à témoin de leur désaccord.

Presque une heure comme ça, au cercle. Mots au compte-gouttes et discussions par petits groupes, les chaises placées en rond comme autour du poêle d'antan, et personne pour prendre la responsabilité de lancer le sujet.

Un observateur extérieur, arrivé là par hasard sans rien savoir – pure hypothèse, car, même à l'article de la mort, jamais un étranger n'eût été admis au cercle –, aurait apprécié cette atmosphère empreinte de douleur, prouvant combien la fréquentation quotidienne avait cimenté une amitié profonde et sincère, pour que tous soient si abattus qu'on ait tué ce pauvre Salemi, et de savoir de source sûre, puisque le journal télé l'avait dit, que Baúllo avait péri lui aussi sous les coups d'une main assassine.

À vingt heures, la réunion battait son plein. Soixante-dix-huit présents sur soixante-dix-huit sociétaires vivants. Mieux que l'après-midi où deux camions étaient venus se garer devant le palais du marquis, sur la place, juste en face du cercle, pour saisir ses meubles, quand les fenêtres s'étaient transformées en parterre, avec revente de places à la sauvette, comme pour un strip-tease en direct. On n'avait déploré ce jour-là qu'une absence : celle du marquis lui-même. Mais mieux aussi que le soir où était tombée la nouvelle comme quoi la fille du docteur Scuto, encore demoiselle – mais seulement des oreilles, selon le qu'en-dira-ton –, avait dans le four une miche mitonnée par le fils d'un cordonnier qui était plus souvent à la cave que dans son échoppe, nouvelle ensuite démentie par les actes officiels, le fruit du péché n'ayant jamais paru, mais dont tout le monde savait qu'elle était vraie, le four ayant été nettoyé nuitamment.

« Et voilà, il s'est fait tuer… » (Don Gregorio, donnant le signal du début des travaux.)

Tous les regards se braquèrent sur lui. On ignorait s'il se référait à Baúllo ou à Salemi, assassiné vers cinq heures de l'après-midi le jour même.

« Ils *se sont* fait tuer. Et Baúllo, vous en faites quoi ? » rectifia le pharmacien.

Les voix se chevauchèrent. Nombre d'entre eux prodiguèrent à la mémoire des disparus maintes marques de commisération, rappelant des épisodes, évoquant la dernière fois qu'ils les avaient vus, parlant de leurs familles, de leurs enfants, d'une région qui devenait de plus en plus barbare.

« Vous pensez que c'est la même main qui a tiré les ficelles ? relança maître Criniti, dès qu'il lui sembla qu'on avait consacré suffisamment de temps au souvenir et à la contrition.

– C'est l'évidence même. (Don Gregorio, du tac au tac.) Sauf que Baúllo l'a bien cherché, il était là-dedans jusqu'au cou. Par contre, ce pauvre Salemi... » À Baúllo, même mort, pas question de faire de remises. Mais pour Salemi, il était vraiment désolé.

« Faut être con pour mourir comme ça », condamna le marquis. Sans préciser s'il parlait de Baúllo ou de Salemi. Ou des deux.

« Faut être con », le seconda Giasone. Il aurait juré avoir vu un âne voler pour peu que le marquis l'affirme. Il trottinait derrière lui en remuant la queue – ça donnait envie de lui jeter un os – depuis que le bruit courait que le marquis avait un besoin urgent de vendre le rez-de-chaussée de son palais ; il en avait déjà l'eau à la bouche, certain de pouvoir faire baisser le prix à la faveur de l'urgence et de la nécessité.

« Qui donc a pu faire ça ? demanda le docteur Scuto, comme s'il pensait à voix haute.

– Il y a de très gros intérêts en jeu, cette fois la 'Ndrangheta n'a rien à voir là-dedans, dit le pharmacien.

– La 'Ndrangheta met toujours son grain de sel. (Le docteur Scuto.)

– Et Salemi ? demanda M. Chillè.

– Faut être con pour mourir comme ça, radota le marquis.

– Faut être con, radota Giasone.

– Un peu de bon cœur », lança le commandeur d'une voix autoritaire, balayant l'assemblée d'un regard de reproche. Avant de s'employer à humidifier de larges coups de langue un demi-toscan, de se remplir les poumons de son arôme, de l'allumer, de tirer une unique et puissante bouffée et de le passer à son serviteur. Qui se mit à fumer comme une locomotive à vapeur.

38

Au réveil, Lenzi eut encore cette sensation de quelque chose à saisir parmi ses souvenirs. Mais quoi ?

Pour venir en aide à sa mémoire, il décida de repasser les dossiers au peigne fin.

Il appela le journaliste et annula leur rendez-vous. L'autre protesta, insista. Alberto coupa court sans prendre de gants. Il fut certain d'avoir fait ce qu'il fallait : s'il était sur écoute, ceux qui le surveillaient en déduiraient que les menaces avaient porté leurs fruits.

Il avait commencé à descendre les escaliers quand il pensa au pistolet et rebroussa chemin. Il le glissa dans sa ceinture. Ça gênait désagréablement ses mouvements. Mais ça le rassurait. Même s'il savait qu'il n'était pas fait pour ce genre d'outils. Certaines choses exigent leur dose de méchanceté.

À la porte d'entrée de l'immeuble, il regarda à droite et à gauche avant de poser un pied sur le trottoir. Aucun visage suspect, aucun mouvement bizarre, un samedi comme tant d'autres. Il traversa quand même au pas de course et poussa un soupir de soulagement dès qu'il fut en sécurité à l'intérieur du tribunal.

Employés, carabiniers, policiers, agents de la brigade financière traînassaient dans le grand hall.

Depuis son bureau, il appela un adjoint du préfet de police avec qui il était en bons termes. Il lui demanda de mettre en place une protection pour son fils. Jour et nuit, dès à présent. Et il lui fit part des menaces de la veille au soir, injustifiables, car relatives à une affaire qui était dans l'impasse, dont il avait du reste été dessaisi, et dont lui-même s'était désintéressé. Ensuite, il se sentit plus serein.

Il se mit à feuilleter les dossiers, dans l'espoir de trouver quelque chose. Rien. Il s'entêta. Quelque chose continuait à lui souffler que ce qu'il cherchait était caché là-dedans, qu'il y avait une faille quelque part, un détail passé inaperçu, sous-évalué. Il devait repasser toute cette histoire au crible. À commencer par les frères Manto. Coupables, sans aucun doute : ils avaient tué sur ordre, quoi que Rota en dise.

Maintenant qu'il s'était mis en tête que quelqu'un au Parquet faisait partie de la conjuration, il lui fallait reconsidérer toute l'affaire selon cette nouvelle optique, chercher des éléments qui puissent étayer les liens entre les Manto et le traître, ce visage de l'ombre, qui avait tué en personne ou qui était présent quand les tueurs graissaient leurs armes, et qui s'était ensuite appliqué à brouiller les pistes. Un vendu, qui méritait qu'on le cloue avec les clous les plus gros et les plus pointus qui soient.

Il inséra dans son ordinateur le CD contenant les images filmées par la caméra de surveillance du tribunal. Il les fit défiler jusqu'à la jambe d'Antonio Manto, la gauche, la preuve que c'était lui le coupable. Il fit un arrêt sur image : pantalon en toile de jute et grosses chaussures à lacets. Il agrandit l'image. Il s'aperçut que la pointe du lacet s'effilochait, le petit capuchon en plastique manquait.

Il vérifia sur les photos prises dans le pressoir. Il y en avait une de la chaussure gauche. Le lacet lui parut intact, malgré le passage des meules. Mais impossible d'en être sûr, le détail était trop petit et trop flou. Il fallait s'en assurer.

Il descendit aux archives, remercia l'employé qui insistait pour l'aider et sortit le carton contenant les pièces à conviction. Il avait été mis sous scellés. Il hésita. Puis décida d'instinct et les fit sauter : de toute façon, au point où il en était… Qu'est-ce qu'on pouvait lui faire de plus ? Le procureur avait déjà averti le Conseil supérieur de la magistrature. Il trouva la chaussure gauche. Gagné : elle avait été sérieusement abîmée par la meule, mais le lacet avait encore son embout en plastique.

Sa première sensation fut la peur. Il regarda autour de lui. Personne. Il sortit en courant presque. L'archiviste le regarda d'une manière qui lui parut suspecte. Il arriva dans son bureau et s'enferma à clef.

Il suait à grosses gouttes. Tiraillé entre des sentiments contradictoires, où l'euphorie le disputait à l'effroi : cette découverte redistribuait les cartes autant qu'elle le mettait en danger. Ce n'était pas cette chaussure qui avait été filmée. Ce n'était donc pas non plus la jambe d'Antonio Manto. Lequel était donc innocent, comme don Mico Rota l'avait toujours prétendu. Tout était faux depuis le début.

Halte, stop, du calme : la seule donnée incontestable, c'était que les lacets étaient différents, mais de là à conclure que ce n'étaient pas les mêmes chaussures… Entre le meurtre de Maremmi et sa propre mort, Manto pouvait tout simplement avoir changé ses lacets. Point barre.

Il fit aussitôt machine arrière : Manto n'était pas du genre à changer ses lacets juste parce qu'un des embouts en plastique était tombé. D'autant que, sur des chaussures comme ça, ça ne servait à rien, il n'y avait pas de trous où les enfiler, mais des crochets. Même lui n'aurait pas changé ses lacets pour si peu. Alors Manto… Il s'agissait donc bien de chaussures différentes. De jambes différentes. D'hommes différents. Les Manto étaient innocents. Assassinés pour fournir des coupables et accréditer la piste 'Ndrangheta. Tout collait, avait une logique. Presque tout : pourquoi la jambe du meurtrier ressemblait-elle à ce point à celle de Manto ? Difficile de croire à ce point au hasard. D'autant qu'il y avait eu les menaces de Ciccio Manto. Deux hasards, c'était trop. Ils s'annulaient l'un l'autre. Après tout, Antonio Manto avait peut-être effectivement changé ses lacets, peut-être parce que entre-temps ils s'étaient cassés.

Il se fâcha contre lui-même : il ne pouvait pas avancer d'un mètre et reculer de deux. Il avait décidé de faire une dernière tentative, de suivre une intuition, d'essayer de trouver un nouvel élément ? Eh bien, voilà, il l'avait trouvé. Et il faudrait qu'il s'en contente. Qu'il suive cette piste, pour voir où elle menait. Partir de l'idée que le pas précipité filmé par la caméra était celui d'un inconnu, mais pas d'Antonio Manto ; la ressemblance des chaussures n'avait été qu'une heureuse coïncidence, dont ils avaient profité pour renforcer l'idée que c'était lui l'assassin. Il n'y avait pas eu d'autre hasard – les menaces de Ciccio Manto au cours du procès, non, ça n'avait rien d'une coïncidence, on l'avait payé pour jouer cette scène. Peut-être avaient-ils perfectionné la tromperie en mettant à Antonio Manto un pantalon et des chaussures semblables à ceux du tueur – après le passage de la meule, de toute façon, on ne remarquerait plus les petites différences. Son destin avait été écrit depuis longtemps : cette fin atroce servait à prouver en même temps qu'il était coupable et qu'il avait été puni par la 'Ndrangheta.

C'était ce scénario qu'il fallait prendre en compte. Il changeait les faits du tout au tout.

Seuls les personnels autorisés étaient au courant de l'existence de ces images. Le traître était donc forcément quelqu'un du Parquet, qui avait vu la vidéo et savait donc quel pantalon et quelles chaussures se procurer, sans se soucier des couleurs, puisque la caméra avait donné un film en noir et blanc, sous une patine bleuâtre.

Il essaya de redessiner la trame : la nécessité de tuer Maremmi en détournant les soupçons sur la 'Ndrangheta ; Ciccio Manto stipendié pour lancer ses menaces dans le prétoire ; son frère Antonio innocent mais prédestiné à être sacrifié comme coupable, débusqué dans sa planque, *gardé au frigo* puis exécuté après avoir été habillé comme le meurtrier ; Baúllo, Riccio et Salemi liquidés parce qu'ils en savaient trop, pour effacer les pistes.

Mais il restait possible qu'Antonio Manto, en cavale et dont la vie était de toute façon foutue, soit effectivement le tueur de Maremmi. Ça ne changeait pas grand-chose au fond de l'affaire. Mais il était enclin à penser que non : car dans ce cas, les marionnettistes n'auraient pas pris la peine de construire des preuves de la culpabilité de quelqu'un qui était de toute façon coupable.

Il était en revanche évident qu'il y avait d'autres assassins, responsables du crime abominable au pressoir, du faux suicide de Baúllo, de la mort de Salemi. Une équipe, peut-être étrangère à la 'Ndrangheta mais pas au Parquet, constituée d'au moins deux éléments, car deux individus s'étaient introduits à l'intérieur de l'hôpital.

C'était jusqu'à eux qu'il voulait remonter. Sans qu'on soupçonne qu'il poursuivait son enquête. Personne ne devait se douter de rien. Ce n'était pas bien compliqué. Il n'y avait qu'à tirer les filets. Selon le plan qu'il avait en tête, ce qu'il avait à faire était on ne peut plus facile, et sans aucun danger, ni pour Enrico ni pour lui. Il devait simplement attendre. Il espérait de tout son cœur que ce ne soit pas Marina qui se prenne dans ses filets. Car tout menait à elle : elle avait pu épier Maremmi de l'intérieur et le désigner comme cible ; elle était au courant du dernier appel de Baúllo et avait vu le numéro de portable de Riccio ; elle avait regardé la vidéo ; il lui aurait été facile d'en faire une copie chez elle et de la passer à quelqu'un d'autre. Tout s'agençait parfaitement autour d'elle. Pourtant, il se refusait à la considérer coupable.

Alberto rentra directement chez lui.

Il avait faim. D'ordinaire, il sanctifiait son samedi en allant manger du poisson dans l'un des restaurants de la route côtière. Il jugea cette fois plus salutaire de rester à la maison. Il n'était écrit nulle part que ceux qui menaient le jeu se tiendraient à carreau juste parce qu'il avait clamé haut et fort avoir renoncé à l'enquête. Jusque-là, ils avaient toujours préféré la solution qui prévoyait un trou de deux mètres de profondeur.

Dans le frigo, le désert ; deux œufs, datant de Dieu sait quand, peut-être déjà prêts à éclore. Le pain s'était transformé en *biscuit de mer*. Par chance, les spaghettis ne manquaient pas à l'appel. Une assiette de pâtes à l'ail et à l'huile ne serait pas mal venue. Mais va trouver une gousse d'ail… Il allait devoir observer le jeûne hebdomadaire que sa mère ne manquait jamais, par dévotion, le vendredi.

Il fut tenté de descendre chez le traiteur en bas de chez lui. Il y renonça. Giorgio aussi était descendu en bas de l'immeuble, pour aller chercher des médicaments, et il n'était plus remonté.

Cependant qu'il mouillait son pain sec sous un filet d'eau, il pensa à Chiara. Il y avait un sérieux risque, vu la distance qu'il avait mise entre elle et lui, qu'elle soit retournée pleurnicher auprès de son amant secret. Il l'appela sur son portable.

« Ah, tu es toujours vivant ?

– Tu es où ? lui demanda-t-il.

– Chez moi, où veux-tu que je sois ? J'attendais un coup de fil.

– Et si je t'invitais à déjeuner chez moi ? Mais il faudrait que tu apportes à manger…

– Tu as des factures à payer ? Je t'invite au restaurant. »

Il insista pour qu'elle vienne chez lui. Chiara se laissa convaincre. Une demi-heure plus tard, elle sonnait à sa porte. Elle était si sexy qu'il y avait de quoi s'étonner qu'elle soit arrivée jusque-là sans se faire arracher ses vêtements dans la rue.

Il se rinça les yeux à l'envi pendant qu'elle préparait à manger.

Dès les premières bouchées, il dut admettre qu'elle avait avec Marina au moins deux points communs. *Primo*, la divine carrosserie qu'elles se trimbalaient toutes les deux. *Secundo*, la cuisine. Aussi nulles l'une que l'autre.

Un repas lamentable, mais un après-repas superbe. Qui porta les ressemblances avec Marina au nombre de trois : l'inquiétude de la chair.

La tête posée sur son torse nu, elle lui demanda où en était l'affaire.

Il lui confirma qu'il ne voulait plus rien savoir. Pour constater avec amertume qu'il respectait le secret maintenant que ça ne servait plus à rien, maintenant que le mal était fait. Il aurait pu lui révéler la vérité, désormais la messe était dite. La dernière fois, il avait commis une erreur. Mais comment pouvait-il la soupçonner, elle, et soupçonner Marina, et Fiesole, et Espositi, et Brighi, et même le procureur ? Tout le monde avait l'air tellement fiable, la tête auréolée de sainteté.

Chiara passa la nuit chez lui.

Le lendemain matin, l'interphone le tira du sommeil. Il était un peu plus de neuf heures. Chiara était partie – il ne l'avait pas entendue sortir. Depuis peu, sa place dans le lit était encore chaude. C'était Lucio qui sonnait.

Il le fit monter.

« Espèce de *fieul de bagasso*… Elle sortait d'ici, celle-là, espèce de fils de pute, je suis prêt à parier mes valseuses, l'agressa-t-il à peine eut-il posé un pied chez lui.

– Qui, celle-là ? » essaya-t-il de se défendre, mais son petit rire était un aveu.

Lucio apprécia, d'un baiser claqué vers le ciel sur la pointe de trois doigts. « Je la connais, c'est cette jugesse. Elle est bonne », dit-il. Puis, comme en aparté : « Ce qui veut dire que Marina est libre. » Marina lui avait toujours chauffé les sangs. Mais l'amitié avec Alberto était si sérieuse que l'idée d'essayer avec elle ne l'avait jamais effleuré. Cette fois non plus, il n'y pensait pas sérieusement. Il voulait plutôt prendre le pouls d'Alberto. Car il avait toujours pensé qu'il y avait entre eux beaucoup plus que le sexe, même si Alberto tenait à le nier.

« En ce qui me concerne, la route est libre. Mais j'ai bien peur qu'elle ne se soit mise à la colle avec un inspecteur de police qui habite ici, au troisième étage. Elle ne veut pas l'admettre, mais c'est comme ça. »

Il fut à deux doigts de lui confier ses autres soupçons. Puis renonça. D'autant que ses soupçons, ils allaient et venaient. Ces dernières heures, ils avaient surtout eu tendance à aller.

« Et tu t'es fait niquer par un petit inspecteur de rien du tout ?

– L'heure était venue de la plaquer », d'un ton mâle. Pour mieux incarner son rôle, il reconnut qu'il avait deviné pour Chiara.

« Dis-moi un peu, elle fait comment ta jugesse ? Elle monte les escaliers en catimini, elle gratte à ta porte et elle se glisse directement dans ton lit ? »

C'est à cet instant précis que la sensation qu'il cherchait depuis longtemps, l'idée qui était restée aux marges de son esprit, prit forme. En même temps que l'idée, des circonstances qui avaient été négligées. En même temps que les circonstances, les premières images de la façon dont les faits s'étaient déroulés. Apparemment, rien dans ce que Lucio avait dit ne se rattachait à ça. Pourtant, à cet instant précis, tout lui parut logique. Et... Rota, les tout derniers mots de Rota lors de leur deuxième entretien. Il n'y avait pas vraiment prêté attention, mais Rota l'avait mis sur la bonne piste.

Une fois Lucio reparti, Alberto se concentra pour placer les pièces manquantes, les détails qui jusque-là semblaient absurdes et qui s'encastraient maintenant à la perfection. Bientôt, chaque chose s'éclaira et l'histoire prit la couleur de la certitude. La blague de Lucio à propos des escaliers. C'était ça qui avait déchiré les ténèbres et collé un visage à l'assassin. Quels idiots de s'acharner sur les images de la caméra de surveillance et sur Antonio Manto.

Quels idiots d'être partis du principe que le tueur s'était glissé dans l'immeuble juste derrière Giorgio, rouvrant la porte un instant avant qu'elle ne se referme. Il était déjà là. Il avait attendu son retour. Épié ses faits et gestes depuis sa terrasse ou depuis la fenêtre en haut de la cage d'escalier, où personne ne montait jamais. Il l'avait vu sortir. Et il s'était préparé. Il l'avait vu revenir. Il avait descendu les escaliers en catimini. Comme

Lucio l'avait dit en parlant de Chiara, provoquant son illumination. Rota avait dit quelque chose d'approchant : quand il avait fait allusion à la *geline* et à la porte de l'immeuble, il lui avait pour ainsi dire mis la solution sous les yeux.

Il s'était caché dans le hall de l'immeuble et il l'avait tué. C'était là qu'il fallait que ça se passe, et pas dans l'escalier, pas dans l'appartement, pas dans la rue, pour accréditer la thèse selon laquelle l'assassin était arrivé de l'extérieur, dans le sillage de Maremmi. La jambe sur la vidéo n'était qu'un concours de circonstances, dont on avait tiré parti pour rendre la duperie plus crédible. Mais c'était désormais une preuve supplémentaire pour coincer le tueur.

Il sentit monter en lui une folle envie de meurtre. Si on l'avait laissé entre ses mains en lui disant d'en faire ce qu'il voulait, il l'aurait étranglé à mains nues. À petit feu, pour pleinement savourer sa souffrance. Il serra les mâchoires, gronda de rage. Il criait vengeance, il voulait voir son sang.

Mais il était habile, ça, il fallait l'admettre. Il avait réussi à les rouler dans la farine, tous autant qu'ils étaient. Il s'était promené parmi eux, un sourire aux lèvres, s'attirant les sympathies, en toute amitié. Tandis qu'il prenait des informations dont il rendait compte au-dessus de lui. Dès qu'il obtenait un nom, il lui réglait son compte – ou plutôt non, ils lui réglaient son compte, car ils étaient au moins deux. C'est ainsi que ça s'était passé pour Giorgio Maremmi, pour Antonio Manto, pour Baúllo, pour Salemi.

Les arrêter, ce n'était pas assez. Il fallait leur tendre un piège où ils laisseraient leur peau. Il utiliserait son téléphone fixe : jusque-là, c'étaient eux qui en avaient joué ; maintenant, ça pouvait se retourner contre eux.

Son esprit se cabra soudain devant une nouvelle pensée : les micros mouchards. Il était fort possible qu'ils en aient fourré partout dans son appartement. Ce qui permettait d'expliquer qu'ils aient toujours un coup d'avance. Il renonça à les chercher. Il n'aurait pas su par où commencer, ni à quoi ça ressemblait.

Et de toute façon il avait intérêt à les laisser où ils étaient, ça servirait son plan. Il fallait se dépêcher. Tergiverser serait mauvais pour sa santé : s'il ne forçait pas le cours des choses, les tueurs décideraient pour lui.

Il repensa à toute l'histoire : elle ressemblait exactement à ce que don Mico Rota lui avait suggéré, avec ses paraboles : la 'Ndrangheta de la côte ionique qui s'occupe du prélèvement et de l'enfouissement des scories et qui prend Ciccio Manto à sa solde pour qu'il fasse son petit cinéma au tribunal ; Maremmi, qui en découvre un peu trop ; un condamné à perpétuité et au moins un maton payés pour égorger Ciccio Manto ; le meurtre de son frère, en tout point étranger à tout ça, pour apporter de l'eau au moulin de la piste 'Ndrangheta ; le meurtre de Baúllo, parce qu'il savait, avait pris peur et demandé des garanties par téléphone à Riccio, en menaçant peut-être de tout révéler ; le meurtre de Riccio, dès lors qu'il était repéré, et celui de Salemi, pour avoir cherché à le joindre, lui, Lenzi, par téléphone.

Le tout échafaudé dans les règles de l'art. Mais ils avaient oublié de tenir compte de Rota. Et ils avaient commis une ou deux petites erreurs, qui avaient fini par mettre en lumière le visage du traître.

Et maintenant, le piège. Il avait encore le temps de le préparer pour qu'il se déclenche dans la nuit.

Mais rien ne l'obligeait à voir le film jusqu'au bout. Il pouvait tendre son guet-apens et laisser d'autres agents, payés par l'État pour faire ce genre de choses, se charger de le mettre à exécution.

La colère lui fit en décider autrement. Il voulait le regarder bien en face, ce traître. Le tenir dans la ligne de mire de son flingue. Lui coller une prune en plein front.

Marta choisit précisément ce moment où la haine l'aveuglait pour lui téléphoner. Elle démarra sur les chapeaux de roue, crachant les plus sinistres invectives : elle venait d'apprendre qu'on avait mis son fils sous surveillance.

Alberto raccrocha sans avoir dit un mot.

39

Alberto alla prendre sa voiture au garage et partit. Il avait son pistolet. Et une trouille de tous les diables. Son cœur cognait dans sa poitrine. Il ne cessait de regarder dans son rétroviseur. Il décélérait soudain, se laissait doubler, accélérait à nouveau. À deux reprises, il tourna le volant à la dernière seconde pour sortir de l'autoroute, rassuré de voir que personne ne le suivait. Il reprit l'autoroute une seule fois. Après être sorti une seconde fois, il continua par la nationale.

Il se gara le long de la mer et, pour arriver chez Angelo, l'adjudant de la Direction départementale antimafia qui lui avait prêté main-forte la nuit où il était allé inspecter le terrain de Salemi, il dut faire un bon bout de chemin à pied.

Angelo téléphona à son collègue Gino, qui arriva sur-le-champ.

Alberto leur expliqua tout. Ils élaborèrent leur plan.

Il passa ensuite chez le substitut du procureur sous l'autorité duquel il avait travaillé étant jeune. Il le mit au courant, lui demanda de l'aider à tendre son piège et lui donna un rôle. Ils s'accordèrent sur les détails de leur conversation téléphonique et sur les mots qu'ils se diraient.

Une heure plus tard, ou guère plus, Angelo et Gino firent basculer la porte du garage à l'arrière de l'immeuble, se faufilèrent à l'intérieur, refermèrent aussi vite, grimpèrent d'un pas feutré les deux étages qui les séparaient de la porte d'Alberto, à laquelle ils frappèrent de la pointe d'un ongle. En leur ouvrant,

Alberto, un index posé sur la bouche, leur signifia de ne pas faire le moindre bruit. Puis, faisant tournoyer le même index alentour, il leur rappela la présence probable de micros.

Ils passèrent l'appartement au peigne fin – vestibule, salon avec coin cuisine, chambre à coucher et salle de bains – au moyen d'un appareillage capable de localiser tous les bidules électroniques qui servent à espionner les gens. Ils n'en trouvèrent qu'un, caché sous un meuble du salon. Ils le laissèrent où il était. Ce qu'ils avaient à se dire, ils se l'écriraient sur des feuilles de papier.

Par gestes, ils définirent leurs positions respectives.

Alberto avait lancé un film, *Le Dernier Empereur*. Entre autres qualités, il avait celle de durer longtemps.

Il passa son coup de fil à seize heures trente.

Le substitut du procureur prit son appel.

Il se présenta.

« Dis donc, t'en as rien à battre du foot, toi, ou quoi ? lui reprocha-t-il. Rappelle-moi dans vingt minutes.

– C'est trop important. Depuis hier après-midi, je deviens fou. Il faut que je vide mon sac. Et j'ai besoin de votre aide. Je ne peux avoir confiance qu'en vous. »

L'autre poussa un gros soupir excédé. « Bon, vas-y, concéda-t-il.

– Vous savez, ce dépôt de scories radioactives ? J'ai tout compris. Je suis sûr d'un nom. Mais il y a aussi des poissons plus gros… Hier après-midi, on m'a fait parvenir un pli. Ça vient de Côme. Je n'ai montré ça à personne. Je crois que ça vient de la famille d'un ingénieur qui trempait dans cette histoire, et qui d'après moi a été assassiné, même si… Non, rien, c'est trop long et trop compliqué à raconter. Je vous expliquerai quand on se verra.

– Et ce type, tu ne peux pas le faire arrêter ?

– Ce n'est pas si simple. Il y en a au moins deux. De chez nous. Du Parquet, je veux dire. Et ils ont la gâchette facile. Peut-être qu'il y en a d'autres dans le coup. Je ne peux me fier à personne, pas même à mes collègues. Les noms qu'il y a dans ce dossier sont ceux de gens importants.

– Tu as peur ?

– Il y a de quoi avoir peur.

– Et c'est qui, le type du Parquet ?

– Je vous le dirai de vive voix. Demain, je vous apporte tout ce que j'ai.

– Fais attention à toi. Et si tu dois sortir, prends une escorte. D'ailleurs, mieux vaudrait que tu ne sortes pas du tout.

– Je ne vais pas sortir, sûrement pas. Je ne suis pas cinglé. Demain matin, je viens vous voir.

– Mais fais-toi escorter. Avant même de sortir de chez toi. »

Ils raccrochèrent.

Voilà qui était fait. Et bien fait. Chacun avait impeccablement joué son rôle. Il n'y avait plus qu'à attendre. À attendre la mort. Celle-là même qui avait fait le guet pour avoir Maremmi. Elle ne manquerait pas. Elle choisirait la nuit. Elle n'avait pas le choix. Le lendemain matin, il serait déjà trop tard.

Une heure plus tard, un appel de Chiara. Elle lui proposait de sortir avec elle.

Alberto se plaignit d'une violente migraine, il n'avait pas le cœur à ça. Ils se verraient le lendemain.

Lucio l'appela aussi pour l'inviter à dîner.

À vingt-trois heures dix, ils éteignirent les lumières.

Ils prirent leurs places, chacun la sienne : Gino dans la salle de bains, à laquelle on accédait directement depuis le salon ; Alberto dans la chambre à coucher, communiquant elle aussi avec le salon ; Angelo derrière le canapé, juste en face du vestibule.

Jusqu'à minuit et demi, les bruits des gens rentrant chez eux. Aucune inquiétude à avoir, ils étaient certains que la mort arriverait en douce, silencieusement. Et qu'elle ouvrirait avec la clef qui avait servi à placer le micro-espion – Alberto n'avait relevé aucun signe indiquant qu'on eût forcé la porte d'entrée.

Ils s'entrapercevaient, grâce aux tentacules de lumière qui se glissaient entre les lamelles des persiennes. De temps en temps, Angelo incitait Alberto à garder son calme, en avançant vers lui une paume ouverte.

Le fait est qu'Alberto était très tendu. Il se traitait déjà d'imbécile d'avoir voulu participer à ça en personne, alors qu'il aurait très bien pu déléguer, laisser les deux autres se démerder et s'en aller dormir, ni vu ni connu, à l'hôtel. Ou mieux, chez Chiara.

À deux heures, Alberto commença à désespérer de les voir venir. En même temps qu'il s'en réjouissait. Il ferait arrêter le traître dès le lendemain matin. Bien sûr, ce n'était pas la même chose, il aurait mérité de finir ses jours là où il avait envoyé Giorgio. Il aurait mérité de voir la mort foncer sur lui, et de la regarder bien en face.

Il se rendit compte qu'il voulait qu'ils entrent chez lui. Il avait peur, et comment, mais certaines choses doivent être faites dans la peur, même s'il faut en pisser dans sa culotte.

À trois heures moins le quart, ce qu'il avait craint et désiré arriva : une clef tourna dans la serrure, la porte grinça doucement. Ils étaient là.

Alberto vit les deux adjudants rectifier leur position et se replia. Il entendit glisser lentement la porte coulissante qui donnait dans le salon. Angelo, derrière le canapé, devait déjà les avoir dans sa ligne de mire. Encore quelques pas et ils entreraient dans celle de Gino, caché dans la salle de bains. C'est lui qui les verrait en dernier, dans l'interstice entre les gonds de la porte à demi ouverte. Et il les vit. Deux ombres. Qui avançaient silencieuses et voûtées vers la chambre à coucher, pistolet au poing.

Quand Angelo alluma la lumière et lança une sommation sans quitter son abri, tout bascula en un instant. Gino cria lui aussi quelque chose.

Une des deux silhouettes bondit comme un ressort. Elle se baissa au ras du sol et se mit à tirer autour d'elle en reculant.

Des coups étouffés, guère plus qu'un souffle. Mais qui devenaient assourdissants en s'abattant sur les objets, en fracassant les vitres du meuble, en déchiquetant le bois.

Les coups de feu d'Angelo et de Gino retentirent sourdement. Et ceux d'Alberto. Il avait passé juste un peu la tête derrière la porte, tendu la main, visé et tiré quatre, cinq fois, en hurlant de toutes ses forces.

Quand il toucha l'ombre, elle était à deux doigts de disparaître derrière la porte coulissante. Elle s'écroula. Se tordit au sol. Ne tenta pas de se relever.

Son complice n'avait pas réagi aussi vite, mais il se tenait un pas en arrière et n'avait donc pas été pris pour cible. Il resta éberlué un instant. Puis bondit à son tour, plongea vers le vestibule, roula au sol et tira trois fois en se relevant, en ouvrant la porte et en se précipitant hors de l'appartement. Talonné par Angelo et Gino, dont les coups de feu lui barrèrent la descente dans la première rampe d'escaliers, l'obligeant à monter dans la deuxième. Il s'abrita derrière un pot de cycas, d'où il se remit à tirer, les empêchant de bouger.

Alberto s'approcha prudemment, son pistolet braqué sur lui, de Michele Brighi, qui haletait bruyamment, étendu sur le dos de tout son long. Il bougeait à peine. Mais il était conscient. Son pistolet était tombé non loin de là. Il tendit une main tremblante pour tenter de s'en saisir. En vain. Alberto le prit et le glissa dans sa poche. Puis il le palpa pour vérifier qu'il n'en avait pas d'autres.

Brighi ne représentait plus aucun danger. Il était en train de mourir, touché au côté et à la poitrine, une tache rouge s'élargissait sur sa chemise.

Il se détourna de lui et fonça vers la zone de tir, juste devant sa porte. Il arriva au moment même où le complice de Brighi, jugeant qu'il avait passé trop de temps coincé là et que les renforts n'allaient pas tarder, jaillit de sa boîte comme un diable et, tirant à l'aveuglette, se catapulta vers l'autre rampe d'escaliers.

Ils furent tous pris au dépourvu. En un clin d'œil, il avait déjà descendu plusieurs marches, il prenait en volant le virage du palier intermédiaire, il était au premier étage.

Il allait s'engager dans la dernière volée de marches, lorsque : « Halte ! » lui intima une voix dans son dos.

Il se retourna à l'instant, déjà prêt à faire feu.

Marina logea cinq coups de suite dans le mille.

L'homme s'effondra dans les escaliers. Il s'arrêta à l'endroit même où s'était arrêtée la vie de Giorgio Maremmi.

Les autres accoururent.

Il était mort.

Alberto le connaissait de vue, il faisait partie des forces de police rattachées au Parquet. Il était cul et chemise avec Brighi.

Angelo et Gino remontèrent au deuxième.

Alberto s'approcha de Marina. Elle se tenait immobile à l'endroit d'où elle avait tiré, les deux mains encore sur la crosse de son pistolet, baissé. En pyjama.

Il la prit dans ses bras. Elle laissa tomber l'arme et se serra contre lui en tremblant. Elle se mit à sangloter, se dégagea de son étreinte. « Il… il est mort ? » parvint-elle à bredouiller.

Serena pointa le nez à la porte.

Alberto lui confia Marina et remonta chez lui. Michele Brighi vivait encore. Angelo épongeait son sang. Gino était en train d'appeler l'ambulance.

Brighi respirait pesamment, son regard errait sans se poser sur rien. Il s'aperçut qu'Alberto était là et fixa les yeux sur lui. Il essaya de parler. Ses lèvres tremblèrent en vain.

« Le lacet des chaussures d'Antonio Manto », lui dit Alberto en articulant chaque syllabe, certain que Brighi lui demandait quelle erreur il avait commise. Il se détourna de ces yeux qui ne le quittaient plus. Il avait tellement désiré sa mort, dans les souffrances les plus atroces, et maintenant, il n'en voulait plus.

Il se laissa tomber sur un fauteuil. Il se sentait épuisé, sa tête lui faisait un mal de chien, comme si elle allait exploser. Il resta un long moment comme ça, sans penser à rien, sans faire attention au temps qui passait. À faire le vide. C'est la sirène de l'ambulance qui le tira de cette torpeur. Puis d'autres sirènes, des pas montant précipitamment les escaliers, des hurlements et des ordres, des coups de frein brusques dans la rue, des portières qu'on claque. Il constata qu'il avait encore son arme à la main. Elle lui fit horreur. Il la posa sur la table.

Il vit soudain des policiers envahir la pièce. Ils braquaient brusquement leurs pistolets à droite et à gauche, le bras tendu, comme dans les films américains. Ils les pointaient sur tout le monde, en hurlant des ordres. Il vit Angelo et Gino lever les mains en l'air, poser tout doucement leurs armes, tout en déclinant leur identité, en invitant au calme, en sortant leur carte avec mille précautions. Il vit un lieutenant des carabiniers surgir en face de lui, se mettre au garde-à-vous.

Des hommes en combinaison orange vif chargèrent Brighi sur une civière et l'emmenèrent.

Angelo toucha l'épaule d'Alberto. Qui sursauta. Gino s'approcha à son tour. Ils hochèrent tous deux amplement la tête. Comme pour le féliciter. Il ne comprenait pas pourquoi, il avait fait acte de présence, rien de plus, il était resté cloué par la peur pendant que la bataille faisait rage. Quand Angelo lui fit un clin d'œil, la mémoire lui revint. Pour en avoir le cœur net, il fit sortir le chargeur de son arme. Il manquait cinq balles. Celles qu'il avait tirées sur Brighi, l'atteignant peut-être dans sa chair. Il n'éprouva pas la joie escomptée.

L'interrogatoire fut exténuant. Ça n'en finissait plus. Alberto répondait d'un ton las. Sans décrocher les yeux de Marina, maintenant en robe de chambre, plus pâle qu'un cyclamen de montagne, elle aussi sur la sellette. Son menton tremblotait à chacune de ses réponses. Elle reniflait. Les larmes se pressaient à ses yeux. Mais elle tenait bon, refusait de craquer.

Un long moment comme ça, questions, confusion, photos, tracés à la craie sur le sol. Sans lâcher Marina des yeux.

Alberto en eut soudain assez. Il s'approcha de Marina, l'étreignit, l'emmena avec lui. Personne ne protesta.

Marina versa sur son épaule les pleurs qu'elle avait retenus.

Chiara arriva et se retira en voyant Alberto et Marina enlacés.

Quand le calme revint, le jour commençait à poindre.

Serena prit Marina par le bras. Elle se laissa conduire docilement chez elles.

Alberto regretta aussitôt de ne pas l'avoir gardée avec lui. Il descendit d'un étage et frappa à la porte.

Serena lui ouvrit, l'engagea à entrer. Alberto posa une bise sur sa joue et se dirigea vers la chambre de Marina. Elle s'était couchée. Elle leva sur lui des yeux gonflés de larmes. Il la serra dans ses bras. Elle sanglota contre lui.

Ils s'endormirent comme ça, la tête d'Alberto sur la poitrine de Marina, les mains de Marina dans les cheveux d'Alberto.

Enrico l'appela sur son portable le lendemain, aussitôt après le journal télévisé de treize heures : la nouvelle était tombée, on avait raconté la fusillade nocturne et porté son nom aux nues.

Alberto n'entendit d'abord qu'une respiration. Mais quelque chose lui fit penser que c'était lui, peut-être juste l'espoir que ce soit vrai. « Enrico », dit-il. « Papa », répondit une petite voix au bord des larmes. Et pour la première fois, dans les silences et les non-dits, Enrico fut son fils.

Entre-temps, on avait mis la main sur les notes que Salemi conservait dans son coffre-fort, et où il avait noté l'immatriculation des semi-remorques. Elles confirmèrent les pistes.

Cosimo, le détenu auquel Rota avait offert une *coppola*, avait été transféré dans une autre prison. Et incriminé pour le meurtre de Francesco Manto.

Michele Brighi passa six jours entre la vie et la mort. À espérer la mort. Mais la vie l'emporta. La demi-vie qui lui restait : il avait perdu l'usage de ses jambes.

Alberto alla le voir derrière la vitre de la salle de réanimation. Il était relié à une forêt de tuyaux et avait une perfusion plantée dans le bras.

Brighi dut sentir ces yeux braqués sur lui, car il tourna la tête et le transperça du regard.

Il avait reçu cinq balles. Deux venaient d'Alberto.

Debout derrière cette vitre, il se reprocha de n'avoir pas soupçonné la piste qui menait à Brighi. Cela aurait permis d'épargner quelques vies. Il aurait suffi de ne pas avoir trop confiance, d'être plus attentif à ce qui bougeait autour de lui. De faire davantage de recoupements. Il serait arrivé à Brighi. C'était lui qui avait établi que la chaussure qu'on voyait sur la vidéo et celle trouvée dans le pressoir ne faisaient qu'une. C'était encore lui qui disait n'avoir rien trouvé de particulier sur les relevés téléphoniques de Baúllo – alors qu'il y avait eu sept conversations avec l'ingénieur Riccio, le dirigeant d'aciérie qu'ils cherchaient. Toujours lui qui n'avait trouvé aucune trace de l'affaire dans les dossiers et les ordinateurs de Giorgio. Lui qui s'était chargé de faire parvenir les ordinateurs à l'expert pour qu'il en sonde la mémoire, occasion rêvée pour remplacer le disque dur.

Alberto tourna les talons. Marina l'attendait en bas. Ils allaient à Reggio ensemble, passer du temps avec Enrico.

Au cours de cette dernière semaine, Alberto Lenzi obtint reconnaissance et applaudissements. Il était à l'honneur aux infos. D'autant qu'il avait participé à l'action, plutôt que de jouer les gratte-papier, comme il est dans les mœurs des magistrats. Télévisions et journaux n'avaient cessé de se le disputer. Il parla peu, resta sur sa réserve. Se montra presque timide. Mais pas vraiment par timidité ni par modestie. Plutôt parce qu'une attitude discrète et retenue payait davantage, faisait grandir la considération.

La figure de Giorgio Maremmi en était sortie magnifiée.

Les médias poussèrent leur enquête au-delà de l'ingénieur Riccio. De simples supputations, dans un premier temps. Ils mettaient en lumière ses amitiés, ses liens, les drapeaux sous lesquels il se rangeait. Puis ils devinrent de plus en plus explicites.

Ils finirent par faire apparaître des connexions significatives, des complicités haut placées, des implications étrangères.

Des mots, il y en eut beaucoup. Mais pas la moindre arrestation. L'affaire avait gonflé de manière démesurée. Et, à force de gonfler et de gravir les cieux, elle avait fini par se vider d'un coup, comme un nuage d'orage.

40

Le citron se détacha de la branche et roula au sol, allant rejoindre tous ceux qui y pourrissaient déjà. Don Mico perçut le léger bruit sourd de sa chute, alla le ramasser, le frotta longuement sous un filet d'eau à la fontaine, tira sa serpette à élaguer de sa poche et se mit à le découper en tranches fines qu'il portait à sa bouche. Il mâchonnait en grimaçant. Mais cette saveur âcre, l'amertume de sa salive, c'était le goût de la liberté.

Il regarda le citronnier. Pratiquement plus une feuille sur les branches, mais d'innombrables joyaux jaunes, comme des décorations sur un sapin de Noël. Tous les ans, il croulait sous les fruits. Il l'avait planté de ses propres mains quarante ans plus tôt, juste après avoir terminé de construire la petite villa et le mur d'enceinte. Il passa un long moment à contempler son arbre. Puis il reprit sa promenade dans le jardin, s'arrêtant çà et là, confrontant les alentours à ses souvenirs, mesurant dans les changements le passage du temps, ce même temps qui avait gravé des rides sur son visage, ralenti son pas, alourdi son souffle.

Il n'avait pas le droit de se promener dans le jardin. La détention à domicile et la maladie qui lui avait permis de l'obtenir le lui interdisaient. Il était censé rester entre les quatre murs de sa maison. Comme qui dirait encore en prison. Voire pire. Car en prison, on n'est pas enfermé avec sa femme, vieille et avachie, jacasseuse et collante. Il appréciait qu'elle lui soit à ce point dévouée. Mais il ne la supportait pas bien longtemps, trop d'attentions de vieille femme, trop de propos de vieille femme, trop de litanies de vieille femme, grommelées en égrenant le chapelet. Elle se comportait comme une vieille et elle le traitait comme un vieux. Il était mieux dans son jardin. De toute façon, si les carabiniers se pointaient, il faudrait d'abord qu'ils sonnent à la grille, ce qui lui laisserait le temps de rentrer chez lui. De l'extérieur, ils ne pourraient pas le voir. Le mur d'enceinte était trop haut, et garni de trois rangées de fil de fer barbelé.

Évidemment, se promener ici, ce n'était pas la même chose qu'au Boschetto. Mais marcher parmi les arbres ressemblait déjà à la liberté. La nuit où il était rentré chez lui, il s'était levé à l'aube et s'était installé sous ses orangers, pour se repaître du parfum des fleurs de bigaradier avant que les autres odeurs du monde ne l'enveloppent.

C'est l'air du Boschetto qu'il aurait voulu respirer. Et il y arriverait. Le juge Lenzi lui devait bien ça. C'était un gars réglo, il respectait ses engagements, comme il l'avait déjà fait pour la détention à domicile. Et il avait quelque chose dans le froc : lui aussi avait logé quelques pruneaux dans le corps de cet inspecteur.

Ces derniers temps, c'était un vrai bonheur de lire les journaux et d'entendre ce qu'ils racontaient à la télé : ils se bouffaient le nez entre eux, la flicaille, les services secrets, les banquiers, les industriels, et même les magistrats. On voyait passer de ces noms…

Comme Lenzi avait fait sa part, c'était maintenant son tour. Entre eux, il y avait un accord. Pas un accord verbal, mais un accord tout de même : à la Loi de se charger des *encravatés*, à lui de s'occuper des infâmes de la 'Ndrangheta. Il était donc temps de se remuer. Chaque jour qui passait était un jour d'humiliation de plus. Accord ou pas, de toute façon, il ne pouvait pas laisser courir ceux qui avaient fait intrusion dans son territoire. C'était une question de prestige et de survie. Encore un peu de patience, le temps qu'ils se rassurent tout à fait, et ils recevraient leur dû. Ils lui avaient déjà envoyé des ambassades de paix. Et il avait répondu que c'était ce qu'il voulait lui aussi, la paix, que la guerre n'était dans l'intérêt de personne. Et d'ailleurs, pour avoir la paix, il les enverrait très bientôt manger de la terre. D'abord, Pascali Rezza. Ensuite, Alfonso Scorda. Qui, soit, ne valait pas le prix d'une cartouche, mais sa mort servirait à rappeler qui commandait dans la région. Quant à son fils en prison, non. Ne jamais s'acharner. Mais si ceux qui restaient ne se tenaient pas à carreau, il en ferait disparaître jusqu'à la semence, il les boufferait les uns après les autres, poules comprises. Quant à Cosimo, il lui préparerait une petite cérémonie dans la prison où on l'avait transféré.

C'est dans ces pensées qu'il était plongé lorsque maître Sacco vint lui rendre visite.

Ils se mirent à se promener de long en large.

Don Mico accompagnait ses pas d'une canne historiée, une tête de lion sculptée en guise de pommeau.

L'avocat posa les yeux dessus et eut un sourire.

« Tant que je suis pape, je *papille* », lui expliqua don Mico, souriant à son tour et jouant avec sa canne. Le signe du commandement.

L'avocat y vit la preuve que c'était encore lui qui dirigeait le jeu, et qu'il tenait à le lui faire savoir. Il ne fit aucun commentaire.

Ils parlèrent des noms importants qui avaient été prononcés.

« Pour causer, ils causent... Mais ils n'arrêtent personne. Au bout de quelques jours, on passe déjà à autre chose, fit l'avocat.

– À Rome, oui, les maîtres de la soie. Là-haut, les canailles sont pires que cette chair-ci », répondit don Mico, en se frappant la poitrine comme pour le *Mea culpa* et en faisant tournoyer sa canne.

RÉALISATION : IGS-CP À L'ISLE-D'ESPAGNAC
IMPRESSION : NORMANDIE ROTO IMPRESSION S.A.S. À LONRAI
DÉPÔT LÉGAL : AVRIL 2015. N° 117762 (1500993)
– Imprimé en France –